Birk Meinhardt

ABKEHR

Ein Hafttagebuch

Vabanque

Vabanque Verlag

Gestaltung: Frank Odening
Druck und Bindung: Druckhaus Sportflieger
Printed in Germany
ISBN 978-3-00-079483-4
www.vabanque-verlag.de

6. Oktober

Ich sitze im Gefängnis. Der Gedanke ist mir fremd, fremd wie die vor mir liegende Hand, die gerade schreibt. Doch es ist Tatsache, ich sitze im Gefängnis – mit überraschendem Ausblick übrigens. Hinter den Gitterstäben erhebt sich kein anderes Gebäude. Nur eine stacheldrahtbewehrte Mauer, über die ich, da ich im fünften Stock bin, gut hinwegschauen kann, und so erstreckt sich vor mir in ganzer Weite eine grüne Wiese. Mitten durch sie führt in ruhigem Schwung eine majestätische Allee, auf der in großen Abständen Autos dahingleiten. Manchmal reflektiert ein Seitenspiegel die Sonnenstrahlen und schickt mir ein kurzes Gleißen; ist mir bis heute nicht bekannt gewesen, daß auch hier in der Prärie ein Gefängnis hochgezogen wurde, das dritte im Umland, das vierte? Ich habe keine Ahnung. Ich kann es nur schätzen. Die Zahl der Verurteilten steigt und steigt.

Ich bin nicht verurteilt, ich bin in U-Haft. Heute vormittag eingeliefert. Eine Weile starrte ich bestürzt auf die Eisentür, die sich mit dumpfem Knall hinter mir geschlossen hatte. Dann beschaute ich mir widerwillig die Zelle: Tisch, Stuhl, Schrank, Bett. Hinter einer hüfthohen Aluplatte, in die Wand eingelassen, Klo und Waschbecken, beides gleichfalls aus Alu. An der anderen Wand ein Fernseher, auf dem Tisch ein Telefon, und zwar ein vorsintflutliches, eins mit Schnur und Zifferntasten. Nur die beiden Geräte genommen, könnte das hier auch ein Hotel aus dem vorigen Jahrhundert sein. Beide probiert. Beide außer Betrieb, beim Fernseher ist es mir egal. Aber nicht beim Telefon; muß es freigeschaltet werden? Kann man aus der Zelle telefonieren?

Man hört und liest ja vieles, als unbescholtener Bürger. Die Zahl der Verhafteten steigt, und zugleich wohl auch der Komfort ihrer

Unterbringung. Hat die Regierung, um jegliche Grellheit für die Insassen zu vermeiden, in den neuen Anstalten nicht sogar dimmbares Licht verfügt? Ich blicke zum Schalter, tatsächlich, er ist rund. Ich mache einen Schritt dorthin, wahrhaft, er ist drehbar. Schwer begreiflich, daß der Staat auf der Straße immer knüppeliger vorgeht und hier immer gefühliger, ich verstehe es nicht. Gebe mir diesbezüglich auch keine Mühe mehr. Mit der Logik ist es mittlerweile wie mit einem ausgetrockneten See: Erst denkt man, hier war doch mal Wasser, war immer so schön, aufs Wasser zu gucken, aber wo eindeutig nichts mehr ist, sollte man auch nicht länger danach suchen.

Zum Fenster, weil, wie gesagt, sich dahinter der Himmel auftut; in Filmen mit Gefängnissen steht immer Block vor Block, in Filmen herrscht um die Gefängnisse eine schon von den Steinen herrührende Dauerdüsternis, das ist also Fiktion. Oder es ist Vergangenheit, ich atme tief durch. Wird schon nicht so schlimm hier. Wird auch nicht lange dauern. Ich hab ja nachweislich nichts verbrochen.

Hab ich nie, selbst dann nicht, wenn ich wenigstens eine Kleinigkeit hätte verbrechen sollen; ich erinnere mich der Stillen Beteiligung, die Britta sich hat aufschwatzen lassen. Meine blauäugige Schwester! Hat was unterschrieben, das sie gar nicht verstanden hat. Und mußte bluten, wie auch Matti und ich, denn als wir, ihre großen Brüder, von ihr unterrichtet wurden, war es schon zu spät, Widerrufsfrist verstrichen. Mir, nur mir, fiel etwas Rettendes ein. Hatten wir bei *Generosis* nicht eine eigene Poststelle? Konnte ich, der Stellvertretende Marketingleiter, nicht hinmarschieren und die Mitarbeiterin bitten, den Poststempel rückzudatieren? Aus besonderen Gründen? Weil wir übers Ohr gehauen worden sind? Sie würde das gewiß verstehen. Ein kleiner Betrug zur Abwehr des großen, was war schon dabei. Aber wenn sie es nicht verstünde? Wenn sie in der Firma, Firma hieß es, nicht mehr Betrieb, wenn sie da nun herumlief und überall wisperte, der feine Herr Werchow, der höchste Ostler im ganzen Laden, ihr denkt es nicht, zu einem kriminellen Akt hat der mich anstiften wollen, zu einer krassen Verletzung der postalischen und damit ja wohl staatlichen Gesetze. Das mußte vermieden werden! Das konnte ich mir wirklich nicht erlauben. So ging ich nicht zu ihr, und mehr noch, oder noch weniger, ich begrub meine Idee stillschweigend. Kein Wort sagte ich Britta und Matti. Zehn Jahre zahlten wir jeden Monat 183,33 Mark, jeder, ich schaute nie nach den Abbuchungen. Höchstens überflog ich sie, da sie mich doch nur an meine fehlende Traute erinnert hätten, deutlicher gesagt: an meine Feigheit. Die ich damals für Klugheit halten wollte.

Heute weiß ich, es war Klugheit. Aber eine Klugheit auf die andere getürmt, ergibt zum Schluß Feigheit, das weiß ich heute, da ich endlich unklug geworden bin, genauso; warum sitze ich denn hier? Weil ich endlich, endlich gemacht hab, wonach mir der Sinn gestanden hat, der erste Impuls, und ohne weitere Überlegung los.

Im übrigen sind nur die Unklugen voller Sicherheit. Nur das Wagnis verleiht Flügel, selbst wenn es mißlingt; Trugschluß zu glauben, man brauche Erfolg. Die Tat allein hebt einen.

—

Inzwischen dämmert es draußen. Aufs Grün senkt sich Sepia. Über die Allee huschen, wie zerhackt von den Bäumen, Autolichter, ein einziges irres Blinken. Habe versucht zu schlafen, aber es ging nicht, es ging ebenso wenig wie vorige Nacht in Polizeigewahrsam. Viel zu aufgewühlt war ich dort. Wieder und wieder spürte ich die Menge, wie sie mich beschimpfte und wütend nach mir langte – nach mir beziehungsweise nach der Ganzgesichtsmaske, die ich trug. Die ich eine Weile getragen, sozusagen spazieren geführt hatte. Die Menschen starrten mich an, da streifte ich sie mir langsam ab. Worauf sie erst in Zorn gerieten. Nicht vorher, nicht, als ich das Stück noch aufhatte. Bis dahin herrschte nur Unverständnis und bei einigen Umstehenden wohl auch Neugier oder sogar die Hoffnung auf eine *Performance*. Erst meine Entblößung gebar nach zwei oder drei Sekunden der Laut- und Reglosigkeit jene auf mich einstürzende Welle der Wut, führte zu den rapide sich steigernden Schmähungen und körperlichen Angriffen; wieder und wieder spürte ich in der Nacht in der Gesa den Gummiknüppel in den Händen, den ich zur Verteidigung hochhielt, nur hochhielt.

Gesa bis gestern: weiblicher Vorname, Gesa seitdem: Gefangenensammelstelle.

Ich sage Gummiknüppel, obwohl er aus lederummanteltem Blei ist. Das Leder trägt Blutspuren von Rudis politischen Kloppereien vor ziemlich genau hundert Jahren; mein kleinwüchsiger, starkhändiger Großvater hat den Knüppel am Ende seiner Tage seinem Sohn vermacht. Und als dann auch dieser, als mein Vater Willy starb, lag der Knüppel herum, und ich hab ihn mir genommen, während Matti sich die prächtige alte Jawa nahm. Ich, der Friedfertige, der Kreuzbrave, fand ihn einfach nur chic, nicht zuletzt wegen der leichten Krümmung, die er aufweist, sowie wegen der von oben nach unten verlaufenden groben Naht, wie man sie auch bei alten Fußbällen bewundern kann. Ich hängte ihn mir wie ein Bild an die Wand, aus eindeutig ästhetischen Gründen.

Eindeutig? Wieder sage ich, heute weiß ich es besser. Der Mensch lechzt nach dem, was er nicht hat, nicht in sich, meine ich, und sei es, daß er sich ein entsprechendes Symbol vor die Augen hängt. Hingegen mag er nicht noch Tag für Tag sehen, was er schon zur Genüge in sich trägt, ich konnte mit Friedenstauben nie etwas anfangen. Konnte sie in der Schule nur mit leisem, vor Lehrern wie Mitschülern verstecktem Überdruß malen, es war nichts Politisches, sondern etwas Charakterliches, damals mir gar nicht Begreifliches und somit auch nicht Ausdrückbares.

Rudis und nun meine Waffe, wo ist sie? Nicht hier in der Zelle natürlich. Nicht mehr am Mann. Die Polizisten haben sie mir abgenommen. Entwendet haben sie sie mir, entrissen und sogar gegen mich verwendet, ich will sie wiederhaben. Ich bin schnell wieder raus hier, das dürfte wohl klar sein, aber ich gehe nur raus mit dem Knüppel, denn er ist von meinem Großvater, und ohne pathetisch zu werden, ist es für mich eine Frage der Ehre und des Angedenkens an die Familie, ihn nicht in irgendeiner Asservatenkammer verschimmeln zu lassen.

Jetzt hier in der Zelle ist es aber nicht mehr die Aufregung von gestern, die mich schlaflos läßt, sondern dieses erschütternde Klirren von Schlüsseln, dieses kaum zu ertragene Scheppern von zugeworfenen Türen und von erzitternden Treppen, Hall, Widerhall und Nachhall, genau wie in den Filmen. Darum erschien es mir auch vertraut im ersten Moment: Ah, hör nur, das Scheppern, das Klirren. Aber schnell bekam es etwas Nervtötendes. Immer bricht es plötzlich herein. Plötzlich, nicht unerwartet. Du weißt, gleich beginnt es wieder, aber du weißt nie wann, du wartest schon darauf und bist doch erschrocken, wenn es ertönt, eine ständige Marter, die Folter der vollständigen Fixierung auf den nächsten Anschlag.

Noch etwas. Du hast einen Anwalt, und der Anwalt hat dir in der Gesa gesagt, in der U-Haft wird Ihnen schnell langweilig werden. Weil, im Gegensatz zu den schon Verurteilten dürfen Sie nicht arbeiten. Sie haben keine Beschäftigung. Sie können nur Däumchen drehen. Darum vertreiben sich die meisten U-Häftlinge die Zeit mit Schreiben, selbst die, die es zuvor nie getan haben, irgendwas bringt jeder zu Papier. Er schob mir Stift und Heft rüber und sagte, Notebook beantrage ich, dauert aber. Wenn es da ist, muß auch noch der Internetzugang gesperrt, muß es sozusagen auf Schreibmaschine reduziert werden, dauert nochmal. Und er lachte, vielleicht, weil ihm das mit der Schreibmaschine eingefallen war, er ist noch ein junger Mann.

Und so gehe ich, nachdem ich lange genug auf die im Dunkel sich verlierende Wiese gestarrt habe und tatsächlich nicht mehr weiß, was ich tun soll, zum Tisch, auf dem die Schreibutensilien liegen, und greife nach dem Stuhl, um mich besser setzen zu können – doch er widersteht. Es knackt in meinem Handgelenk bei der abrupt gebremsten Bewegung. Und nun sehe ich, der Stuhl ist im Boden verschraubt! Ich sehe es, setze mich und versuche, einem eingeschliffenen Verhalten folgend, noch mehrmals, ihn zu verschieben, ich rucke und zucke, bis endlich auch mein Körper begreift, es gibt kein Vor und Zurück. Nicht hier. Welch höhnische Macht, die so etwas installiert. Es genügt ihr nicht, dich in eine Zelle zu sperren, sie weist dich auch noch an, da auf dem Flecken, da sitz. Kurz denkst du, es muß noch von früher so eingerichtet sein, diese Perfidie ist doch eine alte. Aber der Stuhl, um dessen Lehne du die Finger gekrallt hast, ist noch fast fabrikneu. Und blinkend neu sind die Metallhülsen, in denen die Stuhlbeine stecken. Neu ist das ganze Gefängnis. Gespenstischer als sowieso schon ist jetzt das unregelmäßige Klirren und Scheppern. Scharfkantiger. Eisiger. Kalte Splitter, die einem ins Hirn getrieben werden.

Gut fürs Hirn! Es ist hundemüde und zugleich hellwach. Ihr habt es nötig, sagt es sich nach kurzem Sammeln, guckt nur selber, wie ihr es nötig habt!

Noch zum Anwalt: Er heißt Dreisinger und war mir bis heute unbekannt. Ich hatte doch überhaupt keinen Anwalt. Darum rief ich Matti an, der seit der Bürgerrechtsbewegungszeit mit einem großen Strafverteidiger befreundet ist, der Mann war zwar längst im Ruhestand, aber seine Kanzlei existierte noch, oder? Ja, sagte Matti, ich kümmere mich. Ich schaff dir sofort jemanden ran von dort. Er klang einerseits alarmiert, andererseits jedoch mißmutig. Ein wenig nur. Ich kenne Matti. Er wollte nicht so klingen, aber er klang so, und ich weiß auch, warum: Weil er mir nie zugetraut hätte, daß ich einmal so anecken und in so einer Zelle landen würde. Weil immer ich der Zauderer war, und er, er immer der Widerspenstige. Aber ich muß aufpassen. Vielleicht interpretiere ich den Mißmut auch nur in ihn hinein? Vielleicht wünsche ich mir nur, er hätte welchen gehabt? Wie schön, daß man schreiben kann, was man nie sagen würde, ich schreibe: Wenn mein kleiner Bruder, der Berserker, der Revoluzzer, jetzt mal so mißmutig, das heißt, so unterschwellig neidisch auf mich wäre, es wäre nicht schlecht. Eine Genugtuung wär's mir, ein stilles Fest, ich geb es zu.

7. Oktober

In der Zelle drin ist's noch ein Sanatorium, das weiß ich jetzt. Aber draußen auf den Gängen kann es die Hölle sein, mir zittern die Hände. Selbst die Schenkel, nie im Leben haben mir die Schenkel gezittert, ich kann nicht schreiben. Der Stift hämmert mehr, als daß ich ihn führe, ein Mörser ist der, ich muß warten. Mich erstmal beruhigen. Die Ruhe, Erik, die Ruhe!

Jetzt: Aufschluß heißt es, wenn die Häftlinge raus dürfen, also nicht auf den Hof, sondern innerhalb ihrer Station, Aufschluß. Das Klirren wird zu einem Knirschen, und die Tür öffnet sich. Du trippelst raus, unwillkürlich machst du kleine Schritte. Weil du nicht weißt, wohin. So bin ich gegangen. In Richtung irgendwelcher anderer Häftlinge. Verschiedene Gruppen, die herumstanden, und einige einzelne Herumschlendernde, ist erstmal nicht viel anders als in der Pause im Theater einer fremden Stadt, du versuchst, auch zu schlendern. Aber dann wirst du aus einer Gruppe heraus angesprochen. Ist es eine balkanesische? Tschetschenische? Nicht zu definieren. Tach, sagt einer, mit so rauchigem ch, daß es nicht verwunderlich wäre, wenn ihm dabei ein blauer Kringel aus dem Rachen stiege. Tach, erwidere ich, und bleibe natürlich stehen. Da ich neu hier sei, ein Angebot, raunt er, wir nehmen dich in Obchut; Tschetschenen, sagt mir mein Gefühl, und mein Bauch sagt, stimm zu, heißt es nicht, die tschetschenischen Jungs seien die härtesten? Und was wollt ihr dafür? Kindische Frage, allein vom Tonfall her, ich merke es schon während des Sprechens. Die Jungs aber grienen nicht. Ihr Gesichtsausdruck liegt zwischen routiniert und fordernd. Kleinigkeiten, höre ich. Und wage nicht, mich näher zu erkundigen. Beziehungsweise, ich will es lieber nicht wissen. Laßt mich erstmal ankommen bitte. Ich blicke in reglose, undurchdringliche Gesichter und gehe mit wackligen Knien weiter, an einer Gruppe Vietnamesen vorbei, das sind ohne Zweifel Vietnamesen, gibt es hier auch Deutsche?

Dahinten. Zu ihnen geschlendert und möglichst lässig gesagt, hi, ich bin Erik. Sie nicken nur, unterhalten sich weiter, über eine Fernsehsendung, die sie wohl alle gesehen haben. Dann wendet sich einer zu mir und fragt wie beiläufig, weswegen ich hier sei. Alle schauen mich an. Wegen nichts eigentlich. Alle warten.

Läßt sich schlecht erklären, so auf die Schnelle. Wir haben Zeit, sagt der Frager, und er sagt es gedehnt. Ja, stottere ich, aber ich weiß, weiß gar nicht, wo ich da anfangen soll. Können wir dir helfen, Erik, sagt er nun in einem leisen Ton, der mir die Kopfhaut gefrieren läßt. Wortlos stehen wir uns gegenüber. Ich sollte jetzt reden, das ist mir klar, aber ich kriege keinen Ton heraus. Ich wüßte auch wirklich nicht, womit anfangen. Ein paar Sekunden, und ich bin umringt. Noch ein paar Sekunden, und die Männer beginnen, mich stumm den Gang entlangzutreiben, nur mit ihren Körpern. Die ich nicht berühren darf, das zeigen sie mir gleich zu Beginn, als ich die einsetzende Bewegung noch gar nicht begreife. Faß mich nicht an, Ficker, faß mich nicht an, wütet einer, der mich mit dem Oberarm hat voranstoßen müssen. Er hat auch ein entsetzlich rotes Gesicht, er scheint tatsächlich in Zorn geraten, nur wegen des kurzen Kontakts. Ich bewege mich also, bewege mich wie in einem im Wasser treibenden verminten Ring, bloß nicht anstoßen, sonst explodiert er. Wohin geht es? Wohin drängen mich diese Menschen? Ich bin außerstande, es zu sehen, so sehr muß ich mich konzentrieren, in ihrer Mitte zu bleiben, im Auge des Orkans, ich achte nur auf ihre Fuß- und Nackenhaltung. Plötzlich öffnen sie den Ring ihrer Leiber, und ich sehe Duschen. Die waren also ihr Ziel. Warum die? Wegen des Gases, schießt es mir durch den Kopf. Jetzt, mit einigen Stunden Abstand, erscheint mir das absurd. Wahnhaft. Und doch war es meine erste Reaktion. Der Frager, der Anführer zweifelsohne, tritt vor mich. Gleichzeitig ertönt hinter mir Gepolter. Dumpfes Stoßen, und eine Art Stolpern. Von einem Häftling, der wohl auch nicht hier hinein gewollt hat. Er kommt neben dem Anführer zu stehen, auf unsäglich unterwürfige Art. Aber vielleicht stehe ich schon genauso? Im Gegensatz zu mir scheint er zu wissen oder zumindest zu ahnen, was von ihm verlangt wird, denn noch während der Anführer ihm befiehlt, Hemd aus, hat er schon seine Hände am Kragen. Langsam – weil er sich scheut, oder weil er weiß, der Boß will es so? – dreht er mir den entblößten Rücken zu. Darauf ist, von einem Schulterblatt bis zum anderen, ein Vogel tätowiert. Stille im Duschraum. Gemurmel, Geratsche, Geschepper, Geräusche des Lebens vom Gang. Kannst du auch haben, wenn du's nicht sagst, sagt der Anführer zu mir. Aber was soll denn der Vogel *bitte*, stoße ich hervor. Jemand ruft von hinten, entweder der ist ein ganz Durchtriebener, oder der hat gar keine Ahnung, Ed. Durchtrieben, ruft ein anderer. Noch andere stimmen ihm zu, da entfährt mir in meiner Not, ich bin nicht durchtrieben! Leute, ich bin wirklich der Letzte, der so ist! Nun aber schlägt mir nur noch Lachen entgegen, Lachen von links, von rechts, von hinten; einzig nicht von vorne. Nicht von Ed.

Eine Begebenheit aus der allerfrühesten Schulzeit fällt mir ein, aus der POS, mit einer Lehrerin, einer Frau mit Dutt, die immer Kostüm trug. Sie verteilte Zeugnisse. Sie überreichte uns die Hefte mit den Noten und Beurteilungen. Meines, ich erinnere mich genau, hatte einen geriffelten marineblauen Umschlag mit einem Ankerplast-Streifen unten rechts, auf den ich zu Beginn des Schuljahres meinen Namen geschrieben hatte. Wir sollten uns alles in Ruhe durchgucken, sagte die Lehrerin, und wer mit einer Note oder einer Einschätzung nicht einverstanden sei, möge sich melden. Alle lasen, niemand hob die Hand. Nur ich. Sie hatte mich nämlich falsch beurteilt, und das mußte ich ihr sagen: Frau Soundso, Sie haben mich zu positiv dargestellt, zum Beispiel arbeite ich zwar bei Ihnen gut mit, aber bei anderen Lehrern, deren Fächer mich nicht so interessieren, mache ich das nicht. Idiotisch, was? Völlig plemplem. Aber so ist es gewesen. So bin ich gewesen, ein ehrlicher Idiot, und da es ein riesiger Irrtum ist zu glauben, der Mensch könne sich ändern – kann er schon, aber nicht in seiner Grundstruktur –, also weil der Mensch sich letztlich gar nicht umkrempeln kann, bin ich jetzt noch wie damals, ich wiederhole, ein ehrlicher Idiot.

Ed hebt die Hand. Sofort herrscht Ruhe. Er schaut mir auf eine Art in die Augen, die ich nicht deuten kann. Er hat kaum Brauen, hat vorragende Wangenknochen und anliegende Ohren, ein asketisches, straff auf den Schädel gespanntes Gesicht, das ich kaum anzusehen wage, weil es brutal und intelligent wirkt, windschnittig und widerstandsfähig. Hergucken, befiehlt er. Ich zwinge mich, und er sagt, hast Glück, ich hab heut meinen guten Tag. Ich geb dir zwanzig Sekunden. Er winkelt den Arm an, schaut auf die Uhr und sagt gedehnt, und – los. Zwanzig, die Zahl, die schon verrinnende Zeit, füllt mein Hirn. Neunzehn, Achtzehn, Siebzehn, nichts denken kann es, nichts erklären. Fünf, flüstert Ed. Vier. Drei, da brummt aus einiger Entfernung jemand, hast doch einen richterlichen Beschluß, Junge. Ich blicke zu ihm hin, ein älterer Mann mit grauem Bart. Er lehnt abseits an der gekachelten Wand, er scheint einer zu sein, der nicht zu dieser Gruppe gehört. Blickt er nicht sogar aufmunternd? Aber auch skeptisch. Fasse dich zusammen. Sage, was da steht. Es sei denn, da steht geschrieben, daß du was mit kleinen Kindern gemacht hast, dann gnade dir Gott, Junge. Hab ich ja nicht, darum ging es also, darum, ich müßte erleichtert sein. Aber ich bin es nicht. Die Nennung dieses Unvorstellbaren in Zusammenhang mit meiner Person läßt mich erschaudern. Als ob ich es wirklich getan hätte. Und Ed bemerkt es. Aus den Augenwinkeln sehe ich, wie er eine Bewegung auf mich zu macht. Hastig halte ich mein Schutzschild hoch, schnell rufe ich, Widerstand gegen die Staatsgewalt, das war's! Aber auf seinem von Gewissenlosigkeit und Gewandtheit polierten Gesicht zeigt sich nur Unwillen. Gab es mal als Delikt. Ist lange her. Unheilvolles Gemurmel in seiner Gefolgschaft, da läßt sich abermals der bärtige Alte vernehmen: Junge, wenn in dem Beschluß das Rechte verfaßt ist, hole ihn herbei. Nun geh, geh schon! Und das tue ich, bin ja, bin ja schon unterwegs. Ich fingere in der Zelle den Beschluß aus der Tasche, überfliege, wie es jetzt oder schon immer in diesem Land heißt, ah, Widerstand gegen Vollstreckungsbeamte, auch nicht groß anders, und laufe, mich langsam beruhigend, zurück. Schwungvoll, aber lieber nicht triumphierend, reiche ich Ed den Schriebs.

Die Gruppe ließ von mir ab. Den Alten, bei dem ich mich bedanken wollte, sah ich nicht mehr. Ich suchte ihn allerdings auch nicht, im Grunde wollte ich nur noch zurück in die Zelle. Und hier sitze ich nun und muß sogar lächeln. Weil er immer Junge gesagt hat und ich ja wohl kaum jünger bin als er, ich bin doch auch schon über 60. Und er sagt Junge. Und ich komme mir ihm gegenüber genauso vor. Was er auch für eine Sprache hat! Erst jetzt fällt es mir auf: Fasse dich zusammen, wer redet denn so? Das ist doch eigentlich falsch. Und doch ist es schön. Man weiß auch gleich, was gemeint ist, man weiß es noch besser und klarer, als wenn er es der Vorschrift nach gesagt hätte. Dazu die warme, sonore Stimme. Wie von einem Märchenerzähler. Ich möchte mal wissen, was *er* verbrochen hat, wirklich, bei Ed kann ich mir alles vorstellen, und bei ihm so gar nichts.

8. Oktober

Erster Gedanke nach dem Aufwachen: der tätowierte Vogel auf dem Rücken des jämmerlichen Pädophilen. Wo ist der Zusammenhang zwischen dem Mann und dem Tier? Ich überlege, aber mir fällt beim besten Willen keiner ein. Muß ich heute beim Aufschluß den Alten fragen – halt, heute wird es nicht möglich sein.

Dreisinger hat sich angekündigt; wenn mir also aufgeschlossen wird, dann, um mich in irgendeinen Raum zu bringen, wo ich mich mit ihm besprechen kann.

Zweiter Gedanke: Ich habe schon einmal jemanden so reden hören wie den Alten, so ähnlich, nur habe ich von ihm keine Stimme im Ohr. Auch kein Gesicht vor Augen. Ich weiß nicht einmal die Zeit, in der ich ihm begegnet war, ich überlege und überlege, wer es gewesen ist, aber so sehr ich mich auch anstrenge, ich komme nicht drauf.

Übrigens bin ich Langschläfer zeitig aufgewacht, wegen der einsetzenden metallischen Geräusche. Draußen die Autoscheinwerfer blendeten zur nahen Kleinstadt mit dem Regionalbahnanschluß hin. Ich beobachtete, wie die Morgendämmerung sich um die Lichter legte, und da ich nicht wußte, was ich sonst tun sollte, beschloß ich, am Fenster zu warten, bis nichts mehr von ihnen zu sehen sein würde. Dann aber rollte von hinten ein rasch voluminöser werdendes Klirren heran, und die Tür wurde aufgeschlossen. Frühstück. Eine Wärterin, auf deren Namensschild ich Munera las, stellte es wortlos auf den Tisch. Ich wollte sie fragen, was ich tun müßte, um das Telefon nutzen zu können, doch sie verließ schon wieder das Zimmer – Zimmer, schreibe ich? So schnell richtet der Mensch sich in seiner Zelle ein? So willenlos akzeptiert er das Einzwängende?

Oh, ich nicht mehr! Das ist vorbei. Das eben war nur der gewohnte Reflex der Hand, nach dem Z mit immer fortzusetzen, eine Zuckung, und ich hab es ja gleich bemerkt und korrigiert. Ich bemerke alles, was nach Willfährigkeit aussieht, bei mir und auch bei anderen, ich bin da unduldsam geworden. Geradezu rappelig. So ist das Duldsame der Nachwendejahre umgeschlagen. Nehmen wir nur die POS, die Polytechnische Oberschule: Niemals mehr sage ich, wenn von ihr die Rede ist, Grundschule, denn nicht in diese bin ich gegangen, sondern in jene. In den Nachwendejahren dagegen, und noch lange darüber hinaus, hab ich Grundschule gesagt. POS hätte keiner verstanden in dem Umfeld, in dem ich mich bewegte. Darum hab ich sie Grundschule genannt, schlicht und einfach, um verstanden zu werden. Am Anfang findest du das logisch und nicht weiter schlimm, ist ja wohl nur eine Kleinigkeit. Eine Freundlichkeit auch. Oder eine Aufmerksamkeit, gewiß, du bist so aufmerksam und freundlich, das zu sagen, was hier schon immer gesagt wurde. Und dann wälzt du dich wieder und wieder im Bett herum. Hier im Osten wurde es doch nicht gesagt! Hier hat doch dieser andere Begriff gegolten. Eine Selbstverständlichkeit ist der gewesen. Und auf einmal mußt du ihn erklären. Und das ist ungesund, genauso ungesund, wie wenn du der Einfachheit halber das neue Wort benutzt. Aber wieso denn, hörst du jemanden fragen, der sich nicht wenden mußte, zum Beispiel Gudemark, du hockst in dieser Zelle hier und siehst ihn vor dir, wie er leicht spöttisch, aber nicht böswillig, überhaupt nicht böswillig brummt, ungesund? Ein Wort auszutauschen? Erik, ich bitte dich! Und da sagst du, ja, bitte mich, Hanskarl, dann sag ich dir nämlich, warum es ungesund ist. Denk dir eine Selbstverständlichkeit deines Lebens, irgendeine, mit der du aufgewachsen bist. Und die du nun erklären mußt, und zwar, und das ist der Punkt, einem Gegenüber, der dir nichts zu erklären braucht. Ich sage dir, du fühlst dich defensiv dabei. Wenn nur du dich erklären mußt. Und nun, Hanskarl, immer wieder diese Notwendigkeit, was zieht sie nach sich? Dauerdefensive. Bei dem Wort kommt dir vielleicht eine anhaltende sichtbare Verteidigung im Krieg oder beim Fußball in den Sinn, doch ich rede vom Unterbewußten. Du merkst das Ungesunde erst gar nicht. Das minimale Sich-Verbeugen, das jedem notgedrungenen Sich-Erklären innewohnt. Du – ihr, reden wir ruhig von ihr – ihr mußtet euch nicht verbeugen, nicht vor uns, weshalb sich mit den Jahren gewisse Unterschiede in der Körperhaltung herausbildeten; jetzt mal halblang? Was ich für ein Faß aufmache? Was ich derart übertreibe? Hanskarl, nichts ist übertrieben. Viel zu spät ist das Faß aufgemacht. Viel zu lange haben wir von uns mit euren Worten gesprochen, viel zu bereitwillig haben wir eure Bezeichnungen sogar für die uns vertrauten Stätten unserer Kindheit und Jugend verwendet, und wer sich wie wir fremde Wörter zum Beschreiben des eigenen Lebens nimmt, der übernimmt, ohne daß er's recht begreift, fremde Gedanken und ist bald kein bißchen mehr eigen, laß es mich präzisieren. Nehmen wir den Gedanken der Repression, die geherrscht habe in meinem alten Land. Habe? Hanskarl, es ist auch mein Gedanke. Mein Wissen. Ganz klar, sie *hat* geherrscht. Aber erst jetzt hat sie etwas geradezu Verschlingendes bekommen. In dem, was ihr uns über uns erzählt, ist sie das alles Beherrschende geworden, guck, ich hab kaum noch meinen eigenen Erinnerungen getraut. Wenn ich an meine Lehrerin gedacht hab, die uns die Zeugnisse mit den Worten überreicht hat, meldet euch, falls ihr mit was nicht einverstanden seid, dann hab ich wie ferngesteuert mich sogleich gegen meine kristallklare Erfahrung gefragt, ob das wirklich ein freundliches Angebot von ihr gewesen ist oder nicht doch der hinterlistige Versuch, frühzeitig die renitenten Geister ausfindig zu machen, denn darum ging es doch überall in diesem Land, nicht? Hanskarl, in dieser dritten oder vierten Klasse in dieser Schule in Gerberstedt ist es nicht darum gegangen. Natürlichkeit hat geherrscht. Normalste Zugewandtheit. Ich will es nicht mehr extra betonen müssen, nicht vor dir, und schon gar nicht mehr vor mir, Schulterblätter zusammen! Abstoßen eure Erwartungen, die in meine Blutbahn gelangt sind! Ausscheiden das Eingesickerte, das dort Hineingeführte und unablässig Zirkulierende, sich wiederentdecken und nun aber bei sich bleiben, für immer sich verbieten, noch einmal leise und fast verlegen zu murmeln, also in diesem Kindergarten vom Wiktor, in dem von meinem Sohn, hat's keine Panzer als Spielzeug gegeben, wirklich nicht, mag ja sein, daß es anderswo im Lande ... nein, endlich der Wahrheit, dieser selbst erfahrenen und darum bedeutendsten Wahrheit der Welt die Ehre: Wiktors Kindergarten war ein Segen – und Punkt.

Wann hab ich Morgen für Morgen so das Kissen zerwühlt? Wann so fiebrig formuliert, so innerlich gewütet? Zwanzig Jahre nach der Wende vielleicht. Auch schon wieder ewig her, auch schon wieder mehr als fünfzehn Jahre vergangen seitdem, welch lange, lange Zeit.

Heute denke ich kühl an das, was in den Blutbahnen der Brüder und Schwestern im Westen zirkuliert; sie sagen Freunde zu den Amerikanern, oder zumindest Verbündete. Zu den Sowjets sagten sie, solange die im Lande waren, Besatzer, und warum auch nicht? Wenn es doch den Tatsachen entsprach. Wir hatten unseren schändlichen Krieg gegen beide verloren und hatten in der Folge die einen rechts von der Elbe stehen und die anderen links von ihr. Und nun waren nur noch die Amerikaner übrig. Sie stehen noch bei uns im Land – es klingt nicht schön? Klingt irgendwie unappetitlich? Aber warum klingt es so? Weil sie, siehe oben, im Laufe der Zeit zu Freunden geworden sind, zu Verbündeten? Mehr denn je heißt es im Westen so, warum? Wenn doch ihre Truppen seit Jahrzehnten in andere Länder einfallen, in Länder, die nichtmal einen kleinen Krieg vom Zaun gebrochen haben? Die Aggressoren sind seit längerem sie, korrekt? Und zugleich, *zeitgleich* wurden sie den Bürgern links der Elbe immer bessere Freunde, immer engere Verbündete, gefällt ihnen, den Bürgern, das von Staats wegen Verbrecherische? Nicht? Was geböten also Logik und Anstand? Die Aufkündigung der Freundschaft – aber wenn die Amerikaner, die es sich zuweilen leisten, ehrlich zu sein, in Person ihres Brains Nummer Eins ihre Verbündeten als tributpflichtige Vasallen bezeichnen? Dann kann man ihnen schlecht kündigen; was bleibt einem? Was blieb einem vor nun schon langer Zeit, als man aus eigener Schuld zum Vasallen sank, als man ohne jede Kraft war, ohne Legitimation und ohne Stolz? Hatte man eine Chance, aus der unglückseligen neuen Konstellation auf irgendeine Weise wieder herauszukommen? Sich zumindest aus ihr herauszudenken? Konnte man sich, demoliert und demoralisiert, wie man war, vielleicht anlehnen an den Sieger, vorsichtig zunächst, dann eng und enger, um sich, bald in seine Stoffe gehüllt, von seinen Speisen genährt, von seinen Erzählungen durchdrungen, von seiner Musik durchklungen, wie ein Mitherrscher zu fühlen und nachträglich fast auch wie ein Sieger, geschieht so etwas mit vollem Bewußtsein? Als Kind hätte man gefragt, isses aus Absicht? Oder entspringt es dem Instinkt? Beides? Eine Mischform? Wie auch immer: Huldvoll verfolgt der wahre Sieger, was sich da auf seinem Schoß abspielt, lächelnd vernimmt er die Anrede Freund; wie könnte er je einer schöneren Autosuggestion beiwohnen, wie einer eleganteren Umwandlung fremder Erwartungen in eigene Wünsche, wie einer in tiefere Tiefen verdrängten Unterwerfung?

Moment, wieso ließe sich eigentlich nicht kündigen? Voraussetzung wäre, die Autosuggestion zu beenden, vielleicht liegt darin die Schwierigkeit? Vielleicht hat längst ein höheres Stadium des Niedersinkens begonnen? Vielleicht ist das Anschmiegen nun wirklich ein unbewußtes geworden? Oder warum findet jeder Tornado mit zehn Toten, der *drüben* übers Land zieht, in den hiesigen Radionachrichten Erwähnung, nicht aber der Taifun mit

Hunderten Opfern anderswo? Warum spricht man in den Nachrichten kennerisch von Phoenix/Arizona und von Nashville/Tennessee, nicht aber von Frankfurt/Oder? Und in der Kalenderrubrik nach den Nachrichten, wieso weist man da immer wieder auf die Geburtstage durchschnittlich veranlagter amerikanischer Seriendarsteller hin, aber höchst selten nur auf die europäischer Filmgrößen? Worin zeigt sich koloniales Wesen, also das Wesen der Bewohner einer Kolonie, wenn nicht in den kleinen, unbewußten, jämmerlichen Zuverlässigkeiten, mit denen sie ihre Tage füllen?

Warum schreibe ich nun auch schon langjähriger Bewohner jenes Außenpostens die ganze Zeit *Amerikaner* und nicht ein einziges Mal *Amis*, hat es früher nicht oft noch geheißen, die Amis?

–

Es ist nicht Dreisinger, der im Besucherzimmer erscheint, es ist ein Ermittlungsbeamter. Er stellt sich als Kommissar Kantusch vor. Welcher Dreisinger, fragt er zurück, als ich ihn frage, wo Dreisinger sei, und das ist ein Fehler von ihm. Ich bin nicht blöd. Wenn ich auch keine Ahnung von diesen ganzen Abläufen hier habe, wenn ich mich auch überhaupt nicht auskenne in dieser finsteren Knastwelt, eines weiß ich, der Kommissar muß den Namen meines Anwalts kennen. Wann sind Sie denn verabredet, fragt er. Um elf. Nun lacht er und sagt, da wird er schon noch kommen, es ist doch erst, er guckt auf die Uhr, erst kurz nach zehn – haben Sie denn keine Uhr? Nein, denke ich, nie gehabt. Beziehungsweise damals, irgendwann während der ersten Schuljahre, mal für eine Woche, ein Geburtstagsgeschenk. Ich guckte während des Unterrichts dauernd darauf, weil mir langweilig war. Aber durch das Gucken wurde mir noch langweiliger. Der

Zeiger rückte gar nicht mehr vor. Je öfter ich raufguckte, umso weniger Zeit war vergangen, dieser Rhythmus mußte durchbrochen werden. Die Armbanduhr kam daheim in eine Schublade, und nie wieder schaffte ich mir eine an; aber das ist unwichtig jetzt, was will dieser Kantusch von mir?

Ein bißchen plaudern, so drückt er sich aus. Und da ich schweige: Sagen Sie mal, bei der ersten Vernehmung haben Sie doch angegeben, einfach nur spazierengegangen zu sein, richtig? Richtig. Hm, also wenn *ich* spazieren gehe, nehme ich keinen Schlagstock mit. Er knickt fragend das Handgelenk ab. Habe ich doch bei der Vernehmung gesagt, antworte ich. Da ich schon mehrmals übel beschimpft worden bin, wenn ich mich so in der Öffentlichkeit gezeigt habe, mußte ich mich wappnen für eventuelle körperliche Angriffe. Und das war ja eine weise Voraussicht, wie man gesehen hat, denken Sie nicht? Darauf steigt er nicht ein. Mit *so gezeigt* meinen Sie, mit diesem Ding über dem Gesicht? Das ist seine Gegenfrage. Auf die ich wieder stumm bleibe, wozu etwas sagen, wenn er *Ding* sagt zu diesem Kunstwerk, das auch nicht billig war, zweitausend Euro hat mir der Maskenbildner berechnet. Warum haben Sie es überhaupt getragen? Und schon öfter, also immer wieder, wenn ich Sie eben recht verstanden habe? Aus Jux und Tollerei? Als Provokation? Oder warum? Weiterhin nichts von meiner Seite. Ich möchte Sie verstehen, Herr Werchow. Sie müssen doch Gründe gehabt haben. Nicken meinerseits. Allerdings bin ich unfähig, sie halbwegs exakt zu benennen, vor mir selber, und erst recht vor diesem Vernehmer, darum sage ich, die Gründe, Herr Kommissar, bleiben bei mir. Wie Sie wollen, sagt er, und nach einer Pause: Dann zurück zu Ihrer Schlagwaffe, wie oft haben Sie die schon mit sich geführt? Noch nie. Es war das erste Mal. Aber, er neigt den Kopf, Sie haben sie schnell gezogen, wirkte absolut geübt. Weil ich es mir vorgestellt hatte.

Sie hatten sich schon vorgestellt, daß Sie die Waffe einsetzen würden, verstehe ich Sie richtig? Er hatte während meiner Aussage leicht mit dem Oberkörper gezuckt und schaltet jetzt gleich wieder auf Entspanntheit, war es unklug, ihm das gesagt zu haben? Kann sein. Nur entsprach es der Wahrheit. Ich hatte mir vorgestellt, was später tatsächlich eintreten sollte, daher das rasche, für den Kommissar wohl professionelle Ziehen, im Kopf war es geübt, im Kopf. Aber das mag ich diesem Beamten, so wie er hier unterwegs ist, nicht näher ausführen. Ich hielt es angesichts der allgemeinen Situation da draußen nicht für abwegig, den Knüppel parat zu haben, antworte ich ihm.

Was einem alles einfällt, wenn man erstmal beim Notieren ist: *Unsere Menschen*, haben die Politiker im dann abgeschafften Staat ständig gesagt, wohingegen die Politiker im heute existierenden Staat immer sagen, *die Menschen da draußen*. Das eine Vereinnahmung, das andere Abschottung, einst das Umklammern, heute das Fortweisen, aber weiter.

Der Kommissar verabschiedet sich bald; er schien nichts mehr zu fragen zu haben oder weitere Fragen für sinnlos zu halten. Wenig später stürmt, ja, stürmt Dreisinger herein. Ich höre, gerade war ein Ermittlungsbeamter bei Ihnen, was wollte er, wie haben Sie sich verhalten, fragt er mit mühsam zurückgehaltener Erregung. Und ehe ich einen Laut hervorbringen kann: Das ist typisch für diese Beamten. Kommen gezielt, bevor der Anwalt kommt. Da sind sie ganz schnell, da versuchen sie einfach mal, dem unvorbereiteten Häftling was aus der Nase zu ziehen. Also, wie war es, erzählen Sie! Ich berichte ihm alles, und er sagt am Ende, eindeutig, worauf die hinauswollen. *Vorsätzlicher* Angriff, darauf wird abgehoben. Aber ich habe überhaupt nicht angegriffen, rufe ich entsetzt. Wir haben nur leider zwei Polizisten, die das Gegenteil aussagen, und zwar durchaus detailliert, gibt Dreisinger zurück. Dann lügen die, die lügen! Was wir ihnen nachweisen müssen. Was nicht einfach werden dürfte. Er lächelt mich an, beschwingt, wie mir scheinen will, fast so, als ob er sich gerade außerordentlich wohl fühle. Als ob ihm diese schreckliche Sache hier größten Spaß bereite – und sie bereitet ihm Spaß, plötzlich begreife ich es. Die Erregung vorhin, das fast schon ins Strahlen übergehende Lächeln jetzt, er ist in seinem Metier. Behende hüpft er darin herum. Wie lieb er mir ist! Mag er blutjung sein und als Anwalt vielleicht noch ein wenig unbedarft, er folgt seiner Passion, und allein damit macht er einem Mut und reißt einen sogar mit.

Allerdings: Dann muß ich mich darauf einstellen, länger inhaftiert zu bleiben? Müsse ich, sagt er ohne Umschweife, und das ist ein seltsamer Gegensatz: seine Leichtigkeit auch bei diesen Worten und die Schwere, die sich bei mir ausbreitet. Bin ich also nicht nur kurz hier, sondern auf unabsehbare Zeit, die jähe Erkenntnis macht mich schweigsam. Ich bringe gar nichts mehr heraus. Sacke wohl sogar in mich zusammen, denn ich höre meinen Anwalt sagen: Nun mal nicht gleich aufgeben. Richten Sie sich so gut es geht ein. Ich beantrage Telefon- und Fernsehfreischaltung, und Sie sagen mir, wen Sie zu Besuch haben wollen, in der Regel wird eine Person pro Monat genehmigt. Wer soll es sein am Anfang? Eine, will mir entfahren, wieso denn nur eine, aber Dreisinger ist so klug oder auch nur so schwungvoll, nicht mitleidig, sondern fordernd zu schauen, folglich antworte ich brav, meine Frau natürlich, Carla.

9. Oktober

In der Früh ist alles noch schlimmer. Pro Monat ein Besuch, hatte Dreisinger gesagt, das martert mich. Daß er sogar Monate veranschlagt. Aber vielleicht tut er das gar nicht? Er hat doch nur die Regularien wiedergegeben. Aber mit ein bißchen Einfühlungsvermögen hätte er ruhig sagen können, muß nicht so lange dauern. Er hat kein Einfühlungsvermögen. Oder er ahnt, daß es doch so lange dauert, dann hätte er welches. Aber kein großes, denn sonst hätte er gesagt, ich arbeite darauf hin, daß sich die Ermittlungen nicht Monate hinziehen. Nur, durfte er das sagen? Er ist doch nicht der Ermittler. Schon gar nicht ist er meine Amme – und der Gedanke rettet mich endlich. Genaugenommen das Wort. Ausgehend von Amme schießt mir durch den Kopf, wie wir früher, als Schniepels, über irgendeine dauerfürsorgliche Frau gesagt hatten, sone Mutter mit sieben Brüsten. Dabei formten wir die Hände, als hielten sie etwas ungemein Schweres. Frauen im Faltenrock wiederum hatten wir hinterhergerufen, sie trägt'n Faltenrock, sie trägt'n Faltenrock, ich geh am Stock. Und dabei stoben wir davon, als wären wir in Gefahr, von ihnen verprügelt zu werden, es gehörte zum Spiel, das Rufen mündete ins Rennen wie die Schorba in die Saale.

Bin in jener Zeit nicht ich es gewesen, der geschlagen hat? Einmal. Einen Negerjungen, den einzigen in Gerberstedt. Den Sohn eines Ingenieurs aus Guinea-Bissau, der für zwei Jahre bei meinem Vater im *Aufbruch* mitlief, um zu lernen, wie man eine große Druckerei leitet. Er hieß Immanuel Kanté, der Sohn, das entbehrte für uns alle in der vierten oder fünften Klasse der Ironie. Heute entnehme ich seinem Namen, er stammte aus einer Familie mit Bildung und Ansprüchen. Wobei er selber von ersterer nichts und von letzteren viel offenbarte, mit anderen Worten, er zeigte sich schnöselig. Er schaute auf uns herab. Mit seinem Paß durfte er ja nach Westberlin, und dort wurde ihm gekauft, was er wollte, immer die besten Jeans. Und immer das Naserümpfen über unseren unförmigen Ersatz und manchmal auch das gehässige Zupfen daran. Es störte mich nicht. Ich war immun dagegen, das lag nun an meiner Erziehung: Auf Klamotten und überhaupt auf Sachen, lebten Willy und Ruth uns vor, kommt's nicht an. Genausowenig störte mich Immanuel Kantés stinkende Faulheit, seine Sache, wenn er nichts lernte. Nur wurde es zu meiner, wenn er, der, vom Gang getrennt, neben mir saß, während der Klassenarbeiten sich lang machte und unverhohlen nach meinem Heft griff, um abzuschreiben. Das nahm er sich tatsächlich raus. Jeder bemerkte es, auch die Lehrerin, die als erste. Aber sie schritt nicht ein. Im übrigen denke ich heute, er griff gern nach *meinem* Heft, weil *ich* von ihm nicht anders zu piesacken war, er sich nicht anders über mich erheben konnte. Und so geschah es dann, einer Kleinigkeit wegen: Immanuel Kanté schnappte sich, weil er seinen vergessen hatte, in der Pause im Vorübergehen meinen Federhalter, da schlug ich ihm die Faust an den Kiefer, und er fiel um. Niemand half ihm auf. Dagegen kamen viele zu mir und sagten, richtig so, oder, endlich mal einer, oder, Mensch, Erik! Oder sie knufften mich wortlos in die Seite.

Ah, die heutigen Zurechtweiser! Gerade stelle ich mir vor, wie sie erschrocken die Hände an die Wange drücken oder anklagend den Arm in meine Richtung strecken, wie sie flüstern, oder rufen, oder brüllen, er hat das N-Wort verwendet, das N-Wort! Und dann noch *stinkende Faulheit*, ein rassistisches Stereotyp hat er auch noch bedient! Ich erinnere mich, Anfang der zwanziger Jahre traten sie geballt auf den Plan. Sie veränderten Titel von Gemälden alter Meister und entfernten Wörter aus Romanen der Weltliteratur, verübten also Zensur. Was aber ist Zensur? Gewalt aus dem Kopf heraus. Der Federstrich als Äquivalent zum Dolchstich. In diesem Fall traf es ironischerweise die Vergangenheit. Je länger sie zurücklag, umso vehementer wurde sie der neuen Moral angepaßt, es kostete nichts, weder Mut noch Intelligenz, denn das Vergangene ist naturgemäß wehrlos. Vor allem aber waren die Maßstäbe rein *Ausdrucksmäßige*; wie viele Konzerne ließen damals im Kongo Gold abbbauen? Um die fünfzig; was wurde zum Auswaschen des Goldes eingesetzt? Nervengifte wie Zyanid; und was geschah in Brasilien, wo ein deutscher Gigant arbeiten ließ? Die in Lohn und Brot Stehenden bekamen so wenig zu essen und zu trinken, daß sie Ohnmachtsanfälle erlitten und von der Polizei aus ihren Zwangsverhältnissen befreit werden mußten. Und noch ein Drittes, was war mit den Kakaoplantagen? Dort mußten die Bauern all ihre Kinder arbeiten lassen, denn erwachsene Hilfskräfte konnten sie sich nicht leisten, bei den nur vier Prozent, die sie vom Verkaufspreis einer Tafel *Milka* oder *Ritter-Sport* erhielten, kurzum, Schwarze da und dort wurden nach wie vor behandelt wie Neger. Das Wort indes stand auf dem Index. Die Wächter taten, als fiele allen die Zunge ab, die es sagten; wie gut für die Goldbarrenstapler aus den verschiedensten Industrien, denn nun bemerkte der Bürger von der Hauptsache noch weniger als ohnehin schon, nun war er vollauf damit beschäftigt, unfallfrei zu sprechen – denke ich jetzt, in der Einsamkeit der Zelle, in der man wahrlich nichts anderes tun kann als zu denken und die Gedanken aufzuschreiben.

Den Zensoren stand ich schon fern, als sie auf den Plan traten. Ich mußte lächeln über sie, wenn Zigeuner, die niemals mehr Zigeuner genannt werden sollten, sie freundlichst korrigierten, ach ihr, so nennen wir uns doch voller Stolz nach wie vor selber, wie jeher Zigeuner. Indes stand ich ihnen noch nicht fern genug. Noch meinte ich, mich im Fall des Negerjungen Kanté verteidigen zu müssen. Dachte ich an ihn, argumentierte ich im Stillen den Zurechtweisern gegenüber voller Beflissenheit: Ich sage heute zu den Heutigen doch auch, *die Schwarzen*. Wenn sie es wünschen und fordern, ist es ja wohl selbstverständlich. Aber damals, als ich zur Schule ging, hieß es noch nicht so, so war die Zeit. Martin Luther King hat in seiner bedeutendsten Rede durchgängig von Negern gesprochen, verdrängt es nicht, führt es euch vor Augen. POS, Schniepel, Neger, in den Worten einer Epoche liegt die Wahrheit über sie, warum nur wollt ihr sie wegbürsten? Was habt ihr davon? Und warum fahrt ihr fort, das Wort Zigeuner zu verbannen, obwohl Betroffene es gar nicht verbannt sehen wollen? Merkt ihr nicht selbst die Übertreibung?

Längst lasse ich das. Ich glaube nicht mehr, daß diese Leute nur *übers Ziel hinausschießen*, denn ich erkenne in ihnen die Militanz, die Fraglosigkeit und die Selbsterhöhung, mit einem Wort, die Charakterstruktur der früheren Sklavenhalter; Abstand zu ihnen, Abstand, wenn man nicht für den Aufstand gemacht ist.

—

Der alte Bärtige hat die stärksten Zeigefinger der Welt, das hat er mir eindrucksvoll gezeigt. Aber der Reihe nach. Aufschluß, meine Tür steht geöffnet, und ich sitze noch und schreibe, da stapft er heran, schwerfällig wie auf tiefem Schnee. Junge, sagt er, kein Muscheldasein, ist nicht gut. Nicht hier. Nicht furchtsam sein, das ist das Einzig und Alles hier. Ich erwidere, daß ich mich gewissermaßen im Schreiben verloren hätte. Gar mancher, sagt nun er, schrieb schon gegen seine Furcht und wußte es nicht, und hörte darum nimmer auf zu schreiben. Ich starre ihn an. Hopp hopp, ruft er, drückt mich jedoch einen Moment später wieder auf den Stuhl. Ein Ratschlag noch, höre: Nicht trippseln und nicht begräbnislangsam gehen, die Banditen merken es. Sind wie Raubtiere. Zerfleddern dich auf die hier geüblichte Art. Fordern von dir, du sollest ihre Zelle reinemachen, damit setzen sie den Anfang, und du? Was machst du? Ich? Sage natürlich, kommt nicht in Frage. Aber dann drücken sie dich erst recht, Junge. Fordern Geld zum Ausgleiche dafür, daß du bei ihnen nicht reinemachen magst. Tonlos sage ich, das ist doch verrückt, darauf er: Denke es nicht. Versage es dir. Zeige ihnen nicht, was du von ihnen hältst, denn es fördert nur ihre Reizlichkeit, passe auf. Ein Geschichtlein. Saß einmal ein bedeutender Manager in der alten Anstalt in der großen Stadt. Dachte, sein Name und seine Fähigkeiten stellen ihm Schutz dar. Verhielt sich wie der Boß, jedoch Boß ist hier jemand anderer. Genau gesprochen sind es mehrere. Araber, Tschetschenen, Russen. Dann Vietnamesen. Hintendran die Deutschen. Diese alle haben sich gemeinsam verhalten und den Manager umgedrückt. Zwei oder drei Tage, und schon ward er schlapp. Begann, aus der Nase herauszubluten. Das ging nicht zu stoppen. Hinterließ überall Spuren. Geheißen, sie aufzuwischen, mußte er den Kopf beugen. Woraufhin er nur vermehrt tropfte und von allen nur noch Bluter geru – hör auf, flüstere ich. Sag mir lieber, wie *du* es machst: diese Banden nicht zu reizen und dabei nicht kniefällig zu werden; noch immer sitze ich auf meinem Stuhl und habe sein zerfurchtes, Ruhe ausstrahlendes Gesicht über mir. Ist ein schmales Gratel nur, sagt er. Dann schweigt er, und dann: Kann ich dir nicht vorklären, Junge. Finde selber den Ton. Komme in den eigenen Stand.

Er stapft voran, und ich stapfe ihm nach, das erste Mal seit Willys Tod ist mir wie dem Kind, das dem Vater folgt. Ich verspüre das Bedürfnis, mich, nicht körperlich, an ihn zu schmiegen, und frage ihn frei heraus, was er eigentlich verbrochen habe. Meines Erachtens, schiebe ich hinterher, könne er keiner Fliege was zuleide tun. Da zieht er mich wortlos in die Gemeinschaftsküche und weist auf einen Stuhl. Gehorsam nehme ich Platz. Er holt eine Wasserflasche, öffnet sie und fordert mich auf, erstmal ein paar Schlucke zu trinken. Auch das tue ich. Als ich aber die Flasche wieder absetzen will – geht es nicht. Stopp, sagt er, höre auf – doch das Wasser ergießt sich gegen meinen Willen in sogar noch größerem Schwall in meine Kehle. Aus den Winkeln meiner nun schon flackernden Augen sehe ich, daß er mit dem Zeigefinger von unten gegen die Flasche drückt. Ich versuche, sie ihm zu entwenden, doch keine Chance. Einzig mit dem Finger rammt er sie mir nur noch tiefer in den Rachen. Panik ergreift mich. Ich rucke mit dem Kopf hin und her, da schiebt er mir den anderen Zeigefinger unters Kinn und drückt es in fürchterlicher Langsamkeit nach oben. Keine Bewegung ist mir mehr möglich. Wie in Stahlglieder fühle ich meinen Schädel gezwängt. Und das Wasser ergießt sich in mich, in einer Fülle, daß ich mich verschlucke, keine Luft mehr bekomme, plötzlich Todesangst leide. Nun gibt er ein wenig nach. Verändert den Anstellwinkel der Flasche derart, daß ich das Wasser gerade so wieder aufnehmen kann. Dann endlich ist es alle. Er läßt mich, beziehungsweise die Flasche, los.

Er läßt mich zur Besinnung kommen. Sagt, und genauso mit Wodka. Und mit zwei Flascheln hintereinander. Der Trunkengemachte war fast hinweg. Mußte auf die Notstation vom Krankenhaus. Ärzte kämpften taglang um sein Leben. Das Gericht beschied mir gefährliche Körperverletzung. Aber weshalb? Ich meine, weshalb hast du's getan? Nun, Junge, weil der Mann was getan hatte. Er verfällt in Schweigen, der Bärtige, der Eisenfingrige. Schaut ins Nirgendwo. Sag's mir, bitte ich, da hebt er an: Es war nachtens auf der Straße. Mein Sohn fährt LKW, war sein Liebesberuf. Zu Hause ist seine Frau und sein Kind. An einer Ampel fährt ihm einer rein, mit einem teuren tiefen Auto. Einem blütendweißen. Nur noch die Hälfte lang ist es hernach. Aber der Fahrer lebt. Blutet am Kopf. Versucht, sich durch den beuligen Türspalt zu schlangeln, und schafft es nicht. Mein Sohn zieht ihn frei. Der Mann schweiget still. Sagt kein Wörtchen. Ist nicht in der Verfaßtheit, denkt mein Sohn. Aber als die Polizei bei ihnen ist, spricht er lügnerische Worte. Dieser da, mein Sohn, sei bei Rot gefahren. Und nochmal, Junge, es geschah nachtens, kein Menschenkind auf der Straße. Keiner von heraußen hat ein Zeugnis ablegen können. Natürlich erfordert die Polizei von beiden zu prusten. Und mein Sohn hat Alkohol im Blute, ein klitzeklein weniges über der Grenze. Und da sagt jener schlechte Mensch, geholfen hat er mir auch nicht, als ich im Auto klemmte, vielleicht, weil er hoffte, ich werde verrecken und nicht mehr wahrsagen können. Und alles ist von ihm vor Gericht wiederholt worden, und er bekam Freiheit und mein Sohn eine Strafenbewährung sowie auf drei Jahre die Entziehung des Führerscheins. Nimmer mehr wird er LKW fahren. Nicht mit diesem großen schwarzen Fleck in der Akte. Der Speditionschef hat gesagt, bei ihm nicht, und gewißlich nicht bei den anderen. Und da fing er wirkhaft an zu trinken. Er begab sich in den Suff.

Du hast deinen Sohn gerächt, murmele ich mehr zu mir selbst als zu ihm. Er aber sagt, los, Junge, die Zeit ist herum, wir sind die Letzten. Und tatsächlich, in der Tür steht mit unwirscher Miene schon die Munera, und hinter ihr hallen schon die bekannten Geräusche der sich schließenden eisernen Türen, nichts davon hatte ich bemerkt.

Was ich dich noch fragen wollte, frage ich rasch im Hinausgehen, der Vogel. Vorgestern in der Dusche der tätowierte auf dem Rücken, was ist das für einer? Ist ein Sittich. Wird dem Sittenstrolch gestochen. Aber wie denn, frage ich schnell noch, gibt es hier Tätowiergeräte? Selbstgebaute. Umoperiert wird zum Beispiel ein Rasierapparat. Die da hereinkommende Farbe ist eine Rührung aus Ruß und Kulitinte. Alles findet Verbauung, Junge. Die Kulimine ist ja nun leer, nicht. Ist hohl wie ein Steigrohr. Wird von den Arabern in eine Glühbirne gesteckert, und schon haben sie ihre Shishapfeife.

10. Oktober

Draußen regnet es, ein richtiges Pladdern. Die Lichter der Autos lassen das Asphaltband wie eine Eisbahn erscheinen. Ich stelle mir vor, jemand läuft Schlittschuh darauf, ein Blitzen der Kufen, das mein Herz erfreut, ein geschwindes Gleiten, und nicht sogar untermalt von einem milden Kratzen?

Wunscherfüllung in der morgendlichen Finsternis. Ich wollte vor einem neuen und womöglich wieder schrecklichen Tag etwas Schönes und habe es mir geschaffen. Und siehe, wie von selbst folgt noch etwas Schönes, und dabei völlig Reales, der Alte und seine *Fingerübung*. Gestern abend war er mir noch als Schrecken erschienen, hatte er mir nicht urplötzlich seine Verworfenheit vorgeführt? War ich nicht in einer Angst wie in noch keiner gewesen, in der Angst zu ertrinken, hier an Land? Aber jetzt: nichts mehr davon. Der Alte ist mir wieder Beistand. Er gibt mir sogar mehr Sicherheit als zuvor. Wer nämlich verworfen ist, der führt es nicht freiwillig und nicht als Schauspiel vor, das liegt für mich auf der Hand. Je länger ich darüber nachdenke, umso klarer erkenne ich, diese Demonstration ist sogar ein besonderer Vertrauensbeweis von ihm gewesen, ich wiederhole, daran glaube ich zutiefst.

Ich wiederhole? Habe ich das vielleicht schon öfter geschrieben? Es ist reinster Dostojewski, ganz häufig schrieb Dostojewski, wenn er einem Gedanken Nachdruck verleihen wollte, ich wiederhole, oder, ich betone. So wie er auch oft übrigens geschrieben und es nun aber gar nicht wie übrigens gemeint hat; ich kenne ihn genau. Hängt mit Willy zusammen. Er hatte ein großes Bücherregal im Wohnzimmer, mit lauter Büchern, die er gedruckt hat. Selber war er kein großer Leser. Konnte er nicht sein. Kam immer erst spätabends heim, und auch noch mit Sorgen meist, denn immer fehlte es bei ihm im Betrieb an irgendetwas, an Valuta für eine neue Maschine, an Papier zum Drucken, an der Einsicht der Autoren, daß es an Papier fehlte, mit einem Wort, Willy war zu malade von der Arbeit, um noch andere Bücher zu lesen als *Null-Acht-Fünfzehn* oder maximal noch den *Schwejk*. Dafür hat er Matti, Britta und mich angehalten, uns im Regal zu bedienen, mit besonderem Verweis auf Dostojewski. Kein erdrückender Verweis der Art, daß wir ihn unbedingt lesen müßten, weil er ein ganz Großer sei. Nein, Willy war klug, er sagte, denkt nur, beim ollen Dostojewski sind wir erwähnt. Und weiter nichts. Und wir natürlich: Wie, wir? Na, unsere Familie. Und wieder Schweigen, und wieder wir: Wie, unsere Familie? Müßt ihr selber rausfinden. Lest ihn, dann werdet ihr's erfahren. Was natürlich bedeutete, er mußte Dostojewski verschlungen haben, als er noch mehr Zeit gehabt hatte. Wir wiederum waren nun angejuckt, zumindest Matti und ich. Britta weniger. Die ist lieber rumgetollt. Gut, wir Jungs ziehen uns die *Karamasows* rein, *Schuld und Sühne*, den *Spieler*, aber nichts, nichts, was wir gefunden hätten. Und das sagen wir dem Vater; wir sind genervt, obwohl wir schon auch elektrisiert sind. Weiterlesen, empfiehlt er, dann stoßt ihr drauf. Und tatsächlich, eines Tages ruft Matti, der mit den *Dämonen* angefangen hat, hier, ich hab's, Stepan und Pjotr, diese Hauptfiguren hier heißen Werchowenski, das wird er gemeint haben.

Logischerweise Enttäuschung bei uns: Nur weil diese Figuren Werchowenski heißen und wir Werchow, hat der Willy uns dermaßen in den Dostojewski reingetrieben? Wie billig von ihm.

Aber gleich unser nächster Gedanke: gar nicht. Willy hat gehofft, wir würden unabhängig von der Aufdeckung des lächerlichen Geheimnisses Feuer fangen, und das haben wir. Die Zuneigung, die wir für diesen Dichter empfinden, hält nun schon ewig und drückt sich sogar in kleinsten Kleinigkeiten und scheinbaren Nebensächlichkeiten aus, nehmen wir den Wollmantel, den ich mir zwei oder drei Jahre nach der Wende kaufte. Dunkelgrau, mit marineblauem, per Schnalle verschließbarem Kragen. Und knielang und eng anliegend, alles wie bei einem alten russischen Fürsten, die Leute bestaunten ihn. Was für ein ungewöhnliches Stück, lobten sie. Mein Myschkinmantel, antwortete ich, und wartete, ob sie damit etwas anfangen können. Ob sie imstande sind *dahinterzusteigen*. Aber alle gucken nur so als ob und sagen keinen Mucks. Weil sie's eben doch nicht können. Und ich denke, Banausen, nicht die leiseste Ahnung von Dostojewski! Das ist aber nicht einmal das, was mich stört, sondern mich stört, daß sie nicht fragen. Im Osten früher hätten die meisten es getan. Hätten keinen Gedanken daran verschwendet, sich vielleicht eine Blöße zu geben. Und schon kurze Zeit später haben sie, auch sie so wissend wie ihre westlichen Vorbilder geguckt und haben sich ja nicht ertappen lassen wollen; immer steht mir, wenn ich an die elenden Verformungen jener Jahre denke, mein Myschkinmantel vor Augen.

Wer aber noch fragte, galt den vielen Verstummten bald als unklug, ich merkte es an deren hochmütigen Gesichtern. Sie, die schwiegen, fühlten sich den Fragenden überlegen und wandten angesichts ihres Erfolges die geschwind erlernte Methode immer häufiger und selbstverständlicher an, so kamen sie durch die Welt, während die immer vereinzelter dastehenden Freimütigen immer öfter ein verächtliches Tsss hörten, und hinter dem Rücken ein: Wie kann man nur so plump sein.

Bloß ist's so, daß fortwährender Selbstbetrug fortwährende Scham nach sich zieht und es zunehmend Kraft und Konzentration erfordert, sie zu unterdrücken; wie bei einem Schlauch mit hohem Wasserdruck, vor den man die Hand hält. Irgendwann kann man nicht mehr und gibt dem Druck nach, ich spreche für mich selbst. Ich kenne solche Scham, und ich kenne das Glück, das sich einstellt, wenn man sie endlich, endlich los ist; wo bin ich gelandet? Wo habe ich angefangen? Bei Dostojewski, ich merke, auf meinem zynisch festgeschraubten Stuhl in dieser latent gewalttätigen Anstalt unseres demokratischen Gemeinwesens bin ich längst in einem anderen Glück, dem des Schreibens und Denkens. Und es geschieht nicht nacheinander! Das ist großartig! Herrlich ist es! Ich schreibe nicht nieder, was ich denke, sondern ich denke, *indem* ich schreibe, Gleichzeitigkeit statt Aufeinanderfolge, Bedingtheit, auch Leichtigkeit, es ist, als empfänge ich meine Gedanken im Moment des Formulierens. Als würden sie mir geschenkt, wenn ich nur schriebe, ich muß weiterschreiben, weiter, ich mag denken wie nie zuvor, Matti, sofort mag ich mich meinem Bruder Matti zuwenden.

Bei ihm zeigte sich die Nähe zu Dostojewski auf noch viel tiefergehende Weise als bei mir. Er verfaßte ein Buch, für das der alte Russe die Idee gehabt hatte, das erstaunt mich noch immer. Aber es ist wahr. Es hat sich wirklich so zugetragen. Wobei auch eine Frau im Spiel gewesen ist. Matti war unglücklich verliebt in sie, er hat nicht viel von ihr gehabt. Einmal, an einem ihrer wenigen gemeinsamen Tage, liegen sie an einem Stausee unweit von Gerberstedt, und die Frau liest in einem alten, fast schon auseinanderfallenden Buch, dem *Unbekannten Dostojewski*. Es enthält ausnahmslos Skizzen, Ideen, Briefe, Entwürfe, und einen Entwurf liest sie ihm vor. Der Text handelt von einem gewissen Iwan Antonowitsch, den es tatsächlich auch gegeben hat, er war der Sohn eines deutschen Herzogs zu Zeiten von Katharina der Zweiten und wurde als Kind für Jahre in eine Einzelkasematte geworfen, in ein finsteres Loch, welch Sujet. Dostojewski wollte beschreiben, wie sich unter solchen Umständen ein junger Mensch entwickelt und sich bei ihm eine grauslige Phantasie herausbildet. Aber er kam nicht dazu. Matti nun hat sich, weil er so an der Frau hing, jedes von ihr vorgelesene Wort gemerkt und hat Mitte der 80er Jahre, gewissermaßen an Dostojewskis Stelle, den Roman verfaßt. Er heißt *Das verschlossene Kind* und ist eine Parabel über die damalige Stimmung in unserem kleinen Land. Im Grunde floß in dem Buch alles zusammen: Mattis Gefühl für die Frau, seine immer tiefer werdende Ablehnung der gesellschaftlichen Zustände – und eben jene Verbundenheit mit Dostojewski. Die war die Basis. Die Frau, kann man sagen, hat ihn genau auf dem richtigen Fuß erwischt.

Mein Gott, ich weiß plötzlich, wer so gesprochen hat wie der bärtige Alte! Antonio in Mattis Buch ist es gewesen, das Kind Antonio! Demzufolge habe ich mich geirrt. Ich habe die Stimme nicht gehört, sondern gelesen, es ist die eigentümliche und besondere Stimme eines aufgrund schrecklicher Umstände zurückgebliebenen und doch wohl klugen Geschöpfes; was sagt Antonio zu jemandem, der skeptisch guckt? Sie mißäugen, Herr. Mißäugen, ich habe jenes von Antonio in die Welt geworfene, wunderbar treffende Wort beim Lesen gefeiert, und ich habe Matti gefeiert, weil selbstredend er es gewesen ist, der es der Welt geschenkt hat.

Aber nur für einen Moment, denn wie war Matti? Bedrohlich für mich. Beschaffen fast wie eine Figur Dostojewskis. Dieses Unbedingte. Dieses Unduldsame. Diese Neigung, sich in etwas hineinzusteigern, in ein Spiel, eine Liebe, eine Sorge, ich erinnere mich einer Begebenheit: Als ihm eingefallen war, sein Buch zu schreiben, als sich, wie er mir gegenüber formulierte, der Stoff in seinem Kopf geformt hatte, ist er ohne jeden Verzug rüber nach Leningrad und weiter zum Ladogasee, um sich die Schlüsselburg zu beschauen, in der Iwan Antonowitsch gefangengewesen war. Er wollte den Ort kennenlernen, wo sich die Ur-Geschichte abgespielt hatte, und es mußte jetzt, gleich und sofort sein, in trister Novemberzeit. Dabei glänzen Leningrad und der See während der weißen Nächte im Mittsommer und der weißen Tage im tiefen Winter; ein paar Wochen nur gewartet, und das große Wasser wäre dick vereist gewesen, eine herrlich helle, unübersehbar weite, vollkommen ebene Fläche. Aber nochmal, er mußte los. Mußte losschreiben. Durfte keinen Tag mehr warten, sein Gefühl sagte es ihm – und das war es, was ihn von mir unterschied. Seine Eigenschaft, der inneren Stimme zu folgen und sich von nichts und niemandem beirren zu lassen. Wie weit ich davon entfernt gewesen bin! Hatte ich je meinen Gefühlen getraut? Nicht, wenn sie den Gefühlen zuwiderliefen, die ich bei der Allgemeinheit vermutete. Nach denen habe ich mich gerichtet. Nur denen habe ich getraut. Aber was schreibe ich, auch denen habe ich *miß*traut. Bauchschmerzen haben sie mir gemacht. Und dennoch bin ich ihnen gefolgt? Dennoch. Ausdauernd habe ich mir eingeredet, es wären meine eigenen, das ist eine Arbeit gewesen, richtiggehend eine Arbeit. Wenn man mich heute fragt, als was ich früher gearbeitet habe, müßte ich antworten, als Einflüsterer, und wenn man mich weiterfragt, wem haben Sie was eingeflüstert, müßte die Antwort lauten: mir, alles. Zu den Einflüstereien gehörte sogar, daß ich Matti liebe! Weil ihn doch alle geliebt haben. So stürmisch, der Junge, so beeindruckend zornig. So verwegen aufgerissen, das Hemd. Und dann noch sein poetisch düsteres Gesicht. Und wie jeder, der so blank ist, immer auch so verletzlich, man möchte ihm folgen und beschützen. Ich als erster, denn bitteschön, er ist der Jüngere. Der Ältere beschützt den Jüngeren, lautet die Regel. Wenn man's genau nimmt, bedeutet sie allerdings, der Ältere muß ihm stets auf den Fersen sein. Muß gucken, was er alles anstellt. Gewissenhaft habe ich sie befolgt. Dauernd habe ich auf ihn geguckt. Ständig hat sich dieser Matti vor mir befunden. Und dafür sollte ich ihn noch lieben? Die Wahrheit lautet, ich habe ihn gehaßt. Hinter ihm herlaufend, ihm hinterherhechelnd, wurden seine Fußstapfen immer größer, oder meine Füße wurden immer kleiner, ich weiß nicht, ich weiß nur, er ist mir der größte Feind gewesen.

11. Oktober

Wenn ich nur gleich fortsetzen, wenn ich sofort weiter schreibdenken könnte! Aber es ist nicht möglich. Noch nicht. Erst muß ich raus aus der Zelle, mich wieder auf Station zeigen, sonst denkt noch dieser oder jener, der Neue meine, er sei was Besseres. Mit anderen Worten, es geht um meine Stellung im hiesigen Gefüge. Sie ist inzwischen annehmbar, finde ich. Keine neuen Schwulitäten. Allerdings auch keine neuen Beziehungen. Nur Begegnungen. Ansätze von Handelskontakten. Die Vietnamesen boten mir Schnaps zum Kauf, nebenbei bemerkt: Alle Vietnamesen hier brennen welchen, das hat mich erstaunt. Ich hätte gewettet, sie kämen wie draußen mit Zigaretten, und auf Schnaps hätten die Russen das Monopol. Die sind aber auf Tabak spezialisiert. Die Araber wiederum auf ihre Pfeifen. Und alle, alle auf Drogen. Schätzungsweise die Hälfte der Jungs sind zugedröhnt. Wobei ich noch nicht genau weiß, wie das Zeug hier hereinkommt.

Eine Ahnung habe ich, seit heute früh: Ich stehe wie jeden Morgen vor dem Gitter und gucke in das von Autolichtern zerschossene Halbdunkel der Landschaft, da fliegt ganz nah ein Vogel vorbei, fast streift er die Stäbe. Und drei oder vier Sekunden später flattert er zurück; wenn ich die Hand raushielte, könnte ich ihn vielleicht berühren? Ich strecke also die Hand vor, und er kommt abermals vorbei, er schwingt tatsächlich noch einmal an der Wand lang, es ist kein Vogel. Es flattert ja auch gar nicht. Es ist aus Stoff. Eine Socke, ein Lappen, keine Ahnung, ich bekomme die Sache nicht zu fassen, denn ruckartig entzieht sie sich mir, dazu faucht jemand, he, Hände weg! Und da begreife ich: Hier wird noch gependelt, von Zelle zu Zelle. Kapitän vom Tenkesberg, schießt es mir durch den Kopf, Musketiere, Gräfin Cosel, wie in jenen lange zurückliegenden Zeiten, wie bizarr. Aber wie sinnvoll offenbar auch. Plötzlich ist mir, als wäre ich eine Figur aus einer alten Erzählung. Verwoben mit ihr, die lange vorbei ist, und darum nur teilweise im Heute zugange. Hat mein tiefstes Inneres mir das nicht schon die ganze Zeit hier signalisiert? Richtig, das bist gar nicht du, der hier eingekerkert ist, das muß irgendwer anders sein. Vielleicht war das sogar meine Rettung bisher? Vielleicht erwecke ich schon die ganze Zeit über den Eindruck eines Somnambulen, und man läßt mich deswegen weitgehend unbehelligt? Weil ich gar nicht mit allen Fasern hier zu sein scheine?

Nur eine Gruppe bereitet mir ernsthaft Sorgen, die um Ed. Sie hat mich auf dem Kieker, das spüre ich. Zu deutlich hatte diesen Banditen in der Dusche die Lust auf Gewalt in den Augen gestanden. Die pure Lust auf ein im Grunde beliebiges Opfer, mich. Im letzten Moment erst, in der unheimlichen Stille ihres Lechzens, entzog es sich, sie haben etwas nachzuholen mit mir. Ich fühle mich belauert von ihnen. Ich spüre, jederzeit kann der Angriff erfolgen. Vorgestern hat einer der Ihren in der Küche wie gedankenverloren eine Gabel hin- und hergedreht, sich den Stiel ringartig um die Hand gebogen und den mittleren Zinken hochgedrückt, so daß dieser wie ein Dorn aus der Faust ragte. Der Verbrecher hat sich versonnen sein Werk besehen und die Gabel wieder gerade gebogen; und alles, ohne mir, der ich es atemlos verfolgte, auch nur einen Blick zuzuwerfen.

Die Wärter, wären sie mir im Ernstfall eine Hilfe? Glaube ich kaum. Sie sind anwesend, doch nicht in der Nähe, wenn der Schnaps gebrannt, die Zwangstätowierung gestochen, der Dorn aufgerichtet wird. Sie wissen garantiert auch, was regelmäßig draußen am Gemäuer geschieht – wenn ich es jetzt schon weiß! Nur unterbinden sie es nicht. Vielleicht wollen sie kein ständiges Katz-und-Maus-Spiel, vielleicht vertrauen sie der von den Häftlingen selbst gebildeten *inneren Ordnung*, vielleicht gilt beides. Die meisten sind auch schon erkennbar verschlissen, meine Munera zum Beispiel: graue Haare, braune Flecken auf den Händen und im Gesicht, die Haut ansonsten fahl. Der Hals wahrscheinlich faltig, man sieht es nicht, sie verbirgt ihn mit immer dem gleichen groben grünen Tuch. Kommt sie mir das Essen bringen, tut sie es stumm wie am ersten Tag; ich bin jetzt schon eine Woche hier, und sie hat buchstäblich noch kein Wort zu mir gesagt. Dieses latent Unhöfliche von ihr stört mich fast mehr als das latent Aggressive manches Häftlings. So sollst du nicht sein, fordere ich bei mir von ihr, du Offizielle nicht. Ungeachtet dessen sage ich jedesmal, wenn sie erscheint, laut und vernehmlich Guten Morgen, oder, und schon ist ein neuer Tag angebrochen, oder, sieh an, die Frau Munera, und warum? Weil ich mir meine

Höflichkeit so schnell nicht nehmen lasse? Um ehrlich zu sein: Weil ich mich zum Sprechen gezwungen fühle. Eine Beziehung, irgendeine Bindung zu dieser Aufsichtsperson ist meiner Meinung nach nötig, damit sie im erwähnten Ernstfall vielleicht doch erscheint und für mich die Hände rührt – sie oder irgendein anderer Wärter.

–

Jetzt endlich meine Fortsetzung. Ich bin im Jahr 1976. Gerade ist der Sänger ausgebürgert worden, der mit dem *ND* in der Manteltasche vor dem preußischen Adler auf der Weidendammer Brücke. Und meine Schwester pinnt ein Gedicht von ihm an die Schulwandzeitung. Sie ist nämlich auch verliebt, in einen Jungen, der demonstrativ so ein Fleischerhemd wie der in Acht und Bann geschlagene Sänger getragen hat und deswegen der Schule verwiesen werden soll, Tyrannei. Britta will ihm beistehen. Das ist ihr Impuls, die Sache selber interessiert sie weniger. Was ich übrigens – übrigens! – interessant finde. Öfter als es die Menschen denken, handeln sie wegen anderer Menschen und nicht wegen der Sache, die jene anderen Menschen vertreten, die Sache ist ihnen eigentlich egal. Aber weiter: Sie soll sich entschuldigen wegen des Gedichts, vor versammelter Schule. Und das will und kann sie nicht. Nicht Britta. Sie schmeißt die Schule hin. Sie tut's, ohne groß nachzudenken, schwupps, und weg ist sie. Und ich bin beim Studium – Außenhandel – und möchte da gern bleiben. Darf ich aber nur, wenn ich mich von ihr distanziere, von meiner frohsinnigen, von mir heißgeliebten Schwester. Soll ich mich in schriftlicher Form lossagen, die Sektionsleitung legt mir einen entsprechenden Schriebs vor. In mir begehrt alles auf – halt, falsch, wenn *alles* in mir aufbegehrt hätte, hätte ich nicht unterschrieben. Habe ich aber. Ich habe mein Aufbegehren auf einem mich zufriedenstellenden und der Sektionsleitung gerade noch akzeptablen Niveau gehalten und habe, die Lippen zu einem Strich gezogen, die Luft hörbar durch die Nase gepreßt, meinen Wilhelm gemacht, so bin ich das organische Teil der Allgemeinheit geblieben, welches ich seit je gewesen war.

Nicht der Allgemeinheit. Der Gruppe der Allgemeinheit, die ich als einzige kannte.

Was aber tue ich nach dem Unterschreiben? Wozu lasse ich mich hinreißen? Dazu, gleich der Familie alles zu berichten. Weil ich mir doch schofelig vorgekommen wäre, nichts zu sagen. Dauernd geisterte mir das Wort *hinterhältig* im Kopf herum: Wenn du schweigst, bist du hinterhältig, und das stehst du nicht durch, dieses elende Wissen bis in alle Ewigkeit mit dir herumzutragen. Ich beichte also. Allerdings, kaum bin ich fertig, werde ich von Matti attackiert, und zwar so heftig wie noch von niemandem im Leben. Der Bruder wütet geradezu. Kriegt kaum noch Luft. Stößt bald nur noch Satzfetzen aus – ... man kann nur voller Ekel sein ... die eigene Schwester ... sein eigen Fleisch und Blut – ich bin wie erstarrt. Willy und vor allem Britta verteidigen mich zwar, Britta und Willy erklären, sie verstünden, in welcher Bredouille ich gewesen sei, aber es nützt nichts. Weil nämlich Willy, als erschöpfte Ruhe herrschte, mit Matti rausgegangen ist und weil die zwei höchst einträchtig wiedergekommen sind, mein Vater beinahe umschlungen mit meinem Bruder, dem vor mir ekelte, da fror ich regelrecht ein. Mein Herz schien gar nicht mehr zu schlagen. Auch meine Lider bewegten sich, glaube ich, nicht, mein Körper: eine menschengroße Puppe am Essenstisch.

Und doch war Matti insgesamt gesehen im Recht. In anderen Momenten hat er ja auch Willy nicht geschont; Willy schloß, um seinen Laden am Laufen zu halten, einen Kompromiß nach dem anderen, er konnte gar nicht anders. Aber er wollte anders. Er war auch mal anders, den Erzählungen seines alten Freundes Achim zufolge war er ein hemdsärmeliger und knorriger Typ mit der Maxime: Stell die einfachen Fragen. Stell sie gerade dann, wenn alle behaupten, die Lage sei kompliziert, und man müsse dieses noch bedenken und jenes. Dann frage erst recht klar und einfach: Was ist notwendig, was ist überflüssig? Was ist gut, was ist schlecht? Was tut man, was tut man nicht? Nochmal, hab keine Scheu davor. Laß es dir nicht ausreden. Es ist, anders als dir weisgemacht werden soll, keine Reduzierung, sondern eine Freilegung. Leg den Kern frei, und vor allem: Verlier ihn nicht wieder aus den Augen. Ja, so hat er mal gedacht und geredet, mein Vater. Und dann ist es ihm doch passiert. Er ist von den einfachen Fragen abgekommen. Erst ist er einen Kompromiß eingegangen, dann noch einen, und dann noch einen, bis irgendwann die Kompromisse von ihm Besitz ergriffen hatten – und auch wieder nicht! Immer noch aufbegehrt hat er, manchmal still, manchmal laut. Wir Geschwister haben es natürlich mitbekommen. Er hat sich, in dieser Hinsicht jedenfalls, vor uns nicht verborgen. Man kommt nunmal nicht ohne Kompromisse aus, versuchte er uns beizubringen, seht es doch ein. Vielleicht wollte er sich dadurch auch selbst an die Kandare nehmen, und vielleicht fühlte er sich auch von Engels geleitet, Friedrich Engels, der gesagt hat, Freiheit sei Einsicht in die Notwendigkeit. Das hat er oft zitiert. Mir hat es eingeleuchtet. Ich konnte da gut mitgehen, so voller Einsicht, wie ich war. Ganz anders Matti, denn Matti – war voller Zärtlichkeit. Das sehe ich heute. Damals sah ich nur, er folgt Willy nicht, er sperrt sich, dabei bestand genau darin seine Zärtlichkeit: als Sohn zu sein, wie der Vater so gern sein wollte. Ihn auf die Art zu stärken. Ihn noch einmal anzuschieben. Ich dagegen habe Willy mit meiner Duldsamkeit und meiner Fähigkeit, jeden Widerhaken aufzuspüren und zu umgehen, immer weiter geschwächt, gewiß, das alles ist mir mittlerweile bewußt. Damals spürte ich nur, *er schwächt mich*. Er zieht Matti, und sei es durch unbeabsichtigte Gesten oder Worte – eigentlich waren es nur solche Gesten oder Worte – mir vor. Er versagt mir die Anerkennung. Insgeheim verachtet er mich sogar. Aber kein Sohn will von seinem Vater verachtet werden, jeder will Anerkennung, umso mehr ersehnte ich sie mir von anderen, Fremden, ein bald hohles Wünschen, eine in Wahrheit ungeheure Hoffnungslosigkeit war das am Ende; man darf einen solchen Kreislauf überhaupt nicht erst entstehen lassen. Am besten, man pfeift auf Anerkennung, dann kriegt man welche, das ist jedenfalls mein Fazit.

Hervorbrechende Fragen: Zeige ich in meinem Verhalten zur stupiden Munera nicht auch Einsicht in die Notwendigkeit? Worin unterscheidet sich denn meine Einsicht von der Willys? In der mir vorschwebenden Gefahr? Aber was weiß ich denn, welcher Gefahr sich Willy ausgesetzt sah und von wem er sich wie bedrängt fühlte. Spät beginne ich ihn zu verstehen. Von Tag zu Tag – und überhaupt von Jahr zu Jahr – denke ich warmherziger an ihn.

12. Oktober

Man stelle sich zwei Züge vor, die zum selben Zeitpunkt losfahren. Und in beiden sitze ich. Der eine rollt auf geradem Geleise der herrschenden Meinung hinterher, der andere biegt ab, jeden Sommer in Richtung Ungarn, Bulgarien, Rumänien, Betonung auf: in Richtung. In der Tschechoslowakei sind wir ausgestiegen, meine Kumpels und ich, und sind in die Puszta oder zum Schwarzen Meer oder ins Rila-Gebirge getrampt, nicht selten auch von da nach dort. Das ist auch das Leben gewesen! Das hat uns die herrlichsten Erlebnisse beschert. Einmal stehen wir hinter Budapest und wollen weiter nach Szeged, viele Autos halten an, und wir drei Jungs rufen in jedes hinein: Scheged?! Aber kaum haben die Fahrer es gehört, verfinstern sich ihre Mienen. Kurbeln sie ihre Scheiben wieder hoch. Niemand nimmt uns mit. Nur einer, ein Student, wie sich herausstellt, beginnt lauthals zu lachen und lädt uns ein. Ihr müßt es mit scharfem S sprechen, sagt er, Sseged, so, denn wißt ihr, was Scheged heißt? Arsch. Oder ein anderes Erlebnis, wir zelten irgendwo in der Walachei. Wortwörtlich, es war die Walachei. Wir ziehen staunend durch die Ärmlichkeit dort, wir empfinden, daß wir es gut haben bei uns daheim, aber wie dem auch sei – plötzlich, eines Morgens, wir haben gerade unsere Zelte abgebaut und unsere Rucksäcke geschnürt, sind wir umringt von Zigeunern. Die Messer zücken und damit auf unsere Handgelenke zeigen. Wir uns angeguckt und losgesprintet, bis zu einer Straße, auf der gerade ein Bus langholpert. Dem wir uns in den Weg stellen. So kommen wir davon.

Die Geschichte ist noch nicht zu Ende. Ein paar Tage später treffen wir am Rand von Bulgarien ein, an der Steilküste nahe der türkischen Grenze, jede Menge Tramper machen da immer FKK. Im Meer sich waschen und dabei die verschwitzten Mädchen anlächeln, die auch gerade eingetroffen sind und sich auch waschen, gut – doch auf einmal wird die Verheißung gestört. Polizei in Schnellbooten und von beiden Strandseiten. Und oben auf der Steilküstenkante steht auch welche. FKK, wissen wir, ist in Bulgarien verboten. Hastig angezogen, nützt nur nichts, wir sind schon umzingelt, und jetzt? Werden die Ausweise verlangt? Iwo, die Uhren. Ruhla-Uhren gehen nach wie vor, heißt es bei uns, aber die Polizisten wollen sie trotzdem, wie die Zigeuner, also von meinen Kumpels, denn ich besitze ja keine. Und wenn die Kumpels sie nicht rausrücken? In dem Fall Knast. Wir uns wieder angeguckt. Dann nehmt uns mal mit. Sind wir aber gespannt, was ihr weiter machen wollt. Und so sind wir tatsächlich eine Nacht eingebuchtet. Und siehe, gleich am nächsten Morgen kommen wir wieder raus, was denn sonst. War fast ein Spaß. War ein Dorfknast mit so großen Gitterabständen, daß wir den Kopf durchstecken und Grimassen schneiden konnten, dazu gekalkte Wände, wie wir sie aus Wildwestfilmen kannten, Happy End garantiert.

Apropos türkische Grenze. Ich versuche mich zu erinnern, welche Rolle es für mich spielte, da nicht weiterzudürfen, eine große? Keine. Wirklich und wahrhaftig nicht die geringste. Jene Grenze kam in meinem Kopf nicht vor. Und da höre ich die Leute *von drüben* nun murmeln, perfekte Verdrängung. Aber es war anders, viel leichter. Verdrängung ist Mühe, und bei mir ging es mühelos, ein frageloses, geübtes Sich-Bewegen in der Welt, in die ich hineingeboren worden war. Dort hinter Primorsko endete sie. Ich dachte noch nicht einmal jenes Wort, Ende. Aber viele andere aus meinem Land dachten es? Viele andere wollten rüber über die Grenze, über dieses kurze Ende hinaus? Wahre Erzählung, muß ich nicht betonen. Doch meine ist gleichwahr. Und Leute, meine Kumpels von einst würden, wenn ihr sie befragtet, dasselbe erzählen; könnte nur sein, sie halten den Mund, halten ihn immer noch, weil es über Jahrzehnte ganz unmöglich war, damals nicht jene *eine* Sehnsucht verspürt zu haben. Man gibt das normalerweise immer noch nicht zu. Was für ein Mensch ist man denn gewesen ohne dieses Wünschen in die Weite? Und so stochert man schweigend mit der Fußspitze in der Erde herum …

Bis man fragt, ach was, bis man ausruft, ihr da, ihr aus dem damals offenen Teil der Welt, wißt ihr, was mich wundern würde? Wenn ihr in eurer Jugend größere Erlebnisse gehabt hättet als ich. Euer Meer mag größer gewesen sein, aber waren eure Mädchen bloßer? Die auf euch gerichteten Messer schärfer? Ging euer Atem, aus Lust oder Angst, je heftiger als meiner? Habt ihr je so um ihn gerungen wie ich in balkanesischer Sommerhitze im mit Teigtrögen vollgestellten, hinter mir verschlossenen Lieferwagen ohne Fenster, ohne jede Ritze, fast ohne jeden Sauerstoff bald, habt ihr je so ausdauernd und verzweifelt an eine metallene Trennwand gewummert und euch je nach einem Aufschließen einer Tür so gerettet gefühlt wie ich?

—

Der erste Hofgang. Es nieselt, darum hebe ich das Gesicht. Unangenehm war mir bislang gerade diese Art von Nässe, und jetzt: erinnert sie mich an Seide, die sich mir auf die Haut legt, leicht, fein, sanft.

Neben mir der Alte, vor und hinter uns vielleicht noch zehn oder zwölf Mann. Wenn die Sonne scheint, sagt er auf meine Frage hin und blinzelt, als scheine sie wirklich, sind's um die fünfzig, wenn ein Überwurf voraussteht, lauern hundertzwanzig herum. Überwurf? Von hinter der Mauer. Alles, was das Herzl begehrt. Und die Wärter? Lassen die es einfach zu? Sind zu wenige. Nie mehr als zweie. Können leicht weggelenkt werden, zum Beispiel durch eine vorgespielte Prügelei. Ich gucke zur Mauer, hoch ist sie von hier unten gesehen. Der Nato-Draht scheint an den Wolken zu hängen. Wenn's nur Schnee rieseln würde, brummt der Alte, jetzt doch noch nicht, brumme ich; und nach einer Pause, du magst Schnee, hm? Er nickt. Hatte immer welchen unter den Füßen. Bin ewiglich durch Sibirien gezogen. Jahraus jahrein allein und manchmal auch mit Nomaden, den Nenzen. Jäger war ich. Ging auf Caribous. Zu guten Zeiten lag bald Leib an Leib. Konnte auch alles liegenbleiben, die Kälte macht's Fleisch haltbar. Hart wie Stahl ist's bei 40 Grad unter Null, brauchst einen Schneidbrenner zum Auftrennen. Und er zwinkert, Junge, mußt nicht alles glauben. Die Nomaden führen keinen Schneidbrenner mit sich, nur Schlitten mit Jurten. Und für den Frühling Moskitonetze. Sogleich wenn das Moos sich zeigt und beginnt, unterm Stiefel zu schmatzen, sind Mückengeschwader rundum dich, *das* sollst du glauben. Sogar unter die Netze schwibbeln sie. Immer geben sie dir Stiche. Ist aber nicht so schmerzend, wie wenn du hinterm Polarkreis unterm Licht der Sonne im Gleißschnee stehst und deine Sonnbrille verloren hast. Unvermeidlich wirst du blind. Hast mein Geblinzel gesehen, Junge? Da hast du die teilweise Blindheit. Und nehme nicht an, du könntest die Augen verschlitzen und rasch zur Jurte zurücklaufen. Dafür ist die Jurte allermeistens viel zu weit weg. Gewißlich, weit muß der Jäger im Norden gehen, um Tiere zu schießen, Tage und Wochen dauert's. Einmal hatt ich vor lauter Gehen und lauter vergangenen Tagen schon keinen Proviant mehr. Ausgekräftet und ohne Hoffen, wie ich war, legt ich mich zum Sterben nieder. Und da erblickt ich am Horizont die Silhouette eines Caribous. Ein schöner Traum, der letzte im Leben, dacht ich. Aber die Silhouette ward größer. Das Tier schälte sich hervor. Trat langsam, langsam näher, fragte sich wohl, was das für ein seltsames Häuflein dort vor ihm im Schnee ist. Ich griff genauso langsam zur Flinte. Wie war die schwer. Wie eine Kanone. Nicht zittern, beschwor ich mich, nicht zittern. Und fürwahr, ich traf. Das Caribou sank längens in den Schnee. Seitdem, Junge, glaub ich an Gott. Es war doch die letzte Minute! Wer ansonsten soll mir das Tier geschickt haben? Bevor ich das Fleisch fraß, schlug ich erstmals das Kreuz, und seitdem jedes Mal. Er knufft mich in die Seite, der Alte: jedes Mal vor jedem Mahl, gut, was?

Bist du also Russe. Rußlanddeutscher, korrigiert er. Gennadi Genrik, kurz Genja. Daher die sonderbare Sprache, murmele ich. Ja, sind die alten Wörter der Ahnen. Sind von den Generationen gehalten und verfremdelt worden, viele lachen darüber. Du nicht. Und er schaut mich mit einem Blick an, der mich wärmt und auch erstaunt, denn ich hätte nicht gedacht, daß *ich ihm* Halt geben könnte, es wäre mir wirklich nie in den Sinn gekommen.

13. Oktober

Zeitig am Vormittag Dreisinger. Mit ernster Miene erklärt er mir, ich könne mich freuen, er habe die Besuchserlaubnis für meine Frau. Auch Bücher seien nun bestellbar. Aber? Telefon und Fernseher würden mir nicht freigeschaltet, und auch einen Laptop dürfe ich nicht haben. Alles sei abgelehnt worden. Aber warum denn, rufe ich, selbst einer wie Ed hat das alles, und der hat bestimmt richtig was verbrochen, warum kriege ich es nicht? Er verzieht ein wenig das Gesicht; weil ich gejammert habe wie ein Kind? Warum, wiederhole ich gefaßter. Das wisse ich wohl selber. Ich sei doch klug genug zu durchdringen, was sich seit Zweizwanzig im Lande ausgebreitet habe, oder irre er sich da?

Es war, als habe Dreisinger auf einen Knopf gedrückt. Wie auf Spruchbändern zogen willkürliche Anordnungen, Bestrafungen und Lockerungen an meinem inneren Auge vorbei, aus der Pandemiezeit, aus der Zeit des Krieges im Osten: Schüler dürfen im Musikunterricht zehn statt acht Minuten singen. Ein Mann, der Verständnis für die von den Russen vorgebrachten Angriffsgründe gezeigt hat, wird zu einer Geldzahlung verpflichtet, ersatzweise vierzig Tage Haft. Der Organisator einer Ausstellung mit dutzenden Fotografien von Plätzen und Straßen in der

Ukraine, die nach SS-Kollaborateuren benannt sind, wird wegen unsachgemäßer Verwendung von Projektgeldern angeklagt, seine Galerie geschlossen. Und so weiter und so fort; sehen Sie, höre ich Dreisinger sagen, etwas hat sich eingebürgert. Etwas suppt überall durch. Sie haben schon noch das Papier, auf dem Ihre Rechte stehen. Sie haben auch mich, der Sie vertritt und der, glauben Sie mir, alles tun wird, sie durchzusetzen – lieber Herr Werchow, es ist mir sogar eine Freude! Wer die Herausforderung liebt, ist absolut richtig im Hier und Heute, schauen Sie, wir haben kaum eine Handhabe. Der Justiz ist kein Fehler unterlaufen. Sie muß, was die Ablehnung des Telefons und der anderen Dinge betrifft, auch nichts begründen. Es liegt in ihrem Ermessen, zu gewähren oder zu verweigern. Das war schon immer so. Nur gab es lange Zeit eine gewisse Verläßlichkeit, man könnte es auch Bereitschaft zur Kooperation nennen. Wir beantragten eine Erlaubnis und erhielten sie, und nur wenn unser Klient hier drinnen Mist baute, wurde sie ihm entzogen. Und genau darin liegt für Sie der Unterschied: Jene Regel gilt nicht mehr. Jene Übereinkunft ist wortlos aufgekündigt. Sie haben keinen Mist gebaut und werden dennoch bestraft, wie aus heiterem Himmel, wie es so schön heißt – aber der Himmel ist eben nicht heiter. Wenn Sie den Kopf heben, sehen Sie es und ziehen Ihre Schlußfolgerungen, will sagen: halten Sie es jederzeit für möglich, die Willkür der Entscheidungen könne auch Ihre Wenigkeit betreffen. Herr Dreisinger, wende ich ein, darin liegt aber genau der Unterschied: ob es mich betreffen *könnte*, oder ob es mich betrifft. Ich muß erstmal verarbeiten, daß es nun wirklich mir geschieht. Wissen Sie, bei der Verhaftung, da herrschte ein solches Durcheinander, daß ich gar keine Zeit dazu hatte. Erst jetzt, nach dieser ja wohl mit Bedacht getroffenen Entscheidung der Oberen, begreife ich es langsam …

Was, frage ich Dreisinger, haben wir für Einspruchsmöglichkeiten? Die üblichen. Ich kann mich an die Staatsanwaltschaft wenden. Das werde ich selbstverständlich tun, nur ist fraglich, ob dem Erfolg beschieden sein wird. Da er schweigt, schaue ich ihn fragend an, aber er wiederholt nur, davon ausgehen sollten wir nicht. Und was anderes? Was bleibt uns? Das wollen Sie, glaube ich, nicht wissen, Herr Werchow. Er beult mit der Zunge seine Wange. Gibt schon noch Möglichkeiten, sagt er schließlich, und mehr nicht. Nun reden Sie doch! Wie gesagt, wir hätten Möglichkeiten. Allerdings sind das welche, die ich zum ersten Mal, und auch nur gegen erhebliche innere Widerstände, ins Feld führen würde, Sie verstehen? Vielleicht. Ist es was Illegales? Keine Antwort. Herr Dreisinger, nur zum Verständnis: Damit hätte ich keine Probleme, nach einer Woche Knast. Hier geschieht jede Menge Illegales. Und außerdem, Sie haben mir eben ausgebreitet, wie brüchig das offizielle Recht geworden ist, nicht? Sehen Sie. Darum dürfen wir uns durchaus befugt fühlen, es selber auch einmal zu brechen – finde ich. Er wackelt mit dem Kopf, und ich spüre jetzt deutlich, nicht er will mich gelockt, sondern ich soll ihn gedrängt, gewissermaßen verführt haben. Aber ehe ich dazu komme, ihn noch einmal zu bitten, bricht denn doch sein Sportsgeist, seine erfrischende Freude am Kampf hervor, und er erklärt fast schwungvoll, in Ordnung, fangen wir an. Zunächst einmal: Als Anwalt, der, wie Ihnen vielleicht bekannt ist, im Gegensatz zu jedem anderen Besucher hier nie konrolliert wird, könnte ich Ihnen ein paar nützliche Dinge zukommen lassen. Ich rede, nur um Mißverständnisse auszuschließen, einzig und allein von Dingen, die der normalen, in unserem Fall außer Kraft gesetzten Kommunikation dienen würden, und mir fiele da, wundern Sie sich nicht, als erstes Geld ein. Sie werden es brauchen, um sich ein Smartphone zu besorgen. Und zwar werden Sie weit mehr Geld brauchen, als Ihnen monatlich von draußen überwiesen werden darf, das sind nämlich nur 150 Euro. Sprechen Sie also mit Ihrer Frau. Sie könnte mir Scheine mitgeben. Nun allerdings auch keine dicken Bündel. Die bekämen Sie auf dem Weg zurück in Ihre Zelle nicht durch die Kontrolle. Außerdem denke ich noch an diverse kleine Dinge, die sich von Ihnen im Schuh oder im After transportieren ließen, Beispiel: ein Stick. Und zwar für den Fall, Sie möchten jemandem ein paar Zeilen schreiben, die in einem der Kontrolle unterzogenen Brief fehl am Platze wären. Sollten Sie also bei sich auf Station jemanden haben, der diese Zeilen freundlicherweise in sein Notebook tippen würde – auf dem Stick speichern und das Teil an mich zurück.

Angesichts der Vorstellung, mir einen Stick in den After zu schieben, erfaßt mich Unbehagen. Ekel sogar. Wozu dieser ganze Aufwand, frage ich mich auch. Wem sollte ich denn Geheimes schreiben? Was für Dinge sollten das sein? Und ein Smartphone – bin ich bislang nicht gut ohne ausgekommen? Habe ich nicht mein Tagebuch? Ist es nicht Glück genug, mich damit zu beschäftigen? Plötzlich verstärkt sich der Ekel noch. Wie nutzen denn Leute aus Eds Truppe, und nicht nur sie, ihre Handys? Sie rufen Huren an und holen sich einen runter. Manchmal tun sie es sogar gemeinsam, dann ist der Duschraum gesperrt, und davor empfinde ich die größte Abscheu: vor dem Bild jener Männer, die Schenkel an Schenkel um die Wette wichsen.

Eingeständnis: Ich saß beziehungsweise stand selbst einmal in solch einer Runde, gezwungenermaßen, während der Armeezeit. Da lagen in einer Friedhofskapelle schwedische Pornos versteckt. Ein Gefreiter, er hieß Splittig, verteilte sie, dann bezogen die Soldaten Stellung hinter den Grabsteinen, ich auch. Nur rührte ich keinen Finger. Ich konnte einfach nicht. Es war mir zuwider, so scharf ich auch auf die Schwedinnen war. Splittig bemerkte, daß ich nur von einem Fuß auf den anderen trat, lief zu mir und winkte auch die anderen heran. Nicht mehr nur umgeben, sondern umringt von ihnen, sollte ich endlich loslegen. Sollte mich gefälligst beteiligen an der befohlenen Grabpflege, Grabpflege hieß es. Ich versuchte es, doch mein Glied blieb schlaff, in der darauffolgenden Zeit war es nicht einfach für mich in dieser Truppe.

Dreisinger braucht davon nichts zu wissen. Ich sage ihm absolut wahrheitsgemäß, Stick, Smartphone, Geld, ich weiß nicht, ob das alles überhaupt nötig ist. Er starrt an die Decke, genervt, weil gestoppt in seinem Vorwärtsdrang? Nachdenkend. Vielleicht, hebt er an, gibt es verschiedene Ebenen der Notwendigkeit? Siehe vorhin, wir haben das Allgemeine und das Spezielle. Das Spezielle wäre der in einem bestimmten Moment vielleicht tatsächlich gebotene Anruf oder die vielleicht tatsächlich gebotene elektronische Übermittlung. Das Allgemeine – und in meinen Augen nicht Unwichtigere und noch nicht einmal Unpersönlichere – wäre hingegen das Setzen eines Kontrapunktes zur Willkür. Bedenken Sie nur: Sie setzten ihn allein durch Erwerb, Besitz und jederzeit *mögliche* Nutzung der genannten Dinge, setzten ihn gewissermaßen aus hygienischen Gründen. Sie hielten sich auf die Art sauber, ich könnte auch sagen, aufrecht. Mit einemmal fängt er an zu lachen: Das Illegale, das reinhält. Und nach dem Satz lacht er erst recht, und ich denke, mein Dreisinger weiß wirklich mehr vom Leben, als man auf den ersten Blick vermuten mag. Er trägt freilich nicht schwer an seinem Wissen, und das scheint mir das Allerklügste an ihm zu sein.

Sagen Sie Carla, sie möge Ihnen das Geld bringen, sage ich zu ihm.

14. Oktober

Das sinnlos gewordene – schon immer sinnlos gewesene – Telefon, in der Früh thront es auf dem Tisch. Da mir seine Inbetriebnahme verwehrt worden ist, hat es quasi über Nacht Bedeutung gewonnen. Ich möchte es benutzen, Brittas Stimme möchte ich hören, und auch die Mattis, beide möchte ich anrufen und darüber informieren, daß ich nicht telefonieren darf – herrje, telefonieren, um zu sagen, daß ich nicht telefonieren darf; ich, der ich mich bislang ausgesprochen gut gehalten habe, sollte vielleicht aufpassen jetzt.

Nehmen Sie das Telefon mit, sage ich zu Ochsenfahrt. Das ist der Wärter, der mir manchmal statt der Munera mein Essen bringt. Im Gegensatz zu ihr redet er. Redet sogar wie geölt, aber um ehrlich zu sein: Muneras Verstocktheit ist mir lieber als Ochsenfahrts Jovialität, Mal für Mal gießt er sie mir über, auch jetzt. Bitte nehmen Sie das Telefon mit, sage ich, und er: Natürlich, ich weiß schon Bescheid. Es hat sich ja in den letzten Tagen angedeutet, Herr Werchow, da habe ich nämlich immer auf die Information aus der Zentrale gewartet, daß Ihnen Ihre zehn Nummern freigeschaltet worden sind. Aber Funkstille. Und da dachte ich mir schon, wird wohl nichts mehr mit dem Herrn Werchow und dem Telefon. Dafür schreiben Sie eifrig, nicht? Kann man sagen, Sie kommunizieren mit sich selber, kann man das sagen? Vielleicht meinen die obersten Stellen, so wie Sie Ihr Heft vollkritzeln, brauchen Sie gar keine anderen Kanäle mehr – aber das ist Unfug. War nur eine dumme Idee vom Ochsenfahrt. Schreiben Sie schön weiter, und lassen Sie sich das Frühstück schmecken, ich empfehle mich. Er gleitet zur Tür. Halt, rufe ich, das Telefon. Ich strecke es ihm entgegen. Ochsenfahrt faßt sich im Umdrehen an die Stirn, stößt ein meckerndes Lachen aus und sagt, ich vergaß, Herr Werchow, ich vergaß.

Was für ein mieser Schauspieler. Was für ein Narr. Aber in einem folge ich diesem scheinheiligen Subalternen, mit einem hat er recht: Sich nicht aufhalten lassen und schön weiterschreiben – *über Schönes*, mir ist danach, eine Erinnerung bitte, eine leuchtende, was ist schön gewesen?

Alles! Nichts weniger als die Welt. Sie mag ich lobpreisen, denn so hat sie sich mir gezeigt: Als hunderte Kilometer langes, hinterm Bordfenster im blauen Himmel sich ziehendes Seil, ein nicht enden wollender Kondensstreifen, der mir derart stofflich erschien, derart fest, daß ich mich daranhängen und eine Felge machen mochte. Oder, gleichfalls im Flugzeug, so: Als blitzartige Abfolge von Salven silbriger Nadeln und Pfeile, nächtlicher peitschender Regen, der, für jeweils einen Moment, vom Blinklicht der Tragfläche erhellt wurde. Oder an einem endlosen Strand ein feineres, längeres, geduldigeres Silber, weit draußen im Meer sich verlierende Angelschnüre; übern Globus gespannte Meridiane? Und an einem anderen Strand eine Frau, deren aufgestelltes Knie so in der Sonne glänzt, daß ich mich darüberbeugen und in oder auf diesem Plateau gespiegelt sehen möchte; und noch eine Sommerfrau, an noch einem anderen Ort, oder an keinem, in der Metro, mit weißem Filzhut, weißer nur ihre Haut, sie hält eine Klarsichtfolie, entnimmt ihr jeweils ein Blatt und liest es Zeile für Zeile, Gedichte, einige spricht sie auch lautlos und lächelt, lächelt nicht nach dem Sprechen, nein, währenddessen. Oder frühmorgens in einer anderen Metro die dicht bei dicht im Stehen Schlafenden, die sich mit der Hand an herabhängenden Schlaufen halten und sich in den Kurven so sanft und geschmeidig mal dahin und mal dorthin biegen wie die Halme eines Feldes, durch das der Wind fährt.

Oder noch ein Plateau und noch ein Wind, ein unsteter, winterlicher, in der einen Sekunde fegt er den Schnee von der dunklen steinernen Fläche, und in der nächsten bedeckt er sie mit welchem, Schwarz-Weiß, Weiß-Schwarz, immer gleich, immer anders ...

Nicht auf dem Balkan war das, und, siehe die Flugzeuge, nicht beim Trampen. Es geschah wahrlich alles in der *weiten Welt*. Die Felge drehen wollte ich überm Atlantik kurz vor Amerika. Die Salven begleiteten mich auf einem Flug nach Norwegen. Die Gedichtleserin hätte ich immer weiter begleiten mögen in der Pariser Metro. Und überall dort war ich dienstlich, jetzt, beim Hinschreiben in dieser Zelle, stehe ich staunend vor meiner Vergangenheit: welch Weitgekommener ich gewesen bin. Welch Bevorzugter. Welch Auskostender.

Am meisten aber erstaunt mich, wie das Glück plötzlich aus dem Humus eines Unglücks hochschießen konnte; das Unglück war die mir abgerungene Distanzierung von Britta. Sie nützte mir beruflich zunächst gar nichts. Ich, diplomierter Außenhändler, wurde in der *Weltwerbung* eingesetzt, als Messebetreuer für ausschließlich die sozialistischen Länder, jedes Jahr Plowdiw, Bratislava, Moskau, und nicht einmal Damaskus, geschweige denn Paris oder London. Das, so stellte sich heraus, war nicht möglich angesichts dieser Schwester. Und dann auf einmal erwies sich jene Einschränkung als ideal! Weil die Letzten die Ersten sein werden? Ich gehörte nicht zu den Letzten. Ich gehörte zu denen in der zweiten oder dritten Reihe. Und das war die perfekte Position. Die vorderste Reihe kam für eine Weiterverwendung ebensowenig in Frage wie die hinterste, diese wegen fehlender fachlicher Erfahrung, jene wegen fehlender weißer Weste. Mit der ich dienen konnte. Wie angegossen saß sie mir. Nichts, was mich für die neue Zeit disqualifiziert hätte, im Gegenteil, meine Ausbildung war gut, meine eingeschränkte Reisetätigkeit noch besser, ich selber brauchte kaum noch etwas hinzuzufügen.

Nur die mir sowieso innewohnende Verbindlichkeit, wodurch hatte ich denn Hanskarl Gudemark von der weltweit tätigen Pharmaziefirma *Generosis* kennengelernt? Dadurch, daß ich mich ihm in Plowdiw und Bratislava und Moskau, anders als meine Kollegen, nicht entzogen hatte. Gewiß, kein Dulder, wie ich einer war, ist barsch genug, mir nichts dir nichts ein gerade begonnenes Gespräch abzuwürgen, so kamen wir ins Plaudern, so schlossen wir Freundschaft. Eine gesellschaftlich grundierte Freundschaft gewissermaßen. Gudemark lernte durch mich den Osten kennen und ich durch ihn den Stolz: Sieh an, ein Westler, und der ist mein Freund! Es hat mich über alle in meinem sturen Umfeld erhoben, die solch einen Freund nicht hatten, die diszipliniert unter sich blieben, und derart gestärkt ging ich weiter, ging fort von ihren rasselnden Begriffen wie Klassenfeind, erst durch das Erfahren der anderen Seite in Person Gudemarks erspürte und begriff ich so richtig den Mief auf der eigenen, ich blähte die Nüstern, um ihn einzusaugen, um nachzuholen, was die anderen, nicht meine Kollegen, sondern *die vielen anderen* schon eine Ewigkeit quälend im Körper hatten, kurzum, ich war halbwegs bereit für die Veränderung, als sie kam. Als Anfang '90 der gute Gudemark auf mich zukam, er war wirklich so gut! Er wußte, die sozialistische *Weltwerbung* würde sich in Kürze erledigt haben, und fragte mich dennoch wie einen Grafen, ob ich vielleicht geneigt sei, zu *Generosis* zu wechseln. Nicht daß er mich drängen wolle. Aber seine Firma, die in den Osten zu expandieren beabsichtige, sehe in mir dank meines Wissens und meines Verstandes eine enorme Verstärkung, um nicht zu sagen, benötige mich dringend, siebzehn Millionen, Erik, und die Auswahl verdammt gering. Ich neigte, als ich es am Telefon hörte, huldvoll das Haupt, oder fuhr mir genüßlich durchs Haar, oder besah mir interessiert die Fingernägel, keine Ahnung, was dem von Glück durchfluteten Hirn in dem Moment eingefallen war.

Und wie das Neue dann glänzte. Wie es mich buchstäblich beben ließ. Ich erinnere mich noch genau des ungeheuren Eindrucks, den die *Generosis*-Zentrale in Scherfling an der Stinz auf mich machte, Scherfling, was für ein Nest eigentlich. Und dann solch ein Gebäude! Es war groß, aber nicht gewaltig, perfekt der hügeligen Landschaft angepaßt mit seinen Rundbogenfenstern und seinen ebenfalls gerundeten Dächern, ich weiß noch das Wort für sie, pfettenlose Tonnendächer; die ersten, die es gegeben hat auf der Welt, Baujahr 1925. Und drinnen erst! Lauter rechteckige, in wunderbarem Kontrast zum weichen Äußeren stehende, kunstvoll bemalte Fenster, die von konzentriertem und gleichwohl gedämpftem Licht erhellt wurden, dies war eine Kirche. Eine Kathedrale war es. Ein Ort zur Feier der Pharmazie. Ich wollte gar nicht weiter, als Gudemark mich herumführte. Ich wollte bei diesem Detail verweilen, und bei jenem noch, aber eigentlich wollte ich, daß es in meinem Bauch immer weiter so summt, wie es auch summt, wenn ich in einem wirklichen Gotteshaus bin, ich glaube nicht an Gott. Aber ich mag die Erhabenheit. Ich setze mich in die Kirchenbank, um sie zu empfangen, und wenn sie da ist, spüre ich es im Bauch, es summt darin. Gut, nun aber die Folge: Da ihr Gebäude so erhaben wirkte, entfalteten automatisch auch die Menschen, die sich mit der größten Selbstverständlichkeit darin bewegten, eine erhabene Wirkung, ihre Schritte begannen zu hallen, ihre Körper zu schweben, ich habe es gehört und gesehen, Amen.

Diese Begeisterung! Dieser Zug ins Entrückte! Und nun dieser Unwille, schräg über mir ist der Fernseher an der Wand befestigt, ihn kann ich ja nicht nehmen und dem Ochsenfahrt hinterherwerfen. Aber das ist auch nicht nötig. Ich sehe ihn und sehe ihn nicht, solch ein beliebiger Gegenstand ist er, mit solch beliebigen Personen; manchmal, selten, habe ich ihn daheim noch eingeschaltet. Tauchte dann der Nachrichtensprecher an seinem lächerlich triumphal geschwungenen Tresen auf, dachte ich, ach, du schon wieder. Ich spürte in mir eine vollkommen unpersönliche, flächige, fast barmherzige Ablehnung und stellte das Gerät wieder aus.

15. Oktober

Mein Wunsch in der damaligen Zeit, mein Begehren: eins mit den Menschen in der Kathedrale zu sein. Wie sie zu schreiten, wie sie zu sprechen, wie sie zu strahlen; ich hatte bis dahin in einem halb zugerümpelten Zimmer eines verfallenen ehemaligen jüdischen Gemeindehauses gesessen, da residierte die *Weltwerbung*. Ich war auf den dortigen Fluren den Trägern unförmiger Anzüge begegnet und trug selber einen derartigen Anzug. Ich meinte während meines ersten Besuchs in Scherfling, für den ich mich in einen neuen Stoff geworfen hatte, der alte schimmere und beule permanent durch, und das Gerümpel hinge mir erkennbar am Bein wie einem Tier die Falle, in die es getappt ist. Nie im Leben wird es sie wieder los, wie sollte das denn gehen? Es ging. Die Zeit erledigte das. Aber nicht die berühmte verstreichende Zeit, die sich zur Dauer weitet und Abstand schafft, sondern die jagende Zeit, die einem den Atem nimmt und einen davor bewahrt, sich in schwere Gedanken zu verstricken. Jeden, wirklich jeden Tag prasselte Neues auf mich ein, allein schon an jenem ersten Tag, bei einem Rundgang durch die Labore, der für mich – und nur für mich – veranstaltet wurde: Titrationsgerät;

Umschlag der Luft achtmal pro Stunde, sonst Selbstaufladung der Atmosphäre und verheerende Explosion; dynamisches Differenzkalorimeter; neunundneunzigprozentige Projektabsterbequote, alles mir unbekannt, alles mir unverständlich.

Hanskarl, sagte ich abends im Wirtshaus, mein Kopf steht mir sonstwo. Ich zweifle daran, ob ich bei euch richtig bin. Ich hab doch gar keine Ahnung. Bisher habe ich Fahrräder beworben, Porzellan, Fotoapparate – und jetzt Pharmazie! Das muß man doch studiert haben! Muß man? fragte Gudemark lächelnd. Schon, zuckte ich mit den Schultern. Da fragte er fast schneidend: Du hast aber vorhin bei der Einweisung nicht so lasch dagestanden, wie du jetzt hier sitzt, oder? Nein ... nein! Gudemark nickte. Sagte ruhiger, doch immer noch bestimmt, bei mir kannst du deine Zweifel abladen, ist in Ordnung. Nur, eines sage ich dir: Zweifle hier nicht vor anderen. Sie werden dich nicht verstehen, schau, *ich* weiß, daß es eine Zweifeldemonstrationsgesellschaft war, aus der du kommst. Selbstkritik allerwege, keiner rage heraus, und wenn doch einer ragte, tat er gut daran, Zweifel vorzugeben, um ein bißchen kürzer zu erscheinen und nicht kürzer gemacht zu werden, so war es doch? Na bitte. Das weiß hier aber keiner. Zweifel gleich Makel, vermeide sie. Schon gar nicht kehre sie hervor, niemals, merkst du dir das? Gudemark war sichtlich in Aufregung, meinetwegen, aber ich denke mir, auch seinetwegen. Er hatte mich ja angeschleppt. Auch darum wollte er nicht, daß ich mich blamiere. Ich versprach ihm, was er wünschte. Nur tat ich's anscheinend nicht überzeugend genug, denn nachdem er mit angestrengter Miene an mir vorbeigeguckt hatte, fixierte er mich plötzlich: Du wirst stellvertretender Marketingleiter in unserer neuen Niederlassung dort bei dir in Ostberlin. Das heißt, es ist *dein* Terrain. Mal ein Vergleich, denk dir irgendeinen Politiker, der irgendein ihm völlig fremdes Ministerium übernehmen soll. Der reckt die Brust, Erik. Der sieht das Ganze *nur* als Chance. Der weiß, die bekommt er vielleicht nur einmal. Der muß nämlich in der richtigen Partei sein und innerhalb der richtigen Partei noch aus dem richtigen Bundesland, Proporz nennt man das. Und er hat, Ausnahmen bestätigen die Regel, null Ahnung von dem Fachgebiet, in das er dank des Proporzes gelangt ist, vollkommene Fremdheit, wie gesagt. Die stört ihn aber nicht, denn er folgt einer allgemeinen Praxis. Immer wieder werden Politiker von einem Platz an den nächsten verschoben beziehungsweise drängen selber dorthin, und nie müssen sie sich ängstigen, denn immer von Neuem werden sie von Fachleuten in Empfang genommen, die sie fortan nur zu dirigieren brauchen. Und nicht anders du in deiner vertrauten Umgebung: dirigieren, deine Truppe, und dabei sogar noch den Heimvorteil nutzen, den hast nämlich nur du, hörst du? Hornochse? Hast du das begriffen?

Wie ich Gudemark liebte, allein für dieses Wort: Hornochse, hatte ich ihm einmal erzählt, ist das Lieblingsschimpfwort meines Großvaters gewesen, und jetzt holte er es unvermittelt hervor, mir wurde gleich wohler.

Ich hatte ja auch begriffen. Vor allem das Beispiel der Politiker überzeugte mich. Ihnen folgend, wollte ich das Neue wie einen warmen Regen empfangen, mit erhobenem Haupt und ausgestreckten Armen, das sollte meine Grundhaltung werden. Und es glückte. Ich spürte, ich konnte mithalten mit denen, die aus Scherfling herübergewechselt waren, konnte sie tatsächlich schon dann und wann dirigieren, in solchen Momenten ploppte Euphorie in mir auf. Wie gesagt, Gudemark hab ich's zu verdanken. Aber genauso Britta, denn in meiner Aufregung vor der ersten Sitzung, die ich leiten sollte, fiel mir ein, wie sie mir manchmal mit dem Finger über meine vollen Lippen gefahren war und gesagt hatte, Bruderherz, versteck nicht immer, was du hast, spiel es mal aus, diese Lippen sind doch ein Segen. Meine Schwester! An sie dachte ich, als mir während meiner ersten Worte auf der Sitzung schien, ich hörte meine eigene, viel zu leise Stimme nicht. Ich leckte mir die Lippen, wölbte sie, ließ sie geradezu aufplatzen und räusperte mich, und auf diesen ersten vernehmbaren Ton folgten weitere, und immer lautere – lauter durchdringende Worte, es war ein Erlebnis. Und welche Erlebnisse jenes erste nach sich zog, welche Freuden: Einmal beratschlagten wir, wie wir die Medienleute aus den Neuländern mit unserer Niederlassung vertraut machen könnten. Die Scherflinger hatten einen Ausflug zum ersten Golfplatz draußen im Brandenburgischen im Sinn, inklusive der Möglichkeit, dort kostenlos, also auf unsere Kosten, einen Kurs zu buchen. Alternativ ein Dinner in einem noblen westberliner Restaurant. Ich hörte zunächst nur zu. Überlegte wie sie, Golf oder Restaurant. Aber etwas an den Vorschlägen störte mich, oder, mit der damals üblichen höflichen Zurückhaltung gesagt: Etwas an ihnen vermochte mich nicht völlig zu überzeugen. Weil nämlich die Ostjournalisten solche Angebote zuhauf erhielten. Sie wählten schon leicht hochnäsig aus. Kennen wir längst, verdeutlichten sie einem auf ihre schon wieder erstaunlich selbstgewisse Art und Weise, hatten wir erst vorige Woche, habt ihr nicht mehr zu bieten? Und so fragte ich in unsere kleine Runde, ob wir uns wirklich in diesen Wettbewerb begeben wollten. Was ich vorschlüge, wurde ich zurückgefragt. Lippen gewölbt und kurz noch geschwiegen, das war auch ein gutes Mittel. Paar Atemzüge lang zu schweigen, bevor man was sagt, manche Zuhörer beugen sich dann zu einem. Während ich also schwieg, hatte ich noch keine Idee, aber als ich schließlich zu reden anfing, redete ich von meinem Laborbesuch in Scherfling und davon, daß ich so gut wie nichts verstanden hätte und es den Journalisten, wenn wir sie dorthin karrten, genauso ergehen würde. Ich schaute in verständnislose Gesichter. Aber ich war sicher, auf dem richtigen Gleis zu sein, und erklärte: Die Umkehrung dessen, was diese Presseleute gewohnt sind. Sollen ihnen die Augen schmerzen. Sollen ihnen die Ohren dröhnen. Sollen sie einen Brummschädel bekommen. Ich hatte ihn auch. Diese Flut kompliziertester Fakten. Dieses Gestapel eigentümlichster Geräte. Dieses Geblubber ekligster Brühen. Ich habe nichts begriffen – aber mir alles gemerkt. Ich war nämlich beeindruckt. Und das wollen wir doch erreichen bei dieser gelangweilten Bande, nicht wahr? Daß sie den Anblick nicht vergessen. Daß sie fühlen, dieses ganze Zeug, diese ganze Arbeit in diesem ganzen Unternehmen ist komplizierter und größer, als wir fassen können. Und am Ende kommt eine Pille raus, oder eine Salbe, oder eine Flüssigkeit zum Injizieren, wie unscheinbar, wie unspektakulär. Aber es ist spektakulär. Es ist das Ergebnis jahrelanger Arbeit der klügsten Köpfe an den teuersten Geräten, wir vertrauen diesen Köpfen, vertrauen den so entstandenen Produkten, so werden sie natürlich nicht reden. So werden sie noch nicht einmal denken. Aber so werden sie fühlen, und am Ende werden sie so schreiben. Ich schaute in die Runde. Verblüffung allenthalben. Aber kein Mucks. Schließlich sagte jemand, verzogene Bande, und lachte zustimmend. Die anderen begannen auch zu lachen, guck an, ich hatte sie. Aber ich hatte Lust bekommen, sie noch mehr zu haben. Ich wiederholte, und verbesserte, *gelangweilte* Bande, neigte dazu lächelnd den Kopf und erfuhr braves Nicken, so ist das also, dachte ich heiter, so ist das also.

16. Oktober

Es ist passiert. In der Gemeinschaftsküche. Ohne ein Wort. Plötzlich schlägt eine Faust auf mein Auge, auf meine Lippen, in die Magengrube. Ich sacke zusammen, liege, sehe keine Sterne. Dafür ist es zu neblig. Alles verschleiert, sind das Schuhspitzen direkt vor meiner Nase? An meiner Wange rinnt etwas herunter, Blut? Eine Fußspitze stößt mich an. Und nochmal, taktak, ich soll aufstehn? Etwas in der Art höre ich während des Stoßens, ist das Ed? Kaum. Durch den Schleier vor meinen Augen sehe ich ihn ein paar Meter entfernt sitzen und irgend etwas halten, eine Kaffeetasse vielleicht. Ich versuche, mich hochzurappeln. Erkenne vor mir zwei Gestalten, zwei sind es also, die geschlagen haben, plötzlich werde ich von hinten umfaßt und in meine Zelle geschleift, Genja? Munera. Sie schleppt mich zum Bett, die Munera. Und redet sie nicht sogar? Sie sagt, ich solle Laut geben, wenn es mir ganz schlecht ginge, dann müsse ich ins Krankenhaus.

17. Oktober

Das Auge ist zu. Das Lid kommt mir groß und schwer wie eine Pflaumenhälfte vor. Weiter unten was Dickwürmiges, Krustiges. Ich darf die Lippe, die das ist, nicht bewegen, andernfalls setzt sofort ein Höllenschmerz ein. Ich darf auch nicht weiterschreiben. Ich kann nicht. Im ganzen Kopf sticht es.

18. Oktober

Das eine Auge ist noch dichter als gestern. Noch klumpiger drückt die Frucht darauf. Doch im Kopf das Stechen läßt nach.

Langsam läßt es ein Nachdenken zu, ich weiß, warum sie vorgestern zugeschlagen haben. Der Grund liegt in meiner Unvorsicht an den Tagen zuvor. Ich bin doch nur noch am Schreiben gewesen! Ich hab gar nicht mehr aufgeschaut! Wie wild hab ich geschrieben, und zwar von dem Moment an, in dem ich über die schöne Welt schwadroniert hab – nicht schwadroniert. Aber von dem Moment an bin ich immer weiter in meine Erinnerung hinabgestiegen, vergessend oder verdrängend, daß ich noch raus auf Station muß. Und das haben sie mir übelgenommmen, mir als Ignoranz ausgelegt; ist das Kindlein in den Brunnen gefallen, sagt auch Genja. Aber er sagt es mit größter Sanftheit. Nicht zuviel Eigenvorwürfe, fügt er hinzu, diese Menschen sind immer aufs Schlagen aus. Darum finden sie auch immer jemanden. Man soll sich ihnen vermeiden, aber man kann es manchmal nicht. Nun ruhe erstmal, ruhe. Und später geh und tu, als wärest du schon gesundet.

Ich gehe sofort! Ist ein Trotz, den ich habe. Zugleich ist es die Gewißheit, daß es richtig ist. Gerade jetzt gehen, mit dieser Visage, und allen zeigen, daß es mir nichts macht, ich bin schon auf dem Weg in die Gemeinschaftsküche, jawohl, dahin und nirgendwo anders hin; ein Skispringer, habe ich mal gelesen, fährt auch gleich wieder die Schanze runter, wenn er gestürzt ist. Und siehe, da sitzt wieder Ed mit seiner Kaffeetasse. Umgeben von seinen Handlangern. Die sind erstaunt alle, ein Sekündchen nur. Und gleich schnappen sie zurück in ihre gelangweilte Stellung. Aber ich hab's erkannt mit meinem einen Auge, ich Zyklop. Ich gehe an ihnen vorbei auf den Wasserkocher zu und höre Ed sagen, na wie sehen wir denn aus. *Wir*, sage ich, während ich weitergehe, sehen scheiße aus, das entfährt mir wirklich. Ich will noch die exakte Personalisierung ranhängen, das *Ed* liegt mir auf der Zunge, aber ich behalte es bei mir. War schon gefährlich genug, was ich ihm zugeworfen habe. Es macht mich zittern, zumal, ich habe ihn im Rücken, ein Sprung oder ein Befehlsblick, und er oder ein anderer wäre bei mir. Die Hände in den Hosentaschen, damit keiner sieht, was mit ihnen los ist, warte ich, daß das Wasser heiß wird. Aufgießen jetzt, und bloß nichts verschütten, geglückt. Und wieder vorbei an denen allen, sie lassen mich. Tatsächlich, sie rühren sich nicht. Den Kiefer verdrehend, verfolgen sie stumm meinen Weg, die Krokodile die.

Bin ich nun nicht sogar frech? Ich bin so frech, mich ein wenig darüber zu ärgern, daß ich mir aus Angst, ich könne noch beim Gehen was verschütten, den Pott nur zu drei Vierteln gefüllt habe. Kein Tropfen wäre zu Boden gefallen, wenn ich mir bis obenhin eingegossen hätte, dessen bin ich mir jetzt sicher. Andererseits, was ist schon ein solches *Jetzt*? Verspäteter Mut, Gebell aus einer Schutzhütte; müde bin ich nach meiner gewagten Aktion. Kraftlos auf einmal. Ich mag nur noch eines, mich niederlegen und schlafen, schlafen, schlafen.

19. Oktober

Bin aufgewacht mit dem Kopf in der Achselhöhle, ruhen so, den Kopf unters Gefieder gesteckt, nicht Schwäne? Vorsichtig fasse ich mir an die Lippen, sie sind voller Schorf. Und immer noch ist das Auge zugeschwollen. Aber es erschreckt mich nicht mehr. Dies alles wird sich geben, wird peu à peu verschwinden, und ich werde diesen Prozeß nicht mehr intensiv verfolgen, denn es wäre zuviel Aufmerksamkeit für das Werk der Bande. Nur noch konstatieren, wie die Heilung voranschreitet, sie in Empfang nehmen als ein Werk, das die allmächtige Natur so oder so vollbringt.

Schutzhüttengebelle, das Quälendste schlug mir vor Jahren aus dem Radio entgegen. Dem Moderator beliebte es, eine profane Musiksendung mit dem Spruch einzuleiten, wir hier, wir sind die antifaschistischste Musiksendung in ganz Deutschland, es floß ihm aus dem Mund, wie Latschenkiefernbad aus der Flasche fließt. Umgeben von seinem Schaum, fast erstickend darin, erinnerte ich mich eines Zimmers unterm Dach in meiner Kindheit im Haus in Gerberstedt. Von dem Zimmer ging eine lichtlose Kammer ab, Erwachsene, die hineinwollten, mußten sich bücken, mußten im Grunde krauchen, so niedrig war sie. Altes Spielzeug stand darin, ein hölzernes Pferdegespann, das ich gelegentlich hin und her zog, später, ich guckte mir schon Mantel- und Degenfilme an, ließ Willy eine Bemerkung fallen: Die Kammer habe eine Geschichte. In ihr hätten mal für einige Tage ein paar Menschen gelebt. Was für Menschen? Soll dir der Großvater erzählen. Aber Rudi mochte nicht. Er war auch schon alt. Er schwieg schon weit mehr als er redete. Ich bedrängte ihn, ohne Erfolg. Dann hat vielleicht gar niemand drin geschlafen, kitzelte ich ihn, denn mochte Rudi auch alt und wortkarg geworden sein, ein stolzer Mensch war er immer noch. Und so erfuhr ich endlich, er hatte in der Kammer Mitglieder der Markus-Roser-Gruppe, Kommunisten, vor den Nazis versteckt – *der* war ein Antifaschist, mein Großvater! Und du an deinem Mikro, wütete ich bei mir, du Pappnase rückst dich nicht nochmal in seine Nähe, kapiert? Hast du das kapiert?

Und noch etwas, ich möchte, wenn du so Zeug quatschst, mal sehen, wie echte stramme Nazis in dein großartiges Widerstandsstudio marschieren, dann will ich dich mal sehen, ist so ein Impuls, gestattest du ihn mir? Nicht? Solche Impulse soll man nicht haben? Aber es sind Impulse! Sie werden ausgelöst, und dann schießen sie auf, und dann wundern sich die, von denen sie ausgelöst worden sind, über die, bei denen sie aufschießen, und wenden sich angewidert ab – seid ihr Auslösenden nicht gern angewidert? Fühlt ihr euch nicht umso reiner? Fühlt ihr euch nicht *schön*, wenn es um euch häßlich wird?

Längst ist meine einstige Wut verraucht. Man kann nicht dauerwütend sein, man wird nur krank davon. Man hört aus Gründen des Selbstschutzes die Radiosendung, auch diese, von der Musik her recht gute, niemals mehr, und aus der Distanz heraus, die man schließlich gefunden hat, eröffnet sich einem klar und deutlich, was im großen Maßstab geschah: Dies ist das einst faschistische Land, in dem der Antifaschismus in die Beliebigkeit gestürzt wurde. Zum deutschen Jingle ist er geworden. Er bringt jene, die an den Reglern sitzen, in eine wohlige Stimmung, und sorgt bei ihnen, nur durchs wiederholte gedankenlose Abspielen, für ein gutes Gewissen. Und all die Gewissensguten, sie wissen nicht, wie sie den Faschismus minütlich kleinreden. Wenn er sich doch schon mit irgendeiner Musiksendung bekämpfen läßt. Zum Kampf wiederum gehören unverzichtbar Gegner, gefährliche Gegner in stattlicher Zahl, fortwährend buk man sich welche. Wie viele Nazis man sich schuf. Wie viele kluge kritische Zeitgenossen kurzerhand als Braune deklariert wurden, die wahren Nazis mögen sich zugeraunt haben, so eine Masse sollen wir mittlerweile sein? O goldene Zeit, sie möge nie enden, die Zeit unserer wundersamen Vermehrung.

In leiser Solidarität mit jenen zu Unrecht Verfemten, die nur dieses oder jenes ausgesprochen hatten, was ich selber dachte, sagte ich mir damals, dann mag ich wie sie von nun an eben auch braun sein. Ist doch egal, wenn das Etikett ihnen – mir – aufgepappt wird. Ist mittlerweile fast eine Ehrenbezeugung. Kurzum, ich hatte jede Achtung vor den wie versessen Etikettierenden verloren, und jede Sympathie sowieso.

Was ich alles notiere! Am Anfang hatte ich bloß zum Stift gegriffen, um mir die Zeit zu vertreiben. Vor zwei Wochen erst ist das gewesen. Und jetzt, da ich längst beim Erkunden meines Weges in die Anstalt hinein bin, pfeif ich auf die Zeit und mag die Anstalt auch gar nicht gleich wieder verlassen. Erst mag ich mir alles zu Ende erzählen, verrückt eigentlich. Daß es für mich eine befremdliche Vorstellung geworden ist, morgen käme Munera oder Ochsenfahrt, geleitete mich zum Haupttor und öffnete es mir, ich will das nicht. Ich will immer nur weiterschreiben.

–

Die klügsten Köpfe, ja. Die teuersten Geräte, ja. Die hilfreichsten und lobenswertesten Produkte, ja, ja, ja! Und doch blätterte Glanz von der Kathedrale, in der ich, wenn man so will, Prediger war, Verkäufer der Lehre. Von der ich nach wie vor soviel nicht wußte. Es stellte sich im Keller unserer Niederlassung heraus. Der Hausmeister bat mich hinunter, er hatte Vertrauen zu mir, er war, wie fast alle auf seiner Arbeitsebene, aus dem Osten, während es von den Führungskräften keiner war, nur ich. Darum kam er zu mir: Herr Werchow, da unten stehen lauter Kisten voller Zettel, und es werden jede Woche mehr. Die blockieren mir schon Stromzähler und Wasseruhr, was soll ich machen? Runtergegangen und ein paar Zettel aus der Kiste genommen, alle sind gleich. Anwendungsbeobachtung, steht darauf. Aha, die Rückmeldungen der Ärzte, die ausgefüllten Vordrucke, die Ärzte sagen uns, wie ein Medikament wirkt, und erhalten von uns dafür 500 Mark. Hübsche Summe, und dennoch angemessen, weil wir auf die Art von kompetentester Seite erfahren, wie wir unser Medikament weiterentwickeln können. Aber die schienen zu vergammeln hier, diese doch bedeutsamen Beobachtungen. Die schienen überhaupt niemanden zu interessieren, warum nicht? Ich fragte es Rieberer, einen erfahrenen Mann aus meiner Abteilung, er guckte erstaunt. Daß ich es nicht wußte. Er schien aber selber überlegen zu müssen, oder warum schaute er angestrengt an mir vorbei? Die lagern hier, weil diese Medikamente auserforscht sind, erklärte er schließlich mit fester Stimme. Ach so, dachte ich im ersten Moment; vor einer gewissen Festigkeit neigte ich noch immer das Haupt. Aber wenn sie nicht mehr verbessert werden können, dachte ich laut weiter – wieso werden dann die Vordrucke noch rausgegeben? Wieso wird den Ärzten das Ausfüllen bezahlt? Der Kollege starrte mich an. Na los! Es sind schon noch Rückmeldungen, sagte Rieberer gehorsamst. Und mehr nicht. Aber weil er spürte, daß ich langsam ärgerlich wurde, schob er hinterher, damit belegen die Ärzte, welchen Patienten sie wie oft unser Medikament verschrieben haben. Und dafür kriegen sie jedesmal 500 Mark? Für jeden Beleg? Rieberer schwieg.

Ich schwieg auch, obwohl alles in mir schrie, das ist ja Bestechungsgeld! Ich dachte es, sprach es aber nicht aus. Ich wagte es nicht, denn erst ausgesprochen würde es zu fester Wahrheit kristallisiert, so blieb es durchlässig, wie ein dunkler Schleier, durch den ich weitergehen, in den gehüllt ich weitermachen konnte.

Da ich schrieb, ich sei der einzige Ostler gewesen: Fast überall gab es damals so einen einzigen Ostler, das wurde dem Westen später angekreidet, aber ich mag ehrlich bleiben und sagen: Mich Einzigen hat zu jener Zeit nicht die Bohne interessiert, daß kein weiterer neben mir auftauchte. Mir gefiel das sogar. *Ich* gefiel mir umso besser, je länger alles so blieb. In der Tiefe meines Herzens wollte ich nicht, daß jemand käme und mir mein Alleinstellungsmerkmal nähme; die geheimsten und nicht selten glühendsten Anhänger einer Blockade sind wahrscheinlich die, die sie durchbrochen haben.

Das Bestechungsgeld vergaß ich fast. Es war so gut wie nicht mehr da. Es manifestierte sich in keinerlei Form. Dann aber geschah noch etwas Bedrängendes. Im Stammsitz in Scherfling, so beginnt die Geschichte, war ein neues Antirheumatikum namens *Rheupax* in der Entwicklung. Meine dortigen Kollegen saßen schon über der Werbekampagne, deren Keyword Frieden sein sollte, das war alles schon abgestimmt. Darum hieß das Mittel ja *Rheupax*. Wegen der Kampagne, in der den Patienten eingebrannt werden sollte, es bringe ihnen Frieden, Frieden im Sinne des Befreitseins von der Krankheit, Frieden als deren vollständige und endgültige Abwesenheit. Wenn mich eben jemand hätte sehen können! Friede den Patienten, unwillkürlich ruckte ich an meinem festgeschraubten Stuhl, denn ich mochte diesen vor Pathos berstenden Slogan gar nicht hinschreiben. Schon beim *Keyword* hat es in mir gezuckt. Aber damals habe ich alles ohne zu stocken mitgesprochen. Damals habe ich sogar eifrig mitformuliert. Von mir aus bei den Kollegen angerufen habe ich, hört mal, die berühmte Taube mit dem Ölzweig im Schnabel, mir ist gerade diese Taube in den Sinn gekommen, wie wäre es, wenn wir den Zweig durch eine Stange *Rheupax* ersetzten? Gleich nachdem das aus mir herausgesprudelt war, zog ich es wieder zurück: Quatsch, idiotisch, nur eine fixe Idee, vergeßt es. Aber so war ich dabei! So habe ich mich immer noch, oder erst recht, ins Zeug gelegt.

Alles weitere am neuen Tag. Es scheppert ja schon kein Metall mehr. Es erhellt kein Autolicht mehr die Allee. Es geht schon auf Mitternacht zu; und ich möchte doch morgen halbwegs ausgeschlafen sein, denn morgen kommt endlich, endlich Carla.

20. Oktober

Fast wortgleich zu Ed sagt sie als erstes, wie siehst du denn aus. Ihr Ton freilich ist ein anderer, ein erschrockener. Allerdings auch kein entsetzter oder gar hysterischer. Dazu ist Carla zu pragmatisch in Situationen wie dieser. Wie verrückt sie sein kann, wie verschroben sogar! Nur nicht, wenn wirklich was auf dem Spiel steht. Dann handelt sie vollkommen logisch und wird absolut unwiderstehlich. Sie tritt zu mir und mustert mich. Sie sieht, daß mein Gesicht wirklich schlimm aussieht und es dennoch geküßt werden darf, zumindest auf die Wange. Sie haucht mir einen Kuß dort hin und tritt einen Schritt zurück, um mich noch einmal zu mustern – als könne sich nach dieser kleinen Zärtlichkeit in oder auf meinem Gesicht etwas verändert haben.

Ich lächle darüber, lächle sie vorsichtig an. Sofort spannen die schorfigen Lippen, und mir entfährt ein Schmerzenslaut. Da tut sie etwas erst recht Carlamäßiges. Sie sagt, was sie immer Wiktor gesagt hatte, wenn der als kleiner Junge mit einer Wunde nach Hause gekommen war, bis zur Hochzeit wird alles wieder gut. Schon wieder muß ich lächeln. Fast ein Lachen ist das, warum auch nicht. Soll der Schorf aufplatzen, soll nochmal Blut fließen, ich lache. Worauf meine Frau sagt, siehst du, geht doch, das ist meine Frau.

Erzähle, bittet sie dann. Und ich berichte ihr von Ed und seinen Kumpanen und von deren Gewaltausbruch, und von meiner spontanen Kaffeeaufbrüh-Gegenaktion, und davon ausgehend noch von dem Modus, den man im Knast überhaupt finden muß, um nicht allzu beschadet durch den Alltag zu kommen; weißt du, welches die idealen Worte sind in der Konversation mit diesem oder jenem Häftling, der dich auf was hinweist oder von dir was fordert? Recht so. Das sind die zwei entscheidenden Worte. Und zwar als Frage gesprochen, recht so? Du drückst mit ihnen am Ende deiner Antwort Lernwillen aus und ein bestimmtes Maß an Demut, du deutest eine Verbeugung an. Zugleich bleibst du aber gerade stehen. Dein Ton ist in Wahrheit mehr ein forscher als ein fragender, die Mischung, würde ich mal sagen, sollte etwa 2:1 betragen.

Geht sie darauf ein? In gewisser Weise. Das alles, erklärt sie, hättest du dir ersparen können, wenn du auf mich gehört hättest. Sofort steht mir vor Augen, wie sie reagiert hatte, als ich ihr vorführte, was mir vom Maskenbildner hergestellt worden war: leise aufschreiend. Schnell sich abwendend. Sie mochte mich so nicht sehen. Und *das* willst du wirklich auf der Straße tragen, hatte sie tonlos gefragt, was willst du damit erreichen? Ich hatte mit den Achseln gezuckt, erreichen? Das war für mich nicht die Frage gewesen. Ich erfreute mich in jenen Minuten noch meiner Eingebung und darüber, sie ohne zu zögern materialisiert zu haben; von den zweitausend Euro sagte ich Carla übrigens nichts, so verstört, wie sie ohnehin schon war.

Du hast es darauf angelegt, sagt sie jetzt, nun mußt du die Folgen tragen – gibt es in dem Raum hier Kameras? Urplötzlich war sie in ein Flüstern verfallen. Ich glaube nicht. Sicher? Sicher kann man hier vor nichts und niemandem sein. In dem Fall bin ich mir aber *relativ* sicher. Häftlinge schlagen sich, doch Häftlinge warnen sich auch, und diesbezüglich ist noch keine Warnung rumgegangen. Da streift Carla sich wortlos ihren Pullover vom Körper und gleich noch den BH. Deren Körbchen sie auftrennt einzig und allein mit ihrem Fingernagel, was hat sie denn für einen Zeigefingernagel? Einen längeren als gewöhnlich. Einen festeren und schärferen wohl auch, der schneidet wie ein Messer. Aber der Körbchenstoff scheint auch sehr leicht aufzugehen. Schon entnimmt sie ihm Geldscheine und reicht sie mir, alles in einer fließenden Bewegung, mit größter Natürlichkeit und Selbstverständlichkeit, als wäre es zwischen uns so ausgemacht. Ist es aber nicht. Jetzt erst, da ich die Scheine in der Hand halte, setzt Überraschung ein, denn ausgemacht war ja wohl, daß Dreisinger sie mir hereinbringt. Wieso du, frage ich, mit dem Geld wedelnd, hat Dreisinger einen Rückzieher gemacht? Carla verneint. Sie habe ihn gebeten, an seiner Stelle aktiv werden zu dürfen, mit folgender Begründung: Es sei Aufgabe eines Anwalts, auf der Grundlage von Gesetzen für seinen Mandanten zu arbeiten, und nicht, im Zuge dieser Arbeit die Gesetze zu brechen. Eine solche Übertretung hindere ihn nur daran, das Eigentliche zu tun, werde er doch selber zu einem Verstrickten, das heißt, zu einem, dessen Blick sich verenge. Hingegen handele es sich bei der Ehefrau um eine sowieso schon Verstrickte, ihr könne nicht mehr viel passieren. Während Carla mir dies alles repetiert, bindet sie sich wieder ihren BH um, und als sie fertig ist mit beidem, hat sie ein von innen erleuchtetes Gesicht, und für ein paar kostbare Sekunden ist mir hier in diesem abstoßenden Besucherzimmer so wie vor Jahrzehnten an irgendeinem Strand an der Ostsee, oder wie auf irgendeiner Wiese im Erzgebirge, wo wir ganz unbedarft und eins gewesen sind, in unserer eigenen Welt.

Was, räuspere ich mich nach einer Weile, ist eigentlich draußen los? Carla schaut mich überrascht an, draußen? Nichts. Also nichts Neues, falls du das meinst. Die üblichen Kämpfe der verschiedensten Gruppen und Grüppchen. Und jede Gruppe dann gegen die Polizei, manchmal wird versucht, eins von deren Revieren zu stürmen, alles, wie du's kennst. Die Flamme, die nicht ganz erlischt, aber auch nicht zu lodern anfängt, sage ich, und sie: Hast du dich geirrt, stimmt's? Geht womöglich nicht mehr lange so weiter, hast du während der Pandemie prophezeit, wird vielleicht in absehbarer Zeit einen richtigen Aufstand geben. Ja, sage ich, weil ich '89 im Kopf hatte. Ein paar Tage, und alles war umgestürzt, denn aus den Wenigen auf der Straße waren im Nu die Vielen geworden. Aber der damalige Staat war auch schon schwach. Und die Gegenbewegung war einheitlich. Ist beides nicht der Fall heute. Obwohl ich mir denke, der heutige Staat ist schon auch schwach, erinnerst du dich an die Demonstranten mit dem Saramago? In der Woche vor der Parlamentswahl? Die mit seiner *Stadt der Sehenden* unterm Arm? Sofort sind sie verhaftet worden, und das ist natürlich ein Zeichen von Angst, den meisten anderen fällt es nur nicht auf. Oder sie haben sich an solche Verhaftungen gewöhnt. Oder sie halten mühsam still? Oder es ist ihnen egal?

Auf die Art reden und rätseln wir, dann, nach einem kurzen Blick auf die Uhr an der Wand, fast einem Augenhuscher nur, erhebt Carla sich wortlos. Sie setzt sich auf meine Schenkel und legt mir den Arm um den Hals, und ich lege meinen um ihre Taille, so findet uns der Wärter, als er Minuten später die Tür öffnet.

Und so, leise, trennen wir uns? Anders. Weißt du übrigens, hast du hier drinnen mitbekommen, wie Saramagos deutscher Verlag jetzt begründet hat, daß er das Buch seines Nobelpreisträgers trotz sprunghaft gestiegener Nachfrage partout nicht nachdruckt? fragt Carla im Hinausgehen. Paß auf: Man sehe sich in der Pflicht, das Werk des geschätzten Autors vor jeglichem Mißbrauch durch demokratiefeindliche Elemente zu schützen, so lautete allen Ernstes die Erklärung. Daraufhin hat es noch eine Demo gegeben, eine kleine, aber mit schönen Transparenten: *He, Verlegerin, macht es dich wenigstens verlegen?* stand auf einem.

Und auf einem anderen, *Ihr druckt nicht – wir lesen trotzdem.* Und auf einem dritten, *Und alles ohne Politbüro.* Und weg ist Carla. Wir werden uns, sofern ich nicht vorher entlassen werde, einen ganzen Monat nicht sehen, und doch muß ich fröhlich lachen, das hat sie eben einfach so geschafft.

—

Aus unserem großen Frieden wurde nichts. *Rheupax* konnte wegen diverser starker Nebenwirkungen nicht zur Zulassung eingereicht werden, ein gewaltiger Rückschlag, weil es als Gewinnbringer ein Mittel ersetzen sollte, dessen Patentschutz auslief; Medikamente, deren Patentschutz endet, werden im Grunde schon einen Tag später von Nachahmerfirmen derart billig angeboten, daß man selber aus dem Spiel ist. So, und jetzt aber wir in Berlin! Hatten wir nicht *Restamed* in der Pipeline? Der Erregungsblocker befand sich damals noch in Phase II, das heißt, wir hatten ihn erst ein paar Dutzend Probanden verabreicht. Unvermittelt war er zur großen Hoffnung geworden, schnell sollte und mußte er auf den Markt, schnell, wir waren ja auch börsennotiert. Unsere Aktionäre waren daran gewöhnt, daß wir 15 Prozent Gewinn machten, kurzum: Es rückt der große Chef aus Scherfling an und stellt uns eine neue Niederlassungsleiterin vor. Frisch aufschießendes Blut, erklärt er, werde angesichts der besonderen Herausforderung, vor der wir stünden, deutlich mehr bewirken als ewig zirkulierende Erfahrung, ich habe es mir genau gemerkt. Ich sehe auch noch genau den alten Leiter vor mir, ein Versteinernder, ein zu Staub Zerfallender. Und wie das frische Blut wirkte! Schon in der ersten Woche erschien die Frau bei uns in der Abteilung, Kollegen, wie weit sind wir mit der Markteinführungskampagne? Welche Ideen und Vorstellungen gibt es? Setzen Sie mich ins Bild bitte.

Konnten wir natürlich nicht. Waren ja noch mindestens zwei Jahre bis zur Zulassung. War uns nichtmal bekannt, welches die Vorteile von *Restamed* im Vergleich zum bewährten Blocker *Novamed* sein würden, wisse sie, Frau Gapp, Genaueres?

Mit einem dankbaren Nicken antwortete sie, wenn *Novamed* eine allgemeine latente Erregung bekämpfe, so werde *Restamed* darüber hinaus gegen eine spezielle Erregung wirken, gegen die dissoziative Fugue, den übermächtigen Drang also, von zu Hause fortzurennen, sie erinnere an den Mann, der sich nur mal schnell Zigaretten holen wolle. Und das, fragte ein Kollege, werde neuerdings als Krankheit angesehen? Die Frau Gapp griff auch seine Frage erfreut auf: Er als Zweifelnder stehe für viele Menschen, für alle, die immer noch dächten, es stecke ein Spleen dahinter, wenn jemand sich ohne Ankündigung und ohne Rücksicht auf Verluste aus seinem bisherigen Leben verabschiede. Wir nun sollten diese Vielen erkennen lassen, daß es in Wahrheit eine Krankheit sei oder sein könnte. Sie sprach von verborgenen Defekten, die es ans Licht zu holen gelte, und von bisher sträflich vernachlässigter Fürsorgepflicht jenen abrupt Flüchtenden gegenüber, und als der Kollege einwarf, alle diese Menschen fühlten sich doch aber wahrscheinlich beschwerdefrei, antwortete die Frau Gapp, auch das sei wieder eine wichtige Bemerkung, für die sie sich bedanken wolle. Sie bitte uns, einmal zu reflektieren, worum es sich bei der Beschwerdefreiheit genau genommen handle – doch wohl um die Prä-Erkrankungsphase! Und so sollte sie von uns auch immer gedacht und kommuniziert werden: als Prä-Erkrankungsphase, nicht als Beschwerdefreiheit. Dieses Wort mögen wir ab jetzt konsequent zu sagen vermeiden, jenes ebenso beharrlich in den allgemeinen Sprachgebrauch einführen, sie bitte *herzlich* darum, noch Fragen? Keine. Für mich war es ein Einschnitt. Ich konnte nicht länger verdrängen, was geschah. Wir erfanden eine Krankheit, um ein Mittel gegen sie verkaufen und auf die Art Kohle zu machen; als die Sitzung aus war, hämmerte etwas in meinem ganzen Körper, und das glühte auch, glühte bis in die Ohren hinauf und bis in die Zehen hinunter.

21. Oktober

Am Morgen noch einmal Carla: Ich hatte sie geschont gestern vormittag, und mich auch, und zwar, als sie mich gefragt hatte, wie es meiner Meinung nach draußen weitergehen würde. Da wäre es nämlich beinahe aus mir herausgeplatzt, weiß ich nicht, Carla, ich hab keine Glaskugel, ich bin nicht Jade. Aber zum Glück habe ich nichts derartiges gesagt. Nicht einmal den Namen habe ich erwähnt.

Die Dame steht nicht mehr zwischen uns, aber wir haben beide noch unsere Sensibilitäten. Wir rühren, wenn wir beisammen sind, das Thema nicht mehr an – was natürlich zeigt, es ist noch ein Thema. Zuviel ist damals passiert. Ganz kirre ist Carla nach der Wende gewesen, wegen Jade? Sagen wir so: Jade hat sie freudig in Empfang genommen, die ehemalige Parteijournalistin Carla Werchow, die von einem Tag zum anderen nichts mehr schreiben konnte und wollte. Die mit Erschrecken sah, daß ihr Schwager Matti all die Jahre recht gehabt hatte mit seinem Vorwurf, sie blende ja völlig die Realität aus, sie sei absolut blind für die wahren Zustände, oh, er war nicht fein zu ihr gewesen.

Den härtesten und zugleich klügsten seiner Anwürfe habe ich mir wörtlich gemerkt: Vom Politbüro runter bis zu dir als letzter Gehilfin übt ihr Zensur. Im Detail scheint das eine von Wörtern, Sätzen, Gedanken zu sein. Durchgängig seid ihr aber, wie alle

Zensoren, so wahnwitzig und, entschuldige, so dumm, die Wirklichkeit zensieren zu wollen, und deswegen müßt ihr, wie alle vor euch, scheitern. Die Wirklichkeit läßt sich nämlich immer nur eine Zeitlang entstellen, nie auf Dauer, es ist ein Gesetz, daß sie sich als stärker erweisen wird, dazu muß sie gar nichts tun. Sie muß nur sein, das reicht schon.

Durchaus schofelig war es dann, daß Matti lächelnd hinzufügte, dernderwegen. Das war auch ein Lieblingswort von Rudi gewesen, dernterweken, hatte unser Großvater, ironisch meist, auf thüringisch gesagt, wenn er eine Begründung noch bekräftigen wollte. Aber Carla hatte ihn nicht mehr kennengelernt. Sie konnte nicht verstehen, warum Matti dieses seltsame Wort anfügte und dabei auch noch vielsagend lächelte, sie mußte sich ausgeschlossen fühlen, ich wiederum besaß nicht die Geistesgegenwart, ihr beizuspringen.

Vielleicht schreibe ich das alles in Konkurrenz zu Matti? Vielleicht möchte ich treffend sein wie er damals? Und so notiere ich, ihn ergänzend und bekämpfend, Carla war nie bösartig. Nie verschlagen. Nie zertrümmernd. Auch nicht dumm. Sie hat sich nur hingegeben, hat mit ganzem Herzen geglaubt. Darum war sie, im Gegensatz zu mir, auch wie paralysiert, als alles Geglaubte zu etwas Wertlosem und sogar Schändlichem geworden war, ihr fehlte zutiefst das Gute, Reine und Richtige, ich könnte fast sagen: das Angebetete. Sie verstand auch nicht, warum sie schuldig sein sollte. Mir hingegen, der ich dem Glauben nur *gefolgt* war, fehlte erstmal nichts – welch Ungerechtigkeit. Welch zweifelhafter Vorteil für mich.

Jade sammelte Carla auf. Sie ließ Wärme und eine geheimnisvolle Kraft von den Fingerspitzen in Carlas Körper fließen, der Kontaktbereich lag knapp überm Steiß. Sie brachte ihr eine Atemtechnik bei, mit der Carla meinte, in die Vergangenheit blicken zu können, in der sie jemand anderes gewesen war, mit einem Wort, Esoterik. Ersatzglauben. Carla wählte, nein, geriet an den erstbesten und stürzte damit mich in die Hilflosigkeit, ich wußte nicht mehr mit ihr umzugehen. Ich nahm hin, daß sie zu Jade zog, und war sogar froh darüber. Zugleich fehlte sie mir. Sie war die Frau, mit der es immer ein selbstverständliches und folgerichtiges Leben gewesen war, sie konnte doch jetzt nicht allen Ernstes verrückt geworden sein! Und sie war es auch nicht. Ich begann es zu begreifen, als Wiktor, der sich in den Nächten als Sprayer betätigte, in die Fänge der Polizei geriet und sie ihn da mit messerscharfem Verstand herauspaukte. Für ihn war sie Mutter und Anwältin in einem, und für mich war sie wie nackt in jener Stunde, allen übergeworfenen Stoffes entledigt.

—

Aber noch zu Beschwerdefreiheit und Prä-Erkrankungsphase: Als die Frau Gapp uns instruierte, kamen mir Wörter in den Sinn, die in meinem früheren Land kurzerhand aus dem Verkehr gezogen worden waren, Vokabeln, die sich nicht mehr in Standardwerken wie dem Philosophischen Wörterbuch fanden, Konformismus und Nonkonformismus zum Beispiel, mein oppositioneller Bruder hatte es mir erzählt. Wie sich der Mechanismus wiederholte! Tilge Begriffe, um Inhalte zu bannen. Erfinde Begriffe, um Inhalte auf die Tagesordnung zu setzen. Es geschah ja nicht nur in meiner Firma, sondern überall, mir war es nur noch nicht aufgefallen, ehrlicher gesagt, ich war darüber hinweggegangen. Nun jedoch: Wenn ich im Radio hörte, da oder dort würden soundsoviele Stellen abgebaut, verbesserte ich in Gedanken sofort, entlassen, Leute werden entlassen. Sind machtlos. Das soll nur nicht deutlich werden. Klug, dieses abgebaut, fast schon hübsch, ist es nicht immer noch was Aktives? Kündet es nicht von Tätigsein? Noch immer wird gebaut, und wo gebaut wird, geht es voran, und man ist nicht am Ende, nicht so, wie man es bei einer Entlassung ist, sie ist im Grunde verschwunden aus dem offiziellen Sprachgebrauch. Freilich noch nicht aus dem privaten, der gleiche Gegensatz wie früher bei uns, stört Sie das, fragte ich in meiner Erregung vor meinem Radio einen imaginären Westler, nehmen Sie es wenigstens zur Kenntnis? Wenn ich so vergleiche? Hören Sie, es ist mein Privileg! Mein einziges. Ich nutze es, wie jeder seine Privilegien nutzt, und Sie, Sie werden's aushalten, denn wenn ich und die anderen meiner Alterskohorte verschwunden sind, wird automatisch auch dieses Vergleichen versiegen. Nur wir Jahrgangsähnlichen haben nämlich das Einstige so bewußt erleben dürfen wie das Heutige, nur wir in beiden Staaten Erwachsenen erleben jetzt diese Wiedererkennungsmomente, nur wir können uns ihrer kaum noch erwehren, nur wir sind die ständig Messenden und Bezeugenden, nicht die heute schon siechen Älteren und nicht die damals noch unbeleckten Jüngeren, wir, wir und nochmals wir, aber keine Bange. Sie müssen nichts unternehmen wegen oder gegen uns. Bewahren Sie einfach die Ruhe. Gehen Sie Ihren Geschäften nach. Nutzen Sie die reichhaltigen Vergnügungsangebote. Warten Sie, bis wir das Zeitliche gesegnet haben, schließen sie die Erde über uns, und die Vögel werden zwitschern wie immer.

Und halten Sie mir nicht mein *wir* vor! Das weiß ich, daß ich nur für mich sprechen kann. Trotzdem bin ich im Wir, wie groß oder klein es auch sein mag.

So dachte und redete ich gegen das Radio an, gegen die heraustönenden Einzelheiten. Nicht gegen das Ganze. Dazu fehlte mir der Draufblick. Es kam mir nicht in den Sinn, von System zu sprechen – vom System. Das fehlte in meinen Gedanken, und ich erkannte gar nicht, daß es auch deshalb fehlte, weil es in Politik und mittigen Medien, die ich damals weiterhin für mich zuständig hielt, so gut wie nicht mehr vorkam. Es wurde vermieden. Es hatte einen verächtlichen Klang bekommen in den Ohren der Etablierten, denn wer verwendete es? Nur die von ihnen Ausgestoßenen. Diese aber, ob Linke oder Rechte, taten etwas zutiefst Natürliches, sie blieben, indem sie vom *kapitalistischen System* sprachen, beim alten präzisen Begriff, der seine Gültigkeit ja nicht verloren hatte. Im Kapitalismus steckt immerfort das Kapital, und das Kapital ist wie gehabt monumental, zentral, total – all die in der Totalität Funktionierenden ertrugen nur nicht mehr jene Kennzeichnung in ihrer offenen Brutalität. Es verlangte sie nach einer weicheren, weniger kantigen, so begannen sie, sich und uns anderen nur noch ihr *Neoliberalismus* zuzuwerfen, das klang nach Erneuerung und sogar nach Großzügigkeit, schon besser. Schon viel angenehmer. Erhielt ihnen ihr gutes Gewissen und stärkte ihre Position; verfüge über den Begriff, und du verfügst über die Welt.

Wie schmutzig ich mich fühlte beim erstmaligen Verwenden des *reinen* Begriffs – beim erstmaligen Wiederverwenden seit Schule und Studium. Wie ich fürchtete, jenen Randständigen zugerechnet zu werden. Wie eingesperrt ich noch war.

—

Ein plötzlich einsetzendes und schnell näherkommendes Klirren, Schließerschlüssel ohne Zweifel. Aber geballter als sonst. Wie eine Eisenkugel, die von starker Hand in meine Richtung gerollt worden ist. Ich fahre herum. Schon knirscht es im Schloß, und die Tür wird aufgestoßen, von Ochsenfahrt. Zellendurchsuchung, ruft er. Hinter ihm erscheint Munera, seltsam, die beiden hier bei mir zusammen zu sehen. Und seltsam auch, daß nichtmal Ochsenfahrt redet, Durchsuchung, sagt er, und mehr nicht. Selbstverständlich bringe ich den Besuch der beiden mit der gestrigen illegalen Geldübergabe in Zusammenhang, die zeitliche Nähe ist auffällig. Aber wenn sie sich hier gezielt an die Suche machen – müssen sie schon von dem Geld wissen. Mußten sich die Wachen doch eine Möglichkeit geschaffen haben, mich im Besucherraum zu beobachten, mein Gott, mich und Carla. Ihre Blöße und meine Versonnenheit, unsere Intimität! Aber ich kann es nicht beweisen. Es muß auch nicht so sein. Vielleicht ist es nur Zufall, daß Ochsenfahrt und Munera heute hier herumwühlen, denn irgendwann ist jeder mal an der Reihe, stumm beobachte ich sie. Fast ohne Bange auch. Zum einen können sie bloß ein paar Scheine finden, keinen Schnee. Zum anderen werden sie sie kaum finden, da wo ich sie hineingeschoben habe. Meine Matratze haben sie schon gefilzt. Auch am Klo sind sie gewesen. Jetzt schrauben sie die Fußbodenleisten ab. Und wieder an, die Dinger, Ochsenfahrt schnaubt, wegen der Anstrengung? Aus Verdruß? Er schaut sich um, als stünde er das erste Mal in einer Zelle, aber er kommt nicht drauf, wo er suchen müßte. Er streckt sich nicht wie ich gestern. Er denkt nicht daran, daß der Fernseher dort in halber Höhe mir kein Bild gibt, wohl aber die Möglichkeit, was Flaches darin unterzubringen. Munera wiederum tut nichts, als Ochsenfahrt in seiner Unschlüssigkeit zu beobachten. Und eine klitzekleine Kleinigkeit tut sie noch. Hebt kaum merklich die Augenbrauen, als mein Blick den ihren streift, was ist das? Zeichen einer Vermutung? Aber sie kann sie nicht haben. Sonst müßte sie ihrem Kollegen einen entsprechenden Hinweis geben. Sie wird genervt sein von ihm, weil er nicht akzeptieren mag, daß hier nichts zu finden ist, sie hat womöglich auch ein latent unangenehmes Gefühl neben ihm, ob er nun herumplappert oder sich herum und herumdreht.

22. Oktober

Etwas hat sich gewandelt. Von Ed und seiner Camarilla fährt nichtmal mehr jemand die Ellbogen aus, wenn ich im Gang daherkomme, niemand zwingt mich auch nur zum stummen Ausweichen. Ich bin mir sicher, das liegt an meinem widerständischen Kaffeebrühen einschließlich des einen Satzes, den ich Ed entgegenwarf; ein Foto fällt mir ein. Ich habe es in einem Buchladen in Italien gemacht: alte Waage mit rostigem Zeiger, auf deren Wiegefläche in roter Farbe gepinselt war, Quanto pesa una parola? Wieviel wiegt ein Wort?

In der Frage liegt die Antwort – wobei Genja der Meinung ist, der Gewaltausbruch mir gegenüber sei sowieso auch ein Aufnahmetest gewesen. Man wollte sehen, ob ich standhalten würde, und als man es sah, sei man bereit gewesen, von mir abzulassen. Aber noch etwas hat sich gewandelt, und zwar buchstäblich über Nacht. Häftlinge, die nichts mit Ed zu schaffen haben, suchen auf einmal meine Nähe. Mit knappen Worten, mit Andeutungen nur geben sie mir zu verstehen, ich könne bekommen, was immer ich wolle – weil sie Ed beobachtet hatten? Oder weil sie von meinem Geld wissen? Mir ist ihre Aktivität noch weniger geheuer als die gestrige der Wärter, mir ist, als hätte ich im Internet eine unsichere Seite aufgerufen und würde nun mit Spam-Mails überschüttet.

Genja sagt, ich solle bloß nicht zum Scheinwerfer werden. Was ich nicht gleich verstehe. Darfst nicht mit deinen Scheinen werfen, Junge. Sollst jetzt vorsichtshalber eine Rarität aus dir machen. Keine Bange, sage ich ihm, ich brauche ja nichts. Außerdem sei ich den ganzen Tag mit Schreiben beschäftigt, dem könne ich mich nun noch mehr hingeben als bisher. Und ich beginne, ihm vorzuschwärmen, wie mir dieses Notieren liege; es sei ja etwas Langsames, Kontinuierliches. Mit dem Schnellen, Abrupten hingegen hätte ich Schwierigkeiten, er solle nur mal an den Scheinwerfer von eben denken, sei ich da vielleicht fix gewesen im Verstehen? Niemals sei ich fix in solchen Dingen, immer brauchte ich Zeit, und die hätte ich im Schriftlichen, denn vor mir das Papier liege ja nur und fordere nichts.

Es kann schon fordern, sagt Genja leise. Hast du einmal angefangen, es zu bekritzeln, will es immer mehr. Es erschreckt dich, wenn du ins Stocken geratest, grauselig wird seine Leere. Ein Todesweiß, ist es dir noch nie so erschienen? Nein, Genja. Aber was du da erzählst, bedeutet – du schreibst auch? Was denn? Jagdgeschichten, Junge. Begebenheiten aus der Tundra. Auf Deutsch? Auf Russisch. Auf Deutsch müßte es erst richtiggerückt werden, das würde die Sache viel erschwerlicher machen. Mit Sache meinst du – eine Veröffentlichung? Alle sollen es lesen? Genja nickt und schweigt, und schließlich bekennt er: Es gelangen schon Veröffentlichungen, in Rußland. Aber nicht in der Heimat. Hab drei Geschichten selber übersetzt und an Verlage gesendet. Und nur gestanzelte Absagen hab ich zurückbekommen.

Die Geschichten liegen nun hier bei mir. Ich wolle sie lesen, hatte ich Genja gesagt; weil er so traurig blickte? Auch aus Interesse. Ich bin gespannt auf sie. Nur müssen sie warten, bis die Nacht aufzieht und ich selber meinen Stift aus der Hand gelegt habe.

–

Eine Woche nach der Schulung, die Frau Gapp uns hatte zuteil werden lassen, saß sie wieder mit uns; gemäß ihrer Vorgaben hatten wir ja Ideen entwickeln sollen. Wir nannten ihr, beispielsweise, einen Journalistenwettbewerb zum Problem der wachsenden inneren Unruhe der Menschen, denn mit seiner Hilfe wäre unser Thema über längere Zeit in den Medien präsent. Und ähnliche Vorschläge. Die sie alle nicht überzeugend fand. Wie, fragte sie ungeduldig, verankere man etwas *wirklich* in den Köpfen? Indem man von weit außen kommt wie Sie gerade – oder nicht besser von tief innen? Was meine ich mit tief innen? Nun, ich meine damit die Köpfe der Betroffenen selber, sie sollen die Hauptarbeit leisten. Wie könnte das geschehen? Indem wir sie in Selbsthilfegruppen zusammenführen. Ein Come-together der Ruhelosen, an möglichst vielen Orten. Und die Gapp legte Einzelheiten dar: Flächendeckend seien Menschen zu rekrutieren, die solche Gruppen bildeten und leiteten. Ihnen seien Computer zur Verfügung zu stellen und Webseiten zu erarbeiten. Letztere seien kontinuierlich zu pflegen. Alles natürlich dezent aus dem Hintergrund heraus, so lange, bis das Networking stabil sei und die einzelnen Gruppen sich eigenständig und intensiv mit dem Thema beschäftigten und bei uns um Broschüren und Referenten nachfragten, sie endete mit den Worten: Nachhaltig, Kollegen, ist eine Verankerung erst, wenn niemand mehr den Anker sieht.

Bin ich aufgesprungen und habe dagegen gesprochen? Bin ich gar aus der Firma herausgesprungen? Ich wühlte mich noch einmal in sie hinein. Je stärker es in mir hämmerte, Betrug, lupenreiner Betrug, umso heftiger schallte es zurück, wieso *lupenrein*? Wieso überhaupt Betrug? Ist es etwa ungesetzlich? Voll und ganz erlaubt ist es. Nicht ein Paragraph wird verletzt, lupenrein legitim, so muß man es sehen. So sollte ich es sehen. Und ich sollte mich auch mal fragen, woher ich pharmazeutischer Laie, ich Blindschleiche eigentlich so genau wissen wollte, daß jenes jähe Ausbrechen aus der gewohnten Umgebung *keine* Krankheit sei. Wenn es sich doch häufte. Wenn es soviel Leid bei den Zurückgebliebenen erzeugte. Wenn es auf eigenem Leid schon fußte. Dann mußte man dagegen angehen! Engagieren mußte man sich, und das tat ich, mit grimmiger Entschlossenheit. Nie war ich vehementer gewesen. Ich stürmte mir selbst voraus, entwickelte mich zum Schnellsten aus der Gruppe der von Frau Gapp Trainierten, zu einem Ebenbild Zatopeks. Die alten Olympiabilder seiner verzerrten Gesichtszüge, die alten Olympiafilmsequenzen seiner stampfenden Schritte, seiner geballten Fäuste, seines schlenkernden Kopfes – und ich noch schlimmer! Gar nicht mit anzusehen, wie wüst. Wie für mich geschaffen, das geflügelte Wort, der läuft wirklich nicht mehr rund.

Ich suchte Rat bei Gudemark. Kein anderer aus der Firma war mir näher als er, mein guter alter Vertrauensmann. Und so gestand ich ihm, was ich über unsere Kampagne dachte: Eine Lüge sei sie, erdacht zum Einfangen und Schröpfen gesunder Menschen, doch ich kam nicht weit. Ich redete, wie ich erzogen worden sei, unterbrach mich Gudemark. *Der menschenverachtende Kapitalismus*, das sei meine Denke. Diese Firma müsse sich so etwas aber nicht sagen lassen, schon gar nicht von mir. Sie habe schon Bahnbrechendes, er betone, Bahnbrechendes geleistet, da sei ich noch in meinem Sozialismus herumgelaufen. Er, Hanskarl, sei der Meinung gewesen, ich hätte die mir dort anerzogenen starren Einstellungen abgelegt, oder die Zeit hätte sie mir aufgeweicht, aber nun müsse er erkennen, es sei nicht der Fall. Alles sei in meinem Kopf verblieben. Er frage sich nur, warum es jetzt hervorbreche. Warum ich jetzt so verrückt spiele. Es sei ihm wirklich ein Rätsel, warum meine fatale

Kalte-Kriegs-Erziehung umso deutlicher zutage trete, je länger sie zurückliege.

Sein Anwurf überraschte mich, gelinde gesagt. Er nahm mir den Atem. Ich konnte Gudemark, so ad hoc, nur in Bruchstücken antworten und hatte nach dem Ende des Telefonats das Gefühl, ihm noch etwas schuldig zu sein. Ich dachte über seinen Vorwurf nach und schrieb ihm noch in der Nacht einen Brief, dessen Kern aus folgenden Worten bestand: Du hast recht, Hanskarl, ich bin voll und ganz im sozialistischen Sinne erzogen worden. Und doch habe ich nie alles geglaubt. Selbst für einen Gutwilligen wie mich kollidierte das mir Erzählte zu oft mit dem von mir Erfahrenen. Dann, buchstäblich von einem Tag zum anderen, brach die Erzählung ab. In der darauffolgenden Zeit der Enthüllungen wurde mir ihre Falschheit erst richtig bewußt. Fast alles, was man über mein Land erklärt hatte, war nur Behauptung gewesen. Wenn aber über mein Land so gut wie nichts stimmte, dann mußte auch so gut wie alles, das man mir über deines erzählt hatte, falsch sein; ich vermochte es in der rasenden Zeit nicht zu formulieren, aber es steckte in mir, als starkes Gefühl. Ich stand dem hiesigen Staat allein schon deshalb offen gegenüber, weil man ihn mir so madig gemacht hatte, einen Riesenbonus hatte er, und nicht *trotz*, sondern *wegen* meiner Erziehung. Ich erwartete, nun auch hier das Gegenteil dessen zu sehen und zu erfahren, was mir erzählt worden war, ich fieberte geradezu danach. Und in der Tat, ich sah und erfuhr es. Klug wurde mir auch jeder einzelne seiner Vorzüge herausgestellt. Gleichzeitig wurde – nicht von dir, nicht von dir – das mir einst über mein Land Erzählte immer noch stärker und zugleich verästelter verunglimpft. Obwohl es sich doch schon selber genügend verunglimpft hatte! Im Grunde verabreichten deine Leute mir die Überdosis, die mir hätte bekannt sein müssen, aber ich schluckte sie. Der Kredit jener Leute bei mir war noch lange nicht aufgebraucht. Ich wünschte, den desavouierten einstigen Erzählern nicht doch noch recht geben, und ich fürchtete, den übermächtigen neuen Erzählern ins Wort fallen zu müssen: Bloß nicht nochmal solch eine Diskrepanz zwischen Beschworenem und Beobachtetem, bloß nicht nochmal solch ein Erkennen mit solch anstrengenden Folgen, bettelte ich stumm, mit einem Wort, es dauerte, und dauerte, und dauerte. Aber jede Dauer hat ein Ende. Ich halte mich wieder an die Realität – wieder? Erstmals! Und jetzt, da ich es erstmals tue, werde ich von dir gefragt, warum ich hier verrückt spiele, das finde ich wirklich interessant. Daß du es so empfindest.

Ich zitierte ihm Dostojewski: Bald wird eine Zeit der Verkümmerung aller Gefühle der Menschenliebe, des Dürstens nach Wahrheit, aller christlichen und nationalen Gefühle beginnen. Eine Zeit der räuberischen Gier nach materieller Bereicherung, der Gier nach Anhäufung von Geld und anderen Mitteln – und es wird als höchstes Ziel anerkannt werden, als Ausdruck von Vernunft, von Freiheit. O ja, mein ewiger Dostojewski! Mit ihm wollte ich Gudemark verdeutlichen, daß etwas Tieferliegendes und Längerwirkendes mich abstieß, jene *freigegebene* Gier. Mittlerweile 150 Jahre her, daß Dostojewski über sie schrieb. Für dich nichts Neues, schrieb nun ich meinem Freund, seit deiner Geburt bist du von ihr umgeben. Ich aber erst seit ein paar Jahren. Sie war stark eingeschränkt in dem Land, in dem ich aufwuchs. Die Schrecken dort waren andere. Aber hier und jetzt ist die Gier allgegenwärtig. Dazu eine kleine Geschichte, sie spielt noch während der Wende. Ich abonniere, kaum daß die Menschen nachts auf der Mauer gesessen haben, das bedeutende Nachrichtenmagazin, endlich kann ich lesen, *was ist*. Und ich lese mit Gewinn. Wenig später werde ich dank deiner Vermittlung Öffentlichkeitsarbeiter bei *Generosis*, und als solcher, du weißt es, bekomme ich das Heft natürlich auf meinen Schreibtisch. Kann ich es privat abbestellen. Wenn ich nur könnte! Der Zeitungsvertrieb reagiert nicht auf meine Kündigung. Er agiert auch ohne Telefonnummer. Er beliefert mich immer weiter, und da ich nicht mehr zahle, weil ich doch rechtmäßig gekündigt und die Kündigung sogar mehrmals wiederholt habe, kriege ich schließlich Antwort, von einem Inkassounternehmen. Glücklicherweise ist es meine Hochphase damals. Alles flutscht so. Als Führungskraft der Abteilung Öffentlichkeitsarbeit der Ihnen gewiß bekannten Firma *Generosis*, schreibe ich zurück, wäre es mir ein Leichtes, eben jene Öffentlichkeit über das Geschäftsgebaren Ihres Vertriebes aufzuklären, wünschen Sie das? Genau genommen hatte ich keine Ahnung, wie ich es im Fall der Fälle anstellen sollte, aber sie wünschten es ja nicht. Sie erklärten meine Kündigung umgehend für wirksam.

Ich verwies Gudemark auch auf die Sache mit der Stillen Beteiligung Brittas. Auf das *Gewöhnliche* jener Vorgänge: Hanskarl, ob jene Beteiligung, jenes Abo oder nun dieses *Restamed*, für dich – und für alle aus deinem Gemeinwesen – ist das offen oder versteckt Räuberische Normalität. Es gehört für euch zum Leben wie der stete Wechsel der Jahreszeiten. In mein Leben aber ist es eingebrochen, ich will es nicht. Ich will nicht dauernd aufpassen müssen wie ein Luchs; natürlich tue ich es mittlerweile. Aber niemals wird es, wie bei euch, ein Instinkt werden. Ich verachte, was ich mir in diesem Gemeinwesen immer von Neuem aneignen muß, ich lehne es ab, mich dauernd wie ein Tier zu spannen.

Ich schrieb sogar, meine Gehirnkapazitäten derart zu vergeuden. Heute weiß ich, das war der erste Schritt in eine konsequente und dauerhafte Distanz hinein, denn eine solche Distanz – beruht auch immer auf zumindest einem Quentchen Überheblichkeit.

Im übrigen begann ich damals, regelmäßig um den See zu spazieren, in dessen Nähe ich wohne. Ich wollte buchstäblich nur Luft schöpfen. Aber dann stellte sich heraus, ich vergaß für Minuten oder gar Stunden alle Bedrängnisse, ich geriet ins schlichteste und somit intensivste Beobachten: Da, fünf Wildganskinder, durch und durch grüne. Und die großen Gänse natürlich braun. Mit gerecktem Hals stehen sie am Ufer, welch elegante und aufmerksame Wachposten, eine unkontrollierte schnelle Bewegung meinerseits, und sei es nur eine mit der Schuhspitze, und die von ihnen Beschützten hören unisono auf, im Gras zu picken, auf welches Zeichen hin? Ein Zucken im Gefieder? Ein Klappern mit dem Schnabel? Ein Recken des Kopfes? Nichts davon, absolut nichts war für mich zu sehen oder zu hören gewesen. Aber wie sie dann eilig davonschwammen, vorne die Mutter, dahinter, wie an einer Schnur, die Gössel, am Ende der Ganter, erkannte ich etwas anderes – von den Gänsen rührt es her, wenn man zu einem Kind oder Jugendlichen sagt, er sei noch grün hinter den Ohren, schon seit Ewigkeiten heißt das so. Und erst jetzt, im reinen Beschauen, verstand ich es. Und nichts verstand ich ein andermal, als mir ein Seil knapp unter der Wasseroberfläche gespannt zu sein schien, verschob es sich nicht? Bewegte es sich nicht langsam von einer Seeseite zur anderen? Wie wurde es gezogen, wo kam es her? Vom Himmel, ein gespiegelter Kondensstreifen; und noch ein andermal ein Baum wie ein frisch gespitzter und auf der Spitze stehender Bleistift, das hatte der Biber wohl nicht geschafft, den in der Nacht ganz umzulegen, oder er hatte kurz davor aufgehört, um mir genau dieses Bild zu liefern, dieses Zeugnis seiner jahrhundertealten Könnerschaft ...

23. Oktober

Verblüffung, wegen des gestrigen Briefes. Genauer, wegen meiner Fähigkeit, ihn so genau zu repetieren. Selbst das Dichter-Zitat ist, bis auf ein oder zwei Wörter vielleicht, korrekt, da bin ich mir sicher, woher kommt auf einmal dieses ausnehmend gute Gedächtnis? Hatte ich doch nie. Aber jetzt schießt von Tag zu Tag mehr vergessen Geglaubtes hervor; weil ich hier sonst nichts zu tun habe? Weil ich in meiner Zelle kaum noch störenden äußeren Einflüssen ausgesetzt bin? Weil das Innere der Zelle keinen Blick mehr lohnt? Einerlei. Nicht zuviel hinterfragen. Nicht zu lange sich wundern. Die Gunst der Stunde nutzen, in der die Erinnerung deutlich und plastisch wie nie hervortritt und sich sogar ein alter Brief Zeile für Zeile im Kopf ablesen läßt, als wäre es eine Leuchtlaufschrift auf einem Hochhaus oder an einer S-Bahn-Brücke.

—

Beim Aufschluß nimmt mich einer beiseite, mit dem ich bisher kein Wort gewechselt habe, ein eigentlich Verhuschter. Es heißt, er habe illegale Geschäfte im Internet betrieben, und es heißt auch, er betreibe sie noch immer; derart schemenhaft bewegt er sich zwischen uns allen, daß ich ihn bei mir genau so nenne, Schemen.

Er raunt, ich sei in voller Aktion im Netz, ob ich es wüßte. Was? Was soll das heißen, in voller Aktion? Du mit dem Knüppel mit den Bullen. Und du vorher mit dem ersten und dem zweiten Gesicht, irre, Erik, ist wirklich irre. Ich schrecke zurück. Mir ist es suspekt, von ihm, der mir ganz fremd ist, so vertraut angesprochen zu werden, ich gucke wohl auch recht finster. Das mißversteht Schemen. Er denkt, es sei mir zuwider, daß ich nun für die ganze Welt sichtbar geworden bin, denn er bekräftigt, es sei wirklich eine tolle Szene. Ihn jedenfalls habe sie bewegt. Währenddessen sind meine Gedanken aber schon nicht mehr bei ihm und nicht mehr düster. Schlagartig haben sie sich aufgehellt: Wenn es dieses Video gibt, gibt es doch den Beweis, daß ich den Schlagstock nicht gegen die Beamten erhoben habe und daß im Gegenteil ich von denen geknüppelt worden bin – was bedeutet, man muß mich freilassen! Entlassen muß man mich, ein Glücksfall, dieses Video, von wem ist es? Was muß ich eingeben, um es zu finden? Die Fragen schießen nur so aus mir heraus. Du, lächelt Schemen, kannst gar nichts eingeben, wohin denn? Dreist guckt er mich auf einmal an. Ich überlege, ihm Geld zu bieten, denn darauf hat er es ohne Zweifel abgesehen, aber keine Kurzschlußreaktion jetzt. Keine Scheinwerferei. Man macht sich nicht nackig hier, niemals.

Man nickt Schemen flüchtig zu und eilt zum stationären Telefon auf dem Gang, um seinen Anwalt anzurufen, das wenigstens ist mir erlaubt, die Nummer ist mir freigeschaltet. Wahrscheinlich wissen Sie es noch nicht, rufe ich in meiner freudigen Erregung in den Hörer, aber es tut sich was. Es gibt ein Video von unserem Vorfall, es steht im Netz. Dreisinger indes sagt viel weniger freudig, er schaue es sich gerade an. Er spule es schon eine halbe Stunde vor und zurück, aber es gäbe nichts her. Jedenfalls nicht das, was wir brauchten. Nötig wären klare Bilder, und die existierten auch – aber nur vom Beginn des Hergangs. Klar und deutlich sei zu sehen, wie ich mein künstliches Gesicht abstreife und mein natürliches zeige und wie daraufhin ein Teil der Menschenschar auf mich zuwogt und mich beschimpft und attackiert, solche eindeutigen Aufnahmen, sagt Dreisinger, brauchten wir vom folgenden Gemenge mit den Polizisten. Aber da ist alles nur noch verwackelt. Der oder die Filmende ist ja Teil der Masse und wird offensichtlich hin und her geschubst. Zudem schieben sich immer wieder andere Personen vors Handy; nein, lieber Herr Werchow, unsere Hoffnungen werden leider enttäuscht.

Dazu kann ich nur schweigen. Ich muß das erst verdauen. Mir wird auch begreiflich, wie gern ich in Wahrheit darauf verzichten würde, meine Notate fortzusetzen, wenn ich hier nur rauskäme. Und vor Tagen hatte ich noch das Gegenteil erklärt. Wie großspurig ich behauptet hatte, gar nicht fortzuwollen, solange ich mit der Niederschrift nicht fertig wäre! Aber ich war auch wirklich davon überzeugt gewesen! Laß dem gequälten Menschen eine einzige Beschäftigung, und sie wird ihm jeden räudigen Tag lieber und teurer.

Dreisinger reißt mich aus meinen Gedanken. Das Video, sagt er, biete dennoch eine Chance. Vielleicht existierten ja weitere und womöglich besser erkennbare Sequenzen. Er werde versuchen, sie aus den Leuten herauszukitzeln, so formuliert er es, herauskitzeln. Er scheint nun sogar ein wenig vorfreudig zu sein. Müsse doch mit dem Teufel zugehen, sagt er, wenn nicht noch ein paar Leute ihre Filmchen auf die entsprechenden Plattformen stellten, er werde sie dazu ermuntern, indem er das vorliegende verwackelte Video verlinke und kommentiere. Aber nicht den Polizeieinsatz inklusive meiner Gegenwehr werde er hervorheben. Gerade den nicht! Solche Einsätze und solcher Widerstand interessierten im Netz schon lange niemanden mehr, da müsse es schon blutiger zugehen und am besten ein paar Tote geben, nein, wiederholt Dreisinger – Ihr Zweifachgesicht! Auf das werden wir abheben. Hat man sowas schonmal gesehen, werde ich schreiben, hat jemand *das* vielleicht noch aus einer anderen Perspektive? Denn wenn jemand es aus einer guten anderen Perspektive hat, dann hat er vielleicht auch alles folgende, lassen Sie mich loslegen. Und tun Sie mir einen Gefallen und seien Sie guten Mutes, es wird schon, es wird.

Eine Frage stellt er mir noch, bevor wir uns verabschieden, nur so aus menschlichem Interesse: Haben Sie eigentlich Ihre Maske abgenommen, weil Sie keine Luft mehr bekommen haben, oder weil Sie die Leute überraschen wollten? Die Luft, Herr Dreisinger, war nicht das Problem. Obwohl es noch warm war Anfang Oktober. Es ging mir schon um die Leute. Aber dann auch wieder nicht. Eigentlich ging's mir mehr um mich. Aber fragen Sie mich bitte nicht, inwiefern. Ich kann es Ihnen so auf die Schnelle am Telefon gar nicht richtig benennen. Ich müßte es mir auch erst auseinanderklamüsern, und, Herr Dreisinger, so komisch es klingen mag, dazu war hier noch keine Zeit. Und Sie wollten ja auch loslegen im Internet, nicht? Sie sollen, ist sehr in meinem Interesse, machen wir Schluß für heute, wenn's Ihnen recht ist.

Weil er nach Atemnot fragte: Beim Maskenbildner hatte ich welche. Eine verblüffende Anstrengung war es für mich bei ihm. Einen ungeahnten Aufwand erforderte die Herstellung des Abgusses. Zunächst trat eine Assistentin zu mir. Sie drückte mir einen speziellen Kleber in die Haare und preßte diese kräftig und ausdauernd auf die Kopfhaut, nun lagen sie noch enger an als bei den Filmstars vor hundert Jahren. Das Gleiche mit den Brauen und schließlich mit den Wimpern. Die sie im folgenden mit einer teuren Salbe bestrich, und zwar jede einzeln. Wimpern, erklärte sie, vertrügen sich nicht mit Silikon, und wir bestreichen Ihr Gesicht zuerst einmal mit Silikon, denn den Gips, der als Vorlage für die eigentliche Maske dienen wird, können wir ja nicht direkt auf die Haut auftragen. Die Assistentin zieht sich zurück, und der Chef, der Maestro, der vor allem für den Film arbeitet und eine ganze

Reihe von Masken bekannter Kinohelden in den Regalen zu stehen hat, erscheint. Er schärft mir ein, ich solle den Mund öffnen und die halbe bis Dreiviertelstunde, die er für sein Werk benötigen werde, so belassen. Andernfalls schlösse sich mit dem Mund logischerweise das entsprechende Loch im Abguß, und er müßte mit der Arbeit von vorn beginnen. Ebenso unbeweglich möge ich die Lider halten, im eigenen Interesse freilich nicht geöffnet, sondern geschlossen. Und noch etwas. Wenn sich Speichel bilde und mir herunterzutropfen beginne, solle ich es geschehen lassen, wenn mir unwohl werde, möge ich ihm ein Zeichen geben. Ist denn schon Leuten, ich nicke zu den Regalen hin, unwohl geworden? Es fielen welche in die Bewußtlosigkeit, anyway, los geht's. Er beginnt, mich mit dem Silikon einzupinseln, und ich konzentriere mich so darauf, meinen Mund nicht zu schließen und nicht einmal zu bewegen, daß ich vergesse, Luft zu holen. Atmen, muß er mich erinnern, atmen. Dann greift er zu den schon vorbereiteten Gipslagen und legt mir eine nach der anderen auf, so wickelt er mich ein? Mir kommt es vor, als mauere er mich ein. Mit jeder Lage wird mein Kopf schwerer und heißer, nie hätte ich gedacht, daß der Schädel so heiß wird in dem Gips. Und daß ich solche Mühe haben würde, ihn aufrecht zu halten. Und daß es teerschwarz wird um mich herum. Bald sitze ich in undurchdringlicher glühender Finsternis, sitze wie in gerade gebrannte Ziegel gepreßt, ich habe keine Angst. Auf meinen Wunsch hin wird mir eine Maske gefertigt, mehr geschieht ja nicht. Nur stelle ich mir vor, mit welcher Angst und mit welchem sich immer weiter steigernden Schrecken es verbunden wäre, wenn man von Schritt eins an wüßte, man werde gefoltert, werde lebendigen Kopfes eingemauert und habe nicht die geringste Aussicht auf Befreiung, ich will das nicht weiterdenken. Ich will ruhig atmen, ich muß, müßten wir nicht endlich fertig sein? Jetzt: Vorsichtig wird mir der Gips abgenommen, noch vorsichtiger das Silikon abgezogen, vom Kinn, von den Wangen, erträglich, erfreulich. Bei den Wimpern allerdings ist mir, als würden sie mit dem Silikon komplett ausgerissen, so weh tut es. Ich öffne unter größten Befürchtungen die Augen: vor mir zwei erkennbar zufriedene und auch fürsorgliche Menschen. Möchten Sie zum Spiegel? fragt die Frau, gehen Sie nur. Und wie wohl jeder, der vor mir hier saß, gehe ich und atme auf, als ich sehe, die Wimpern sind alle noch dran.

Nur daß ich eben, anders als all die Schauspieler, hier nicht gesessen habe, um mir das Abbild irgendeines Berühmten oder Erfundenen anfertigen zu lassen, sondern das meines eigenen Gesichts.

24. Oktober

Aufgrund meines Einsatzes wurde mir von der Frau Gapp angeboten, die Abteilung Öffentlichkeitsarbeit zu übernehmen. Ich erstarrte, oder erblaßte, oder zuckte zusammen: Wenn ich ihr zusagte, trüge ich ab sofort eine viel größere Verantwortung für den Schwindel mit *Restamed* und für alle anderen Täuschungen, ein Betrüger ersten Ranges wäre ich. Oberbetrüger, schalt ich mich. Auch die Schimpfwörter meines Großvaters schleuderte ich mir entgegen, nicht Hornochse oder Dämelsack, nicht die ironischen, sondern Knecht! Lappen! Unmensch! Und indem ich mich schalt, schloß ich aus, so einer oder so etwas zu werden, und entschied, der Dame einen Korb zu geben. Doch half mir das? Wurde mir wohler? Minderbetrüger! schalt ich mich nun, minder bist du, solange du hier überhaupt noch mitläufst, denn willst du bei einer Tat – und mit einer Tat hast du es zu tun – nicht zu den Anführern gehören, darfst du auch nicht bei deren Handlangern bleiben. Also auf und davon, fort und weg. Aber ich konnte nicht. Es war mir nicht möglich.

Eine Verkäuferin taucht vor meinem inneren Auge auf, und ihre Waage, auf der kein Spruch steht, sondern auf die sie etwas legt. Und Willy und sein Bücherregal sehe ich – verrückte Synapsen. Was sie alles fügen. Wie aus zusammenhangslosen Bildern eine Abfolge wird, eine Erklärung, eine Geschichte, sie geht so: Dank Willy bin ich zu einem ausdauernden Leser geworden, Willy hat mir den Wunsch eingepflanzt, an Bücherregale heranzutreten und in ihnen immer wieder Neues zu entdecken, neues Altes meinetwegen, man denke nur, was für eine Entdeckung Hamsun war. Nicht nur, daß ich fast alles von ihm gelesen habe, ich weiß auch seit langem, daß er in Gudbrandsdalen geboren wurde. Und dann entdecke ich in der Kaufhalle einen seltsamen, weil karamellfarbenen Käse mit genau diesem Namen. Ist Karamell, bestätigt mir die Verkäuferin. Ich will schon abdrehen, weil ich Karamell nicht ausstehen kann, doch mit einemmal denke ich mir, ist aus dem Tal, wo Hamsun her ist, und lasse mir so ein kackbraunes Stück auf die Waage legen. Und seitdem immer wieder, die Verkäuferin weiß Bescheid und greift, wenn ich an der Reihe bin, schon von sich aus zum Gudbrandsdalen. Wie sollte ich also die Firma verlassen? Ich verließ ja nicht einmal den Norweger. Nicht einmal seinen klebrigen Käse konnte ich liegenlassen, wie dann meine Truppe? Meine Bande? Die vertraute Zelle meines Syndikats?

Indem ich aber vom Verdorbenen nicht wegkam, bemerkte ich andauernd Verdorbenes. Es war immer und überall. Ich erinnere mich an ein Fest in einem prächtigen Haus in Potsdam, dort begegnete es mir gleich zweimal innerhalb kürzester Zeit. Eine Art Jagdschloß, das Haus. Bewohnt von einem Zugereisten, der mit seinem Verein voller anderer Zugereister der Stadt ein Literaturfestival geschenkt hatte, dies war der Abschlußabend. An dem ich teilnahm als Repräsentant meiner Firma, die das Festival, auf meine Anregung hin, gesponsort hatte. Und das Sponsoring hatte dann auch in meinen Händen gelegen, eine günstige Gelegenheit, mich in ein Projekt fernab von *Restamed* zu versenken, ja was lag ferner, und was lag näher, was konnte für mich zu jenem Zeitpunkt sinnreicher und ehrenvoller sein als die Förderung von Literatur?

Aufs Anwesen: Der Hausherr auf geharktem Kies, gewandet in einen Zweireiher, geschmückt mit einem Halstuch, um einiges hinter ihm geräumige, sanft beleuchtete Stallungen, in denen es schwarz, und rot, und grün, und blau glänzt; schöne alte Kutschen, sage ich während des Händeschüttelns. Sechzehn, nickt er. Was, so viele sogar? Er lächelt stolz, umfaßt kurz meinen Ellenbogen, führt mich in Richtung der Unterstände. Und, frage ich, machen Sie auch Ausfahrten damit? Aber gewiß. Ein festliches Geräusch, wenn die Hufe auf dem Pflaster klappern, ein hallender Ton von Historie, mehrmals in der Woche lausche ich ihm. Wir, wage ich einzuwerfen, wir hatten auch Pferde in dem Ort, aus dem ich stamme. Und Pause, vielleicht mag der Hausherr ja wissen, welcher das ist? Mag er nicht. Scheint er gar nicht gehört zu haben, meine Bemerkung, so wie er weiterschwärmt von seinen schnieken Droschken. Die wir abschreiten. Deren Wölbungen er tätschelt, als wären's Frauenhintern, nun gut, denke ich mir, leidenschaftliche Sammler wie er sind nunmal einfühlsamer mit ihren Objekten als mit Menschen, kennt man doch. Später dann, im Schloß, laufen wir uns noch einmal über den Weg, viele Leute sind um uns. Ist es nicht herrlich, lieber Werchow, jubiliert er, wieder ein Stück Kultur, das wir in die Stadt gereicht haben, wir beide und wir alle dürfen uns auf die Brust klopfen. Wenn ich mich an die Ausgangslage erinnere: diese geistige Ödnis ringsum! Dieses Platte, Banale, ich möchte sagen, dieses Rotzige – und ausgerechnet hier. Aber da sehen Sie, man darf es nicht hinnehmen. Man darf, wenn man sich diesen Ort zum Leben erwählt hat, nicht auf das hier übliche Niveau sinken, sondern muß auf seinem Niveau bleiben, und das heißt auch: muß es zeigen. Ausstrahlung! Geistigkeit! Schöpfertum! Die Menschen wie verkümmerte Pflanzen hochziehen, mit dem Dünger unserer Kultur. Gewiß ist das schwer angesichts der Arme, die sich uns gegenüber schon rituell verschränken, aber wie wir in den Tagen unseres Festivals haben sehen dürfen: Vieles ist schon erreicht. Die Stadt ist schon durchwirkt von unserer Inspiration und geprägt von unserer Eleganz – wie klischeehaft, was ich notiere. Aber Klischee ist in diesem Fall gleich Realität, ich verbürge mich dafür, alles, alles hat der Hausherr wortwörtlich so zu mir gesagt. Und immer weiter hat er auf die Art zu mir gesprochen, und keine Sekunde hat es ihn gestört, daß vielleicht Eingeborene unter uns waren; gehörte ich nicht zu ihnen, ich mit meinem Geldkoffer von *Generosis*, ich trotz dieses Koffers? Auf den Gedanken ist er anscheinend nicht gekommen. Oder es hat ihn nicht interessiert. Richtig, null Interesse, auch an der Kultur, über die er so geschwafelt hat. Als ihm zwischendurch ein renommierter Autor vorgestellt wurde, der auf dem Festival gelesen hatte, rief er, die Arme in die Höhe werfend, o ein Schriftsteller, ein leibhaftiger Schriftsteller. Und er lachte, lachte seinem eigenen Auftritt nach. Am Ende des Abends stieß er, cheers, sein Glas an meines, und ich schüttete ihm den Inhalt meines Glases ins Gesicht; später war das, auf meiner stillen einsamen Heimfahrt.

Jetzt die zweite Geschichte. Sie beginnt in der Innenstadt. Ich war da herumspaziert vor dem besagten Abend und hatte zufälligerweise beobachtet, wie Polizisten versuchten, Studenten vom Dach der Fachhochschule zu holen. Auch unten standen von Polizei umringte Studenten. Ich erkundigte mich bei ihnen, wogegen sie protestierten: gegen den Abriß des Hauses und die Art der geplanten Neubebauung, gegen diese Mischung aus Preußentum und Disneyland, so bezeichneten sie es. Sie gaben mir auch eine Kladde mit 20 bis 30 Fotos von anderen Gebäuden des vormaligen Staates, die schon abgerissen worden waren. Um manche schien es mir nicht schade, um andere schon. Um einen Busbahnhof mit einem flügelartigen Dach zum Beispiel, ich konnte den Blick nicht davon wenden. Woanders, sagte ich zu der Studentin neben mir, stünde sowas unter Denkmalschutz. Sie stieß einen trotzigen Ton aus und sagte, hier nicht. Im Jagdschloß nun streifte ich durch die Räume, vorbei an mir größtenteils unbekannten Menschen – und vernahm plötzlich das Wort Fachhochschule, von wem? Wer sprach *hier* über dieses Gebäude? Ein älterer Mann. Er trug ein rosafarbenes Jackett mit einem leicht differierenden rosa Einstecktuch. Etwas verstohlen gesellte ich mich seiner Runde hinzu. Unglaublich, wie kampagnefähig die sind, sagte er gerade, in kurzer Zeit bringen die hundert Leute auf die Straße, das kriegen wir nicht hin. Natürlich wußte ich sofort, wen er meinte. Er selber gehörte folglich zum Verein der Planbefürworter, die Studentin hatte mir von diesem berichtet. Und ich dachte, der Drops sei gelutscht, sagte jemand. Ist er auch, bestätigte der Wortführer. Wirklich alles fix, fragte nun plötzlich ich, fragte es auf eine Art, als könne auch ich es kaum erwarten, das Gebäude fallen zu sehen. Ja, Myschkin verstellte sich! Als gerade Hinzugetretener konnte er doch nicht einfach lospoltern. Aber es drängte ihn, sich einzumischen, und so war jene Verstellung eine ihm absolut gemäße, weil im Grunde seines Herzens unbeabsichtigte – ein Wimpernschlag, und verstellt. Und niemand um mich herum kam auf die Idee, es könne hier insgeheim jemand mit der anderen Seite sympathisieren. Ich, in den Augen aller Teil des Kreises, erhielt vom Rosanen die Antwort, ist so, kommt weg. Gewissermaßen restzweifelnd wiegte ich den Kopf. Schauen Sie, sagte er da, schauen Sie. Fast zwei Drittel der Einwohner dieser

Stadt sind in den vergangenen zwanzig Jahren neu hergekommen, das wissen Sie vielleicht nicht. Und von den vielen Hergezogenen findet das Kastenmäßige, was hier noch steht, keiner schön. Sowas wie die Schule ist nun einmal häßlich. Ich zog die Augenbrauen hoch, im Grunde fiel ich aus meiner Rolle. Ich fand das Haus nicht so häßlich, und außerdem, stand ein fast gleiches nicht in den Vereinigten Staaten, und hatte nicht Mies van der Rohe es entworfen? Und darum fand ich es schön, wegen des großen Namens? Ich fand es ja nicht nur schön. Es wurde mir nur schön in dieser Abendgesellschaft. Meine Stirn muß wirklich kraus gewesen sein. Aber keine Gefahr, eigentlich, sagte der Wortführer, kann man es doch in einem Satz zusammenfassen: Ein Geschmack dominiert den anderen, und je mehr der eine dominiert, umso weniger muß er vom anderen noch aufnehmen. Richtig, bestätigte ich ohne zu zögern, daraufhin knuffte er mich lappenweich an den Oberarm. Es stimmte mich heiter. Ein begonnenes Spiel muß weitergehen, von einem bestimmten Zeitpunkt an funktioniert es wie von allein, wo sind Sie her, fragte ich den Rosanen, ich meine, ursprünglich. Werden Sie nicht kennen, lachte er. Na gerade darum, lachte ich. Aus der Gegend von Hannover, Elze. Da kreuzen sich die beiden längsten Bundesstraßen, die 1 und die 3, ist wirklich eine verschlafene Kleinstadt. Er lachte abermals. In meinem Hirn arbeitete es: Kleinstadt, hatte er gesagt, und kleinteilige Bebauung die Studentin, alles, was neu errichtet werden soll, soll kleinteilig werden. Ich blieb jedoch noch heiter. Und wo wohnen Sie *hier*, fragte ich mit kindlicher Neugier. Am Griebnitzsee. Mit Wasserblick, unverbaubar, da ziehe ich auch nicht wieder weg. Er strahlte mich an, und ich begann, mein Gewicht auf ein Bein zu verlagern und mit dem Ballen des anderen Beins das Parkett zu beklopfen. Also keine Brüche, hörte ich mich brummen. Er neigte fragend seinen Kpf, ich schüttelte den meinen. Nichts, ist nichts. Er schaute mich fortgesetzt an, da sagte ich, gerade stelle ich mir nur vor, die Schule bliebe stehen, und das Kleinteilige bliebe weg. Dann hätten wir vielleicht, wie gesagt, vielleicht einen interessanten Gegensatz zwischen dem Klassizismus des hellen Schlosses sowie der hellen Kirche mit ihren vielen Rundungen und dem eckigen und eher dunklen Monolithen, diesem ja irgendwie Bauhausartigen, oder? Der Sprecher guckte genervt. Was meinen Sie, hakte ich nach. Darauf er, entschieden: Wir brauchen das Kleinteilige. Nur so gewinnen wir das Historische zurück, und das Stadtbild wird wieder angenehm. Angenehm, wiederholte ich lächelnd, die Fischgräten unter meinem Fuß erzitterten. Angenehm, lächelte er zurück. Und da brach es aus mir heraus: Ja, Sie wollen das Angenehme! Ihnen ist ja so angenehm. Bei Ihnen ist alles glattgegangen. Immer ist es aufwärts gegangen, von Ihrer häßlichen Straßenkreuzung bis zu dem idyllischen See hier. Laut war ich geworden. Sein Lächeln war erstorben. Keine Brüche, das ist das Problem. Und Sie können nichtmal was dafür. Sie können sich sogar feiern. Jedes Gebäude hier können Sie wegsprengen, mit reinstem Gewissen. Das schlimmste Gewissen ist das reine, damit können Sie sich alles erlauben. Schule muß weg, können Sie sagen, denn der Bruch gehört nicht zu Ihrem glatten Leben, und so gehört er auch nicht in die Stadt, die Sie sich zum Leben genommen – die Sie übernommen haben. Aber es hat hier Brüche gegeben, kann man das vielleicht respektieren und ausdrücken? Gäbe es einen besseren Ausdruck als den Monolithen? Häßlich, sagen Sie, Sie Kleinstadtbanause – Verzeihung, das nehme ich zurück. Darf ich mich vorstellen, Erik Werchow aus Gerberstedt, Kleinstadt in Thüringen. Ich machte eine Verbeugung. Ich streifte mit meinem Blick Gesichter voller Unverständnis und Entsetzen. Ja, da starren Sie! Ohne jedes Vorstellungsvermögen sind Sie. Postieren Sie sich doch mal hundert Meter unterhalb der Hochschule. Schloß, Kirche, Schule, das ist ein *Ensemble*. Das Ensemble der verschiedenen Zeiten und Leben, und das ist schön. Erkennen Sie die Schönheit der Brüche! Sie müssen sie nicht feiern, aber könnten Sie sie wenigstens ertragen? Erst erkennen, und dann vielleicht ertragen, könnten Sie das?

So sprach ich in Gedanken. Das heißt, ich sprach schon hörbar, aber nur, bis die Fischgräten erzitterten. Bis dahin ist alles so geschehen wie eben geschildert. Dann aber ist es nicht aus mir herausgebrochen. Durfte es doch nicht! Als Vertreter meiner Firma hatte ich mich loyal zu verhalten, so betrieb ich im folgenden nur noch Smalltalk. Ließ mir erzählen, wie lieblich die Wellen auf dem See plätschern, und führte meinen Angriff im Stillen. Der Abend endete, wie schon gesagt, mit jenem Schwall ins Gesicht – und damit, daß ich das Einstecktuch aus dem Jackett des Pelikans zog und es ihm in seinen empört aufgerissenen Schnabel stopfte.

25. Oktober

Der Rosane und zuvor der Kutschende, meine Feinde? Kaum. Ihre Gesichter verschwammen mir gleich nach den Attacken. Die beiden wurden als Personen nie ein Faktor. Hingegen tauchte in jener Zeit immer wieder ein anderes Gesicht auf, das eines jungen Mannes, den ich nur einmal gesehen hatte, und zwar von hinten und kurz von der Seite. Langer Kerl mit Goldrandbrille und akkurat zerwuseltem Haar. Weißes, an den Ärmeln hochgekrempeltes Hemd, revolverblaue Weste, so wartete er vor mir in der Schlange in der Kantine, die vom Osten übriggeblieben war, so eine schummrige im Souterrain, mit Linoleum und Sprelacart-Tischen. Wir als *Generosis* Berlin hatten damals, Anfang der 90er Jahre, noch keine eigene Essensversorgung, wir waren noch im Aufbau begriffen. Auch andere Firmen in derselben Gegend. Alle nutzten diese eigentlich schon vergangene Kantine. Und in diesem traurigen verschlissenen Saal, in dem auch noch die herzlich bärbeißigen alten Frauen ihre alten Gerichte zubereiteten, Jägerschnitzel, Letschosteak, nur nicht mehr Nierchen, die nun nicht mehr, stand vor mir jener Schnösel; Schnösel wegen seines Aussehens? Wegen seiner Art. Dieses demonstrative Mundwinkelverziehen beim Blick zur Schiefertafel, wo die Gerichte aufgeführt waren. Dieses ausführliche Schuhspitzenbetrachten mit anschließendem Kopf-in-den-Nacken-Legen, als es ihm nicht schnell genug voranging in der Schlange. Und erst recht dann der nasale nölige Ton, sagen Sie mal, Ihr serbisches Rindfleisch, was soll man darunter verstehen? Fleisch, wie es dort unten üblich ist. Also Gulasch, oder wie? So ähnlich. So ähnlich, wiederholte er gedehnt. Und dann, als stürze er sich in eine Mutprobe, als raffe er sich zu einer Heldentat auf, na guuut, dann – nehme ich das mal! Ich spürte ein Stechen, während er sich so in die Brust warf und die Küchenfrau müde, mechanisch zum Tellerstoß langte, ein kurzer Schmerz nur, der später wieder auftauchte und sich verfestigte, als etwas Elementares, mich ganz und gar Durchdringendes. Ob Mundverziehen, ob Schuhspitzenblick, ob Stimmgeleiere, der Bursche erlangte Weltbedeutung in meinem Kopf.

Und warum nicht sofort nach der Begegnung? Weil damals noch alles in meinem Kopf aufs Verbindungsziehen gepolt war. Ich rede nicht von *connections*. Ich rede vom Verständniszeigen. War doch prima von ihm, daß er das serbische Fleisch probiert hat, gab doch in der Kantine schon ein paar der westweltläufigen Gerichte, die er hätte nehmen können, nicht? Er hat aber eines der traurigen alten genommen, sagte ich mir zu seiner Ehrenrettung, zu seiner Heiligsprechung, ich hab ihn mir, weil alles gut sein sollte, mühsam als einen Engel geformt.

Zum Feind wurde er mir erst Jahre darauf. *Ich* wurde mir zu einem. Und wie viele solcher Ichs eine solche Feindschaft auszubrüten begannen, endlich! Viel zu spät begannen wir zu begreifen, was mit uns geschehen war: Als wir, um ihm zu gleichen, uns in enge blaue Anzüge zwängten, logen wir uns das Blaue vom Himmel. Als wir zu französischer Butter griffen, ließen wir uns die Butter vom Brot nehmen. Als wir immer größere Schlitten fuhren, ließen wir mit uns Schlitten fahren. Als wir in Budapester Schuhe schlüpften, vergaßen wir Budapest, als es uns nicht mehr nach Szeged zog, waren wir am Arsch – genug der Wortspiele, ich alter Werbemann weiß, wann etwas Eingängiges anfängt langweilig zu werden, und ich mag mich hier beim Notieren nicht langweilen, sondern mir nur eines in Erinnerung rufen: Wir brauchten nicht überrannt zu werden. Wir legten uns von allein nieder.

Letzter vom Literaturfest ausgehender Gedanke: Wahrscheinlich hätte sich für mich einiges anders entwickelt, wenn ich in der Zentrale gearbeitet und in Scherfling gelebt hätte. An einem Abend wie dem im Jagdschloß wäre ich mir dort unten gewiß auch fremd vorgekommen. Aber ich wäre *der Fremde* gewesen. Derjenige, der sich in ein bestehendes und beständiges Gefüge einpassen muß. Der das auch anstrebt. Er mag ja, wenn er dort lebt, kein Außenstehender bleiben. In meinen Gefilden indes bin nicht ich der Fremde. Das hier ist mein Boden, auf ihm bin ich großgeworden, ihn habe ich bewirtschaftet. Und dann plötzlich – nein, nicht plötzlich, sondern stetig und unaufhaltsam – wurde er mir entfremdet, so sehr, daß ich mich zu einer gewissen Zeit wie ein Außerirdischer fühlte, auf meinem Boden. Zwischen den neuen Einheimischen, die sich gebärdeten, als wären sie schon immer hier gewesen. Und keine Handhabe dagegen, denn sie waren in größter Sicherheit – in jener, die einem der Besitz, und nur der Besitz, verleiht. Sie hatten den Boden erworben, folglich konnten sie ihn umgraben, umzäunen, umwidmen, wie es ihnen beliebte, und es konnte ihnen egal sein, wenn ich nur so herumirrte auf meiner Heimaterde.

Auf meiner ... meiner Heimaterde, hätte ich damals stockend hervorgebracht, denn selbst das hatten sie geschafft: mich ins Zögern zu bringen, wenn ich *Heimat*, dieses in vielen Sprachen und Dialekten gerufene und gesungene Wort, verwenden wollte. Sie brachten es in den Zeitungen, die auch ihnen gehörten und ihnen bis zum heutigen Tag gehören, fast nur noch in Verbindung mit verloren, die Flüchtlinge, die ihre Heimat verloren. Ansonsten sollte die Heimat so klar und deutlich nicht mehr existieren; der nächste Begriff, den sie aus dem hiesigen Leben entfernen mochten. Und mit dem Begriff das viel tiefer liegende Gefühl? Darauf zielten sie, wenn sie mir einzureden versuchten, er sei beschmutzt, von anrüchigen Leuten, die ihn nur zu gern in den Mund nähmen, als Sauberer tue man das nicht ohne weiteres.

Aber Heimat ist Rudi. Ist Willy. Ist meine arme Mutter Ruth. Ist der See mit den Gänsen und dem himmlischen Tau. Ist die Sprache, in der ich mich ausdrücken kann. Ist auch etwas Geheimnisvolles, in jedem Lebewesen auf unerklärliche Weise Angelegtes, oder warum schwimmen die Lederschildkröten von Trinidad Tausende Kilometer durch die Ozeane an genau den Strand zurück, an dem sie geboren wurden, und legen dort und nirgendwo sonst ihre Eier ab? Und so erwies ich den mächtigen Begriffs-Stutzern noch einige Zeit die Ehre, ihnen in stummer Renitenz entgegenzuhalten, Heimaterde, Heimaterde, Heimaterde. Später dann, beim ruhigeren Nachdenken, stellte ich ihnen ein paar durchdringende Fragen, wie wohl Willy sie gestellt hatte, bevor er in seine Kompromißphase eintrat: Die Flüchtlinge haben ohne jeden Zweifel ihre Heimat, ja? Das ist nicht *old school*, wenn *sie* aus einer Heimat kommen, richtig? Und wieso soll dann die Existenz einer Heimat hierzulande old school sein? Wegen unser aller Historie? Vorbeugende Maßnahme wegen latenter Wiederholungsgefahr? Aber müßten dann nicht gerade diejenigen, die am häufigsten vor einer solchen Gefahr warnen, in einer klugen Gegenbewegung das ewige natürliche Gefühl für Heimat umso gezielter, soll heißen, *sauberer* stärken? Warum tun sie es nicht? Warum wollen sie mich belehren, die eine Heimat existiere nicht mehr? Weshalb diese unterschwellige Befeuerung des modernen Nomadentums? Und warum wollen sie mir im selben Atemzug einreden, jeder Mensch sei, sofern er frei sei, seine eigene Heimat? Weshalb diese notdürftig kaschierte Feier des Individualismus? Könnte es vielleicht sein, daß sie es absolut nicht schätzen, wenn ich mich, außer mit mir selber, auch weiterhin noch mit dem Flecken identifiziere, von dem ich stamme, dem Flecken, auf dem sie die volle eigentümerische, mediale und kulturelle Macht ausüben? Wird ihre Macht nicht umso fester, je loser, vor allem im emotionalen und geistigen Sinne, meine Verbindung zu dem Flecken wird? Keine Identifikation mehr und also kein Interesse mehr für das, was auf und mit ihm geschieht, wem außer ihnen käme es zupaß? Bitte, wem?

Noch später forderte ich von mir, nicht länger auf sie einzugehen. Und am vorläufigen Ende, jetzt, kam ich dahin, auch diese Selbstermahnung, diesen letzten Rest eines Bezuges zu ihnen zu vergessen; habe ich vor wenigen Tagen nicht ganz arglos Genja wiederholt, der schlicht und einfach erklärt hatte, er wolle in der Heimat veröffentlicht werden?

Und das ist schon verrückt: daß es offenbar eine Arglosigkeit gibt, die erst in dem Moment einsetzt, in dem das Arge erkannt und gebannt ist, sozusagen zermahlen, geschluckt und verdaut.

—

Habe in der Nacht und jetzt am Nachmittag Genjas Geschichten gelesen. Alle spielen im hohen Norden, alle sind kurz und groß. Einfach und intensiv. Ein alter Fischer kommt des Morgens in seine Hütte zurück. Seine geliebte Tochter nicht da. Und er hatte doch unterwegs einem hungrigen Raben vom Fisch abgegeben; wer den Raben füttert, so lautet ein Sprichwort, schreckt das Unglück ab. Endlich erscheint das Mädchen, betrunken. Darf ich das nicht, lallt sie. Bin 18. Kann selbst verdienen. Du verdienst ja nichts. Genja schreibt von einem ekelhaft knirschenden Knäuel aus Geldscheinen, das sie dem Vater entgegenwirft. Von Parfüm und neuem Kleid auch. Raus mit dem Schmutz, befiehlt der Vater, in den Eimer. Sie folgt sofort. Als ob sie auf solche Worte nur gewartet hätte. Fängt an zu schluchzen, als er mit dem Eimer aus der Hütte stapft, nicht wegen des Zeugs, nein, er soll schnell wiederkommen. Minus 40 Grad draußen. Und schwere Gedanken: Wie jetzt mit der Tochter umgehen? Braucht dies, braucht das. Und schon fünfzehn Monate keine Lohnzahlung. Und um einen alles verwahrlost, der Müllcontainer einen Kilometer entfernt – hatte sie nicht gebarmt, laß mich jetzt nicht allein? Herrgott, das Gewehr in der Hütte! Er rennt, rennt zurück und entreißt es ihr, an dem Tag, der ihr Leben in ein Vorher und ein Nachher teilt. Und Genja läutet den Schluß ein: Heiß ersehnt kommen die Störche mit den Kindern. Ihnen folgen die Raben und bringen Kummer und Krankheit. Aber wir warten immer nur auf die Störche. Als ob es einen Tag ohne Nacht gäbe, einen Fluß mit nur einem Ufer.

Wenn jemand mich gerade sähe, oder wenn mich in der Nacht während des Lesens jemand gesehen hätte. Bei Strafe des Untergangs, man darf nicht weinen im Knast, und ich weine selbst jetzt, obwohl ich das Gelesene nur wiedergebe. Unter den Tränen aber bin ich froh und voller neuer Gewißheit. Genja schreibt fortwährend seine Geschichte – und ich muß fortfahren, meine zu schreiben, ich will es mehr als je zuvor.

Und wenn ich raus bin aus dieser Anstalt hier, will ich alles tun, damit seine Texte auf Deutsch erscheinen; ich bin der *Generosis*-Literaturförderer gewesen, ich habe Leute aus der Branche kennengelernt, zur Not laufe ich wirklich zu jedem einzelnen von denen.

26. Oktober

Anruf per Stationstelefon bei Dreisinger, hat sich bezüglich des Videos schon etwas ergeben? Nichts, was uns juristisch weiterbringen würde. Nur etwas, das mich vielleicht freuen täte. Im Netz fänden sich nun auch Sequenzen, in denen zu sehen sei, daß, nachdem ich meine Maske abgenommen und mein kaum von ihr unterscheidbares natürliches Gesicht gezeigt hätte, nur *eine* Menschenschar in Aufruhr geraten sei. Andere Umstehende indes, die zusammengerechnet auch eine Schar ergäben, hätten mir von weiter hinten den erhobenen Daumen entgegengestreckt oder Beifall geklatscht. Außerdem ertönten vereinzelte Rufe wie: Laßt ihn in Ruhe, oder, typisch, daß ihr's nicht ertragt! Aber womöglich erzähle ich Ihnen gar nichts Neues, und Sie hatten es an Ort und Stelle selber registriert? Nein, ist mir neu. Ist schon auch erfreulich, danke für die Info. Murmele ich eher enttäuscht. Worauf mein Dreisinger sagt, er hüpfe draußen herum und habe gut reden, und außerdem sei er der viel Jüngere und sollte sich mir gegenüber auch deshalb zurückhalten, aber wenn er mir trotzdem einen Rat geben dürfe: Bewahren Sie die Geduld. Rechnen Sie nicht damit, daß Ihnen der Zufall in die Hände spielt, es führt nur zu Enttäuschung. Und seien Sie nicht töricht und wehren Sie nicht die kleinen Freuden ab, sondern nehmen Sie sie als das gerade Mögliche dankbar an. Lassen Sie sich von ihnen wenigstens eine kurze Zeit erfüllen. Ich räuspere mich, vielleicht ist es auch ein leises Murren, weil mir das Letztere doch sehr nach einem Bunte-Blätter-Spruch klingt, da sagt er, er könne es auch anders sagen: Gehe von deinen Beständen aus, nicht von deinen Parolen. Mir entfährt ein überraschtes Ach! Das mein Anwalt mit einem fast frohsinnigen Ach! erwidert. So erkennt man sich, was, fügt er hinzu, und ich bestätige es ihm durch ein erfreutes Nicken; wir sind Tiere einer Gattung, die plötzlich nahe Verwandtschaft wittern. Dann wissen wir nicht weiter. Müssen wir auch nicht. Alles gesagt für heute. Mein Dreisinger sagt nur noch, er sei die nächsten zwei Wochen in Urlaub im Süden, nochmal Sonne tanken, sein Handy habe er tagsüber aus. Aber er checke abends seine Mailbox. Wenn es also meinerseits etwas Wichtiges gäbe: anrufen und lossprechen.

Ich höre darauf, was er sagt, jetzt noch ein bißchen mehr. Selbst sein Bunte-Blätter-Spruch will mir nicht aus dem Kopf, gerade der nicht – von der Freude erfüllen lassen? Tu ich. Ich bin doch auch wirklich erfreut! Jede Minute mehr. Wie schön, daß Leute Partei für mich ergriffen haben, eigentlich möchte ich das gern mal sehen. Was sich da abgespielt hat. Reinziehen möchte ich es mir, so wie die anderen hier sich ihren Stoff reinziehen, warum es sich versagen? Und so warte ich auf den Aufschluß, auf eine Gelegenheit, Schemen zu treffen. Nicht daß ich ihn gern anspräche. Aber er ist nunmal der Mann für die Handys; wieviel bin ich bereit ihm zu zahlen? Sagte Dreisinger nicht irgendwann, als es um Handys ging, irgendwas von fünfhundert, die man berappen müsse? So soll es denn sein, fünfhundert.

Siebenhundertfünfzig, fordert Schemen. Immer läuft er verhuscht herum, und immer guckt er von unten, aber wenn man was von ihm will, wird offenbar, daß es nur seine Art des Lauerns auf genau solche Gelegenheiten ist. Daß er sogar etwas Unerbittliches hat. Als ich schweige – ich habe mir vorgenommen zu schweigen, sollte der Preis mir abartig hoch erscheinen –, sagt er, vor ein paar Tagen wäre das Angebot noch niedriger gewesen. Aber da hätte ich nicht gewollt. Und jetzt wolle er eben siebenhundertfünfzig. Nur weil damals ich nicht wollte? Das habe er nicht gesagt. Draußen sei wieder Inflation, das habe er einzupreisen. War doch vorher schon Inflation, ist schon ewig welche, wende ich ein. Paß mal auf, *du Maske*, zischt er plötzlich, du bist hier nicht auf dem Basar. Siebenhundertfünfzig – und das gilt auch nur für heute. Ich überlege, könnte ich nicht zu jemand anderem gehen? Mancher hier vertickert Handys. Und dieser Schemen, er ist mir so zuwider, daß ich gar nichts mit ihm zu schaffen haben will. Aber etwa mit den anderen? Die vielleicht noch mehr verlangen? Unweigerlich müßte ich es ihnen zahlen, denn noch einmal bei ihm anzuklopfen, wäre zu peinlich, nein, jetzt oder nie! In Ordnung, sage ich. Dann bringen wir es mal hinter uns, sagt Schemen. Als wäre ihm jedes Wort zuviel, wirft er mir sogleich und nur in Bruchstücken die Übergabemodalitäten hin: Kühlschrank in der Küche, unbeschrifteter Tupperwarebehälter, morgen das Geld, übermorgen die Ware. Und kaum ist er fertig, schlüpft er wieder in seine Hülle aus Scheuheit und Versponnenheit, ich sehe es daran, wie er sich von mir dreht, und sehe es von hinten, er geht nicht, er schleicht.

Wieder in meiner Zelle, schüttele ich den Kopf, wegen des Tupperwarebehälters. Man darf sich im Knast von den Schrecken nicht ergreifen, von den Erniedrigungen nicht umwerfen lassen; natürlich war das eine Erniedrigung eben, aber ich meine, Tupperware, war es nicht auch wie bei den Hausfrauen?

–

Zur Frau Gapp und wie sie reagierte, als ich ihr absagte: ausgesprochen freundlich. Damit hat sie mich natürlich überrascht. Ich hatte gedacht, sie wird unwirsch. Nimmt es womöglich sogar als persönliche Beleidigung. Aber nichts dergleichen. Sie fragte mich beinahe fürsorglich, ob ich mich beim Befördertwerden so zurückhielte, weil vielleicht mein Vater auf seinem Leitungsposten für mich ein abschreckendes Beispiel gewesen sei; ja, sie wußte von Willy, denn in der schon erwähnten ersten Sitzung hatte sich jeder Kollege ihr vorstellen müssen, und in meinem Fall war sie, überraschenderweise, beim Stichwort Gerberstedt sofort auf die Druckerei gekommen – eine Riesendruckerei war das doch, oder? – und hatte wissen wollen, ob mein Vater dort beschäftigt gewesen sei. Als ich bejahte, folgten noch mehrere Nachfragen, das war auch ein wenig seltsam. Daß sie sich bei meiner Person viel länger aufhielt als bei den anderen. Und im Zuge meiner Absage zeigte sie sich wieder so interessiert. Sie wurde sogar richtig privat. Wie es denn für mich und, sofern ich welche hätte, für meine Geschwister zu Hause gewesen sei mit so einem dauergestreßten Vater, fragte sie zum Beispiel. Nicht einfach, antwortete ich. Im Endeffekt hätten wir aber immer zusammengehalten. Ich sprach sogar von Verschworensein. Vor ihr, der Außenstehenden, fand ich das recht, nie könnte ich meine Familie vor Fremden madig machen. Hatte die Gapp etwa darauf gehofft? Jedenfalls war ihre Freundlichkeit auf einmal fort.

Sie saß starr und steif und murmelte, das sei ja schön für mich und meine Sippe. Und mehr nicht. Ich ertrug damals aber keine Gesprächspausen. Herrschte ungute Stille, war immer ich derjenige, der sie brach, und immer mit den erstbesten Worten; und bei Ihnen? fragte ich. Es müssen für die Gapp die schlechtesten Worte gewesen sein, ihr Gesichtsausdruck jedenfalls wurde hart. Bei mir, antwortete sie in beherrschtem Ton, ist es auch nicht uninteressant gewesen. Sie nickte mir noch kurz zu und ging.

Später begriff ich, warum sie sich so verhalten hat. Sie hatte nämlich in jenem Gespräch mit mir etwas erfahren – oder genauer, hatte es bestätigt bekommen –, das mir unbekannt war. Ich wußte rein gar nichts. Und als ich es dann auch erfuhr, wollte ich es schlicht nicht glauben. Und so ist es eigentlich noch immer. Fremd, so fremd wie sie als Person, ist mir der Gedanke, daß die Gapp meine Schwester ist.

Meine Halbschwester. Veronika Gapp. Am liebsten würde ich gar nichts weiter über sie notieren, aber ich muß, denn daß ich am Ende doch kündigte, hängt sehr mit ihr zusammen. Willy hat sie gezeugt, unser Vater, der Matti und Britta und mich so zur Ehrlichkeit erzogen hat. Eine heimliche Geliebte hat er sich gehalten. Deren eigentlicher Mann konnte ihr kein Kind machen, darum hat sie ihn, den Beischläfer, gebeten. Und kurz bevor dann ihr Wunsch- und sein Pflichtkind auf die Welt kam, setzten die beiden einen Vertrag auf, dem zufolge Willy keine weiteren Pflichten entstünden. Im Gegenzug blieb er ohne Rechte. Der Mann seiner Geliebten trat vor dem Kind als Vater auf, nur behandelte er es völlig lieblos. Er schlug das Mädchen, das nicht seines war. Das Mädchen wiederum – eine Jugendliche nun schon – ahnt, dies ist nicht ihr Vater; sie will vielleicht auch nur, daß er es nicht sei, und eines Tages erfährt sie es: Ihre Mutter nämlich zündet während eines Streits, bei dem er ihr zum x-ten Male Vorwürfe machte, den Vertrag an. Verbrennt ihn. Ruft, hier, siehst du, kein Wort mehr vom Erzeuger in dieser Wohnung, Werchow, Gerberstedt, selbst die Druckerei, alles weg, vielleicht kriegst du es endlich mal aus deinem Kopf! Und das hat Veronika Gapp, weil sie den Rauch geschnuppert und sich an die Tür geschlichen hat, alles gehört. Wenig später ist sie geflüchtet. Und zwar aus dem Land gleich, nicht aus politischen Motiven, sondern weil sie diese beiden Menschen nicht mehr ertrug und weil sie jegliche Begegnung mit ihnen so gewiß wie nur möglich ausschließen wollte. Der Rest war Zufall. Sie lebte viele Jahre im Westen, sie kriegte diese Aufgabe hier in Berlin, und hier lief ich ihr übern Weg, jemand aus Gerberstedt, ein Werchow.

Und jetzt fängt diese Gapp-Geschichte erst richtig an. Sie, also die Gapp, weiß ja, daß wir nichts von ihr wissen, und sie muß schweigen, damit wir nichts erfahren. Aber es zieht sie zu uns. Sie will teilhaben an unserem vermeintlichen Glück. Und tatsächlich schafft sie es, die Bekanntschaft mit Britta und Matti zu machen, das war während eines Festes, aber egal, wo es war – Britta habe ich eben nicht zufällig an die erste Stelle gesetzt. Meine in allen Lebenslagen so unbedachte, meine ewig blauäugige Schwester! Traf auf die gestählte Gapp. Die, als sie sah, wie sonnig Britta war, ihr was antun, ihr Schmerz zufügen wollte, ja, ihre Schwester sollte auch einmal leiden. Bei einem Treffen zu zweit ließ sie, leichteste Übung für eine Pharmazeutin, ein Pulver ins Glas fallen, danach wand, krümmte, erbrach sich Britta, eine Nacht lang war sie nicht mehr bei sich, und danach mußte sie mehrere Tage im Bett liegen. Und niemand kam auf die Idee, dahinter könne die Gapp stecken. Es dauerte noch eine Weile, ehe wir drei Geschwister begriffen, in welcher Beziehung sie zu uns stand. Schließlich holten wir sie an einen Tisch und trieben sie geradezu in die Enge, ich weiß noch genau, wo und wann das geschah, in einem Café in der Oderberger Straße, in der Adventszeit. Und da bricht dann alles aus ihr heraus. Aber alles, was sie uns an den Kopf knallt, ist einfach nur märtyrerhaft, nach dem Motto: Das Leben ist hart, kann ich auch nix für, muß jeder sehen, wo er bleibt, ihr Traumtänzer. Und kein Wort der Entschuldigung, keines. Als wir noch entsetzt gucken, springt sie auf und stöckelt weg, das scheint ihre Art zu sein: einfach fortzumachen, nachdem *sie* losgeworden ist, was *sie* hat loswerden wollen, sie, sie, sie. Ich war angeekelt von ihr. Aber dreimal darf man raten, wer es nicht war, Britta. Sie hatte ihr schon verziehen. Heb sie auf ein gespanntes Seil, und sie beginnt darauf zu tanzen; setz sie vor einen Bienenstock, und sie läßt sich freudig umsirren; gib ihr eine Schwester, und sie entwickelt schwesterliche Gefühle. Sie zeigte auf die vielen Adventslichter in den Wohnungsfenstern und sagte mit einem gewissen Glanz in den Augen und einem gewissen Geläute in der Stimme, hört mal, bald ist der vierundzwanzigste, da wußte ich, sie will die Gapp einladen. Im Kopf hat sie es schon getan. Ich schaute zu Matti, dem ewigen Aufrührer, er schien nichts dagegen zu haben. Selbst er nicht? Wieder einmal, ein letztes Mal fügte ich mich.

Fortmachen, auch so ein Lieblingswort meines Großvaters, plötzlich steht es hier, und ich gucke drauf und bin auf eine unerklärliche Weise stolz – aber zum Fest.

Fein war es, oberflächlich gesehen. Ausführlich wurde erzählt, aufmerksam wurde zugehört, von Britta und ihrem Freund Jan, von Matti, seiner Frau Catherine und ihrem Sohn Simon, von mir und Carla und Wiktor, und natürlich von Veronika Gapp. Jeder gab sich die größte Mühe. Aber die Mühe trat uns gewissermaßen aus allen Poren. Selbst Brittas Lachen wirkte nicht echt.

Und Matti hörte ich mehrmals leise Luft ziehen; wenn er unzufrieden ist, preßt er die Lippen aufeinander und atmet nur noch durch die Nase. Mit einemmal aber erhob sich Britta, stemmte die Arme in die Hüften, guckte in die Runde und trat zum ersten in ihrer Nähe und umarmte ihn, und wandte sich zur zweiten und drückte die Wange an sie, und sprang zum dritten und liebkoste ihn. Als sie die Reihe durchhatte, standen ihr die Tränen in den Augen. *So*, schniefte sie. Und jetzt Ende der Ordnung. Laßt uns feiern. Laßt uns durcheinanderreden. Laßt uns froh sein, daß es uns gibt! Was für eine Aufforderung. Normalerweise kann man ihr gar nicht folgen. Man erstarrt ja noch mehr nach einem derartigen Befehl. Aber so ist es mit Britta, das Verkehrte wird unter ihren Händen zum Richtigen. Alle, die eben noch im steifhalsigen Abfragen und Antworten gewesen waren, regten sich tatsächlich und fanden in ein Murmeln und Summen, Plappern und Gackern, so wurde Veronika Gapp, um die es hierbei in Wahrheit ging, die wärmende Decke der Normalität um die Schultern gelegt – ein Zipfel davon.

27. Oktober

Es hat geklappt. Es lebe der Tupperwarenkassiber! Es lebe die Menschenschar, die mir hat zur Seite springen wollen, ich gucke sie mir an. Und mich natürlich. Das ist höchst seltsam. Sich in keinem familiären, sondern in einem gewissermaßen offiziellen Video als Hauptfigur zu finden, umringt von lauter Fremden. Unter denen ich mir jetzt auch fremd erscheine. Vielleicht weil wir alle gleichklein sind auf dem Handy? So klein, wie ich bin, sind mir im Gesicht gar keine Regungen anzusehen, dabei habe ich doch Gefühle gehabt! Vor allem eines, das des Genusses. Ja, genußvoll zog ich mir die Maske vom Gesicht, und entsprechend langsam, ich versuche, es jetzt nachzuempfinden, ich zoome mich zu mir heran, um etwas von der damaligen Wonne zu entdecken, aber das Gesicht wird nur unscharf. Zerfließt nach allen Seiten. Ich schaue mir das Video, als es nach 3:44 Minuten aus ist, kein zweites Mal an.

Rasch auf Telefonfunktion geschaltet, um endlich in Ruhe mit Carla sprechen zu können. War doch nie möglich gewesen vom Stationsapparat aus. Gibt da immer eine Warteschlange mit Häftlingen, die kein Geld für ein Handy haben, weil sie alles für Drogen hinblättern. Und diese Gestalten hocken dir dann auf der Pelle, hören jedes Wort, kommentieren es; Carla, sage ich als erstes, ich hab jetzt ein Handy. Das sehe ich, gibt sie zurück, ist ja eine unbekannte Nummer. Und du wußtest, daß ich es bin? Woher denn? Weil sonst kein Unbekannter anruft. Ist es sehr ruhig bei dir, frage ich. Bist du einsam? So etwas habe ich sie schon ewig nicht mehr gefragt, und ich frage es wohl auch ein wenig künstlich, aus der Notwendigkeit heraus, jetzt, da es möglich geworden ist, die Chance auch zu ergreifen und wirklich was Intimes zu sagen. Ich übersteh es schon, sagt Carla, und nach einer Pause: Du doch hoffentlich auch, sie stellt es eher fest, als daß sie es fragt, so ist sie. Hat sofort gemerkt, daß mir hier in den letzten Tagen nichts neues Schlimmes passiert ist, und streicht mir darum nicht über den Kopf, richtig so, wir sind schließlich keine Kinder mehr. Aber auch schade.

Weil du nach Ruhe fragst: Auf den Straßen wird es immer lauter. Erinnerst du dich an den olivgrünen SUV, der beim Fahren rasselte, als hätte er Panzerketten drunter? Ein Verrückter, dachten wir. Haben ihm lange nachgeschaut, ob es wirklich noch Räder sind, mit denen er fährt. Weil ja das Rasseln so absolut echt klang und so unheimlich laut war. Und jetzt, hör zu, werden es täglich mehr solcher Panzergeräusche. Fast jede Minute rasselt so ein Monstrum an dir vorbei. Das sind nicht mehr irgendwelche einzelnen Verrückten, das ist schon eine richtige Bewegung geworden. Immer mehr Männer lassen sich das Rasseln irgendwie einbauen, frag mich nicht, wie das geht und wer es ihnen macht. Können ja nur irgendwelche Werkstätten sein. Und noch was, Erik, es ist nicht nur das Rasseln. Bei immer mehr SUVs sind die Scheiben ganz schmal geworden. Im Grunde Schlitze. Der große Rest des Glases ist abgeklebt, auch olivgrün, oder mattschwarz, und diese Schlitze und diese Farben, und dazu dieses höllische Geräusch, man denkt, man ist im Krieg. Vor allem, wenn man so ein gewaltiges dunkles Ding hinter sich hat. Man fühlt sich einfach nur schutzlos und klein, man denkt, im nächsten Moment wird man zermalmt. Du weißt, deine Frau ist kein Sensibelchen, das weißt du, aber soll ich dir was sagen: Mir schlägt jedesmal, wenn sowas hinter mir auftaucht, das Herz bis zum Halse. Ich zittere beim Fahren, ungelogen. Ich hab schon die City-Funktion ausgeschaltet, damit das Lenkrad nicht so hin und herschlagen kann. Und denk nur, noch was kommt dazu, was auch nicht lustig ist – daß es nicht nur Männer sind, die mit sowas fahren. Schon mehrmals hab ich Frauen aussteigen sehen. Die fahren damit einkaufen. Ich erschreck mich jedesmal, wenn eine aussteigt. Die kommt mir wie eine Außerirdische vor. Oder, wie soll ich sagen, wie eine *Umgedrehte*. Und wenn eine wieder einsteigt und direkt beim Losfahren auch gleich wieder das Kettenrasseln anfängt, frag ich mich, wieso sie nicht wenigstens das ausstellt. Wie kann der denn das gefallen? Aber Erik, vielleicht weil ich tief im Innern noch meine Geschlechtersolidarität hab, denk ich mir gleich danach, vielleicht gefällt es ihr ja gar nicht? Vielleicht ist das Ausschalten technisch unmöglich, vielleicht ist die Krachfunktion schon mit dem Anlasser kombiniert, haben die Männer sich so einrichten lassen, aber das ist vielleicht auch Unfug, und es ist auch egal, ich wollt dir auch nur den Irrsinn schildern, der hier mittlerweile herrscht – weißt du was? Sei froh, daß du bei dir da drinnen deine Ruhe hast.

Hier drinnen in der guten Stube, so klingt es. So ist meine Frau. Verdreht manchmal einfach so die Dinge. Aber war das nicht auch schön von ihr eben? Alles ist aus ihr herausgebrochen, ihre Angst hat sie mir gestanden, und ihre Abscheu, hat einfach losgelegt, als wären wir eng beieinander, als säßen wir leibhaftig zusammen, ist es in Wahrheit nicht eine große Intimität gewesen?

Nachdenken über das von ihr Berichtete: Es überrascht mich nicht. Es ist sogar logisch. Schließlich waren die Autos schon im vergangenen Jahrzehnt immer größer geworden, und die Scheiben der größer gewordenen Autos immer kleiner. Man hat kaum noch was gesehen beim Blick zur Seite oder über die Schulter, so breit die Karosseriestreben, so massig. Verbesserte Sicherheit, hieß es. Rundumsehen auch gar nicht mehr nötig, weil Rundumfiepen. Doch nie hatte ich geglaubt, die klobige Form wäre einzig und allein Ausdruck von Sicherheitsdenken; nein, jenes auch damals schon Wuchtige der Karosserie und jenes auch damals schon Schießschartenartige der Fenster, jenes Verschlossene und Verdrängende der ganzen Konstruktion befriedigte ohne Zweifel die Fahrer. Erfüllte ihnen geheime Wünsche. Wollten sie nicht genau so daherkommen? So grimmig und muskelgespannt? So unnachgiebig und unangreifbar? So militärisch gerüstet? Insofern ist jetzt gar nichts Sensationelles passiert. Mag Carla es auch verblüffend und neu finden, bei Lichte besehen hat sich nur eine Tendenz verstärkt. Die Autos sind Körper, sind es immer gewesen, und die Körper sind aufgepumpt wie noch keine in unserem noch friedlichen Leben.

Aber sind die Körper nicht zugleich lasch und auf hoffnungslose Weise liebesbedürftig? Oder warum haben wir mittlerweile diese vielen Zärtlichkeits-Agenturen, deren Mitarbeiter rund um die Uhr gerufen werden, um Kunden zu streicheln, nicht mehr und nicht weniger als zu streicheln? *Streicheleinheit* heißt der Marktführer. Eröffnet bis in die kleinsten Kleinstädte hinein jede Woche neue Dependancen, davon ist unser Gemeinwesen jetzt gekennzeichnet: daß Tausende Servicekräfte ausschwärmen, um Tausenden Bedürftigen die Füße zu kraulen. Und auf derselben Linie die berühmten Entschuldigungs-Agenturen mit ihren auch Tausenden Mitarbeitern: Man sieht jemanden mit Blumen, die von einer *Sorry*-Schleife zusammengehalten werden, einem Haus entgegenstreben, und weiß sofort, wieder einer unterwegs, um im Auftrag von jemandem bei jemand anderem, den der erste Jemand seelisch verletzt zu haben meint, zu klingeln, Worte des Bedauerns vorzubringen und eben die Blumen zu überreichen; ich mag das alles. Das brutal Klotzige auf den Straßen und das billig Süßliche auf den Fluren, das hier wie da völlig Überdehnte, das in seiner Künstlichkeit kaum mehr Steigerbare, das nur noch aus bizarren Enden Bestehende, mit Interesse beobachte ich den Untergang, der sich vor meinen Augen abspielt.

—

Was das Weihnachtsfest betrifft, so hatten mir auch die Tränen in den Augen gestanden, als einzigem außer Britta. Und doch konnte ich meiner Schwester, und den anderen, im weiteren Verlauf des Abends nicht folgen. Ich rückte in dem Maße fort aus der Runde, in dem Veronika Gapp hineinrückte. Wir blieben ohne Kontakt, sie und ich. Ich sah ihre übereinandergeschlagenen Beine und ihre über dem Knie gefalteten Hände, die sie dann und wann zur Unterstützung ihrer Rede oder zur Beflügelung ihres Lachens ausbreitete – dieses falsche Lachen! Dieses verdeckte Zerstörertum! Daß sie überhaupt hier ist, hat sie vielleicht wieder ihr Gift mit? Iwo, weg ist es. Anscheinend nie gewesen. Selbst Matti scheint es vergessen zu haben, so wie er mit ihr parliert. Aber er hat ja in Gedanken auch nur das eine, das privat verabreichte Gift zu verdrängen, er hat nur seine Halbschwester vor sich, während ich nicht anders kann, als in ihr immer auch die Vorgesetzte zu sehen. Ich, und nur ich, kenne sie als die professionelle Krankheitserfinderin, mir, und keinem sonst hier, ist das wahre Ausmaß ihrer zersetzenden Fähigkeiten bekannt. Und darum kann ich gar nicht mehr reden in ihrer Gegenwart. Ich bin in einer stummen Abwehr des Grundbösen, das sich hier eingeschlichen hat. Und sie ahnt es, ich spüre es an der Art, wie sie niemals zu mir herüberschaut. Ich schaue auch nur insgeheim zu ihr herüber. Dann gehen wir zu der gedeckten langen Tafel, wo Catherine den obligatorischen Braten auftut, mit Ahs und Ohs wird er begrüßt. Es sollte die letzte euphorische Äußerung des Abends gewesen sein, denn die Stimmung wird gedämpft wieder, angespannt. Und das wird sie, weil uns, der Familie, etwas fehlt. Hatten wir uns beim Essen nicht immer unser Wißt-ihr-noch zugerufen; wißt ihr noch, die Bleilettern von Willy, die wir kindlichen Empfänger ratlos betrachtet haben, weil sie doch spiegelverkehrt sind? Und Willys Hinweis dann, daß die Buchstaben in bestimmter Reihenfolge ein Wort ergeben? Und wir, wie wir mindestens eine Viertelstunde vergeblich rätselten? Und wie Erik plötzlich darauf kam, daß sein Wort Erik hieß? Und wie Britta gleich maulte, ist ja kein Wunder, daß er Erster ist, er hat ja auch bloß vier Buchstaben im Namen, und ich hab sechs. Und daß es sie nach Jahrzehnten noch immer gibt, unsere vier, beziehungsweise fünf, beziehungsweise sechs Lettern! Und daß sie nicht in irgendeinem Schubfach liegen, sondern ganz unübersehbar in unserem Blickfeld, ist doch noch so, oder? Ja, sagt der Älteste, meine hab ich auf der Fensterbank. Meine, so die Jüngere, sind unterm Frisierspiegel. Und meine, schließlich der Mittlere, zwischen Faulkner und Fitzgerald im Bücherregal. Und wißt ihr, wißt ihr auch noch, wie beim Baumaufstellen einmal die lange dezembernasse Spitze an der Zimmerdecke langgeratscht ist und da von nun an ein fescher Haken eingemalt war? Hehe, wir hatten den Swosh schon an der Decke, bevor die Amerikaner ihn sich auf ihren Sportschuh genäht haben! So redeten, so schwelgten wir sonst. Aber diesmal? War es uns nicht möglich, denn jedes Schwelgen hätte Veronika Gapp ausgeschlossen und neuerlich verbittert und gegen uns aufgebracht. Und so starben wir nun fast vor lauter Achtsamkeit. Und die jetzige Bemühtheit war eine noch größere und offensichtlichere, als es jene in den ersten Minuten gewesen war, mich freute es. Ich begrüßte diese Entwicklung von Herzen. Ich genoß die zunehmenden Pausen im Gespräch. Ich ewiger Stillebrecher – nichts tat ich, um sie zu füllen.

Jetzt, beim Niederschreiben, sehe ich einen ins Wasser geworfenen Stein, der Kreise bildet, aber diese Kreise laufen, im Gegensatz zu den üblichen, von außen nach innen, außen war die anmaßende Schloßgesellschaft, innen die angegriffene Familie. Und ein russisches Wort kommt mir in den Sinn, nadruiw. Es läßt sich nicht eins zu eins übersetzen. Am ehesten bedeutet es vielleicht Schmerz oder Sucht, sich vertiefende Qual, Leidenmüssen, das zum Leidenwollen wird und zum noch stärkeren Müssen, jedenfalls liefen nach Weihnachten die Kreise unerbittlich und unabänderlich auf mich zu, über Wochen, in denen ich in der Firma fortgesetzt mit meiner Halbschwester zu tun hatte; wir siezten uns auf ihren Wunsch hin, der ganz und gar meinem entsprach.

Von der Firma zum See war es nicht weit. Oft ging ich nach der Arbeit dort vorbei. Einfach Luft holen. Schauen, was vor einem wohl wieder an Schönem geschieht, und wie schon oft das Schöne aufnehmen; so hockte ich eines Tages ausgangs des Winters direkt am Ufer, und ein bräunliches Blatt fiel vor mir aufs Wasser. Im Nu wölbte es sich. Es formte sich zu einer Art Rumpf und trieb, eine fadenfeine Linie hinterlassend, auf den See hinaus, welch majestätisches Davonsegeln. Als das Blattschiff zu einem kleinen Punkt geworden war, erhob ich mich und ging ohne Umwege, aber auch ohne Hast nach Hause, um – z. Hd. Frau Veronika Gapp – meine Kündigung zu schreiben.

28. Oktober

Endlich und plötzlich, welch Melodie! Wie leicht mir auf einmal war. Wie euphorisch geradezu. Von nun an würde ich also nichts mehr mit der Firma und ihren Machenschaften zu tun haben, das war das eine. Und das andere war, ich hatte tatsächlich einen Abschied vollzogen! Erstmals! Ja, stieß ich auf meinem Weg zur Post aus, ja, ja, ja, und wie die Fußballer nach einem Tor hieb ich dazu jedesmal den angewinkelten Arm nach vorn, manche Passanten wichen mir aus, andere lächelten mir zu. Eine Lächelnde blieb stehen und öffnete den Mund, ganz so, als wolle sie mich ansprechen, oder als wolle sie von der Luft atmen, in die ich so beglückt hineinrief.

Glücklicher als ich nur Britta. Bruderherz! rief sie, als ich ihr von der Kündigung berichtete, Bruderherz! Und sie, die einen immer so schnell umarmte und sich so gern an einen schmiegte, verharrte in zwei, drei Metern Entfernung, da konnte ich sie begucken in ihrer Freude. In ihrer strahlenden Übereinstimmung, die nur jenem Abschiednehmenkönnen galt. Die Firma war ihr egal. Einerlei, was für ein Hindernis, ran und drüber, das war immer ihre Devise gewesen, ich kannte sie, so wie sie mich kannte, wortlos feierten wir dasselbe. Und natürlich ging sie dann doch noch auf mich zu – nur nicht auf Beinen, sondern auf Händen, eine kleine Nummer der ehemaligen Zirkusartistin. Die Beine schlug sie, mir immer näher kommend, wie zum Beifall aneinander. Deine Nase, rief sie plötzlich, gib mal, und ich begriff, sie wollte sie einzwängen, und hielt folgsam mein Gesicht vor. Sie drückte mir mit den großen Zehen die Nasenflügel zusammen, worauf ich in gespieltem Ekel iiih machte, da nahm sie schnell einen Fuß und tippte mit dem zweimal auf meine Stirn, als wäre ich der Verrückte.

Und nicht wenige solcher beschwingten Tage folgten. Ständig entdeckte ich jetzt Schönheit, zum Beispiel auf einem Buch, das ich las: Ein Käfer krabbelte quer über die Seite, aber nicht leibhaftig, sondern als Schatten, gespiegelt vom frühlingssonnenbeschienenen Fenster in meinem Rücken, aus Spaß legte ich ihm den kleinen Finger in den Weg, aber er lief natürlich weiter und verschwand aus dem Buch. Oder auf meinem See: Die untergehende Sonne legte einen breiten roten Streifen aufs Wasser, glatt, akkurat, fast wie einen Teppich, als wäre Filmvorführung bei der Berlinale und es kämen gleich Stars. Oder in der Bahn: Mir gegenüber ein Schwabbelgesicht, ein häßliches im Grunde, die zwei Wangen und das Kinn des Mannes waren jeweils zu Säckchen geformt, aber befanden sich die drei Hängebeutel nicht in einer erstaunlichen Symmetrie, und zitterten sie während der Fahrt nicht in einem sanften Rhythmus? Selbst eine Frau mit Perlen auf der Samthose, die da wie Pickel abstanden, erfreute mich, gerade sie, ich stellte mir vor, sie müsse sich hinknien und könne es nicht, weil ihr die Perlen sofort schmerzhaft in Knochen und Sehnen drückten – die Arme! Was sie auf sich nahm. Was den einzelnen so gefiel. Welch Eigensinn sich in diesen Kügelchen zeigte. Und um nur bei der Bahn zu bleiben: Torkelten mir im Wartesaal zwei lärmende Betrunkene entgegen, dachte ich nicht, wie unangenehm, sondern sagte im Stillen, ihr beide, ihr seid ja richtig ineinander verlallt. Ja, alles wollte mir in jener Zeit zu Hilfe kommen, jede Begegnung und jeder Zufall, einmal hätte ich beinahe einen Zug verpaßt. Während des Türenschließens konnte ich gerade noch so hineinspringen. Ich ließ mich ins letzte Abteil plumpsen. In gebeugter Haltung, den Rücken zur Fahrtrichtung, holte ich Luft. Als ich mich wieder aufrichtete, sah ich durch die freie Hinterscheibe meinen Einsteige-, meinen Einspringbahnhof in der Ferne verschwinden, nur die Gleise blieben im Sichtfeld. Welch Gleichförmigkeit, welch langweiliger Anblick normalerweise – jetzt aber wie noch niemals gesehen, wie erstmals entdeckt. Hier hinten verschluckte ja der Zug nicht die Gleise, sondern gab sie frei, ich wollte den Blick nicht mehr von ihnen wenden. Ewig wollte ich so gucken, auf immer weiter sich verlängernde Gleise, mir war sogar, als brächte der Zug sie erst hervor, als lege und befahre er sie im selben Moment, ach was, als wüchsen sie mir aus den Füßen, ein Fuß, eine Schiene.

–

Was für ein Tag! Was für eine Reihe seltsamer und zum Teil bestürzender Ereignisse! Aber von Anfang an erzählt.

Wir Häftlinge sammeln uns vor dem Hofgang auf Station, um uns runterführen zu lassen, wir sind heute viele, nach mehreren nebligen, naßkalten Tagen scheint endlich mal die Sonne. Und in meiner Nähe, da geistert Schemen herum. Na Berühmtheit, murmelt er, der nicht kleiner ist als ich, von unten zu mir herauf.

Ich neige den Kopf und ziehe die Brauen zusammen, was will er? Wirst langsam berühmt, sagt er, da ich nichts sage. Und nachdem ich unwirsch, genervt von seiner Art, den Kopf schüttele: Hast du ja gerade rechtzeitig mein Handy bekommen. Gekauft, sage ich kühl. Okay, okay, erst gekauft, dann berühmt. Und nun bricht es aus mir heraus: Schemen, du gehst mir auf den Geist mit deiner Berühmtheit, ich weiß nichts von der, und ich will auch nichts wissen. Was nicht ganz stimmt. Nur von ihm will ich nichts mehr wissen. Er macht mich nur aggressiv. Dagegen interessiert mich durchaus, wieso ich jetzt im Netz, Schemen ist ja im Netz zu Hause, eine Berühmtheit sein soll, was ist geschehen? Genja, sage ich auf dem Weg zum Fahrstuhl, wenn wir zurück sind, muß ich unbedingt ins Internet, gibt irgendwelche Neuigkeiten in meiner Sache. Genja aber, der sonst immer so einfühlsam und auch so ehrlich neugierig ist, daß er nachfragt, wenn ich was für mich erkennbar Wichtiges gesagt habe, geht überhaupt nicht darauf ein, sondern murmelt leise, fast verschwörerisch: Hast dich mal rundrum gesehen, Junge? Sind Männer angezogen, die sonst nie mit zu Hofe gehen. Gewißlich wird etwas ausgetragen. Halte dich nahe mir, Junge, und halte die Augen offen!

Dann marschieren wir still und aufmerksam im Kreis, sonst reden wir ja immer, über Gott und die Welt. Aber diesmal schweigen wir. Nur daß wir uns manchmal ein paar Brocken zuwerfen. Zum Beispiel sagt Genja, als wir zum dritten oder vierten Mal in den von der Sonne erhellten Teil des Hofes stapfen, in dem sich nicht wenige der Häftlinge zum Palavern versammelt haben, ist wieder Standlicht eingeschaltet. Ja, antworte ich nach einer Weile, die Leute stehen im Licht; das kann ich mittlerweile, Genjas Wortumdeutungen dechiffrieren, es dauert nur immer ein paar Sekunden. Und weiter gehen wir herum auf immer derselben Bahn, und ich denke schon, hat er sich wohl ausnahmsweise geirrt, und denke wieder, was wohl im Netz steht, was wohl im Netz steht, da hebt in unserem Rücken Gebrüll an. Zudem ertönen dumpfe Geräusche. Laute Worte in fremden Sprachen. Eine Prügelei unter den Arabern, aber das kann nicht sein. Keine Volksgruppe hier prügelt sich untereinander, jede hält zusammen; aber haben die Araber nicht einen Ring um irgendwelche anderen Häftlinge gezogen? Unmöglich, es genau zu erkennen. Zu dicht der Ring, zu groß und breit diejenigen, die ihn bilden. Nicht dahin gucken, höre ich von Genja, er dreht mich abrupt an der Schulter, dahin: Päckchen fliegen über die Mauer, Tüten verschiedener Größe. Und alle in Einkaufsnetzen mit Ledergriffen, wie Carla und ich sie früher benutzt hatten, verrückt, denke ich, Einkaufsnetz, Kaufhalle, Flaschengeklirre, Eiergeplatze, kurz blitzen die alten Bilder, tönen die vergangenen Geräusche auf, während die Männer vor mir rasch nach den Netzen greifen. Andere Männer blockieren mit ihren Körpern in verschiedenen Pulks die zwei armseligen Wächter, Ochsenfahrt plus noch jemanden, wie Panzersperren stehen sie eng versetzt, so daß die beiden um jedes einzelne Hindernis herum müssen. Und schon wieder werde ich von Genjas Hand gedreht, zu unserem Haus hin: In den unteren Stockwerken sind auf einmal mehrere Fenster geöffnet. Stangen werden wie Angeln ausgeworfen, keine gleicht der anderen, aber alle haben sie Haken untendran. Währenddessen stürmen fünf oder sechs Wächter, von den Stationen wohl, auf den Hof, eilen Ochsenfahrt und seinem Gesellen zu Hilfe. Aber zu spät. Die Netze sind von den Hofgängern schon unter die Fenster geworfen worden. Die Haken fahren in sie hinein. Die Stangen mit den Waren verschwinden in den Zellen. Die Hofgänger vergraben die Hände wieder in den Jackentaschen. Überwurf, fällt mir ein, ganz am Anfang hatte mir Genja erzählt, daß es sowas gibt. Auf die Art läuft es also ab. Fast wie bei manchen Theateraufführungen mit viel Personal. Jeder wuselt, und alles folgt einem Plan.

Und es ist noch nicht zu Ende. Da, wo die Araber ihren Kreis geschlossen hatten, um auf wen auch immer einzuprügeln, im schattigen Teil des Hofes nah bei der Mauer, liegen Rundhölzer, die Wärter stürzen dahin. Instinktiv will ich ihnen folgen. Aber Genja hält mich zurück. Nicht kindisch sein. Sind Reste einer Leiter. Die Leiter war in der Kreismitte. Einer ist aus der Deckung raus hoch und über die Mauer, aber zwei andere haben es nicht mehr geschafft, die Auftrethölzer sind abgebrochen. Und das, frage ich ihn überrascht, hast du alles mitbekommen? Lernst du in der Tundra. Gefahr zeigt sich selten vor dir. Schleicht meistens von der Seite an. Du mußt seitwärts gucken, Junge, selbst wenn du vorwärts guckst, sonst bist du tot. Aber Genja, dann war – war der Überwurf nur inszeniert, und es ging in Wahrheit um den Ausbruch? Während ich es frage, wird mir erst richtig bewußt, welch ungewöhnliches und kompliziertes Zusammenspiel ich gerade gesehen habe. Und welch erstaunliche Verläßlichkeit bei allen Beteiligten gewährleistet gewesen sein mußte. Ich sage es Genja, da wiederholt er, sei kein Kind. Jeder auf seine Rechnung. Vom Ausbruch der Araber haben gewißlich nur die Araber gewußt. Wäre sonst viel zu gefährlich für sie. Einer aus einer Feindesgruppe zwitschert immer – aber Junge, bist neuerdings überhaupt leichten Glaubens! Denkst, dir kann nichts mehr passieren. Hab gehört, wie du Schemen weggespült hast, wie schmutzig Wasser. Hast ihn ohne scheu zu sein gar Schemen genannt, obwohl das dein Geheimname für ihn war. Nun weiß er, was er für dich ist. Er wird es sich vermerken. Er steckt es in seinen Speicher. Das Dreckwasser fließt hier nicht weg, verstehst? Wenn es sich ausreichlich gestaut hat, schwemmt es über dich.

Genjas Bilder, *sie* schwemmen über mich. Erfüllen mich plötzlich mit Angst. Kurz denke ich, ich sollte mich bei Schemen entschuldigen, aber dann erscheint mir das gleich fatal, nein, nicht weinen, nicht greinen, und auch nicht Entschuldigung stammeln. Einfach nur weiter, und wieder, vorsichtig sein.

Ich sage es mir, als wir, wie alle Hofgänger, schon Seite an Seite stehen, zackzack, hatten die Wärter gerufen, in Reihe aufstellen. Hastig zählen sie, wie viele fehlen, Schnauze, brüllen sie, wenn in der Reihe noch geredet wird, und stoßen dabei den Delinquenten mit der Faust am Oberkörper weg. Guck sie dir an, flüstert Genja, guck sie dir an – und ich gucke sie an in ihrer plötzlichen Raserei und ihrer Fahrigkeit und ihrem ganzen jämmerlichen Dasein, und ich fühle mich, auch wenn es keine ist, das erste Mal mit Leib und Seele als Teil der ihnen gegenüberstehenden Gemeinschaft.

29. Oktober

Weil ich gestern von dem Entschuldigungs-Impuls schrieb und daß ich ihm widerstand: In der Zeit, in der die Sprachverbote und die Maßregelungen in allen Bereichen zunahmen, widerstanden viele ihm nicht. Ich kannte das! Unweigerlich fühlte ich mich an meine einstige Distanzierung von meiner Schwester, an meinen lange zurückliegenden und mir doch noch in den Knochen steckenden Kniefall vor der Obrigkeit erinnert. Nun war also ein neues Zeitalter der Kniefälle angebrochen! Eine neue Epoche der peinvollen und peinlichen öffentlichen Distanzierungen hatte begonnen. Eine Politikerin flehte die Mitglieder ihrer Partei um Verzeihung an, weil sie auf die Frage, was sie als Kind gern gewesen wäre, geantwortet hatte, Indianer; ich wußte erst gar nicht, wo das Problem für sie beziehungsweise ihre Partei lag, bis ich mitbekam, auch die Bezeichnung Indianer stand nun auf dem Index. Eine Schauspielerin, die an einer Satire über die staatlichen Restriktionen während der Pandemie mitgewirkt hatte, stammelte, sie habe sich geirrt, so eine Satire, habe sie begriffen, sei menschenverachtend und daher nicht statthaft. Und ähnlich Wissenschaftler und Personen des öffentlichen Lebens, die Petitionen gegen die herrschende Meinung erstunterzeichnet hatten, sie zogen ihre Unterschrift zurück, oft mit dem Verweis darauf, sie hätten ja nicht gewußt, wer noch alles zu den Erstunterzeichnern gehörte, Geister, von denen sie sich fernzuhalten wünschten. Ich konnte es kaum mit anhören und ansehen. Ich fand vor allem diejenigen unwürdig, die erst den Federhalter geschwungen und wenig später ihren Namenszug durchgestrichen hatten. Die eilig widerriefen, woran sie gewiß noch glaubten. Die beim ersten leichten Gegenwind schon umfielen, ja, verglichen mit mir in meinem alten Land, verglichen damit konnte ihnen doch wohl nicht viel passieren – wirklich nicht? Stimmte das denn? Wieso eigentlich nicht? Langsam nur krochen die Fragen hervor. Sie mußten erst durch eine dicke Schicht aus Behauptungen wie: Kann man überhaupt nicht vergleichen. Ist ja wohl hanebüchen, beides auf eine Stufe zu stellen, das eine war Diktatur, und das andere ist Demokratie. Unter dem einen Begriff sind Gefängnisse in den Fels geschlagen, über dem anderen wölbt sich die Freiheit. Wie mir nun Willy half! Wie ich mir seine frühe Art zu eigen machte und den einfachen und zutiefst logischen Fragen zum Durchbruch verhalf: Ich hätte bei Verweigerung der Unterschrift nicht weiterstudieren dürfen, das wäre damals der Preis gewesen – und was war der für heutige Verweigerer? Schauspieler mußten befürchten, keine Engagements mehr zu bekommen. Wissenschaftler mußten Angst vor der Kündigung ihrer Stelle haben. Sie alle sahen ja, Kollegen war es schon so ergangen. Sie alle hatten Angst. Weil ihnen das berufliche Ende drohte, der existentielle Abstieg, die gesellschaftliche Ächtung, legten sie sich flach wie Fußabtreter, wo war der Unterschied? In der brachialen Art einer Diktatur und der sanfteren der Demokratie? Aber was nützt die Demokratie, wenn das Ergebnis eines ist wie in der Diktatur? Was sagt es über die gefeierte Staatsform, wenn in ihr Ausgescherte zu Bußgängen gezwungen werden wie in der verfemten? Soll hier und jetzt nicht jeder frei seine Meinung äußern können? Geschehe ja, sei durchweg möglich, erklärten die Demokratiegläubigen, denn niemand komme deswegen ins Gefängnis. Aber der kniefällig gewordene Bürger in seiner brennenden Scham und seinem latenten Abwägen, ist er, obschon in Freiheit verbleibend, noch frei in seinem Handeln? Und ist er, wenn er im Handeln nicht mehr frei ist, noch in Freiheit? Ist er es je gewesen? Oder hatte er nur gedacht, es zu sein? Und stimmte es überhaupt, daß es hier sanft zuging? Herrschte Sanftheit, wenn Politiker oder Journalisten oder Aktivisten, wenn Vertreter dieser unheiligen Dreieinigkeit nur mal so fragten, ob es eigentlich sinnvoll fürs Gemeinwesen wäre, diese Schauspieler weiter auftreten, diese Wissenschaftler weiter lehren zu lassen, oder herrschte Heimtücke? Was ist zerstörerischer für den Körper eines Menschen und für seine Seele, die direkt ihm entgegenschlagende Aggression oder die verdeckte, verschlungene, vielfach verknüpfte?

Das habe ich alles noch nicht gefragt in der Zeit, in der ich beim Schreiben eigentlich bin. Das kam alles erst viel später. Bestimmt wird es von mir so richtig auch erst später notiert werden. Ich bin ja noch in den sonnigen Tagen nach meiner Kündigung.

Nachsatz, Nachfrage: Niemand kommt ins Gefängnis, nur weil er seine Meinung geäußert hat? Das mag vor ein paar Jahren noch gegolten haben, aber heute? *Ich* sitze doch, oder! Und ich habe noch nichtmal meine Meinung geäußert. Hab ich nicht, aber man hat schon als Meinungsäußerung genommen, was ich mit meinem Gesicht gemacht hab, und hat mich deswegen und aus keinem Grund sonst in die hiesige Anstalt verbracht, so war es doch, oder!

—

An den Fernseher gegangen beziehungsweise sich zu ihm hochgereckt. Das Smartphone herausgenommen. Zunehmende Spannung, und erst beim Aufleuchten des Displays die Frage, was genau ich im Netz eigentlich eingeben soll, meinen Namen? Aber den kennt doch keiner. Und wenn er mittlerweile bekannt ist? Ich gebe ihn ein, aber nichts. Nur die wenigen, fast schon schimmligen Nennungen im Zusammenhang mit meiner einstigen Rolle als Literaturförderer von *Generosis* sowie die dazugehörigen wenigen Bilder, ich mit diesem Autor, ich mit jener Veranstalterin. Seltsamerweise ploppt aber, als ich über die Bilder scrolle, ein Youtube-Kästchen auf. Bin ich das nicht? Das bin doch ich! Geklickt, ich trage eine ganz andere Kleidung als bei der Aktion, die zu meiner Verhaftung führte. Und ich bin auch woanders. Das ist ein Video von einem ganz anderen Tag! An dem Tag schlendere ich maskiert auf einem Bürgersteig. Passanten überholen mich, kreuzen meinen Weg, das übliche städtische Gewusel. In dem ich nun stehenbleibe und mir die Maske vom Gesicht ziehe. Die Passanten weichen mir aus, ohne zu stoppen oder auch nur den Kopf zu mir zu wenden, wer hat das aufgenommen? Wahrscheinlich einer, der vor einem Geschäft auf jemanden gewartet hat. Der hat mich wohl zufällig und aus Langerweile gefilmt. Natürlich bin ich namenlos auf seinem Video, da steht nur, *Der Maskenmann*. Aber wieso ist es dann mit den alten Bildern verknüpft? Automatische Gesichtserkennung für und gegen alle im Netz? Seit wann gibt es das? Das gab es doch noch nicht, als ich noch draußen war! Oder gab es das, und ich habe es nur nicht mitbekommen?

Keine Zeit, länger darüber nachzudenken, denn die üblichen Verweise auf verwandte Videos haben sich aufgebaut. Und da bin schon wieder ich! Von schräg von vorn, fast von der Seite gefilmt, in der S-Bahn. Nervös zupfe und ziehe ich an meiner Maske. Sie sitzt nicht richtig, und ich atme auch schwer, man sieht, wie sich das Silikon um den engen Mundbereich alle zwei bis drei Sekunden leicht bläht. Aber vielleicht bilde ich es mir auch nur ein. Mir ist nämlich sofort klar, wann ich so in der S-Bahn gesessen habe: als ich die Maske das erste Mal trug. Als ich fürchterlich angespannt war. Ich war doch die Maske allein schon in rein stofflicher Hinsicht nicht gewohnt. Man muß unter ihr ruhiger und gleichmäßiger atmen, als man es sonst tut, das hatte ich erst zu lernen. Und so atmete und zupfte ich in dieser S-Bahn und dachte währenddessen immer, du wirst den Leuten auffallen, gleich werden sie sich erregen, ich hatte ja auch noch lebhaft Carlas Entsetzen vor Augen, als ich mich ihr so gezeigt hatte, das war keine vierundzwanzig Stunden her. Doch alle daddelten weiter am Handy oder starten unverwandt vor sich hin. Nicht einer wirft einen Blick auf dich – dachte ich während der Fahrt. In Wahrheit hatte es also doch einer getan! Und typisch, der hatte dann gleich mit der Kamera draufgehalten.

Der Maskenmann, steht auch unter seinem Video, wann wurde es eingestellt? Am 27.10., vorgestern. Und das andere, das von der Straße? Am 26., ich sehe, es hat schon dreiundneunzig Kommentare. Und das vorige beziehungsweise folgende? Sogar hundertsieben. Was steht in den Kommentaren, was steht da? Mir ist fast schlecht, ich will sie mir eigentlich gar nicht angucken, aber ich stecke schon mittendrin. Spinner, schlägt mir entgegen. Du Gesichtsfotze, man sollte dir reinspritzen. Mundloch zukleben und fertig. Freilich auch: Er führt uns vor, wie wir während der Pandemie gewesen sind, total bereit, uns einzwängen zu lassen.

Wie wahr, wir sind nicht mehr wir gewesen. Dummkopf, absolut seid ihr ihr gewesen. Das greift doch alles zu kurz, Leute. Ich empfehle, Nietzsche zu lesen, da könnt ihr was Substantielles über Masken erfahren. Wo? Welche Bücher genau? Erbitte einen Tipp. *Zarathustra* selbstredend. Auch *Genealogie der Moral*, dann sein Kontratext zu Wagner, *Jenseits von Gut und Böse*, und und und. Möchte mich kurz einschalten und darauf hinweisen, daß N. natürlich nicht über Masken an sich geschrieben, sondern die Maskierung und ihre mannigfaltigen Ursachen, Ausprägungen und Folgen sowohl im Tierreich als auch beim Menschen philosophisch weiträumig umkreist hat, falls du eine Zusammenfassung willst, Takahide Imasaki. Ihr Möchtegern-Philosophen! Ihr kleinen Klugscheißer! Warum könnt ihr euch nicht einfach erfreuen? Fühlt euch doch beschenkt! Die Maske wird abgenommen, und man sieht, sie hat gar nichts verhüllt, das ist doch einfach toll! Das ist eine leuchtende Szene wie im Theater! Yep, erste Maske, die keine ist, großer Einfall, Glückwunsch dem Mann. Falls er nicht tatsächlich ein Schauspieler ist, schonmal überlegt? Und wenn schon, dann ist er eben ...

Obwohl ich nicht will, obwohl ich um solch sinnloses und nervtötendes Geplapper sonst immer einen Bogen mache, lese ich mir alles bis zum Ende durch. Es geht doch um mich! Die zerreißen sich die Mäuler wegen mir! Häßlich sind ihre Kommentare am Anfang gewesen, auch darum habe ich bis zum Schluß durchgehalten. Um zu sehen, was den Leuten noch an Widerwärtigkeiten eingefallen ist. Aber erstaunlicherweise kam diesbezüglich kaum noch was. Erst waren vielleicht noch drei von zehn Kommentaren eklig, dann noch zwei, dann nur noch einer, zusammengefaßt: Je mehr Kommentare, umso mehr Zuspruch für mich – im Grunde ist das eine lange Beistandserklärung, was ich gerade gelesen habe! Eine Riesenaufmunterung ist es!

Trotzdem ist und bleibt es seltsam. Ich kann den, der hier auf einmal im Mittelpunkt steht, nicht mit mir identifizieren, ich komme mir dort an dieser Stelle nicht ganz geheuer vor, so wie es mir in meiner Glanzzeit nicht geheuer war, genüßlich und dauerhaft die in meinen Händen liegende Macht auszuüben, ich konnte das einfach nicht. Irgendeine Sperre hinderte mich daran, oder bewahrte mich davor, ich denke an die Frau auf dem Flughafen. Eine Geschäftsreisende wie ich. In der ewigen Uniform der weiblichen Führungskräfte, dem gedeckten Kostüm, mir gegenübersitzend, hastig in ihr Tablet tippend, schlug sie fortwährend ein schlankes Bein über das andere, Schranke hoch, Schranke runter, ich schaute genervt zu ihr herüber und gab ihr, als sie aufblickte, einen züchtigenden Blick. Sie begriff und gehorchte sofort. Sie stellte beide Beine auf den Boden und nickte mir sogar entschuldigend zu, und was tat ich? Wedelte verneinend mit der Hand und wackelte dazu mit dem Kopf, machen Sie nur, verdeutlichte ich ihr, machen Sie es bitte, wie Sie wollen. Das irritierte die Frau, für einen Moment. Dann wurde sie hochmütig. Sie verzog spöttisch den Mund, schlug wieder ein Bein übers andere und widmete sich von Neuem dem Vorgang auf ihrem Tablet, kurz spürte ich Verdruß. Ich hätte die Sache mal durchziehen sollen. Ich hätte mich, nachdem ich sie so problemlos mit den Augen dirigiert hatte, umgehend neben die Frau setzen und später, nach der Landung, locker mit der ins Hotel gehen können.

Mit *der*? Mit *ihr*. Locker? Das Gegenteil. Dinge, zu denen man sich selbst überreden muß, passen nicht zu einem und gehen unweigerlich schief, und so würde ich mich, wie damals instinktiv von der Macht, jetzt viel wissender auch von meiner kleinen Berühmtheit verabschieden, es ist nur nicht möglich. Ich komme ja nicht fort vom Mittelpunkt, nicht im Netz, ich bin da ohne jeden Einfluß auf mich.

Kurzerhand rufe ich Carla an, um ihr von meinem Unwohlsein zu erzählen. Carla jedoch sagt, tja, man stellt sich eben nicht ohne Folgen wie ein Gespenst auf die Straße. Aber du hast ja nicht auf mich hören wollen. Du warst reineweg vernarrt in deine Maske. Im Grunde, also wenn ich dir das mal sagen darf, im Grunde bist du nicht viel anders als dein Bruder. Wie bitte? Wie kommst du denn darauf, frage ich ärgerlich und auch ein wenig erfreut, vor allem aber verständnislos. Und sie: Ganz einfach, du drehst dich genauso in was rein wie er, nur daß es die Blauäugigkeit ist, in die du dich reindrehst, und es einem nicht gleich aufgeht – weil es eben die Blauäugigkeit ist. Hat man es aber erstmal begriffen, erkennt man, du bist an deinem Bruder sogar näher als an deiner Schwester! Jetzt hör aber auf, Carla, das ist doch Unfug. Wenn ich, wie du einfach so behauptest, blauäugig bin, bin ich ja wohl näher an ihr, denn sie ist noch viel blauäugiger, das wirst du wohl nicht bestreiten. Bestreite ich auch nicht, sagt Carla. Nur dreht sich deine Schwester in ihre Blauäugigkeit nie rein. Die springt, ohne sich groß Gedanken zu machen, irgendwohin, und springt gleich wieder weg. Du dagegen hast dir doch Gedanken gemacht! Du gehst zu diesem Maskenbildner, zahlst dem wahrscheinlich einen Haufen Geld, weil der ja vom Film ist, und mit deiner Sonderanfertigung stellst du dich dann auf die Straße, und zwar mehrmals, mehrmals auch noch – so, und nach diesem Prozeß, der das ja wohl gewesen ist, hebst du die Hände und sagst, acherje, da bin ich aber überrascht, da bin ich aber ganz doll erschrocken, was jetzt alles passiert. Carla, wende ich ein, du tust, als hätte ich alles durchdacht. Aber das hab ich nicht. Ein Schritt hat den nächsten ergeben, sozusagen in einem Zug vom Spleen zur Tat. Sie schweigt. Doch nur kurz, dann sagt sie, gut, da du über den nächsten Zug nie Bescheid weißt, aber vielleicht Bescheid wissen solltest, sage *ich dir*, was als nächstes passieren wird: In kürzester Zeit wird dein Name mit den Videos verbunden werden, logisch, nach der Gesichtserkennung die personelle Zuordnung durch KI, wir können jetzt nachgucken, sicher ist es schon passiert. Und das heißt, von nun an wirst du für alle Welt und alle Zeit nur noch Werchow, der Irre mit der Maske sein. Aber Carla, ich bin nicht irre, das weißt du, und das sieht auch die Mehrheit im Netz so. Die feiert mich sogar, lies es dir durch. Ist mir egal, ob sie dich feiert. Ich heiße auch Werchow, hast du vielleicht mal daran gedacht? Du zerrst den Namen an die Öffentlichkeit, und damit auch mich. Aber ich habe mit der Öffentlichkeit, die du offenbar gesucht hast, nichts am Hut, nichts. Ich will in der nicht vorkommen, nichtmal mit einem Buchstaben, nichtmal mit einem Haar auf einem Bild, und das weißt du, oder nicht? Siehst du, und trotzdem hast du dein Spiel immer weiter getrieben. Ohne mich zu fragen, hast du mich mit reingezogen in deine Hollywoodshow, ja, einfach so hast du dich über mich hinweggesetzt.

Jetzt übertreibst du aber wirklich, will ich erwidern. Niemand im Netz kümmert sich um dich. Niemals habe ich mich über dich hinweggesetzt. Vor allem möchte ich Carla daran erinnern, daß ich im Knast sitze und statt einer solchen Beschuldigung wohl eher ein bißchen Zuspruch verdient hätte. Aber ich lasse es bleiben. Ich habe hier gelernt, nicht wehleidig daherzukommen. Und Carla ist, wenn sie in Fahrt ist, sowieso nicht zu stoppen. Sie neigt dann zu Überspitzungen und Absonderlichkeiten. Sie kommt auf Ideen, die wirklich verrückt sind. Von der Tendenz her hat sie allerdings immer recht. Immer haben selbst ihre abseitigen Bemerkungen einen realen Kern. Sie besitzt schlicht ein Gespür für das, was sich bei uns und um uns herum zuträgt, also sage ich nachdenklich und versöhnlich, Carla, vielleicht machen wir Schluß für heute, komm, ich möchte schlafen, ich muß, bin hundemüde.

Und das ist die Wahrheit. Hinter mir liegen zwei lange Tage voller unvorhersehbarer Wendungen, Gefahren und Ängste. Außerdem hat es am Vormittag, zur Strafe für den Ausbruch und den Überwurf gestern, keinen Aufschluß, geschweige denn einen Hofgang gegeben, und das ist auch ungut gewesen, hier Stunde um Stunde in der Enge zu sitzen und den Pulvergeruch des Netzes in der Nase zu haben, man öffnet das Fenster, und es nützt nichts, denn Kälte schlägt einem an den Kopf, und in dem drin bleibt es stickig ...

30. Oktober

Carla hat recht gehabt. Im Netz kursiert jetzt mein, unser Name. Die Aufregung ist unvermindert groß. Die Zahl der Kommentare zu den Videos ist über Nacht auf jeweils über zweihundert gestiegen, ich überfliege diese Sachen nur, wische sie durch. Ein Satz rutscht von unten nach oben, der aber irgendwie interessant war, was stand da genau? Zurückgewischt. Eine abgenommene Maske ist wie eine geschwenkte weiße Fahne, Zeichen für Aufgabe, schreibt ein HauDegen. Stimmt das? Während ich überlege, während ich daran zweifle, während ich das für falsch halte, fällt mein Blick auf den nächsten Kommentar, er ist von Ernakommt und lautet, im Gegenteil, eine abgenommene Maske ist ein aufgenommener Kampf. Hm, und da drunter? Splitter56: Kenne diesen Werchow von der Armee. Schlaffling. Konnte nichtmal richtig abspritzen. Kein Wunder, daß der sich maskiert. Abrupt das Fenster geschlossen. Die Fingerkuppe schmerzt, so habe ich in die Taste gestochen. Und ich wollte nicht lesen, ich wollte nicht! Ich werde da nicht mehr reingehen, nicht die nächsten zwei oder drei oder was weiß ich wieviel Tage, ich werde mich fernhalten von dem Dreck, so wie ich mich doch immer ferngehalten habe, ich muß.

Voranschreiben! Endlich mir weiter von meinem Weg hier herein erzählen, wo war ich stehengeblieben? In der frohen Zeit nach meiner Kündigung, in der letzten rundum herrlichen meines Lebens. Damals reiste ich direkt unter die Sonne, nach Afrika. Nach Ghana flog ich, ohne Grund in dieses Land, Hauptsache mal wieder in die Welt nach den langen Monaten, in denen ich wie festgebunden gewesen war. Am ersten Tag streunte ich durch die Hauptstadt. Auf einem staubigen Platz spielten Halbwüchsige Fußball, jedesmal, wenn der Ball auftippte, stob Sand auf. Als ich stehenblieb, verharrten auch sie. Ein Spieler eilte zu mir und fragte schwer atmend, ob ich die Stadt kennen würde. Nein. Auch nicht das berühmte alte Kastell? Nichtmal das. Ich zeig's Ihnen, rief er, aber ich alter Tramper wollte gern allein erkunden, das ist doch immer das Interessante. Er ließ sich allerdings nicht abwimmeln. Mittlerweile umringten uns ein paar seiner Freunde. Sie schauten nicht freundlich. Der Junge, der junge Mann griff mir an den Arm, halb leitete, halb schubste er mich in Richtung Kastell. Ich schüttelte zumindest seinen Arm ab, er war wirklich aufdringlich. Aber auch wortkarg. Was immer ich ihn, der ja mein Guide sein wollte, auch fragte, er blieb fast stumm, selbst dann im Kastell. Mit Blicken und Gesten trieb er mich permanent zur Eile. Ich erbat mir mit einem Lächeln, das bestimmt eisig war, Zeit, schon erschreckend, wie schnell man sich spinnefeind werden kann. Nie habe ich angespannter und gehetzter ein Gebäude besichtigt. Wieder draußen, schaute er mich herausfordernd an. Ich gab ihm, wie es sich gehört, einen Geldschein, sagte danke und wollte mich umdrehen, da packte er mich erneut am Arm. Und wie er jetzt sprechen konnte, laut, flüssig, kehlig, verächtlich. Dazu wedelte er aggressiv mit dem Schein. Ich gab ihm noch zwei. Ich kam mir schäbig vor, obwohl doch *er* sich *mir* aufgedrängt hatte. Und noch einen dritten, aus Vorsicht, denn wir standen unmittelbar vor einem Kampf, und einen Kampf gegen diesen Burschen würde ich niemals gewinnen; im Grunde kaufte ich mich frei.

Was für ein Auftakt. Einer zum Vergessen, wie es so schön heißt. Und wahrhaft, ich vergaß ihn, denn als nächstes ereignete sich ein regelrechtes Märchen. Der Eintritt in eine wundersame Welt geschah, das war am Abend, als ich mich in eine von bunten Lampions beleuchtete Bar setzte. Junge Menschen hatten Laptops auf den Knien und Drinks in der Hand. Ich sprach einen aufs Geratewohl an, schon noch mit Resten von Unwohlsein, lieber nicht sich anquatschen lassen, sondern selber loslegen und den Takt bestimmen; bitte, fragte ich recht plump, was ist das da für ein Logo auf Ihrem Shirt. Er aber antwortete mir kein bißchen pikiert, das meiner Uni. Bald wußte ich, er hieß Anthony und stammte aus dem Norden des Landes, aus dem Busch, wie er sich ausdrückte. Er wiederum wußte genauso bald, daß ich ohne Plan angereist war. Träfe sich gut, sagte er, ein Fest fände statt bei ihm daheim. Ein großes, wie es nur alle vier Jahre abgehalten werde. Der gesamte Stamm versammle sich, mehrere tausend Mann, sowohl die seßhaft Gebliebenen als auch die weit Gewanderten, selbst aus New York erschienen welche, ich könne hinfahren und mir alles ansehen, ob ich wolle? Aber ja! Unbedingt! Dann möge ich mir einen Mietwagen nehmen. Das Fest beginne schon am nächsten Tag und dauere eine Woche. Er habe noch Prüfungen und käme nach; ich solle folglich, wenn ich einträfe, den Ältesten aufsuchen und mich auf ihn, Anthony, berufen, wegen des Quartiers nur, man sei ja eigentlich ausgebucht in den kommenden Tagen.

Eine lange Fahrt. Als ich ankam, war das Fest schon im Gange. Wie in einem alten Cinemascope-Film ging es zu, mit Trommeln und Tänzen, auf einem Platz so groß wie der des Himmlischen

Friedens. In der Mitte schlugen schnell und monoton die Dutzenden Trommler, im Viereck um sie zuckten die Tausenden Leiber, der Rhythmus war immer der gleiche, und die Bewegungen waren es auch. Mir dämmerte langsam, was Techno ist und wie das wirkt, ich ließ mich umfangen von Trance. Aus der freilich immer wieder einzelne heraustraten, als wäre es nichts. Als verließen sie gerade irgendein Café. Ruhigen Schrittes gingen sie, zum Beispiel, zu einer Holzbude, aus der heraus Lose verkauft wurden. Ich ging auch dorthin, um ein Los zu kaufen, und ich gewann, eine Cola. Die Plärre trinke ich nicht, normalerweise, nur dort ließ ich sie die Kehle herunterlaufen, so heiß war es auf dem Festplatz, so trocken. Aber schon nicht mehr so laut. Mein Körper hatte sich an das Wummern gewöhnt. An mich wiederum, an mich hatte sich keiner gewöhnt. Es war nicht nötig gewesen. Ich, einziger Weißer in der riesigen Menge, wurde mit nicht einem Blick argwöhnisch oder auch nur erstaunt betrachtet. Keiner, der mich gewahrte, begann konzentriert woandershin zu schauen, als gäbe es da wunder was Interessantes zu entdecken, so wie es in jenen Jahren hierzulande viele Menschen fernab der Großstädte beim plötzlichen Anblick eines einzelnen Schwarzen taten. Krampfhaft gaukelten sie ihm und sich selber Normalität vor, nichts davon dort im Busch. Es faszinierte und beglückte mich, wahrgenommen zu werden wie jeder. Ich fühlte mich eingemeindet allein durch die Blicke. Zugleich war ich nicht jeder. Ich bekam im Strohhüttendorf ein besonderes Quartier, nämlich ein Zimmer im einzigen gemauerten Haus, eines von zweien. Darin stand nur eine Pritsche – aber was sage ich: Darin stand *sogar* eine Pritsche! Am Morgen dann bat mich eine Frau auf fast vornehme Art, ins Bad zu treten, es war der zweite Raum. Und er war so gut wie leer. Nur ein hölzerner Eimer mit Wasser befand sich darin. Stolz nickte mir die Frau zu. Ich wusch mich und trat ins Freie. Vielleicht hundert Meter entfernt war ein Fluß, den ich abends in der Dunkelheit nicht hatte sehen können, und dort wuschen sich alle anderen, auch seiften Frauen schon die Wäsche im Wasser, so begann ein neuer Tag.

—

Im übrigen hat es auch heute keinen Aufschluß gegeben. Kein Wärter hat uns darüber informiert. Die Türen blieben einfach verschlossen. Dafür kamen die Wärter zur Zellendurchsuchung, die Häftlinge teilten es sich durch Klopfzeichen mit. Vor den Wärtern lief das Klopfen sozusagen auf mich zu. Und dann stapfen sie in meine Zelle, Ochsenfahrt und einer derer, die ihm auf dem Hof vergeblich zu Hilfe geeilt waren. Ich sitze über meinen Notizen, die beiden heißen mich aufstehen. Ochsenfahrt kriecht unter den Stuhl, den unverrückbaren, um die Sitzfläche zu begutachten und abzuklopfen, der andere schraubt an der Fußbodenleiste. Ochsenfahrt kriecht wieder unter dem Stuhl hervor und beginnt, den Fensterrahmen zu untersuchen, aber seine Bewegungen wie auch die seines Kompagnons haben längst etwas Mechanisches, von Aussichtslosigkeit Durchdrungenes, das bestärkt mich in meiner Sicherheit. Warum sollte ich auch Angst haben. Ochsenfahrt hat bei mir schon einmal nichts gefunden. Und der andere weiß noch weniger, wo er suchen müßte, wie soll ihm, der von einer anderen Station kommt, auch bekannt sein, daß meine Glotze nicht in Betrieb ist und mir darum bestens als Versteck dienen kann? Und sie machen auch schon Schluß. Sie wenden sich schon wieder zur Tür, da sage ich zu dem, der sich an der Fußbodenleiste zu schaffen gemacht hatte, guck mal, geh doch bitte noch mal ran. Er bemerkt, die Leiste steht auf halber Länge ab, hat sich gelöst, war von ihm nicht richtig angebracht worden, also schraubt er sie wortlos noch einmal fest. Und auch mein Du hat er ohne Widerspruch und ohne jedes Zucken hingenommen, natürlich, denn alle Häftlinge duzen alle Wärter, während diese laut Dienstvorschrift selbst in den heikelsten Situationen Sie sagen müssen, ej *Du* und können *Sie*, ständige Verkehrung des offiziellen Unterstellungsverhältnisses ins Gegenteil, wir sind die Könige, und sie sind die Diener. Nur ich in meinem Anstand hatte mich bislang noch ans Sie gehalten. Bis jetzt! Jetzt war das Du plötzlich aus mir herausgeschnellt. Gleich sage ich es nochmal. Danke dir, werfe ich dem Schließer zu, bevor er die Tür hinter sich schließt, und er nickt, der Brave, er nickt.

Selbstermahnung: Bleibe nun auch beim Wort Schließer. Niemand hier sagt Wärter. Wärter heißen sie nur draußen, dort glaubt man allen Ernstes, sie beaufsichtigten uns, bitteschön, soll man es ruhig weiter glauben.

Was aber das Du betrifft, so geht mir ein Licht auf. Es ist ein modernes Machtwort, auch außerhalb meiner Anstalt. Wie viele moderne Machtwörter verschleiert es draußen zunächst die Macht derer, die es benutzen. Es suggeriert Kumpelhaftigkeit und Nähe, wenn einem die Energiefirma schreibt, Hallo Erik, hier senden wir dir deine Rechnung, die Erläuterungen zur Preisanpassung findest du im Anhang. Aber das Kumpelhafte ist Schein. Bezahlen, mehr bezahlen muß man natürlich doch. Und das ist nicht einmal der Punkt. Im Du, von einem Fremden oder gar einer Institution verwendet, steckt ein anderer Aufforderungscharakter als im Sie. Es stößt einen zurück in die Phase des Klein-Seins, in der man von jedem geduzt wurde, damals war das normal. Es gehörte zu den Jahren, in denen man gegenüber den Großen mit seinem Wissen und seinen Erfahrungen in einem natürlichen Rückstand war und noch so gut wie alles zu erlernen hatte, ich bin seit langem in anderen Jahren. Die Kindesanrede des Erwachsenen ist eine ihn verkleinernde, zurückstufende, anweisende und letztlich entmündigende.

Hätte ich nicht benennen können, damals, als sie sich rasend schnell vervielfältigte. Auch war mir nicht klar, wo die einflußreichsten Vervielfältiger saßen. Nicht in den Medien, nicht in den Firmen mit den als flach bezeichneten Hierarchien und schon gar nicht in der Politik, sondern in der Werbung. Ich wunderte mich nur, was für Reklame mir auf einmal entgegenschlug. Die Produkte wurden ja nicht mehr dargestellt, angepriesen, verherrlicht, mit einem Wort, wurden nicht mehr als Vorschläge präsentiert. Ich als Fachmann, der die Branche schon noch beobachtete, merkte sofort, die Zielgruppe, nein, die einzelnen Zielpersonen, wurden nun unverhohlen aufgefordert: Geh sofort zu ...! Spare jetzt bis ...! Verpasse nicht den ...! Wärm dich an ...! Bewirb dich unter ...! Steig noch heute in ...! Fühl dich endlich wie ...! Eine einzige Gängelei. Eine rasche Abfolge rasselnder Befehle, und immer verbunden mit dem Du, denn einem Sie kann man sie nicht ganz so einfach erteilen, da verknotet sich die Zunge eher.

Wie gesagt, staunend stand ich inmitten all dieser auf mich prasselnden Anweisungen. Ich zog den Kopf ein. Ich hielt sie für kontraproduktiv. Dabei vergaß ich etwas Altbekanntes und nahezu Profanes, etwas in der Werbung Angelegtes: ihren Instinkt, untergründige Strömungen wahrzunehmen, sich in sie einzufügen und sie und sich emporzuheben. Die Befehle lagen schon bereit im demokratischen Gemeinwesen. Die Werbung war ein Vorbote, oder ein Grundstein. Die später allgegenwärtigen politischen und ideologischen Befehle konnten darauf aufbauen. Anordnungen entgegenzunehmen, war dem Bürger schon nicht mehr neu. War ihm sogar vertraut. Es war ihm zur Gewohnheit geworden, auf Befehl zu kaufen – jemandem einen Befehl abzukaufen.

Aber keine Gleichsetzung der Befehle. Denen aus der Werbung kann der Bürger sich entziehen, indem er buchstäblich die Augen vor ihnen verschließt und schlicht nicht kauft, das ist bei den Befehlen aus dem politisch-ideologischen Fach, siehe die Entschuldigungsorgien, nicht so einfach, wir sind hier in einem Bereich, in dem jede Verweigerung kostspielig wird.

Orgien? Da war einmal was. Ein typisch ideologischer Befehl innerhalb einer Anweisungs- und Verbots-Demokratie ist es gewesen, als die erste Bürgerin des Staates über Bande die anderen, ihr qua Verfassung gleichgestellten Bürger anwies, jetzt bloß keine Öffnungsorgien, einer von den besonders wirksamen hintergründigen Befehlen. Gleichwohl darf man diese ebenso belächeln wie alle anderen. Bisher ist noch jede Befehlskette, wie auch immer sie beschaffen war, von den Befehligten zerschlagen worden.

In welchem Ton ich notiere, ich Mitglied der losen Gemeinschaft der Verlierer! Wie schwer erworben er ist. Wir standen blank in der Niederlage, wir hatten keine Argumente gegenüber den Siegern. Wir begriffen nicht, daß ihr Argument unser Scheitern war. Und so scheiterten wir weiter. Eine halbe Ewigkeit gelang es uns nicht, Distanz zu unserer Niederlage aufzubauen und sie *geschichtlich* zu sehen. Aber mittlerweile sind wir, halt, in diesem Fall kann ich wahrlich nur für mich sprechen, bin ich soweit. Ich bin darüber hinaus, mich an den heutigen Befehlen zu reiben. Daß ich sie nicht befolge, ist selbstverständlich. Ich nehme sie interessiert zur Kenntnis. Der Besiegte erfährt schneller, was das Schicksal vorhat, ich weiß nicht, wer das schrieb, ich kann mir hier wirklich viel mehr Gelesenes aus dem Kopf ziehen, als ich es draußen gekonnt habe, nur der Name des Autors will mir oft nicht einfallen. Einerlei, ich sehe die künftige Niederlage und wer sie erleiden wird. An der rapide gestiegenen Häufigkeit und dem deutlich gewachsenen Sortiment ideologisch grundierter Befehle ist es erkennbar. Das ewige geschichtliche Gesetz vom Sieger, welcher der nächste Verlierer sein wird, entfaltet seine Wirkung, dabei schaue ich zu. Ich gehe nicht davon aus, daß wir Verlierer schon wieder die nächsten Gewinner sein werden, aber diejenigen zu beobachten, die in ihrer sieggestützten Selbstgewißheit so tun, als gelte es für sie nicht, unser allmächtiges Geschichtsgesetz, allein das erfüllt mich mit Frohsinn.

–

Bin extra nochmal zum Fernseher und habe mir das Handy herausgeholt. Heinrich Mann. Und etwas fehlte, der Besiegte erfährt *etwas* schneller, was das Schicksal vorhat, steht bei ihm geschrieben.

31. Oktober

Als Munera mir wie gewohnt das Essen bringt, fällt mir auf, daß sie mir immer nur das Essen bringt – bei der gestrigen Zellendurchsuchung indes war sie nicht dabei. Jedenfalls war sie nicht zu mir hereingekommen. Und hatte sie sich nicht auch schon an der ersten Durchsuchung kaum beteiligt? Zufall? Methode? Sie hatte doch Dienst? Es verbietet sich von selbst, sie zu fragen. Es verbietet sich sogar, sie *irgend etwas* zu fragen, denn seit ich hier bin, stellt sie mir wortlos das Essen hin und geht wieder, ich kann das Ritual jetzt nicht mehr durchbrechen. Muß ich auch nicht. War nur ein Nachklang der Durchsuchung gestern; soll die Munera weiter erscheinen, schweigen und verschwinden.

–

Dann waren die sonnigen Tage in Afrika vorüber, wirkten sie nach? Wie sollten sie nicht. Dennoch schwand die Unbekümmertheit, die ich dort verspürt hatte – die selbst dort nie eine vollkommene gewesen war. Immer war ihr, wie ein dünner Film, der leise Gedanke unterlegt, nach der Rückkehr nicht weiterzuwissen. Nun war er nicht mehr zu verdrängen. Nun fühlte ich klar und deutlich, wie es ist, Knall auf Fall gekündigt und nichts in der Hinterhand zu haben, ich mußte doch was arbeiten! Ich war erst Mitte Fünfzig. Schon Mitte Fünfzig, wer würde mich noch nehmen? Wo wollte ich überhaupt hin? Ich durchforstete Stellenanzeigen, zunächst nicht, um mich irgendwo zu bewerben, sondern erstmal, um zu erfahren, was für Stellen und Berufe es gab. Auch Bewerbungsmuster schaute ich mir an, denn auch davon hatte ich keine Ahnung. Nie zuvor hatte ich einen derartigen Schrieb aufsetzen müssen, jetzt erst begriff ich so richtig, wie privilegiert ich all die Jahre gewesen war.

Auf meine breit gestreuten Bewerbungen erhielt ich entweder Absagen oder gar keine Antwort. Was mir zusetzte. Mehr und mehr verfiel ich in Trübsinn. Ich begann sogar, mich nach meiner Arbeit bei den Betrügern von *Generosis* zurückzusehnen, sie waren doch nicht nur Betrüger, das waren sie doch nicht. Das Sehnen indes machte mich noch trauriger, nadruiw, nadruiw. Und wer war es, der das fast auf einen Schlag beendete? Carla! Das Ausrufezeichen ist extra für sie, denn nach all meinen vergeblichen und mich niederdrückenden Versuchen, etwas Neues zu finden, stellte sie mir die entscheidenden Fragen: Wo liegen deine Stärken, ich meine, die ureigensten? Welche ausgeprägten Fähigkeiten kannst du einsetzen? Wo fällt dir das Einsetzen darum leicht? Und sie antwortete sich selber: Du kannst mit Menschen umgehen. Du bist einfühlsam. Genauso mit der Sprache, dir gelingt es doch immer, die rechten Worte zu finden.

Tja, sagte ich müde. Vielleicht zuckte ich auch mit den Schultern, denn was sie gesagt hatte, war ja nun überhaupt nichts Handfestes, in irgendeinen Fachbereich Zielendes. Carla aber: Dann wäre – wäre vielleicht Trauerredner das Richtige für dich? Ich starrte sie entgeistert an. Vielleicht schüttelte ich auch den Kopf. Carla jedoch ließ sich nicht beirren: Wie für dich geschaffen ist das, hätten wir schon lange drauf kommen können! Erst sprichst du auf deine verständnisvolle Art mit den Angehörigen des Verstorbenen, und dann würdigst du ihn mit deinen guten Worten! Versteh mich nicht falsch, aber es würde, nur so vom Einsatz der Mittel her, nicht viel anders sein als mit einem Produkt, man läßt doch auf Trauerfeiern den Verstorbenen in einem günstigen Licht erscheinen, man bewirbt, sozusagen rückwirkend, sein Leben, und in sowas bist du doch geübt! Sowas kannst du! Du solltest das machen, wirklich. Sie strahlte mich an. Sie war unverkennbar begeistert von ihrer Idee. Ich weiß nicht, sagte ich. Und da wußte sie, daß ich's machen würde.

Ich plante die Sache generalstabsmäßig. Als erstes besuchte ich einen Kurs für Trauerredner. Dann erstellte ich mir eine Website in gedeckten, aber nicht finsteren Farben, alles dunkelbraun und anthrazit. Dazu, in demselbem Design, Visitenkarten. Ich entwarf ein Anschreiben und schickte es an hundert Bestattungsunternehmen in Berlin und Umland. Ich kaufte mir einen schwarzen Anzug von Boss. Schwarze Dokumentenmappe, schwarzer Regenschirm. Mit alledem folgte ich den Empfehlungen des Schulungschefs – der uns übrigens gewarnt hatte, was die Aquise von Aufträgen betraf. Sie werde sich vielleicht nicht einfach gestalten. Die Bestattungsunternehmen hätten selbstverständlich alle schon Trauerredner. Einer seiner Schülerinnen sei es zwar gelungen, in den ersten zwölf Monaten dreiundachtzig Reden zu halten, aber das sollten wir als glücklichen Einzelfall nehmen.

Üblich wäre, einzuspringen, wenn ein Stammredner mal krank oder in Urlaub sei, und dazwischen sich in Geduld zu üben und den Unternehmen ebenso selbstbewußt wie unaufdringlich die fortwährende Bereitschaft für eine festere Zusammenarbeit zu signalisieren, ach, er sei ein bißchen sauer auf sich. Er hätte das gar nicht sagen sollen mit den dreiundachtzig.

Er hat genau das sagen wollen. Das ist natürlich ein Anjucken gewesen! Du, und du, und du, ihr alle gegen die dreiundachtzig, mochte es auch um Trauer gehen, um Pietät, in meinen Hinterkopf hat er diese Zahl gepflanzt. Nicht daß ich eiferte, sie zu erreichen, nicht daß sie dann während der Besuche bei den Angehörigen und während des Schreibens und Haltens der Reden eine Rolle gespielt hätte. Aber wenn ich nach wieder einmal getaner Arbeit die Rede in den Ordner heftete, numerierte ich sie doch, und zwar mittig oben, und je größer die Zahl wurde, die ich hinschreiben durfte, umso erfreuter besah ich sie mir, umso mehr Auftrieb verspürte ich.

Wieder einmal getane Arbeit? Je größer die Zahl? Hundertvier nach einem Jahr, und eigentlich noch eine mehr, aber das war die Rede eines Angehörigen, die ich bloß verlesen sollte und die deswegen nicht in die Wertung kam.

—

Mir ist danach, Carla anzurufen, Carla, sage ich ohne Begrüßung, ich hab grad Zeit mit dir verbracht. Inwiefern, fragt sie. Na, du weißt doch, ich schreib und schreib, und gerade bin ich an dem Punkt angelangt, wo du mich auf die Trauerrednerei gestoßen hast, und da dachte ich nochmal, wie großartig von ihr. War es, bestätigt sie. Nur genützt hat es leider nichts. Hast ja nach einem Jahr wieder aufgegeben. Carla, komm, nicht übertreiben, du weißt, es waren fast zwei Jahre. Und du weißt auch genau, warum ich dann Schluß gemacht hab. Ich versteh es immer noch nicht, erwidert Carla. Zwar kann ich es ein bißchen nachvollziehen, aber letzten Endes – nein. Wir schweigen. Wir reden ja nicht das erste Mal darüber. Hör mal, noch ein Versuch, ich schreib's dir auf. Es ist sowieso das nächste, was dran ist. Jetzt gleich schreib ich es, und du kannst es lesen, wenn du wieder zu Besuch kommst, oder wenn ich hier raus bin, was aber überhaupt nicht absehbar ist – jedenfalls, vielleicht verstehst du's dann? Willst du?

Ich schaue noch kurz auf das Telefon und horche dem Satz nach, den ich ohne zu überlegen als erstes gesagt habe. Er gefällt mir wie selten je einer, und darum beginne ich durchzuspielen, was vor vielen Jahren wohl passiert wäre, wenn ich aus irgendeiner Ferne, irgendeinem Dienstreisehotelzimmer heraus Carla am Telefon gesagt hätte, ich hab grad Zeit mit dir verbracht. Sie hätte nicht gefragt, *inwiefern*, sondern hätte geseufzt, oder gestöhnt, oder leise mit der Zunge geschnalzt, und hätte geflüstert, dann ruf mich das nächste Mal *während* der Zeit an, dann hast du noch viel mehr von mir.

Dreiteilung des Lebens: Erst malst du dir aus, wie etwas sein könnte. Dann erlebst du es so oder so ähnlich. Und am Ende malst du es dir noch einmal aus, nur ohne Kraft, mit matter Sehnsucht, im traurigen Bewußtsein, es war und kehrt nicht wieder, es ist unwiederbringlich vorbei.

Und wenn du, Erik, jetzt das, was dir geblieben ist, nämlich dein Maß an Gehirnschmalz, genau deswegen so aktivierst? Weil das Körperliche kaum mehr aktivierbar ist? Ersatzhandlung, sich mit der *verkommenen Gesellschaft* zu beschäftigen? Verstörender Gedanke!

—

Auf die hundertvier Reden im ersten Jahr und auf hundertzwölf im zweiten bin ich gekommen, weil ich anders vorgegangen bin als die meisten Trauerredner. Zu Beginn hatte ich mir ja einige von ihnen angehört. Ihre Worte waren durchtränkt von Schwere, ihre Mimik war kummerstarr. Mir als Außenstehendem mißfiel das. Voller Schwere und Kummer waren die Angehörigen doch selber. Und die Redner konnten auch selten ihre Routine überspielen, man merkte, daß sie Gemeinplatz an Gemeinplatz reihten und kaum einmal in das Leben der Verstorbenen *hineinkamen*. Warum erzählten sie keine Geschichten? Hatten sie in den Vorgesprächen keine erfragt? Ich hatte immer mit welchen gelebt, nicht zuletzt mit solchen aus Büchern, und so fragte ich nach Geschichten nun bei den Angehörigen, gern mit dem Zusatz, es können auch heitere sein, das Leben ist doch bestimmt nicht immer so ernst gewesen, wie es in der Nähe des Todes dann wurde. Meist brauchten sie einige Minuten, um sich freizureden. Bald aber erzählten sie mir in einem Fluß, überschlugen sich manchmal fast, fielen sich untereinander ins Wort, nicht selten erfüllte eine Art Beschwingtheit den Raum. Und so begann ich dann auch meist den Vortrag, natürlich nach der obligatorischen Anrede inklusive des Schauens zum Angeredeten hin:

Lassen Sie mich zunächst eine kleine Geschichte erzählen. Als Dietrich Arndt, der Dieter, wie alle ihn nannten, jung war, in einem Dorf in Ostpreußen, ist er gern auf Bäume geklettert, auf einen Birnbaum zum Beispiel, und wenn die Birnen, die Petersbirnen, um genau zu sein, noch nicht eßbar waren, hat er die harten Früchte runtergeworfen, möglichst auf den Kopf seines Bruders. Der Bruder war älter als er. Aber das machte nichts. Dietrich hatte keine Angst vor ihm, und, wie Sie alle hier wissen, auch nicht vor irgendwem anders.

Hierbei schaute ich wieder zu den Angehörigen, mit einem angedeuteten Lächeln nun, und siehe, auch sie lächelten. Und in diese einmal erzeugte Grundstimmung hinein konnten die schweren und durchaus getragenen Passagen folgen, ich war zufrieden. Ich hatte, erstmals in meinem Leben, das Gefühl, direkt etwas für die Menschen zu tun, für ein paar mir ein wenig bekannte, sie saßen ja vor mir. Nach den letzten zu ihnen gesprochenen Worten am Grab und nach der Verabschiedung von ihnen ging ich gemessenen Schrittes zum Auto, voller Sicherheit, wie auch voller Wichtigkeit. Nicht meiner Person. Meiner Arbeit.

Carla, Du weißt, viele haben trotzdem geweint, das gehört natürlich zum Schmerz. Und Du weißt auch, daß ich, wenn ich aufgeschaut und die Weinenden gesehen habe, manchmal selber nahe dran war zu weinen, Du kennst mein Gegenmittel. Dieser Fußballer. Dieser Scherzkeks, dessen nackten Arsch ich in der Zeitung gesehen hatte, auf diesem ungewöhnlichen Bild. Ein Mannschaftsfoto, aber von hinten aufgenommen. Der Fotograf dachte sich wahrscheinlich, all meine Kollegen sind vorne, ich mach mal was anderes. Und der Fußballer, in der letzten von drei Reihen stehend, muß mitbekommen haben, daß in seinem Rücken jemand herumstrolchte. Oder der Fotograf kannte ihn und hat ihm was zugerufen. Und da hat der Witzbold die Hose runtergelassen. Ja, und ich hab das Bild ausgeschnitten und mir bei den Trauerfeiern unters Redemanuskript gelegt. Immer wenn ich merkte, jetzt werden mir die Augen feucht, habe ich es mir unauffällig hervorgezogen und kurz auf den

Hintern zwischen lauter Hosen geguckt, und schon war die Gefahr vorüber.

Übrigens ist es mir einmal beim Zusammenpacken der Manuskriptblätter vom Pult geflattert. Direkt vor einem Angehörigen ist es zum Liegen gekommen, was meinst Du, wie schnell ich unten war und es mir gegriffen habe!

Carla, Du vermutest, wegen der Tragik, wegen dieses ganzen Weinens hätte ich die Trauerrednerei nicht länger durchgestanden. Du denkst, wer sich schon so eine Sicherung wie ich mit dem Bild reinschrauben muß, der ist eben überfordert. Aber ich wiederhole Dir, das stimmt nicht. So wie der Chirurg die Eingeweide, in denen er gwühlt hatte, vergißt, sobald er aus dem Krankenhaus geht, war ich aller Schwere entledigt, wenn ich den Friedhof verließ. Ich führte schlicht eine Arbeit aus. Und damit zum Punkt, Carla, wo führte ich sie aus? Nicht in Berlin, denn da drängten sich die Redner besonders, und da wurden sie besonders schlecht bezahlt. Besser war es im Umland. Je weiter draußen, umso größer meine Chance. Wieder und wieder fuhr ich aufs flache Land, und wer lebte da? Alles Menschen, die in unserem früheren Staat in der Landwirtschaft gearbeitet hatten, oder in kleinen Industriebetrieben. Viele sind Flüchtlinge gewesen, so wie dieser Dietrich Arndt, dessen Namen ich mir ausgedacht habe, Du kannst ihn durch irgendeinen anderen ersetzen. Die Angehörigen erzählten mir lauter sich ähnelnde Geschichten. Ich war deswegen nicht verdrossen, Carla. *Nicht deswegen* war ich's. Ich habe nichts gegen Wiederholungen, das ganze Leben besteht aus welchen, und sei es, daß jemand sich ständig darin wiederholt, was Neues anzufangen, nein, ich wurde verdrossen, weil alle diese Geschichten schon lange vor dem Tod endeten. Carla, wie freudig mir die Leute erst von der Arbeit erzählten, die der Vater, die Mutter, der Bruder, die Schwester ausgeübt hatten! Von ihren Qualifizierungen, ihren morgendlichen Ritualen, ihren abendlichen Ausschweifungen, ihren verläßlichen Freundschaften, kurzum, von ihrem erfüllten Leben. Und wenn ich dann fragte, und dann nach der Wende? Dann lautete die Antwort, der Vater, die Mutter, der Bruder, die Schwester haben *wirklich noch eine sehr schöne Zeit* gehabt. Sie sind mit Schmidt nach Amsterdam gefahren, nach Paris und sogar bis in die Toskana. Schmidt? fragte ich. Na, das Busunternehmen hier. Carla, laß es dreißig Kilometer weiter Neumann geheißen haben, und nochmal dreißig Kilometer weiter Niebeling. Die früheren Melker, Zerspaner, Agrotechniker, Metallfacharbeiter sind alle mit Bussen nach Amsterdam und Paris gefahren, und sie waren erst Fünfzig! Erst Fünfzig, und sonst nichts mehr in ihrem Leben. Keine sinnvolle Tätigkeit mehr, kein Gebrauchtwerden in einem größeren Sinn. Kein selbstverdientes Geld. Kein Stolz auf die Hände, die noch fest waren und noch so vieles gekonnt hätten, *das* war es, was mich, je mehr Einzelne aus dieser stillgelegten Generation ich durch die Berichte ihrer Nachfahren kennenlernte, mit immer tieferer Trauer und bald mit Schmerz erfüllte. Ich versuchte, es zu überspielen. Möglichst beschwingt zählte ich an meinem Pult die jeweiligen Städte auf, in welche die Busse gefahren waren, das half während der Feiern selber. Ich funktionierte gut. Meine Schwermut hielt sich in Grenzen. Umso stärker ergriff sie mich dann aber vor dem nächsten Besuch bei Angehörigen, denk nicht, diese Menschen seien mir nicht lieb gewesen. Und trotzdem, oder gerade deshalb, wollte ich nicht länger hören, was sie zu erzählen hatten. Ich konnte es nicht mehr. Carla, ich spürte, bald würde sich bei mir Abneigung ihnen gegenüber einstellen; weißt Du, wem ich mich in Gedanken zu Füßen warf? Einer Selbstmörderin. Sie war Apothekerin und unheilbar krank. Ihre Nachbarin, die von ihr informiert worden war, in welcher Stunde es vorbei sein würde, fand sie in ihrem besten Kleid aufrecht – die Nachbarin sagte: würdevoll – im Sessel sitzend. Vor ihr zwei bis auf einen letzten Rest geleerte Gläser, von denen eines mit Rotwein gefüllt gewesen war; falls Du auf die Idee kommen solltest, ich erzählte Dir von ihr, weil ich den geheimen Wunsch hegte, all die anderen hätten sich gleichfalls einen giftigen Trunk mixen beziehungsweise die Kugel geben sollen, nein. Nein! Ich hegte, als ich mich in der Wohnung der Apothekerin aufhielt, nur größte Bewunderung für ihren Realitätssinn. Ich fand sie, versteh es oder versteh es nicht, erfrischend.

1. November

Endlich wieder Aufschluß. Junge, sagt Genja zur Begrüßung, bist jetzt die blaue Pause. Was bin ich? Er lächelt ironisch, er spielt jetzt, da er in mir einen Verbündeten gefunden hat, manchmal absichtlich mit den Wörtern und entkoppelt oder verbindet welche; Genja, du meinst die Blaupause? Aber kein Mensch kann eine Blaupause sein. Da wird er ernst. Kannst es doch im Netz ersehen, Junge, warst nicht im Netz? Ich schüttele den Kopf und erkläre ihm, warum ich nicht war und weshalb ich stolz bin, es vermieden zu haben, und er antwortet, falscher Stolz, Junge, willst nun erfahren, warum du ne Blaupause bist, oder willst nicht?

Und so höre ich von ihm Folgendes: Draußen sind einzelne Leute wie ich mit der Maske ihres eigenen Gesichts aufgetreten. Erst haben sie sie eine Weile spazierengetragen, und dann haben sie sie abgenommen, entsprechende Videos stehen im Netz. Eigentlich sind es nur Fotografien, und keine Masken. Vergrößerte Selfies, die sie mit Hilfe eines Gummibandes am Kopf befestigt haben. Gewissermaßen die Billigvariante meines Produkts. Dafür aber in schon dutzend-, wenn nicht hundertfacher Ausführung. *Den Werchow machen*, heißt das bei den Leuten, es ist, wie Genja sich ausdrückt, ihr Flügelwort. Manche schneiden Grimassen, wenn sie ihr Gesicht entblößt haben, aber das sind nur wenige. Die reißen sich die Maske auch eher ab, als daß sie sie abnehmen, und hopsen dann damit herum. Die überwiegende Mehrheit jedoch vollzieht die einzelnen Schritte langsam, so wie ich auf dem einen Video. Sie ahmen sogar die Körperhaltung nach, mit der ich damals – damals? es ist keine anderthalb Monate her! – auf der Einkaufsstraße gestanden habe. Ihr Gesichtsausdruck ist ein ernsthafter, wissender, herausfordernder. Die verschiedensten Gesichter, aber alle mit der gleichen Mimik, so schauen sie in die Kamera. Dann setzen sie sich wieder in Bewegung und verschwinden in der Masse, und das ist auch interessant. Daß immer jemand sie filmt und daß er es nicht, wie in meinem Fall, nur zufällig tut, sondern absichtsvoll, vom Anfang bis zum Ende.

Ich bin perplex. Ich kann gar nichts sagen. Was ist da, quasi über Nacht, entstanden? Eine Bewegung? Hat sich eine Gruppe formiert, bestehend aus Menschen, die einzeln auftreten, aber nach einem einheitlichen Muster handeln? Oder sind das ganz und gar Einzelne? Aber dann handeln sie genauso nach einem übergeordneten Muster, und dieses Muster – stammt wahrhaft von mir. Meinem Beispiel folgend, zeigt man seine zwei gleichen Gesichter; plötzlich fallen mir *Die drei Gleichen* ein. Die nicht weit voneinander entfernt stehenden Burgen in meiner alten Heimat, ah, wenn Tagebücher Titel hätten, würde ich meines *Die zwei Gleichen* nennen, und ganz Thüringen würde, wenn es davon erführe, sofort die Anspielung verstehen, aber ich spinne. Bin einfach überwältigt von den Ereignissen.

—

Habe in Ruhe nachgeschaut. Es ist tatsächlich alles so, wie Genja es mir beschrieben hat. Man gibt Werchow ein, und sofort ploppen Videos auf, in denen Menschen *den Werchow machen*. Wahllos tippe ich auf eines. Da ist eine nicht junge und nicht alte Frau. Der Wind weht ihr Haarsträhnen ins Gesicht, als sie sich das Gummiband mit der Maske vom Kopf zieht, und sie streicht sich die Haare mit sicherer Geste zurück. Der Wind weht sie erneut nach vorn, und sie streicht sie wieder zurück, beläßt nun aber die Finger beider Hände eng aufgestellt an den Schläfen, zwei kleine Zäune, durch die kein Haar mehr gelangt. Nächstes Video, ein Mann ähnlichen Alters. Als er sein Gesicht offenbart – seine Haut, das Gesicht sah man ja schon zuvor –, zeigt sich eine große Beule knapp unterhalb des Haaransatzes, aber er hat die Haare trotzdem nach hinten gekämmt. Und noch ein Mann, ein Greis schon. Seine Hände zittern beim Abnehmen der Maske, und man hört ihn auch schwer atmen, kurzum, es dauert, ehe er sein Gesicht präsentieren kann, umso stolzer schaut er schließlich. Und eine junge Rollstuhlfahrerin, die ihre Maske auf dem Schoß ablegt und sie mit beiden Händen umfaßt wie alte Frauen ihre Handtasche, das ist extra mit aufgenommen, unterhalb der Ruhe ihres Gesichts die Ruhe ihrer Hände. Ein am Hals Tätowierter, der den Kopf reckt, so daß die Stirn schmal wie ein Streifen Horizont wird und das Kinn findlinggroß. Eine verhärmte Kranke, eine hoffentlich nur krank Gewesene, die sich mit der Maske ihre Perücke abzieht. Ein Zwillingspaar, das in absolutem Gleichklang der Bewegungen die Pappe erst nach oben schiebt, so daß diese wie ein Sonnenschutz wirkt, und sie dann in ebensolchem Gleichklang ganz abstreift und erst einmal zwinkern muß, auch dies deckungsgleich; ich kann gar nicht aufhören, mir all diese leuchtenden und hinreißenden, diese samt und sonders *schönen* Gesichter anzusehen. Noch eins ziehe ich mir rein, und noch eins, und noch eins ...

Da meldet sich Matti. Kein Anruf, denn vor Tagen, als ich Carla, Britta, ihm und Dreisinger die Nummer meines illegalen Telefons geschickt hatte, hatte ich hinzugefügt, ich würde es aus Sicherheitsgründen nur selten aus dem Versteck nehmen und anschalten, Kontaktaufnahme ihrerseits also prinzipiell per SMS. Und so sendet er mir eine Nachricht, eine mit der Bitte, ich möge ihn zurückrufen. Ungewöhnlich. Unser Kontakt ist nicht eng. Matti hat ihn kaum einmal von sich aus gesucht, und ich suche ihn von mir aus jetzt auch nicht. Ich finde, es ist nicht an mir, mich zu melden, schließlich sitze ich hier, und er sitzt in seinem schönen Restaurant – aber es ist ungerecht von mir, sowas zu behaupten. Er sitzt da nicht, er ackert. Er hat sich, nachdem ihm seine *Barby* abgefackelt worden war, einen neuen alten Kahn angeschafft und den eins zu eins wieder so als Restaurant eingerichtet, wie es die Leute kannten, er hat alle Hände voll zu tun.

Jenes Abfackeln – von dem hätte ich Gudemark, als ich ihm über die allgegenwärtige Gier im hiesigen Gemeinwesen schrieb, unbedingt auch berichten müssen, es ist mir nur nicht eingefallen. Warum eigentlich nicht? Weil es einen Mord enthielt und der Mord, im negativen Sinne, alles überstrahlte? Aber er war die letzte und entscheidende Konsequenz der Gier! Und so schreibe ich nachholend, und nur für mich, denn ich weiß ja nicht einmal, ob Gudemark noch lebt, ein Kahn liegt am Ufer. Darin, und im Sommer darauf, sitzen die Leute und erfreuen sich sowohl der vorzüglichen Speisen als auch der urwüchsigen Natur, wir sind in Berlin, und wir sind in der Wildnis. Zum Kahn gelangt man nur über einen Trampelpfad. Speziell die chicen Pärchen von weither, zum Beispiel aus Charlottenburg, finden das doll abenteuerlich, insbesondere, wenn es geregnet hat. Dann ist alles morastig. Sie kommen, wie von den Zeitungen empfohlen, in Gummistiefeln, sie werden nochmal zu Kindern im tiefsten Osten der

Stadt. Aber da jipern auch schon die Investoren nach Land. Beziehungsweise nach dem Wasser vor dem Land, welches sie schon gekauft haben. Eine Marina wollen sie errichten, es gehört zu ihrem hochpreisigen Angebot für ihre anspruchsvollen Kunden. Nur hat Matti einen Liegeplatz für noch zehn Jahre. Die Investoren bieten ihm eine Stange Geld, damit er wegschippert, aber wo soll er hin. Überall entstehen Marinas. Und Mattis Ruf hängt am Unverfälschten. Und überhaupt ist die *Barby* ein schwerer Lastkahn, den man nicht schwuppdiwupp irgendwo festmachen kann. Und Matti ist natürlich auch Matti, er lehnt auch ab, als ihm noch mehr Geld geboten wird. Es folgen nicht unterzeichnete Drohungen der Art, daß schon manche Schiffe gesunken seien, woraufhin Peter Schott, Mattis bester Freund und zugleich sein genialer Koch, zur Bewachung nachts auf der *Barby* bleibt. Aber so schnell, wie sie explodiert und sinkt, kommt Peter nicht raus aus der Kajüte. Er ertrinkt in der Spree. Und niemand wird gefaßt, niemandem kann etwas nachgewiesen werden; ich liebe diesen Knast. Das Böswillige tritt einem hier wenigstens offen entgegen. Wenigstens wirkt hier das Gierige, ohne sich zu verbergen. Selbst das Scheinheilige ist nicht ohne Klarheit.

—

Jemand, erfahre ich von Matti, wolle mich sprechen. Ein Journalist namens Marsell. Er habe wohl mehrmals versucht, mich auf meinem Handy zu erreichen, also auf meinem alten, legalen, vergeblich. Darum habe er sich im Schiffsrestaurant gemeldet, offenbar im Wissen um unsere Verwandtschaft. Fragend klingt Matti, skeptisch. Braucht er aber nicht zu sein. Marsell ist in Ordnung. Eigentlich müßte er ihn kennen, denn Marsell betreibt einen vielgelesenen Blog. Nur liest Matti ja kaum noch, in diesem Moment geht es mir auf. Er schuftet, wie einst Willy geschuftet hatte, die Ereignisse ziehen an ihm vorbei, und er, wenn man's recht bedenkt, bleibt hinter ihnen zurück; und so auch hinter mir?

Mitleid erfaßt mich, aber auch Freude, und aus mir sprudelt heraus, Marsell würde dir gefallen. Ich kenne ihn schon seit meiner Zeit als Autorenförderer. Da ist er mir übern Weg gelaufen. Er recherchierte für eine Serie über den Literaturbetrieb, er arbeitete bei einer großen Zeitung. Aber die hat er dann verlassen. Er hielt das zunehmend Stromlinienförmige nicht mehr aus. Aber was erzähle ich! Schau dir am besten seinen Blog an, Matti, gib *Neustes Deutschland* ein, und du wirst dich festlesen – also nur wenn du Zeit hast natürlich.

Nun ist unser Gespräch beendet, und ich liege im Bett und überlege: Gewiß will Marsell über mich schreiben. Will erfahren, was ich habe sagen wollen mit meiner Maske und was ich denke über die mir nacheifernden Maskierten. Das läsen dann bis zu siebenhunderttausend Leute, so viele Klicks hat das *Neuste Deutschland* pro Tag. Aber will ich das? Ich vertraue ihm vollkommen, keine Fage, meistens schreibt er mir aus der Seele. Nur muß ich mal strategisch vorgehen. Ich will hier raus. Ich will, daß mein Fall endlich verhandelt und meine Unschuld festgestellt wird, das ist mein oberstes Bestreben, und kann mir da vielleicht ein Artikel in einem *irreführenden* – richtig, das einstige Prädikat *umstritten* ist landesweit ersetzt, Genja sagt, ist warnverrötlicht worden – also kann mir ein sicherlich großartiger Artikel in einem staatlicherseits derart denunzierten Blog nützen?

Er kann mir nur schaden. Ich brauche nur an den Kellner aus dem Hinterzimmer der Macht zu denken. Nominell ist es das Hinterzimmer eines noblen Restaurants. Dort traf sich, bis es vor zwei

Monaten herauskam, regelmäßig eine Dreierrunde, bestehend aus Bundeskanzler, Justizministerin und Verfassungsgerichtspräsidentin. Sie betraten das Hinterzimmer durch einen Hintereingang und waren während ihrer Gespräche dank zugezogener schwerer samtener Vorhänge von draußen nicht erkennbar und nicht einmal ahnbar. Manchmal saß sogar das gesamte Verfassungsgericht mit den Politikern. Oder auch die Vorsitzende des Richterbundes. Fête de la Justice hießen diese geheimen Zusammenkünfte bei den ausgewählten, erprobten, zu Stillschweigen verpflichteten drei Kellnern, um ebenfalls drei handelte es sich. Und einer hat doch geplaudert. Einen widerten die Feten zu sehr an. Mehr als die Feten eigentlich noch die üblichen und, wie er besser als jeder sonst wußte, grotesken offiziellen Statements des Kanzlers und seiner Minister. Jedesmal, wenn er eines hörte, erfaßte ihn der Zorn. Und so lud er, nachdem die deutsche Regierung wieder einmal bei einer ausländischen mit Aplomb die Unabhängigkeit der dortigen Justiz angemahnt hatte, Marsell und zwei weitere Betreiber alternativer Blogs in genau jenes Zimmer. Er erzählte, wer wo zu sitzen und wer was zu trinken pflegte, das war natürlich vergleichsweise unwichtig. Es ging um die Kollaboration an sich. Um das Schweigen, das in der Runde einsetzte, sobald ein Kellner erschien, der Kellner sagte, es sei bei weitem nicht die einzige politische Runde, die sich in dem Hinterzimmer träfe, doch keine andere hüte sich so davor, auch nur ein Wort in die Gehörgänge des Personals dringen zu lassen. Keine andere ähnele dann auch von der Mimik her so den Verbrecherbanden in alten Filmen, in den Szenen, da ein Ungebetener in ihre Verschwörung platzt und sie für die Zeit seines lästigen Aufenthalts Zigarrenrauch in die Luft blasen und den schweren Spindeln mit schmalen Augen hinterherschauen, heute selbstverständlich kein Rauch mehr. Aber die gleichen Sehschlitze.

Nach dem Erscheinen der Geschichte über die regelmäßigen Unterweisungen der Vertreter der Justizorgane durch die obersten Politiker schrieben einige Leser, es sei ungeheuerlich, was geschehe. Das Land werde ja immer despotischer und gewissenloser regiert, niemals hätten sie sich vorstellen können, daß es einmal zu solchen *Verfassungszertrümmerungen* käme. Über jenes Erschrecken war ich längst hinaus. Die Mehrheit der Leser der Blogs ebenfalls. Fast jeder von uns weiß Bescheid und tut, was er tun muß. Der Kellner flog rechtzeitig vor Erscheinen des Textes nach Südamerika, oneway. Marsell richtete sich in der Gewißheit, sein hiesiges Konto werde ihm gesperrt, eines in Serbien ein, und ich für meinen Teil überlege, ihm gegen meinen ersten Impuls doch Rede und Antwort zu stehen, denn wenn man, und sei es unwissentlich, einmal angefangen hat, mit der Macht zu spielen, sollte man die Sache auch zu Ende bringen und dies sogar mit dem größten Optimismus tun – aber ja, die Macht ist nun schon ohne Hinterzimmer, und ich bin schon von ihr inhaftiert, wem also kann noch richtig was passieren, und wem im Grunde nichts mehr, na?

2. November

Zu Matti nochmal: Er rennt jetzt immer ins Stadion zu der Fußballmannschaft, zu der mein Nacktarsch gehörte. Peter Schott hatte ihn einmal mitgenommen, folgenlos, wie es schien, Matti interessierte sich einfach nicht für Fußball. Solange Peter lebte, ging er nicht wieder hin. Aber dann, nach Peters Tod! Bald hatte er sogar eine Dauerkarte. Seine typische Unbedingtheit, meinte ich damals, ganz oder gar nicht, alles oder nichts. Er redete mit mir auch nicht darüber. Ich dachte, er hält mich wieder mal für nicht würdig. Aber Matti erklärte auch seiner Fau so gut wie nichts. Er sagte zu Catherine nur, allein schon die Hymne ... Und verstummte. Daraufhin guckte beziehungsweise hörte sie sich die Hymne auf Youtube an. Das ganze Stadion singt in einer ungeheuren Lautstärke, und bei zwei Zeilen wird es geradezu ohrenbetäubend, nämlich bei: Es! kann nur einen geben, wir! werden ewig leben! Ich zog es mir auch rein und vermutete wie Catherine, es wäre die Wucht, die ihn, den charakterlich Wuchtigen, in ihren Bann zog. Erst als Trauerredner begriff ich das eigentlich doch Naheliegende: Diese von allen gesungene Hymne, sie muß für ihn wie ein Requiem gewesen sein. Eine Totenmesse zu Peter Schotts Ehren. Und das ist sie noch immer, Matti geht ja zu jedem Spiel. Vielleicht gefällt ihm mittlerweile auch das Spiel, ich weiß nicht. Ich weiß nur, alle zwei Wochen bringt er sich in diesem Stadion mit seinem nun schon lange toten Freund zusammen, ich wette, stumm steht er da. Läßt sich vom monumentalen Gesang umrauschen wie von gewaltigen Orgelklängen. Ja, mag er auch immer vorwärtsdrängen und mag er auch fähig sein, jeden Zurückbleibenden mit einer Beleidigung zu überziehen – zugleich ist er der größten Weichheit und der andauerndsten Treue fähig. Mein Bruder, behaupte ich, ist die treueste Seele, die herumgeht auf Erden.

Eine treuere noch als ich? Gewiß. Wenn ich es einmal bedenke, ist meine frühere Treue ja nicht zuletzt eine Folge versteckter Bange gewesen. Wer sich von jemandem trennt, muß immer damit rechnen, für denjenigen zum Feind zu werden, und ich vertrug keine Feindschaft. Matti schon. Wem er treu ist, dem ist er aus Liebe treu, nicht aus Vorsicht.

Aber sie ist abgelegt, meine Vorsicht. Ein Satz schießt mir durch den Kopf, von dem mir wieder nicht der Autor einfällt, sei's drum, er lautet: Da ich niemals mit mir im Reinen war, habe ich verzweifelt versucht, mit den anderen im Frieden zu leben. Und genauso eine halbe Ewigkeit ich, Erik Werchow. Nur daß sich bei mir die Sache dann umdrehte: Als ich endlich mit mir im Reinen war, konnte ich aufhören, mit den anderen im Frieden leben zu wollen.

Oder nochmal umgedreht: Als ich aufhörte, mit den anderen im Frieden leben zu wollen, kam ich endlich mit mir ins Reine.

–

Marsell geht nicht an sein Handy, dafür hat mir Britta ein Video geschickt. Meine wunderbare Schwester! Überrascht mich mal wieder, denn in dem Video ist sie selber zu sehen, und zwar mit einer Maske, wie ich sie getragen habe. Mit wirklich genau so einer! Sie ist also gleichfalls beim Maskenbildner gewesen und hat gleichfalls weder Kosten noch Mühen gescheut, und das mit keiner anderen Absicht als der, mich zu erfreuen, ich sehe es ihr an. Sie ist selber voller Freude, als sie sich die Maske vom Gesicht zieht. Meine Schwester strahlt wie ein Honigkuchenpferd, wölbt die Lippen wie damals, als sie mich aufforderte, es endlich auch zu tun, hebt den Daumen, strahlt abermals und winkt in die Kamera; zu potentiell jedem, der das Video sieht? Zu jedem, und doch einzig und allein zu mir.

Unter ihr Video hat sie noch etwas geschrieben: Paß auf, Bruderherz, Du schlackerst mit den Ohren, wenn Du hörst, was bei Deinem Maskenbildner los ist. Der kann sich vor Aufträgen kaum retten. Auf einmal wollen unglaublich viele Leute eine Eigenmaske. Auch von seinen Kollegen, er sagt, die Branche sei ausgebucht. Erst wollte er mich wieder wegschicken, da hab ich gesagt, ist ja ideal für Sie alle, wenn das gerade dermaßen abgeht. Nur für mich ist es schade, daß ich deswegen sozusagen durch den Rost falle, wo ich doch die Schwester vom Urheber bin. Sie sind die Schwester von Erik Werchow? Ich nicke und merke, wie es in seinem Gehirn zu rattern anfängt und er sich denkt, kann ja jede behaupten, gibt viele ausgebuffte Ladys in der Stadt. Drum sage ich, kann Ihnen gern meinen Ausweis zeigen, da winkt er ab. Herzlich wird er, bereitwillig. Stell Dir vor, noch am selben Tag hat er mich mit dem Abguß drangenommen! Und auch bei der Anfertigung der Maske hat er mich dann vorgezogen. Siehst Du mal, Bruderherz, ich bin jetzt privilegiert, als Deine Schwester. Ich bin riesig stolz auf Dich! Ich rufe Dir zu, laß Dich nicht unterkriegen, halte durch und vergiß nie, was Du für ein Vorbild für die Menschen bist. Bestimmt und ganz sicher kommst Du bald raus! Das sagt mir nämlich mein Bauch, und mein Bauch hat immer recht!

Da muß ich lauthals lachen. Von wegen ihr Bauch hat immer recht. Bei jedem zweiten Mann, mit dem sie zusammengewesen ist, hat er sich geirrt. Aber trotzdem ist es schön, daß sie sowas sagt, trotzdem! Man muß nur eine Zeile von ihr lesen, und gleich ist man so beschwingt wie sie und schreibt ihr das auch: Britta, mir ist ganz herrlich. Weil ich nämlich Dein Bruder bin. Bin ich gerade so froh, das glaubst Du gar nicht!

–

Welch Umschwung. Welch beschwerliche Aufgabe, mich in der Stimmung, in der ich bin, zurückzuversetzen in die Zeit nach der Trauerrednerei. Damals hatte ich nichts mehr. Keine Tätigkeit und keine Idee, was sich noch anstellen ließe im Leben. Sicher, ich konnte in den Spiegel schauen. Ich hatte nichts falsch gemacht, im Gegenteil, meine Entscheidungen würde ich genau so wieder treffen, doch was besagte das schon? Wen oder was sah ich denn im Spiegel? Ein bekümmertes Gesicht. Eine gebeugte Gestalt. Eine geschlagene Figur. Ich blickte mich an und dachte, das ist nicht im berühmten Spiegelsprichwort enthalten. Daß anständiges Handeln einen zwar stolz, aber auch unglücklich und sogar düster machen kann. Richtiges kann in die Ausweglosigkeit führen, und zwar gerade weil es das Richtige ist. Wäre es nur das Falsche! Dann gäbe es noch einmal eine Alternative.

In der Folge tat ich, ohne daß ich es begriffen hätte, nichts anderes als all meine Verstorbenen, nur daß ich mich mit Carla nicht in irgendeinen Bus setzte, sondern in die Bahn oder ins Auto. Es war nicht schlecht. Auf eigene Faust zu reisen, heißt doch wohl, daß man noch eine Faust hat, oder? Aber das ist auch ein heutiger Gedanke von mir. Und zu der Tatsache, daß wir meist nur Tagesausflüge unternahmen, um uns in dieser lange nicht besuchten Stadt eine Ausstellung und in jenem uns noch unbekannten Sprengsel eine Kirche anzuschauen, gibt es meinerseits gar keinen Gedanken – oder doch? Ich, und mit mir Carla, wir trugen nach wie vor keine Uhr. Wir entschieden immer noch kurzfristig. Wir hatten weiterhin das Gefühl, wie von selbst an den jeweils richtigen Ort zu gelangen; was ich damit vielleicht sagen will: Desillusionierung muß nicht gleich Desorientierung sein.

Nun bin ich in der Stimmung von damals, und ich kann – hoffentlich – alles so notieren, wie es sich zugetragen hat. Einmal fuhren wir mit dem Zug nach Rostock, wegen der erstklassigen Kunsthalle dort. Der Zug war fast leer. Auch der Bahnsteig bei unserer Ankunft. Nur eine Gruppe junger Leute stand vor der Treppe zur Unterführung, dies freilich mit erwartungsvoll glühenden Gesichtern, wir sahen es durchs Türfenster. Wir öffneten die Tür, und einige aus der Gruppe zuckten nach vorn. Schwangen, als wir Unbekannte uns zeigten, wieder zurück. Langsam gingen wir zur Treppe, guckten währenddessen zum Zug, wer uns da wohl noch folgen würde. Für wen dieses aufgeregte Empfangskomitee wohl war. Im Zug jedoch befand sich kaum noch jemand. Manche Tür blieb gar geschlossen. Die jungen Leute nahmen es erkennbar enttäuscht auf, und als wir sie passierten, fixierten sie uns mit Blicken, in denen eine Art Ungnade, etwas Abschätziges, wenn nicht Feindseliges lag, was hatten sie? Machten sie etwa uns dafür verantwortlich, daß ihr Trupp nicht in dem Zug gesessen hatte? Komisch, sagte ich zu Carla, als wir die Treppe hinabstiegen, Carla zuckte mit den Schultern. Wir bogen in die Unterführung und sahen in langer Reihe Tische stehen, Tapeziertische wohl, auf denen sich die verschiedensten Sachen häuften. Kleidung, Spielzeug, Nahrung, auch Klimbim, alles im Überfluß, und alles verwaist. Für die Flüchtlinge aus Budapest, Carla und ich begriffen es im selben Moment. Einige von ihnen sollten demnach hierher kommen, auf sie wurde oben auf dem Bahnsteig so gespannt gewartet, so war das! Wir gingen zwischen den fünfzig oder sechzig Meter langen Tafeln hindurch, und ich dachte die ganze Zeit, während ich die aufgetürmten Sachen sah und nicht sah, was für ein Blick nur. Was für ein Abwehrgeschoß auf einmal.

Es blieb mir im Körper stecken. Keine Verwundung, wir wollen nicht dramatisieren. Eher unwillkürliche Speicherung. Ob ich wollte oder nicht, immer wenn etwas neues Ungehöriges, Militantes passierte in den darauffolgenden Jahren der Abweisung einerseits und der Zuwendung andererseits, in den Jahren des Aufbegehrens, Zündelns und Gezüchtigtwerdens hier und des Haltungzeigens und Parolensingens da, in den Jahren der sogenannten Spaltung unserer Gesellschaft, erinnerte ich mich jenes Blickes vom Bahnhof.

Sogenannte? War und ist es etwa keine? Doch. Ist bekanntlich längst mehr als das, ist mittlerweile die nächste Phase, ich mag nur nicht im selben Tonfall wie die reden, die jenes Auseinanderbrechen dann so heftig wie wehleidig beklagten. Ich versuche, mich von ihnen zu distanzieren. Es sind die Auslöser der Spaltung, ich habe nichts mit ihnen zu schaffen. Ich bin mit Carla an den Tapeziertischen vorbeigewandert, und wir haben uns die aktuelle Ausstellung angesehen, Triegel, wenn ich mich recht entsinne, und dann sind wir vorwiegend schweigend zurückgefahren und nach Hause gegangen.

An die jungen Leute auf dem Bahnsteig und ihre geringschätzigen Blicke mußte ich zum Beispiel denken, als wenige Wochen später ein hessischer Regierungspräsident Einheimischen, die keine Flüchtlingsunterkunft bei sich im Ort wollten, beschied, wer die Werte, die im Lande vermittelt würden, nicht vertrete, könne jederzeit das Land verlassen, das sei die Freiheit jedes Deutschen. Im Grunde verwies er die eigenen, ihm nicht folgenden Leute des Raumes, in dem sie wie er von Geburt an lebten. Ich bin kein Hellseher, ich hatte nicht gedacht, der Mann könnte einmal ermordet werden, aber an eine Tragödie dachte ich schon, an eine alte griechische: Dieser Politiker, hat er nicht was von Laios, der gerade seinen Sohn Ödipus verstößt? Ist, was sich vor unseren Augen gerade abspielt, nicht eine moderne Variation dieses wahrhaft mythischen Dramas? Man weist als Vater nicht den Söhnen die Tür, es führt nur zu dauerhafter Fehde. Damals hätte in unserer sich selbst preisenden Demokratie offen und ehrlich über Worte wie die des Hessen diskutiert werden müssen, aber das blieb aus. Dazu war diese Demokratie nicht imstande. Sie war zu fest dafür, nicht im Sinne von gefestigt, sondern im Sinne von zu starr. Also längst zu schwach. Nach dem Tod des Mannes, nach dem fürchterlichen Auftritt des neuesten Ödipus, der seinen Laios ermordete, verbot es sich dann von selbst: Pietät. Raum und Zeit fürs Angedenken. Blumen und Stille.

Längst zu schwach? Besser ist's zu schreiben, *schon* zu schwach. All die Jahre seit der Wende hatte sie es leicht gehabt. Der Osten drängte enthusiastisch in sie hinein, der Westen ging in ihr seinem geregelten Tagwerk nach. Wäre sie ein Mensch, könnte man sagen, dem schien die Sonne ausm Arsch. Und dann aber plötzlich: die besondere historische Situation! Die erste ernsthafte Bewährungsprobe! Und schon zeigte sie sich überfordert. Schon erwies sich, sie ließ handfesten Streit nicht zu. Unliebsame Wahrheiten wurden aus dem öffentlichen Diskurs, der somit keiner mehr war, verbannt. Parlamentarische Grundsatzdebatten wurden vermieden. Kritiker wurden zu Gegnern gestempelt. Wer nicht allgütig war, war ein Rassist, es war die Zeit *meines* Erschreckens. Zugleich auch die des Brustreckens: Ihr aus dem Westen, die ihr nichts anderes kennt als die Demokratie, ihr beschimpft uns aus dem Osten, wir kennten sie zu wenig, wir hätten noch jede Menge Nachholbedarf? Weil aus unseren Reihen mehr Widerworte kommen? Hört mal, ich lese viel gerade, denn ich hab Zeit, und ich kann nicht jeden Tag Ausflüge machen, ich hab einiges von den Urdemokraten aus Amerika gelesen, Washington, Jefferson, Madison, die drei Ons, wie ich sie bei mir nenne. Weil ich gucken wollte, was der Ausgangspunkt war, ich behaupte, ihr habt nicht geguckt. Sonst würdet ihr euch anders verhalten, nehmen wir Jefferson. Rebellion, hat er gesagt, gehöre zu den unveräußerlichen Menschenrechten, und, noch deutlicher: Gott möge die Demokratie davor bewahren, zwanzig Jahre ohne Aufstand zu bleiben. Das war Jefferson. Später ist er, sind sie alle zahmer geworden, aber soweit der Ursprung. Auseinandersetzung. Nicht Bewahren der Freiheit, sondern fortwährendes Infragestellen und Neuerlangen. Und nun ihr! Ihr kriegt schon

Schnappatmung, wenn ein paar Bürger rufen, daß die Kanzlerin weg soll. Drei Worte von dreihundert Menschen, und ihr ertragt es nicht. Für euch sind schon diese legitimen Worte illegitime und diese wenigen Menschen zu viele. Der Punkt ist, ihr, die ihr *die Werte der Demokratie* ständig im Munde führt, nehmt sie nicht ernst. Der Osten nimmt sie ernster. Errungenschaft heißt, man hat etwas errungen, das fehlt euch. Die Verinnerlichung, die damit einhergeht. Darum seid in Wahrheit ihr die Kenntnisarmen, um nicht zu sagen, die Rückständigen. Man hat euch beschenkt mit der Demokratie, genauer gesagt, man hat sie euch übergeholfen, dagegen ist nichts einzuwenden, nur ward ihr nie die Handelnden, nie die Rebellierenden, darin liegt euer Fluch. Daß ihr mit den immer neu Handelnden, Streitenden, Aufmuckenden nicht zurechtkommt und ihr euch in der Tiefe der Seele sogar vor ihnen ängstigt. Schon klar, ihr dachtet, ihr hättet verinnerlicht, womit ihr beglückt worden seid, ihr denkt es noch heute. Aber man kann ein Geschenk nicht verinnerlichen. Man kann nur alle Welt darauf hinweisen, es in Besitz zu haben, das tut ihr reflex- und formelartig, und das, Tschuldigung, findet der Osten hohl, im Endeffekt ist der Unterschied zwischen euch und uns der zwischen Behauptung und Erfahrung.

Übrigens war es auch mein Fluch. Ich war nicht dabei, als gehandelt wurde, aber dann ging ich, scheinbar einem Spleen folgend, mit der Maske auf die Straße; langsam, im fortschreitenden Notieren, begreife ich warum, und warum, und warum.

Noch ein übrigens, zum Wort allgütig. Es ist mir aus der Feder geflossen, weil mir während des Notierens eine Buchpassage eingefallen war, sie geht, ich zitiere aus dem Kopf und daher vielleicht nicht ganz exakt, so: Kasseler Weltfreundschaftstag. Allerherzenssympathie zu Jena. Zwischen den Weltkriegen Zwei und

Drei strebten die Deutschen an die Spitze der Humanität und der Allgüte. Der Gebrauch des Wortes Humanitätsduselei kostete 48 Stunden Arrest oder eine entsprechende Geldsumme. Die meisten Deutschen nahmen, was sie unter Humanität und Güte verstanden, auch sehr ernst. Schließlich hatten sie über Jahrhunderte danach gelechzt, geliebt zu werden. Humanität und Güte schienen ihnen jetzt der geeignetste Weg zu diesem Ziel zu sein. Sie fanden ihn sogar bequemer als Heroismus und Rassenlehre – das ist 1946 geschrieben worden. Also 1946 ist es erschienen, geschrieben ist es während des Zweiten Weltkrieges. *Stern der Ungeborenen*, Science-Fiction-Roman, Werfel, da brauche ich nicht nachzuschauen, dickes Buch mit braunem goldbedrucktem Lederrücken, meine Ausgabe jedenfalls.

–

Jetzt habe ich Marsell erreicht. Und in der Tat, er will über mich schreiben. Vor allem, sagt er, wolle er seine Leserschaft darüber informieren, daß ich *Maskenmann* schon seit fast einem Monat im Gefängnis sitze, er, Marsell habe es ja selbst nicht gewußt und erst durch Matti erfahren. Er finde, der Fakt müsse unbedingt an die Öffentlichkeit, und zwar schnell, alles weitere, meine Motive fürs Maskentragen- und abnehmen, meine Gefühle beim Betrachten der rapide sich mehrenden Videos, sei erstmal nachrangig und könne immer noch von ihm beschrieben werden. Jetzt bette es den harten Fakt zu weich. Das verstand ich sofort. Mir gefiel auch das Bild. Ich sagte es ihm, aber Marsell ging nicht darauf ein, er weiß, glaube ich, sehr wohl, was er kann, doch weder spreizt er sich deswegen, noch gibt er sich extra bescheiden, was ja letztlich auch ein Gespreize wäre. Er fragte, ob ich einverstanden sei mit seinem Vorgehen, und stellte mir, nachdem ich bejaht hatte, einige sicherlich schon vorbereitete Fragen zu den Bedingungen hier drinnen, er fragte auf diese oder jene Antwort noch etwas nach und erklärte schließlich, in Ordnung, genüge, dann werde er mal losschreiben. Noch in der Nacht werde der Text im Netz stehen.

Ein wenig bang horche ich dem hinterher, was ich ihm berichtet habe. Alles war so schnell gegangen, Frage, Antwort, nächste Frage, nächste Antwort, es war Marsell, aber selbst wenn *er* es war: Man konnte nicht alles erzählen. Man konnte erzählen, daß in der hiesigen Anstalt ein Insasse den anderen, wenn er dessen Namen nicht wußte, mit *Kollege* ansprach, aber man durfte niemanden der Verbrecherkollegen, eben weil sie sich in strikter Abgrenzung zu Schließern und Außenwelt so nannten, vor der Außenwelt bloßstellen, hatte ich mich daran gehalten? War Ed erkennbar gewesen, als ich auf Marsells Frage nach eventuellen Gewalterfahrungen ein bißchen was hatte gucken lassen? Nein. Einer seiner Handlanger? Auch nicht. Und dazu hatte ich mich gar nicht zwingen müssen! Es war überhaupt keine Zeit zum Abwägen und Maßfinden gewesen – also ist mir die Vorsicht hier schon in Fleisch und Blut übergegangen?

Die Cleverness, du Verbrecherseele, die Cleverness.

Apropos Gewalt: Ich weiß jetzt, warum die Munera nichts sagt. Ich weiß auch, daß es nicht irgendwelche Falten sind, deretwegen sie stets und ständig ihr Halstuch trägt, Genja hat mir eine fürchterliche Geschichte erzählt, die alles erklärt. Die Sache ereignete sich vor etwa einem Jahr hier auf Station. Einer der Araber drehte durch, warum, weiß man nur in seiner Gruppe. Ein Küchenmesser in der einen Hand, packte er mit der anderen Hand urplötzlich Munera und hielt ihr das Messer an den Hals. Dazu schrie er etwas auf Arabisch. Er zitterte auch, nicht vor Angst, vor Wut.

Seine Halsschlagader war so geschwollen, daß schon ein Pieks mit der Stecknadel sie zum Platzen gebracht hätte. Und derart bebend, drückte er die Klinge an Muneras Hals, Munera rann Blut auf die Bluse. Die Araber brüllten ihren Mann an, beschworen ihn auch flüsternd, aber er machte wegwerfende Handbewegungen in ihre Richtung und drückte das Messer stärker gegen Muneras Hals. Munera brachte keinen Ton hervor. Ihre Augen waren angstgeweitet. Kein Blinzelchen, sagt Genja, über Minuten nicht. Inzwischen waren andere Schließer von anderen Stationen herbeigeeilt. Sie bildeten einen Ring um die beiden. Der Araber drehte sich mit der Munera und schlug dabei fortwährend mit dem Fuß aus, nicht näherkommen, befahl er auf die Art, zurück mit euch! Wieviel Zeit war vergangen? Eine Viertelstunde? Zwanzig Minuten? Munera wagte nicht zu schlucken, das Messer, angesetzt zwischen Kehle und Schlagader, ritzte schon zu tief. Der Attentäter war verstummt. Man hörte das Blut auf den Boden tropfen, was sollte geschehen? Was wollte der Araber? Die Schließer fragten es seine Leute, aber sie wußten es nicht. Er wußte es womöglich selber nicht. Nur daß die Munera schon am Verbluten war. Risiko. Zwei Schließer näherten sich ihm von hinten, schnell mußte das gehen, schnell. Einer schob ihm einen Gummiknüppel zwischen Körper und angewinkelten Arm und drückte ihm den Arm ruckartig nach außen, so daß ihm das Messer aus der Hand glitt, im selben Moment packte der andere ihn und riß ihn nach hinten. Munera schlug wie eine Mumie auf den Boden, dumpf, starr. Sie habe immer wenig geredet, sagt Genja, aber seitdem sei sie stumm wie ein Tier in einem Erdenloch. Daß sie überhaupt hier weiterarbeite. Keiner habe es gedacht. Keiner wisse, warum, und mittlerweile frage es auch keiner mehr.

—

Wird langsam zur Gewohnheit, vor dem Einschlafen ohne großes Nachdenken, mit scheinbar selbsttätigen Gliedern, kurz nochmal aus dem Bett zu springen, den Fernseher aufzuschrauben, sich das Handy zu nehmen und den Autorennamen herauszufischen. Bobbio war das heute morgen. Norberto Bobbio.

3. November

Noch eine Stunde bis zum Aufschluß, doch wird schon die Zellentür geöffnet. Aufgerissen wird sie! Ochsenfahrt stürmt herein und erklärt ohne seine sonstigen öligen Ausschweifungen: Im Auftrag der Staatsanwaltschaft beschlagnahme ich Ihre Tagebücher, Herr Werchow. Schon öffnet er meinen Schrank, zieht die linke der zwei Schubladen auf und greift sich meine drei vollgeschriebenen Hefte, er wußte genau, wo sie sich befinden. Umgehend fordert er auch das vierte, das ich halb gefüllt vor mir auf dem Tisch zu liegen habe, er zieht es mir unter der Nase weg. So, stößt er triumphierend aus. Als habe er in einem langen Kampf obsiegt. Ich kann erstmal gar nichts sagen. Hängt die Konfiszierung mit Marsells Text zusammen? Aber der ist schlicht informativ. Aber reicht das nicht schon? Womöglich stört es die Oberen, daß jetzt alle wissen, wo ich stecke; mancher in den Foren hatte schon gefragt, warum ich seit Wochen nicht mehr in Erscheinung träte. Oder, in meinem Gehirn rattert es, der Blogeintrag ist den Oberen noch gar nicht bekannt. In dem Fall kann ihnen nur aufstoßen, daß immer mehr Bürger mir still und ausdrucksvoll nacheifern; will man mich deswegen strafen?

Ochsenfahrt, mit welcher Begründung, frage ich schließlich. Und – hast du überhaupt einen Beschluß? Selbstverständlich habe ich einen Beschluß, antwortet Ochsenfahrt. Er zieht ihn aus der Brusttasche, entfaltet ihn, legt ihn mir dorthin, wo eben noch mein Notizheft gelegen hatte, und streicht bestätigend mit der flachen Hand darüber. *Verhöhnung des Staates*, lese ich, und murmele, die Nachschärfungszeit. Was? fragt Ochsenfahrt. Ich winke ab. Hat ihn nichts anzugehen, wie ich bei mir die drei bis dreieinhalb Jahre nach der Pandemie nenne, in denen schnell und geräuschlos neue Straftatbestände in die Gesetzbücher kamen, der erste hieß *Delegitimierung* des Staates. Er erinnerte mich stark an die *Verächtlichmachung* in meinem früheren Staat, es war nichts anderes. Es war wie Kabeljau und Dorsch, identischer Fisch, nur in verschiedenen Gewässern. Später wurde die *Beeinträchtigung* (der psychischen Gesundheit der Bürger), die *Vergiftung* (des demokratischen Klimas) und eben die *Verhöhnung* hinzugefügt. Wobei ich mich fragte, ob Delegitimierung nicht ausreichend gewesen wäre. Schließlich hatte es einst im Osten auch die Verächtlichmachung getan. Egal jetzt, egal, ich frage Ochsenfahrt, wo und wie ich den Staat verhöhnt hätte. Herr Werchow, ich bitte Sie! Das können Sie sich wohl denken, daß ich Ihnen hierzu keine Auskunft geben kann. Wer bin ich denn? Überlegen Sie nur, Herr Werchow, ich bin hier Wärter. Und wenn Ihnen der Wärter sagt, er kann Ihnen keine Auskunft geben, will er damit nicht andeuten, daß er nicht darf, sondern daß er, genau wie er sagt, nicht kann. Er weiß nämlich nichts. Woher sollte er auch? Ist er etwa der Staatsanwalt? Sagen Sie selbst, Herr Werchow, bin ich der Staatsanwalt? Ich stöhne auf. Ochsenfahrts nun wieder lakaienhaft verschlagene Art bereitet mir geradezu körperliche Schmerzen, ich möchte, daß er sofort verschwindet, aber – was haben eigentlich meine Notizen mit dem Vorwurf der Staatsverhöhnung zu tun? Überhaupt, sie sind zutiefst privat! Ochsenfahrt, das sind *meine* Aufzeichnungen, die gehen niemanden was an! Kaum ist es aus mir herausgeplatzt, weiß ich, es ist Unfug. Ich bin alles andere als clever.

Genüßlich sagt Ochsenfahrt, jetzt enttäuschen Sie mich aber. Ich dachte wirklich, der Herr Werchow ist klug, der wird schon verstehen, daß seine Aufzeichnungen nicht mehr nur ihm gehören. Nun, richtig auseinandersetzen kann Ihnen das natürlich auch nur wieder der Staatsanwalt, als Wärter, ich wiederhole mich, bin ich dazu nicht imstande. Ich kann Ihnen höchstens meine unbedeutenden Gedankengänge mitteilen, eigentlich ist es nur ein Gang, soll ich? Mögen Sie? Der Herr Werchow, denke ich mir, hat sich ja mit seiner Maske nicht im Privaten betätigt, sondern in der Öffentlichkeit, also hat die Öffentlichkeit auch ein Anrecht auf seine, wie er glaubt, privaten Aufzeichnungen. Dazu legt Ochsenfahrt den Kopf schief, beschreibt mit dem Zeigefinger kleine Kreise an der Schläfe und flüstert, capito? Welch verquere Verquickung. Danach verlöre jeder, der sich in die Öffentlichkeit wagt, automatisch sein Recht auf Privatheit; wozu darauf eingehen. Wozu mit dem Mann diskutieren. In Ordnung, sage ich mit dumpfer Stimme, dann möchte ich wenigstens einen Beleg dafür, daß du meine Hefte mitnimmst. Woraufhin Ochsensfahrt einen Schmollmund zieht. Sagen Sie nicht wenigstens, Herr Werchow, ich bitte Sie. Das klingt ja so, als hätte ich Ihnen was angetan. Aber das habe ich nicht. Oder habe ich etwa? Ochsenfahrt tritt nahe an mich heran. Sein liebdienerischer, lauernder Gesichtsausdruck weicht einem offen haßerfüllten. Seine Nasenspitze berührt fast die meine. Knilch, zischt er. Idiotische Larve. Kannst von Glück reden, daß du hier bist. Gehörst in eine ganz andere Anstalt. *Hotel California*, falls du verstehst. Bis du abnippelst. Erst dann würd ich dich rauslassen. Ochsenfahrt tritt wieder zurück. Greift in die Brusttasche und holt das Papier hervor, entfaltet es aber nicht. Knallt es mir auf den Tisch, so daß ein Geräusch wie von einer Fliegenklatsche ertönt, und geht.

Das schreibe ich in Heft Numero fünf. Sofort als er aus der Zelle war, habe ich über ihn geschrieben, habe geschrieben, um ihn abzuschütteln und fortzuweisen, und jetzt schreibe ich gleich weiter, weil ich noch nicht fertig bin mit der Geschichte, die mich in dieses unselige Gefängnis gebracht hat, und weil ich den Ermittlern, die nun alles von mir lesen werden, weil ich denen sagen will, es macht mir nichts. Es ändert nichts für mich. Gruß an Euch, und pickt Euch ruhig raus, wovon Ihr denkt, daß es Euch nützt, ich schade mir nicht, wenn ich es trotzdem schreibe. Schaden täte ich mir nur, wenn ich Euretwegen jetzt aufhören würde.

Doch, es ändert was. Werd nicht unüberlegt vor lauter Starkbleiben, denk logisch. Sobald sie von deinem Handy gelesen haben, werden sie hereinstürmen und es aus dem Fernseher ziehen, und du wirst, zum Beispiel, nicht mehr mit Marsell telefonieren können. Du kommst auch nicht mehr ins Netz. Und das jetzt, wo draußen soviel passiert; ich muß Dreisinger anrufen. Muß ihn unbedingt erreichen in seinem Urlaub, in dem er immer noch ist, Dreisinger soll wissen, daß meine Hefte eingezogen worden sind und mein Handy eingezogen werden wird, und vor allem soll er wissen, daß es einen neuen Tatvorwurf gibt, den der Staatsverhöhnung. Vom Gummiknüppel ist ja kaum noch die Rede! Was bedeutet das für uns? Was müssen wir tun? Beschwerde einlegen gegen die Konfiszierung? Auf sofortige Rückgabe der Hefte dringen? Und weiter, wie werden sich die neuesten Entwicklungen auf die doch wohl immer noch nicht verfaßte Anklage auswirken? Verschärfend, oder? Für wann erwartet er nun überhaupt die Anklage? Wie lange kann man hier in dieser staatlichen Einrichtung eigentlich festgehalten werden, ohne daß eine erfolgt? Das alles ist zu erfragen respektive zu beratschlagen, und zwar schnell, jetzt werden mir die Konsequenzen aus dem Besuch des Handlangers Ochsenfahrt in meiner Zelle erst vollends klar.

Allerdings ist Dreisingers Handy aus. Dreisinger hatte ja auch gesagt, er schalte es nur am Abend zum Abhören eventuell eingegangener Nachrichten an. So spreche ich ihm drauf, er möge sich bitte bereithalten, Punkt 22 Uhr würde ich mich noch einmal melden, es sei wichtig. Und weil ich vermute, er in seinem sonnigen Süden fühle sich wie überfallen durch mich und meine strikte Ankündigung, schiebe ich nach, ich weiß, im Urlaub ist nichts wichtig. Aber trotzdem. Mein lieber Anwalt, es wäre schön, wenn wir nachher kurz reden könnten.

–

Aus der Distanz heraus nochmal zur Nachschärfungszeit: Das heute viel Sichtbarere, das hier, und da, und dort ungehemmt Totalitäre bediente sich damals noch gezielt des Dehnbaren, Schwammigen. Das planvoll Schwammige war das erste grundlegend Totalitäre, denn es entgrenzte. Es eröffnete dem Totalitären unheimliche Spielräume, und es eröffnete sie auch, weil es auf den Bürger langweilend und ermüdend wirkte – ist aber alles unkonkret, gähnte der, und wähnte sich in Sicherheit, dabei war das Konkrete schon überall. Das Totalitäre war längst um ihn.

Distanz! Sie ist wie ein universell verwendbares Kleidungsstück, wärmend an kühlen Tagen, kühlend an warmen, heute mache ich mir das zunutze. Doch vor mehr als einem Jahrzehnt hatte ich sie noch nicht. Ich rückte sogar immer näher ans aktuelle Geschehen heran. Gar nicht mehr los kam ich von dem. Ein ungutes Hineinsaugen war das, eine ebenso freiwillige wie zwanghafte Beschäftigung. Kein einzelner meiner Gedanken erscheint mir heute ungut oder verkehrt, nur ihr fortwährendes Fixieren im Schädel, wo es immer enger und stickiger wurde, wo kein Raum mehr blieb fürs Gedichtleserinlächeln, fürs Angelschnurblitzen, fürs Wildgansgrünen, fürs wunderbare Leben – Beispiel?

Weil ich vorhin von den drei Worten und den dreihundert Leuten schrieb, mein Beispiel geht los mit der damaligen Bundeskanzlerin. Die Medien feierten sie. Sie und ihren Schaffenssatz. Sich und die Allgüte. Sie schrieben, die Kanzlerin, die Wissenschaftlerin, denke vom Ende her, das hatten sie immer geschrieben. Aber stimmte es auch? Hatte die Kanzlerin nicht anderthalb Monate vor ihrem Satz des Schaffens genauso klar und unmißverständlich einen Satz des Nichtschaffens gesagt? Dem Flüchtlingsmädchen, dem wirklich guten, dem absolut integrierten, dem grundsympathischen direkt ins Gesicht? Auch in Rostock war das, zufälligerweise. Das Mädchen heißt Reem. Sie sprechen, ich weiß es noch, denn ich inhalierte damals selbst die unwichtigsten Daten, am 17. Juli miteinander. An jenem Tag bescheidet die Kanzlerin dem armen Mädchen, das mit seiner Familie vor der Abschiebung steht, sachlich und kühl: Wenn wir jetzt sagen, ihr könnt alle kommen, das können wir auch nicht schaffen. Daraufhin beginnt es zu weinen. Ein Shitstorm trifft die Kanzlerin. Es lohnt, das verbrämende englische Wort durchs deutsche zu ersetzen, Scheißesturm. Die Scheiße klebt ihr an den Kleidern. Der Gestank umhüllt ihre Person. Dann freilich, am 31. August, Daten sind nicht unwichtig, Psychologie ist es schon gar nicht, am 31. 8. erklärt sie genau das Gegenteil von dem, was sie am 17. 7. erklärt hatte, der Zusammenhang ist ein zu deutlicher, als daß er übersehen werden könnte. Nur wird er in der Öffentlichkeit konsequent beschwiegen. Nicht einmal gedacht wird er. Buchstäblich nicht in Frage kommt es, daß der gewaltige Schaffenssatz und die umwälzende Einlaßbewegung, die er beglaubigt und noch verstärkt, ihren Ursprung im Wunsch nach individueller Reinwaschung haben könnte. Viel zu trivial wäre das. Viel zu enttäuschend. Auch demaskierend. Weil, dann wäre die Politikerin, die vor langer Zeit einmal als Wissenschaftlerin gearbeitet hat, ja nur vor dem Sturm geflüchtet. Dann hätte sie nichts, aber auch gar nichts vom Ende her gedacht. Es wird aber weiter behauptet. Nachgeplappert wird es; Kant ist auch nie aus Königsberg herausgekommen, obwohl er Hauslehrer beim Pfarrer Andersch in der Nähe von Gumbinnen und später auf dem Schloß der Keyserlings war, natürlich kein Vergleich zwischen ihm und ihr. Nur der Beginn meiner damaligen Assoziationskette.

Lustig war damals Carla. Sie sagte, als ich mich so mit den Beweggründen der Frau auseinandersetzte, die folgt einem ganz anderen Plan. Welchem, fragte ich. Dem ihrer Auftraggeber. Welcher Auftraggeber? Derer, die sie schon immer hatte. Sie ist noch für unseren alten Staat unterwegs. Oder warum, glaubst du, bringt sie hier jetzt soviel wie möglich durcheinander? Carla blickte mich eindringlich an, und ich erschrak, denn sofort hatte ich ihre früheren Verstiegenheiten im Kopf. Die Gott sei Dank niemals vollständig von ihr Besitz ergriffen hatten! Ein leicht verschmitztes Lächeln huschte über ihr Gesicht, ganz kurz nur, aber das genügte, das genügte mir, ich holte tief Luft und blies sie in einem Zug aus, phuuu.

Unser alter Staat. Das war mein Leben, hat die Kanzlerin dem französischen Präsidenten dazugeschrieben, als sie ihm den Stasischinken des nach Hollywood schielenden Regisseurs geschenkt hat, ich schrie fast auf: dein Leben? Bist du von der *Firma* in dunkler Nacht in einen Pritschenwagen gestoßen worden? Bist du so ohnmächtig gewesen, wie es tatsächlich einige waren, das waren die Widerständler, aber du? Warst du nicht brav zum Sprachkurs und zum Jugendaustausch in der Sowjetunion? Durftest du nicht sogar in den Westen reisen? Ich erzähl dir mal was von mir. Ich durfte, wie die große Masse, erst am 9. November rüber. Aber ich war schon vor der Masse drüben, am Morgen, denn es war eine Dienstreise, meine erste in diese Himmelsrichtung. Wobei man Reise kaum sagen kann. Ein Tag Westberlin, um unsere großflächige, dorthin zielende Werbung an unseren hinter der Mauer aufragenden Hausgiebeln zu überprüfen. Ob vielleicht die Farbe verblichen war. Ob sich Halterungen gelöst hatten. Ich erledigte meine Aufgabe gewissenhaft. Ich war gehorsam wie du. Ich folgte auch der dienstlichen Bestimmung und fand mich rechtzeitig vor Mitternacht wieder am Grenzübergang ein. Natürlich kam ich kaum noch durch. Die Menschenmassen drängten mir entgegen. Innerlich wütete ich gegen sie. Ich hätte sie ohrfeigen mögen für ihr infantiles Strahlen, für ihre lärmende Sektbesoffenheit, für all das, wozu ich gerade nicht imstande war. Von verständnislosen Blicken gestreift, bahnte ich mir mühsam den Weg zurück, würdest du von so etwas erzählen? Mußt du nicht. Erzähle ich auch nur hier im Tagebuch. Man kann Sachen beschweigen, wenn sie mit zuviel Scham verbunden sind, aber man soll die Sachen im Nachhinein nicht umdrehen, nur weil's günstig für einen ist. Es wird dann immer Menschen geben, die einen mit prüfenden Augen ansehen, Ostaugen in Ihrem Fall, Frau Bundeskanzlerin. Man weiß hier, *was Phase war*. Sie hätten es dem Westen erzählen können. Ambivalenzen und Differenzierungen. Aufklärung von oberster Stelle. Aber Sie meinten, sich mit dem Pritschenwagen in Verbindung bringen zu müssen, und das hat ja auch funktioniert, drüben in Amerika gab es vom Präsidenten die große Freiheitsmedaille – dieser Präsident! Saß ich mit Carla vor dem Fernseher und tauchte er darin auf, wurde ihm, dem ersten Schwarzen im Amt, wieder gehuldigt, verwies ich umgehend auf seine Dienstage, immer an Dienstagen genehmigte er Tötungen durch Drohnen. Befahl er sie qua Amt. Wiederum hatte ich Zahlen parat. Weißt du, fragte ich Carla, wie viele Zivilisten von,

Moment, ich glaube, von Zwonullzwo bis Zwovierzehn, und nur im Jemen und in Pakistan, ermordet wurden? Tausendeinhundertsiebenundvierzig. Und jetzt hör mal, jetzt die getöteten Terroristen: Einundvierzig. Macht achtundzwanzig Unschuldige auf einen vielleicht – vielleicht – Schuldigen, was würde in unserem Fernsehen gesagt werden, wenn das vom Kreml ausginge? Wenn es der russische Präsident wäre? Verbrecher, würde gerufen werden, Mörder, straft ihn. Und zu Recht würde man es rufen und fordern, zu Recht. Nicht so bei dem Amerikaner. Ihr Hingerissenen, grollte ich in Richtung Fernseher, ihr Blicklosen, ihr Blockfesten, ihr Blockflöten, meßt, verdammt nochmal, alle Menschen an ihren Taten, nicht an ihrer Hautfarbe, meßt alle Staaten an ihren Kriegen, nicht an ihren Versprechungen, so ereiferte ich mich. So wütete ich gegen die, die mich nicht hören konnten, und Carla hörte es sich schweigend an.

Ich wünschte, ich hätte damals schon das Gerät ausgeschaltet. Doch ich unterließ es. Ich war wie im Fieber. Als nächstes ein Bericht aus dem hiesigen Parlament. Irgendwer sprach, und fast alle Abgeordneten des *Hohen Hauses* beschäftigten sich wie gewohnt, wie schon oft gesehen, mit ihren Handys. Nur fiel mir jetzt auf, welch Mißachtung das eigentlich war; des Redners? In Wahrheit des Bürgers. Er hat sie abgeordnet. Ihm schulden sie Aufmerksamkeit. In seinem, meinem Auftrag sollten sie sprechen, in seinem, meinem Auftrag zuhören, ihn, mich ignorierten sie, wenn sie den Redner ignorierten. Und wer war die eifrigste Handytipperin und somit die unverschämteste all dieser Gestalten? Die Kanzlerin; nochmal, ich wüßte nicht einen damaligen Gedanken, den ich heute ablehnen würde, ich weiß nur, auch die klarsten und logischsten einzelnen Gedanken können sich bei ausbleibender Luftzufuhr zu einem Morast verdicken, in dem man keinen Schritt mehr vorwärts kommt und keinen zurück.

Und bitte, auch auf der Straße, auch auf der Straße sah ich damals nur abschreckende Menschen. Potthäßliche. Die zum Beispiel, die im kalten Winter in Halbschuhen, Halbsocken und Hochwasserhosen herumliefen und mir ihre bloßen unförmigen Knöchel und ihre kalkweißen Schienbeinteile zeigten, sowas kam eigentlich als Ochsenschwanz vom Metzger. Oder die jungen und mittelalten Männer mit ihren lächerlichen Schlumpfmützen, bis zu den Eiern hinunter wirkten sie schlaff und ehrlos. Oder die Joggerinnen, die eine Parfümfahne hinter sich herzogen, einmal war der Gestank so penetrant, daß ich anfangen mußte zu husten, und es auch wollte, ich drehte mich um und hustete umso lauter, je weiter die Püppi forttrabte. Oder der einzelne Gesell, der dickliche mit seinen zu engen Brillenbügeln, die vom feisten Schläfenfleisch fast vollständig umschlossen waren. Oder noch ein anderer, dem hingen schleimige krumme Haarbüschel aus der Nase, und weil er aus der Nase atmete, bewegten sie sich wie Würmer, ich mochte sie ihm zerdrücken und mochte fortlaufen, beides zugleich. Ja, und dieser Geschmacklose dann noch, und jene Scheußliche sofort auch, und jene, und jener, kurzum, ich wartete schon darauf, an der nächsten Ecke die nächste Häßlichkeit zu entdecken, und ich entdeckte sie, so betrachtet war es eine ergiebige Zeit.

4. November

Gestern noch lange mit Dreisinger gesprochen, danach hundemüde gewesen, darum jetzt erst mein Bericht.

Zunächst eröffnete er mir, daß er so gut wie nichts unternehmen könne. Gegen die schwammigen neuen Paragraphen, so seine unverblümte Aussage, sei kaum ein Ankommen, denn jedes

Argument, und sei es noch so plausibel, werde von dem Schaum aufgesogen und versinke im Unfaßbaren. Jede Plausibilität laufe also schlicht ins Leere. Insofern sollten wir keine Kräfte verpulvern. Wir sollten uns auch souverän zeigen. Das heiße, überhaupt nicht auf die Begründung fürs Beschlagnahmen der Hefte eingehen, sondern mit dem Verweis auf ihre Privatheit vorsorglich die Rückgabe fordern, das Wort vorsorglich sei das entscheidende. Unterderhand bedeuteten wir damit nämlich der Gegenseite, wir wüßten genau, eine Rückgabe werde jetzt nicht erfolgen, aber wir bauten auf die Zukunft und machten schonmal unsere Ansprüche geltend.

Auf die Zukunft bauen, schonmal geltend machen, das schien mir seinerseits etwas schwammig gesprochen. Ich sagte es ihm. Wir sind ja beide ehrlich miteinander. Ich sagte ihm, ich sehe überhaupt keine Perspektive. Alles zieht und zieht sich. Noch nichtmal eine Anklage liegt vor. Und da fiel er mir fast ins Wort, mein junger Anwalt: Das ist es ja gerade, weswegen ich auf die Zukunft baue! Es ist ein gutes Zeichen, daß wir noch keine Anklage haben! Wir erkennen daran, sie tun sich schwer, eine zurechtzufriemeln. Wer hätte denn vor zwei Wochen gedacht, daß sie heute auf 90a, Verhöhnung des Staates, abheben? Vielleicht kriegen sie nie eine zustande. Und ich, warf ich ein, muß hier warten, bis sie aufgeben? Vielleicht finden sie, nur um nicht aufzugeben, nochmal was Neues? Dann bin ich endlos hier drin. Dreisinger schwieg. Herr Dreisinger, sagen Sie mal was! Antworten Sie mir bitte, auch wenn Sie denken, es tut mir weh. Ich bin schon ein bißchen gestählt hier drinnen – denke ich jedenfalls.

Dreisinger antwortete, nachdem er nochmal zwei oder drei Sekunden stille war, fast ruckartig, es tut nicht weh. Herr Werchow, Lieber, lassen Sie mich kurz abschweifen, und fragen Sie nicht warum, denn es wird sich von selbst erklären, Folgendes: Ich kam heute abend um sieben vom Meer in die Finca. Ich hörte Ihre Sprachnachricht und ging ins Netz. Mache ich jeden Tag. Seien Sie gewiß, daß Ihr Anwalt Kenntnis darüber hat, was daheim Ihretwegen los ist. Wissen Sie das Neueste? Einzelne Menschen tragen seit heute nachmittag die Maske *Ihres* Gesichts spazieren. Wissen Sie noch nicht? Die Menschen haben sich *Ihr* Foto ausgedruckt und vergrößert, das, welches Marsell im Rahmen seines Textes über Sie veröffentlicht hat – falls Sie fragen, selbstverständlich lese ich Marsell. Jeder in der Kanzlei tut das. In anderen Kanzleien ist er unbekannt, in unserer nicht, aber ich will nicht zu sehr abschweifen, sondern Ihnen mitteilen, was ich dieser neuesten Entwicklung entnehme: daß es sich bei dem Verhöhnungsvorwurf um einen Denk- und Handlungsfehler der Gegenseite handelt, und zwar um einen gravierenden. Worauf im Detail fußt meine Behauptung? Nun, selbstverständlich kann sich der Vorwurf nur auf Ihr, wie soll ich es nennen, Ihr *Spiel mit der Maske* beziehen. Wenn er aber gegen Sie erhoben wird, müßte er notwendigerweise auch gegen all jene erhoben werden, die das Spiel nun ebenfalls betreiben. Zumal sie es eben seit heute, seit sie erfahren haben, Werchow sitzt im Gefängnis, mit noch einmal größerem Ernst als bislang tun, wie gesagt, Ihr Gesicht, gebunden jeweils vor das eigene. Nein, das ist nun endgültig kein Spiel mehr! Die Menschen erklären ohne Worte, daß sie bereit sind, sich auch einsperren zu lassen. Und da steht die Gegenseite hilflos. Sie ist natürlich außerstande, alle zu maßregeln. Es gilt in diesem Fall auch nicht der alte Mao-Spruch, bestrafe einen, erziehe Hunderte, denn die Hunderten begehrten ja erst richtig auf, nachdem sie von der Bestrafung des einen gehört hatten. Sie können folglich von der Herrschaft nicht mehr erzogen, höchstens noch mehr gereizt werden. Somit scheint mir die Sache entschieden. Lieber Herr Werchow, Sie dürften, allein schon zur

Besänftigung der anderen, in Bälde freikommen, ich wollte es Ihnen nur nicht sagen. Als Anwalt, Dreisinger lachte herzhaft, kann ich Ihnen doch nichts ins Ohr setzen, was auch nur ansatzweise nach einem Floh aussieht. Aber sei's drum! Ich kann's auch nicht hinnehmen, wenn mein Mandant unnötig Trübsal bläst. Also lassen Sie das sein, versprechen Sie's mir!

Ich versprach es, und nach dem Gespräch wunderte ich mich. Und zwar darüber, daß ich mich kaum gewundert hatte, als Dreisinger mir von den Leuten mit meinem Abbild berichtet hatte. Das war doch eine Sensation eigentlich! Das war nochmal eine ganz neue Entwicklung! Nur beglückte sie mich kaum. Nicht mehr so, wie mich die ersten unerwarteten Wendungen beglückt hatten, stumpfte ich ab hier in meiner elenden Zelle? Ich will nicht abstumpfen! Ich will mein Glück zurück, das Glück der ersten Überraschungen, die in Raketengeschwindigkeit durch die Gitterstäbe zu mir hereingezischt waren!

–

Zurück in die schlimme Zeit: Damals verachtete ich so inbrünstig, daß ich bereit war, etwas aus heutiger Sicht Wahnwitziges zu tun, nämlich, mich mit ganzer Seele in das Verachtete selber zu stürzen. Wenn schon, denn schon! Die volle Dröhnung! Der vollkommene Schmerz! Jetzt, da ich es notiere, begreife ich, daß Carla recht hat mit ihrer Einschätzung, ich ähnelte Matti. Wobei er sich ja mittlerweile gar nicht mehr so ähnelt. Kaum noch Berserker ist er, eher rechtschaffener Arbeiter; und ich umgedreht? Der rechtschaffene Arbeiter als Berserker?

Die Gefahr bestand. Die Verachtenswürdigsten waren für mich die Demonstrantendarsteller, beziehungsweise die, von denen sie engagiert wurden. Bei den Auftraggebern handelte es sich zum Beispiel um Ärzte, die besser bezahlt werden wollten. Sie scheuten sich allerdings, dafür demonstrieren zu gehen, meist kamen nur ein paar wenige zusammen. Sie wußten, so würden sie keine Schlagkraft und keine Dringlichkeit entwickeln, und wandten sich deshalb an eine Agentur namens *Verstärker*. Dort konnte jeder, der es wollte, Demonstranten mieten. Ich hätte das für ein Gerücht gehalten, wenn ich nicht solchen Darstellern begegnet wäre, eben als sie, in weiße Kittel gewandet, Doktor spielten. Zunächst ahnte ich natürlich nichts. Ich hörte, wie ein Demonstrant den anderen fragte, ob er die Woche noch einen Auftrag habe, ich dachte, einen Lehrauftrag oder ähnliches. Und der Angesprochene sagte, nicht hier in Berlin, in Hamburg, das sprach auch für solch einen Auftrag. Würd ich nicht machen, erklärte aber der erste, nicht für fünfzig Piepen. Und da horchte ich auf, fünfzig Piepen? Ich ging eine kleine Strecke neben den beiden und erfuhr langsam, worin ihre Tätigkeit bestand. Sie waren, sofern ich sie recht verstand, auch schon Bootsverleiher, Piloten, Architekten gewesen. Wie pervers! Ich war angewidert und zugleich gebannt; gebannt von der Selbstverständlichkeit, mit der diese Armseligen herumspazierten, und angewidert von der Tatsache, daß man heute offenbar sogar Demonstranten aus dem Regal ziehen, bezahlen und sich eintüten konnte, Tschuldigung, sagte ich schließlich. Bin zufällig in Ihren Aufzug geraten, und ehe ich noch länger halb heimlich horche, was Sie reden, darf ich Ihnen eine Frage stellen? Wie funktioniert das genau, ich meine, mit der Agentur, bei der Sie sind? Die beiden erklärten es mir. Nicht anders als bei einer richtigen Schauspieleragentur. Man gebe seine persönlichen Daten ein, seine Erfahrungen und speziellen Kenntnisse. Zudem eventuelle Vorbehalte. Wobei keiner einen Vorbehalt habe. Die Wochentage noch, an denen man, vielleicht eines anderen Jobs wegen, nicht zur Verfügung stehe. Dann die vertragliche Unterschrift. Honorierung stundenweise, Grundpreis je nach Auftraggeber. Fahrkostenerstattung bei Demos außerhalb des S-Bahn-Rings. Einer der zwei hielt mir eine Visitenkarte hin. Ich nahm sie und scherte in Richtung Bürgersteig aus, ich hörte noch ein Wir-sehn-uns und grinste schief.

Die volle Dröhnung war dann nicht mehr möglich. Die Selbstkasteiung unterblieb. Die *Verstärker* sind Geschöpfe der Sonnendekaden gewesen, Gestalten an lustig aufschießenden Demokratiefontänen. Wenn aber die ernsthafte Konfrontation beginnt, verschwinden die Imitatoren, und so blieb es nur ein süßer Schauder, mir vorzustellen, ich ginge mit ihnen, eine Überspitzung, die mir wohl- und wehtat; optimistischere Gemüter träumen vom großen Lottogewinn.

Mehr noch als zuvor folgte ich dem Zwang, mich intensivst mit aktuellen Ereignissen, Sendungen und Zeitungsbeiträgen zu beschäftigen. Ich entwickelte die Fähigkeit, selbst in unpolitischen Texten die politische Komponente zu entdecken. Da war zum Beispiel ein Artikel über meine alte Kinderzeitschrift. Mit ihr war ich aufgewachsen, und nun war sechzigjähriges Gründungsjubiläum, und eine große Westzeitung schrieb über das Jahr, in dem die erste Ausgabe erschien, es sei jenes gewesen, in dem *der Sputnikschock die Welt erschütterte*. Die *Welt*? fuhr ich die vor mir liegende Zeitung an, der Sputnik*schock*? Ihr nehmt euch einfach für die Welt! Auch wir waren die Welt, und bei uns war, glaube ich, keiner geschockt, im Gegenteil, bei uns herrschte Freude, Freude über den Menschheitsfortschritt. Und ihr merkt noch nicht einmal das Anmaßende. Ich wette, ihr begreift gar nicht, wie ihr mitten in eurer Ostblattwürdigung den Osten herabwürdigt, und den Süden dazu, und den Mond, und die Sterne, die ganze Milchstraße, indem ihr nämlich alles, was zur Welt gehört, für euch reklamiert, mit eurer Haltung überziehen wollt, lest nur mal eure eigenen Nebensätze. Lest, was euch so herausfließt, wenn der Hauptsatz geschrieben ist, denn daran seid ihr am besten erkennbar.

Haltung? Bringt, um Raum und Zeit zu erobern, Propaganda hervor, und Propaganda deformiert Denken, ich las ein paar Zahlen aus Frankreich. Wir leben hier, sagte ich im Anschluß zu Carla, aber wenn wir dort lebten, wäre es für uns nicht anders, als es hier ist, hör mal, direkt nach dem Ende der Kampfhandlungen sind siebenundfünfzig Prozent der Franzosen der Überzeugung gewesen, die Hauptlast des Zweiten Weltkrieges habe die Sowjetunion getragen, nicht sehr viel, nicht? Die Lastenverteilung sollte damals eigentlich klar gewesen sein. Aber jetzt erst! Wie war es fünfundsiebzig Jahre später? Fünfundsiebzig Jahre später waren es nur noch dreiundzwanzig Prozent, die das meinten. Die es wußten. Und vierundfünfzig Prozent dachten, es seien die Amerikaner gewesen, denk nur, vierundfünfzig –

Und da platzte Carla der Kragen. Jetzt hör endlich auf, dich so zu echauffieren! Wenn alles so schlimm ist, dann tu was dagegen! Tu irgendwas, und hör auch endlich auf, mich zu traktieren! Du bedrängst mich damit. Alles plauzt du zu mir raus, du hast gar keinen Filter mehr im Kopf. Du verbeißt dich ja nur noch! Dein ganzes Hirn ist nur noch zum Wühlen da, seit Wochen schon. Seit Monaten! Merkst du nicht, wie sinnlos das ist? Wie es dich verändert? Du wirst immer fanatischer, und ich muß dir sagen, so bist du gar nicht mehr erträglich für mich. Ich will dich nicht so haben, Erik! Sie sprang auf, und ich dachte schon, sie geht, aber sie stürzte auf mich zu, umschlang und liebkoste mich und flüsterte unter Tränen, so bist du doch nicht. Bist du niemals gewesen. Komm runter. Komm bitte, bitte runter, du sollst wieder runterkommen, ja? Ja?

Wie gern würde ich jetzt weiterschreiben. Gutes und Schönes ist zu erzählen. Aber nicht mehr heute, denn es geht schon auf Mitternacht, und ich habe noch was zu erledigen, was Wichtiges.

–

Das Handy aus dem Fernseher genommen und alle Daten gelöscht. Ich hatte überlegt, es sogar ganz verschwinden zu lassen und Ochsenfahrt, falls der auf die Handy-Stellen in meinen Heften verweisen würde, salopp zu sagen, da siehst du mal, Ochsenfahrt, trau keinen Aufzeichnungen. Oder hattest du etwa gedacht, das ist alles wahr, was da drinsteht? Frechheit gegen Frechheit sozusagen, willkürliche Behauptung gegen willkürliche Beschlagnahmung. Aber dann erschien mir das kindisch und unklug. Wozu die Gegenseite jetzt noch vor den Kopf stoßen. Wozu sie unnötig reizen. Einfach warten, bis sie klein beigeben muß, genau so, wie Dreisinger gesagt hat.

Noch etwas Wichtiges, auf ganz anderer Ebene, im Bett liegend, lese ich Genjas neueste Geschichte, die er mir heute beim Hofgang zugesteckt hat – und was ist das nur wieder für eine! Wieder eine aus der bitterkalten Tundra, mit der er mir das Herz erwärmt, da ist ein junger Fischer, angelernt von einem alten. Hier in der Tundra, erzählt ihm der Alte, habe jeder See und jeder Fluß, ja jeder Findling seinen eigenen Naturgeist, der für Frieden und Ordnung sorge. Aber neben diesen guten Geistern gebe es auch streunende böse, der gefährlichste sei der Wasserteufel. In der Polarnacht überfalle er vereinzelte Fischer und ziehe sie unter die Eisdecke. Dann geht der Alte davon, und der

Junge geht zum Fischen, er ist kräftig und, wie Genja schreibt, unbedenkerisch, in schnellem Schritt passiert er die zugefrorenen Bäche. Manchmal knackt das Eis, aber er schenkt dem keine Beachtung. Dann plötzlich versinkt er still und weich im Wasser. Nun gut, vom Alten weiß er, was zu tun ist. Rucksack abstreifen und aufs Eis heben. Sich auf den Rücken wenden, mit beiden Armen einen starken Schwung machen, noch einen, schon liegt man neben dem Rucksack. Nun sich auf den Bauch drehen und wie eine Ringelrobbe zum Ufer kriechen. Doch es glückt nicht. Schwingt er wie angewiesen die Arme, packt ihn jemand am Kragen und stößt ihn ins eisige Wasser zurück. Der Wasserteufel? Niemals hat er an den geglaubt, und jetzt doch. Und das ist nur ein Bach, den jeder Hase in einem Satz nimmt! Herr im Himmel, schreit der Junge, der auch nicht an Gott glaubt, Jesus Christus, zeig mir den Weg! Genja glaubt an Gott, er läßt den Jungen auf einen Schlag klarsichtig werden und begreifen, daß es die Kapuze ist, die sich immer wieder am gezackten Rand des Eislochs verfängt. Also Kapuze übern Kopf. Und raus nun, raus aus dem Wasser, und den halben Kilometer gerannt bis zur Hütte. Der Herd darin eiskalt. Der Zwieback in der Schüssel steinhart. Die Knopflöcher der Jacke zugefroren, Messer und Scheide ebenfalls. Die Hose pitschnaß, aber im Schritt noch warm. Sehr gut, schreibt Genja, jetzt weißt du, wo ein Mann die heißeste Stelle hat. Der junge Fischer zieht den Reißverschluß auf, reißt sich die Knöpfe von der Jacke, entfacht Feuer, brüht sich einen Tee, gießt ihn sich in einen Becher und tritt noch einmal hinaus. Guckt in Richtung des Baches und sieht, daß sich überm Eis eine gorillaähnliche Gestalt bewegt, Frostrauch, der bei minus zwanzig Grad über dem Loch dampft, ich möchte dahin.

Ich möchte immer so liegen, in mir ist, als ich das Licht lösche, alles leicht, und warm, und ruhig, und alles ist in der Tiefe.

5. November

Als ich hinschreibe 5. November, schießt mir durch den Kopf, dann war gestern der vierte, ist dir gar nicht bewußt gewesen, als du 4. November hingeschrieben hast. Es war nur eine Zahl gewesen, eine logisch der vorigen folgende. Und heute schreibst du die Vier und siehst dich auf einmal in einer riesigen Masse. Das war der 4. November! Meine letzte Demo, und die erste, zu der ich aus freien Stücken ging, ohne jede Vorgabe. Für Veränderungen im Land, war sie überschrieben, der ganze große Platz war voll. Alle wollten wir dasselbe. Das Land sollte bleiben, sollte endlich demokratisch werden, aber nicht kapitalistisch, wir waren viele. Wenig später schon galten wir als die Törichten. Eine Meisterleistung des Westens, uns so hinzustellen, als Häuflein von Dämelsäcken, die einer Illusion nachhingen, gewiß war es eine Illusion. Und doch war der Westen gewarnt. Darum betonte und verlächerlichte er ja mit aller Kraft das Illusionäre. Damit nicht doch noch etwas Tatsächliches daraus werde.

Ich wußte nicht, warum ich so griesgrämig war, als ich mich fünf Tage später gegen die Massen zurück in mein Land wühlte. Noch hier beim Notieren dachte ich bis jetzt, ich neidete ihnen ihr Glück, dabei verfluchte ich unser Ende. Es war vorbei, es war aus mit uns, kein Begreifen meinerseits, nicht einmal ein Ahnen, sondern umstandsloses Mißlaunigwerden. Das bedeutet: Alles, was dann folgte, erfolgte gegen meinen ursprünglichen Willen. Verschwand er mit der Zeit? Scheinbar. Ich mochte doch nicht als töricht gelten. Ich wollte meine Chancen ergreifen. Schicht um Schicht legte sich mein Leben auf meinen eigentlichen Willen, doch indem ich schreibe, immer weiter schreibe, stoße ich wieder auf ihn – sehe ich plötzlich Carla und Britta, einst, nach meiner Rückkehr aus Scherfling an der Stinz: Sie öffneten mir die Tür. Britta war Carla und den kleinen Wiktor besuchen gekommen, und Britta fragte mich, kaum daß ich eingetreten war, in erschrockenem Ton, ob ich einen Unfall gehabt hätte. Auch Carla beschaute mich irritiert. Ich wurde sauer. Ich sagte, ich sei ewig lange gefahren, ich freute mich, wieder zu Hause zu sein, und würde angeguckt wie ein Aussätziger, da zogen sie mich zum Spiegel. Britta drehte mir, weil ich bei dem schwachen Flurlicht nicht gleich etwas bemerkte, ein wenig den Kopf, und nun erkannte ich, auf meiner rechten Gesichtshälfte zog sich ein fingerdicker roter Striemen vom Wangenknochen bis fast runter zum Mundwinkel. Ich trat näher an den Spiegel. Der Strang wirkte fransig, wie eine brennende Lunte. Ich fuhr mit dem Finger darüber, aber die Haut fühlte sich an wie immer. Seltsam, murmelte ich. Die Frauen schauten skeptisch. Heute morgen war das, ich fuhr noch einmal mit dem Finger drüber, war das noch nicht da, könnt ihr glauben. Ich erzählte ihnen von dem Laborbesuch, ich sagte, ich sei zwar komplett in Schutzkleidung gesteckt worden, aber womöglich habe die Haut doch etwas abbekommen, nun gaben sie Ruhe. Ich selber glaubte meinen Worten, die ja nur die Wahrheit wiedergaben, und richtete in den Wochen danach meine Gedanken ausschließlich auf die Heilung. Die sich hinzog. Vom Hautarzt wurde mir erst Birkencreme verordnet, dann eine übelriechende Tinktur, an deren Namen ich mich nicht mehr erinnere. Weil auch die nichts nützte, schlitzte er schließlich mit einem zahnbohrerartigen Gerät den Striemen der Länge nach auf. Er prophezeite, wie bei jeder Wunde würde sich Kruste bilden und frische rosa Haut, den Rest erledige die Sonne, und Gott sei Dank, er behielt recht.

Aber womöglich sollte ich gar nicht von Willen reden, und mir ist von jenem Novembertag auch nur ein unterschwelliger Wunsch geblieben, eine unerfüllbare Sehnsucht, die nach Herausbildung einer so vielschichtigen, frohen, konzentrierten Menge, wie sie sich damals gefunden hatte?

Nichtmal einer Menge! Von Gudemark will ich noch einmal reden. Als wir noch gut miteinander waren, hatte er mich gefragt, was mir denn fehle in der neuen Zeit. Was ich als Verlust empfände. Das ließe sich schwer ausdrücken, hatte ich ihm geantwortet, eben weil es nicht mehr als ein Empfinden sei, nichts Faktisches wie ein verschwundener Busbahnhof, sondern etwas kaum Greifbares – etwas Übergreifendes, ein bestimmter gemeinsamer Sinn. Hanskarl, du wirst jetzt von mir nichts von der *sozialistischen Menschengemeinschaft* hören. Die hat es nie gegeben. Die war nur eine Parole. Das ist ja keine Gemeinschaft, wenn du den Handwerker schmieren mußt, damit er überhaupt kommt. Die Kumpelhaftigkeit, mit der man sich begegnete, hat nichts an den Abhängigkeiten geändert. Aber zurück zum schwer Greifbaren, du kennst meinen See, und du weißt, da geh ich im Sommer so oft wie möglich schwimmen. Im Winter wiederum geh ich zweimal die Woche in die Schwimmhalle eines Freizeitzentrums, früher haben wir Pionierpalast gesagt. Es gab – und gibt dort noch – eine Raumfahrtabteilung und einen Theatersaal, man konnte und kann Ballett lernen, basteln, Schach spielen, und was nicht noch alles. Ein Heidentrubel herrschte; manchmal, nicht oft, waren auch Carla und ich mit Wiktor da. Jetzt ist der Palast unter der Woche fast verwaist. Nur ich und ein paar andere ältere Gestalten wackeln in die Schwimmhalle. Und da werden mir die Augen so komisch feucht, weil es nämlich diese Einrichtung noch gibt und sie doch nicht mehr recht lebt. Ein leeres Haus ist trauriger als ein abgerissenes. Das könnte meinerseits auch einfach nur Sentimentalität sein, nicht? Selige Erinnerung an eine wundervolle Familienzeit. Aber wie gesagt, wir waren nur selten dort. Wir waren alles andere als Stammgäste in diesem Palast. Wir wohnten damals auch weit von ihm entfernt. Mir sind nur noch kurze Szenen in Erinnerung, von einer Theateraufführung in der Adventszeit, von einer nachgebauten Raumschiffkapsel, von einem Blick in eine Werkstatt, in der Drähte gezogen wurden und Lämpchen aufleuchteten. Und auf diese einzelnen Szenen blickend, rede ich von Verlust, denn alle zusammen ergeben sie eine spielende, tanzende, werkelnde, eine von selbst sich findende und danach auch wieder sich zerstreuende große Gemeinschaft, und so eine Gemeinschaft gehört auf grundsätzliche Art der Vergangenheit an. Wieso ich das betone, fragte Hanskarl, was ich damit ausdrücken wolle, und ich: daß dieses Haus, diese Gelegenheit, an die einstige Gesellschaft gebunden war. Die heutige kann so etwas nicht hervorbringen. Sie ist voller auf Individualität Fixierter, die Individualität *Zelebrierender*, vielleicht noch in kleinen Gruppen sich Findender und dann aber Gruppe für Gruppe streng sich Abgrenzender, sich geradezu Einpuppender, ein fast schon genetisch weitergegebener Grundzug, der sich von Generation zu Generation verstärkt. Vielleicht hab ich deshalb von *Gelegenheit* gesprochen. Vielleicht fand ich es erstrebenswert, daß ein Sinn und zugleich eine Leichtigkeit, wie sie in diesem Palast zu spüren waren, einmal das ganze Gemeinwesen durchziehen möge, freiwilliges Kommen und freies Gehen, dazwischen gemeinsames Schaffen, alles in allem: Tod der Parolen durch Übermacht des Lebens. Das ist traumtänzerisch? Pathetisch dazu? Immer verbinden sich Traum und Pathos, und das Ergebnis ist immer die Schurigelei? Kann sein, Hanskarl. Die Geschichte gibt dir recht. Ich hab überhaupt keine Argumente. Aber ich hab, im Gegensatz zu dir, was kaum Mögliches erfahren, ich hab das einigende, nicht einheitliche Dasein aufblitzen sehen. Und darauf wollte ich hinaus: Wo bei uns ein Seil hinging, oder laß es einen Faden gewesen sein, ein Fädchen, wenig mehr als ein Nichts – da ist hier nichts. Und da kann auch nichts kommen, denn es gibt kein Bewußtsein von dieser Leerstelle, keine Sehnsucht, keinen Schmerz, Hanskarl, immer wenn ich in die Schwimmhalle in diesem Pionierpalast gehe, spüre ich, ich bin heute so verloren, wie ihr es schon lange seid.

–

Hatte ich nicht irgendwann am Anfang notiert, daß der Mensch manchmal oder sogar oft eine Sache nur tut, weil er dem Menschen gefallen will, der sie vertritt? Da war es um Britta gegangen. Nun aber betraf es mich selbst! Mit dem kleinen Unterschied, daß ich die Sache unterließ. Es mir jedenfalls fest vornahm. Ich wollte mich nicht länger echauffieren, sonst würde ich Carla verlieren, das spürte ich. Woran? Daran, daß sie hemmunglos geweint hatte, sie weinte so gut wie nie. Das gehört ja auch zu ihrer Ungewöhnlichkeit. Vor allem aber hatte sie ganz und gar recht, ich durfte mich nicht so verbeißen. Ich sollte nicht so herumwüten. Ich fand mich ja selber unangenehm. Ich war nur nicht imstande, mich selber zu stoppen. Carla mußte es tun, Carla, die fast nie weinte, aber wenn, dann richtig!

Längst weiß ich, wovon ich damals erfüllt gewesen bin: von der Hilflosigkeit des Dagegen-Seins. Zu vieles, was mich erschreckte, kam in der Öffentlichkeit nicht zur Sprache, und zu vieles, was in der Öffentlichkeit bejubelt wurde, fand ich lachhaft, irrational oder gar gefährlich. Sie stand mir, und anderen, als feste Einheit gegenüber. Folglich wird man selber fest. Man verlegt sich auf Gegenwehr und kommt nicht mehr aus ihr heraus, will es auch nicht, denn nichts erscheint einem notwendiger als eben die Gegenwehr. Man guckt auf die Welt wie durch eine Schießscharte, immer nur auf diejenigen, gegen die man sich wehrt, ich beobachte das heute selbst an Marsell. Was für ein kluger Kopf! Was für ein hervorragender Schreiber! Aber kein nobler, überraschender mehr. Wie sollte er es auch sein. Die Zeiten sind nicht nobel. Die harte Einseitigkeit der Etablierten führt zur harten Einseitigkeit ihrer Gegner, je heftiger das Pendel in die eine Richtung schlägt, umso heftiger muß es in die andere Richtung schlagen, eine Frage der Mechanik. Im übrigen hat nicht Marsell sie in Gang gesetzt. Ich schon gar nicht. Wir haben uns ihr ergeben, jeder auf seine Weise, das ist unsere Hilflosigkeit; beziehungsweise, was mich mit meinem heutigen Abstand betrifft – das *war* sie.

–

Beim Aufschluß telefoniere ich vom Stationsapparat aus mit Carla. Was gibt's, fragt sie. Ich berichte ihr von der Konfiszierung meiner Aufzeichnungen und von der Begründung dafür und auch von Dreisingers Optimismus. Worauf sie nur sagt, dann wollen wir mal hoffen, daß er recht behält. Und bei dir, frage ich. Was Neues? Du bist neu. In deiner Pappausgabe. Dauernd begegnest du mir, da hast du mir schön was eingebrockt. Ich? Dir was eingebrockt? Richtig. Oder denkst du vielleicht, es ist angenehm für mich, dich als Pappkameraden an mir vorüberlaufen zu sehen? Das ist gespenstisch, das kannst du glauben. Aber doch nicht meine Schuld, möchte ich ihr entgegnen, ist ja wohl überhaupt nicht vorhersehbar gewesen, was jetzt alles passiert, nur redet Carla schon weiter: Sogar im Kino sitzen die Leute mit dir als Maske vorm Gesicht. Genauer gesagt stehen sie damit auf. Und zwar, wenn die Extrawerbung kommt. Die kennst du, da warst du doch noch draußen, als sie eingeführt wurde, nicht wahr? Nein. Ist mir neu. Oh, dann paß auf: Die Extrawerbung wird nach der normalen Werbung und vor dem Film gezeigt. Vor ihr geht auch extra nochmal das Licht an. Sie ist von der Regierung geschaltet und heißt *Demokratie – der richtige Dreh*. So geht es jetzt vor jedem Film in jedem Kino. Eine Fernsehnase, ein Influencer, ein

Sportler oder was weiß ich wer erzählt, warum er ein überzeugter Demokrat ist. Wie vor Jahren bei der Impfkampagne, werfe ich ein, ist eigentlich nicht so neu. Ja, sagt Carla, aber die Reaktionen sind es. Das Publikum, oder ein Teil davon, erhebt sich nämlich und singt. Ein Stadionlied. Ich kannte es nicht. Ich mußte es mir erst von Catherine, also letztlich von Matti, erklären lassen, hör zu: Ooh wie-ist-das schöön, so-was-hat-man lange nicht gesehn, so schöön, so schööön. Dabei klatschen die Leute rhythmisch. Aber wie gesagt, nicht alle im Saal beteiligen sich. Manchmal sind es sogar nur wenige. Je weniger es sind, umso eher springen die anderen auf, und umso lauter rufen sie, Nazis raus, Nazis raus! Das muß man sich mal vorstellen: Weil wir das singen, sind wir Nazis! Wir? Das heißt, du singst mit? Natürlich, sagt Carla keck, als stünde es nicht in Frage. Wir rufen dann auch, Nazis raus, alle knallen es sich gegenseitig an den Latz, ein einziges Tohuwabohu. Aber manchmal ist es auch völlig ruhig im Kino. Die aufgestandenen Maskierten verschränken die Arme oder stützen sie in die Hüften, so schauen sie auf die Agitatoren. Ja, und dann, Erik, passiert etwas Seltsames. Ich weiß gar nicht, wie ich es ausdrücken soll, aber was die Hansels vorne auf der Leinwand sprechen, verpufft trotz der Stille des Saales. Als ob es von den Masken abgewehrt und leiser zurückgeworfen würde, direkt wieder in den Mund der Erzähler rein. Und wir im Saal sitzen unbehelligt da. Carla, sage ich, das ist schön, was du erzählst. Sie schweigt. Es ist schön, weil ich doch eben noch wegen der Masken ein Gespenst für dich gewesen bin, und weil du jetzt regelrecht schwärmst, du hast es vielleicht gar nicht gemerkt? Natürlich habe ich das! Ein Gespenst bist du trotzdem noch! Wenn du überall bist, obwohl es dich nur einmal gibt, bist du wie ein Geist für mich, so hab ich es gemeint. Ach, so? Ja, so!

Carla hat aber noch nicht zu Ende erzählt. Mehrmals, erfahre ich, ist es schon zu Schlägereien der Besuchergruppen gekommen. Vorführungen mußten abgebrochen oder konnten erst gar nicht gestartet werden. Mittlerweile ist Polizeipräsenz für alle Kinos angeordnet. Denk nur, sagte Carla, in voller Montur steht die Polizei im Saal, bis fünfzehn Minuten nach Filmbeginn. Dann zieht sie in den nächsten Saal. Soviel Polizei gibt es ja gar nicht, daß sie in jedem stehen könnte. Die Kinobetreiber sind deswegen angehalten, die Anfangszeiten der Filme entsprechend mit ihr abzustimmen. Übrigens *müssen* die Betreiber die Propagandaspots zeigen, ob sie wollen oder nicht. Hat mir der Bollwick vom *Solaris* erzählt, als wir auf dem Markt in der Schlange beim Fischer warteten. Er wollte nämlich nicht. Obwohl die Regierung für nur einen Spot mehr zahlt, als ihm alle anderen Spots zusammen einbringen. Er wollte trotzdem nicht. Wozu spiel ich Tarkowski, Rovertera und Östlund, sagt er, wenn ich mir dann solche Parolen aufs Auge drücken lasse. Aber er mußte. Sonst wäre er vielleicht dahin gewandert, wo du bist, und das *Solaris* hätte auf jeden Fall den Betrieb einstellen müssen, man legte ihm als Warnung die richterliche Anordnung zur Schließung mehrerer Kinos in Sachsen oder Thüringen vor, ich weiß nicht mehr, wo genau.

Auch mit welcher Begründung sie geschlossen wurden, wußte Carla nicht. Aber es war auch unwichtig. Jetzt, beim ruhigen Notieren, denke ich, für Bollwick ist es bitter, daß ihm nichts bleibt, als sich so zu beugen. Und der hat nichtmal was Verwerfliches gezeigt. Der hat nur was *nicht* gezeigt, das ist heute schon verwerflich genug, und das scheint mir, insgesamt gesehen, eine interessante Weiterentwicklung zu sein. Was kann noch folgen? Wenn – sinnbildlich gesprochen, denn die Folter in den westlichen Gebieten ist keine körperliche –, wenn das Splittern des zertrümmerten Nagels und das Knirschen des gespaltenen Knochens ertönt und die Eisenbügel beinahe gegeneinanderstoßen, hat der Daumen sein Finale, aber die Daumenschraube auch ihres.

Ich Geist, am Ende des Tages freue ich mich! Ich sitze hier drinnen und spaziere dort draußen herum, das ist wundersam. Alles, was mit mir ohne mich geschieht, ist wundersam. Und zugleich ist es logisch. Ich kann ja nicht nachschlagen, denn meine Hefte sind mir genommen, aber ich glaube, nichtmal eine Woche ist es her, daß die ersten sich wie ich eine Maske aufsetzten. Und dann ist es rasend schnell weitergegangen, wie bei einem Dominospiel, nur daß die Steine lagen und sich der Reihe nach aufrichteten, hat Britta nicht schon vor Tagen gesagt, ich wäre jetzt ein Vorbild? Ihr Überschwang mal wieder, dachte ich. Aber sämtliche Nachrichten, die hier hereindringen, bestätigen sie, heute ist es mir auch eine riesige Freude – eine riesige, und eine diebische!

6. November

Ich bin nicht mehr in meiner Zelle, ich bin in einem fensterlosen Bunker. Frische Luft – aber was heißt frische Luft, schwere, feuchte, muffige – kommt aus einem Rohr in der Wand, welches mit einer löcherdurchsetzten Kappe bedeckt ist. Die Wand wiederum ist aus dunkelgrünem Gummi. Sie hat keine Ecken, nur Rundungen. Ich befinde mich also in einem düsteren Oval üblen Geruchs. Auch mußte ich meine zivile Kleidung abgeben und welche aus gräulichem Papier anziehen. Es knisterte. Bei jeder Bewegung knistert es, selbst beim Atmen. Ich kann nur ahnen, wie ich in dieser Toilettenrollenfarbe aussehe, ich habe keinen Spiegel hier. Ich habe auch keinen Schrank, keinen Stuhl, keinen Tisch, nicht einmal ein Bett. Nur eine Matratze liegt auf dem Linoleumboden, und auf der sitze und schreibe ich. Der Bleistift drückt durch das Heft auf den Oberschenkel, das immerhin ist ein angenehmes Gefühl. Wie ein sanftes Streicheln. Ich denke mir, für kurze Zeit könnte ich vielleicht die Wörter auf der Haut lesen, so wie früher die Chinesen für kurze Zeit auf Steinen lesen konnten, was ihre Boten ihnen mit nassem Pinsel an geheimen Nachrichten hinterlassen hatten. Die Mitwisserschaft Fremder zu vermeiden, ist mir freilich nicht vergönnt: Unerreichbar für mich, hängt an der Decke eine kugelige Kamera mit grellrotem Leuchtpunkt.

Und sie hängt da zu meinem Schutz. In dem Bunker, in dem Gummiring ist alles darauf ausgerichtet, mich vor mir selber zu schützen, denn ich bin suizidgefährdet. Die Obrigkeit hat es meinen Notizen entnommen. Sie ist in Person von Ochsenfahrt und von Munera in meiner Zelle erschienen und hat mir erklärt, meine Aufzeichnungen enthielten, meine Psyche betreffend, alarmierende Hinweise. Diese hätte ich nicht nur an einem Tag oder im Laufe einer Woche gegeben, was vielleicht noch tolerierbar gewesen wäre, nein, Worte wie Sentimentalität, Schwermut, Trauer und nicht zu vergessen Nadruiw durchzögen die Notizen vom Anfang bis zum vorläufigen Ende. Vor allem meine unverhohlene Feier der Selbstmörderin habe die Leser – es seien, falls ich Zweifel hegte, ausgezeichnet geschulte Leser –, entsetzt und zum sofortigen Handeln gezwungen. Man folge da einer Fürsorgepflicht. Man müsse mich davor bewahren, mir etwas anzutun, all das schnurrte mir Ochsenfahrt herunter. Munera stand stumm dabei.

Ich forderte, sofort mit meinem Anwalt zu sprechen. Vergeblich, der Subalterne beschied mir mit einem aalglatten Verweis auf seine Befehlsgeber, dies sei nicht möglich. Er habe den Auftrag, mich unverzüglich in die Schutzzelle im Keller zu führen, und da er ein gewissenhafter Mensch sei, pflege er seine Aufträge auch getreu zu erledigen. Ochsenfahrt wies mit ausgestrecktem Arm zur Tür, aber als ich, machtlos, wie ich war, hindurchgehen wollte, rief er mich zurück und drückte mir Heft und Stift in die Hand. Dabei fragte er, ob ich aufgeregt sei, oder warum hätte ich meine Materialien vergessen? Ich solle ruhig weiterschreiben, solle mich beschäftigen, das sei gut für mich, und es sei gut für alle, die es gut mit mir meinten, denn da ich, er klopfte mir gar auf die Schulter, kein Blatt vor den Mund nähme, wisse man immer recht genau, wie es mir gehe, und könne entsprechend reagieren. Ich schriebe sozusagen meine eigene Patientenakte. Ich möge sie fortführen, wenn's mir nichts ausmache, es mache mir doch nichts aus?

So schwafelte Ochsenfahrt. Doch verbrachte er mich nicht selber in den Keller. Hier, sagte er auf dem Gang der Station, trennen sich unsere Wege, Ihr treuer Begleiter Ochsenfahrt hat zu tun und übergibt Sie seiner Kollegin. Schweigend setzte Munera sich in Bewegung. Wir passierten verschiedene Schleusen, wobei unklar war, warum man mich noch kontrollierte. Ich steckte schon in den Papiersachen. Ich hatte mich, beobachtet von Ochsenfahrt, schon nackig machen müssen. Einerlei, nach etwa zehn Minuten gelangten wir an den grünen Gummibunker. Ich trat unwillig ein und ging davon aus, Munera werde hinter mir die Tür schließen, aber sie blieb im Türrahmen stehen. Sie deutete auf das Heft in meiner Hand und forderte, ich solle eine Seite rausreißen und ihr geben, die Munera klang so selbstverständlich, als hätten wir jeden Tag und jede Stunde miteinander geredet. Den Stift noch, bitte. Ich muß mein Erstaunen nicht betonen. Ich stand sprachlos. Munera aber faltete das Blatt auf Handtellergröße, verlangte die Nummer meines Anwalts und schrieb sie auf. Dann verließ sie den Bunker, rasch, ohne Gruß, ohne weiteren Blick, ganz so, wie sie immer gekommen und gegangen war.

Nun sitze ich in dieser Gruft, die jetzt, am hellichten Tag, wohl von tiefster Dunkelheit erfüllt wäre, wenn nicht in einiger Entfernung von der Kamera ein Deckenlicht brennen würde. Ich erhebe mich und schalte es probeweise aus. Wahrhaft, vollkommene Schwärze. Ich gerate ins Taumeln und suche Halt an der ein wenig nachgebenden Wand; die erstaunliche Kälte des Gummis dringt durchs knisternde Papier meines Hemdes an die Haut. Ich stoße mich wieder ab und warte, einer Gewohnheit nach dem Lichtlöschen folgend, daß die Schwärze sich aufhellt, aber nichts. Stattdessen höre ich ein Rumoren, in dem Luftrohr ohne Zweifel. Trägt es mir nicht noch weitere Geräusche zu? Ferne Stimmen? Ist das nicht ein Gespräch, das herangeweht wird? In Trippelschritten bewege ich mich dorthin, wo ich das Rohr vermute, doch je näher ich trete, umso unmenschlicher werden die Töne. Sie scheinen mir maschinell erzeugt, von einem Ventilator oder Generator, der unregelmäßig arbeitet. Ich trete wieder zurück, und schon scheinen es wieder Stimmen zu sein. Ganz eindeutig sind es Stimmen, würde ich sagen, wenn es nicht eben noch ein Fächern und Rieseln gewesen wäre, ich will, ich brauche wieder Licht, ich werde verrückt sonst, ich drücke mich an der Gummiwand entlang bis zu der Stelle, an der ich den Schalter vermute. Nur finde ich ihn nicht. Mit beiden Händen taste ich die Wand ab, beschreibe mit ihnen große und immer größer werdende Kreise, aber worauf ich schließlich stoße, ist etwas Eisernes, die Tür. Ist der Schalter weg? Hat die mir bekannte, unsichtbare Macht ihn im Gummi verschwinden lassen? Ich habe doch alles abgetastet! Nochmal von vorne, angsterfüllt, mit Resten von Verstand: Ruhig bleiben, sagt er mir, der Schalter muß da sein, du hast an der falschen Stelle angesetzt, schon zu nah an der Tür, du mußt ein Stückchen weiter zur Ecke hin, zur Rundung. Und tatsächlich kommt er mir unter die Finger. Hastig, ungelenk betätige ich ihn.

Das Licht blendet. Ich schlage die Hände vor die Augen, presse die Finger zusammen. Dann schiebe ich sie langsam auseinander, so daß sie zu Gitterstäben werden, durch die das rechte Quantum Licht fällt. Die Stäbe – wie herrlich es doch oben im fünften Stock gewesen ist, vor ihnen zu verweilen und in die Landschaft zu gucken! Zu verfolgen, wie sie sich herbstlich färbt, Genja sagt, wie sie aufbuntet, und wie sie dann langsam erkahlt und erbraunt, ich hatte schon kaum noch hingesehen. Ich hatte geschrieben. Wie gern würde ich jetzt die erste eisfarbene Luft begrüßen! Wie freudig würde ich das Fenster aufreißen, damit mir die schiefrige silbrige Bläue an die Stirn schlüge, in die Lungen fahre, die Nüstern blähe, die Fingernägel schliffe …

Ich kann jetzt nur weiterschreiben. Mir unablässig die Worte hernehmen und sie wieder herauspusten wie die Luft, die ich zuletzt schon nicht mehr geatmet habe, weil ich meinte, unbedingt schreiben zu müssen. Jetzt muß ich wirklich.

–

Carla hatte mir, als sie mich anflehte, mich um Himmels willen nicht länger zu echauffieren, aus dem Herzen gesprochen. Ich fand mich ja selber unangenehm. Ich fand mich auch ziellos. Ständig hatte ich ihre Worte im Ohr, ich solle, wenn mich die Zustände so erregten, mal anfangen, was dagegen zu unternehmen. Genaueres konnte sie mir freilich nicht sagen. Ich wußte auch nichts. Sinnloserweise spukten mir immer nur einzelne Glieder meiner willkürlich geknüpften Assoziationsketten im Kopf herum, Kanzlerin, Handygetippe, Kinderzeitschrift, Nebensätze. Als sie mich aber eimal nicht beschäftigten, in der Kaufhalle, wo ich herumging und den Zettel mit den Waren abarbeitete, die Carla und ich brauchten, war die Idee plötzlich da: ein Kurs! Du wirst einen ungewöhnlichen, wichtigen und zugleich fast simplen Kurs ins Leben rufen! Einen für dich simplen! Einen Zwischen-den-Zeilen-Lese-Lern-Kurs. Aber ja, Hauptsatz, Nebensatz, zwischen dem Satz, dieses Lesen hast du noch von früher intus. Damals galt es, in einem Text die feinen Andeutungen und verhüllten Hinweise aufzuspüren, jetzt gilt es, die notorischen Auslassungen und Verdrehungen zu erkennen, das war ein Unterschied. Aber die Methode war dieselbe: Mit wachsamem Blick auf die Zeilen gucken. Das gute, alte Lackmuspapier der Logik darüberlegen. Mit ruhiger Hand die Satzvorhänge zurückziehen und Schritt für Schritt in die Verstecke vordringen, in die Höhlen des Verborgenen. Ah, vor drei, vor fast vier Jahrzehnten glaubtest du, das alles sei nicht mehr nötig. Schon seit längerem aber rufst du es wieder ab. Und wie selbstverständlich es geschieht, wie automatisch; eine Fähigkeit wie diese verkümmert ja nicht, ein geübter Radfahrer fährt nach längerer Pause auch problemlos wieder Rad – wer freilich ohne die Fähigkeit ist, ohne sie, weil er sie nie brauchte, der muß sie jetzt herausbilden, und dabei hilfst du ihm. Die Idee war auch gleich *vollständig* da. Schon in der Kaufhalle wußte ich genau, was zu tun war. Froh und ernst ging ich die Regale entlang und griff nach den Waren, und nicht anders trat ich dann zu Carla. Du, ich hab's, sagte ich würdevoll zu ihr, als ich die Tasche mit den Kartoffeln, dem Käse und dem übrigen Zeugs abstellte, und hierbei schaute ich so feierlich, daß sie irritiert den Kopf schüttelte.

Es folgte eine kurze Suche nach einer Veranstaltungsstätte im Stadtzentrum. Matti, der diverse Gastwirte kannte, empfahl mir drei Kneipen, die jeweils über ein Hinterzimmer verfügten – Hinterzimmer, wie gut, daß es welche gab! Ich beschaute sie mir und buchte das dritte, freilich nicht des Zimmers, sondern des Namens der Kneipe und ihrer Einrichtung wegen. Sie hieß *Coole Wampe.* An den Wänden hingen Fotos vom zitierten Film. Auf dem Tresen stand ein Projektor, aus dem das Bier floß. Am Garderobenständer hing Tag und Nacht eine Thälmannmütze, sie war da festgenagelt. Was sich mir natürlich nicht bei meinem ersten Besuch erschloß. Erste Szene während des ersten Besuchs übrigens, verfolgt noch vom Eingang aus: Wie ein stämmiger Mann mit einem Eisblock in den bloßen Händen, in den eine Aqvavitflasche eingelassen ist, die Kellertreppe hochsteigt. Wie er zu einem Vierertisch stapft, den schweren Block langsam über die Gläser neigt und sie mit der breiigen Flüssigkeit füllt. Wie er, ohne abzusetzen, das Eis mit der Flasche zurück in den Keller trägt; wir in unserem Kurs sollten später auch Aqvavit trinken, nach jedem Unterricht jeder ein Glas, auch die Frauen, wobei: Einige von ihnen mochten nur sehen, wie der Mann, der Wirt, der Frieder mit dem eisigen Block ankam, mochten die Finger darauflegen und unter Huh-ist-das-kalt-Rufen wieder wegziehen. Aber dafür wollte Frieder, daß auch sie wirklich tranken. Und das taten sie, am Anfang noch das Gesicht verziehend und mit der Hand herumwedelnd, dann aber nicht mehr.

–

Habe versucht zu schlafen, vergeblich. Das dubiose, wohl kaum mit der Zufuhr modriger Luft in Verbindung stehende Rumoren über mir verhinderte es. Man muß sich die teerdichte Dunkelheit hier vorstellen, die wahrhaft undurchdringliche Finsternis, die einen umgibt, sobald das Licht gelöscht ist: Und dann dieses Aufbrummen und Nachschleifen, es schien jedesmal wie mit Klauen nach mir zu greifen. Und das Unheimlichste: die völlig unsteten, nicht im mindesten vorhersehbaren Abstände, in denen es ertönte. Mal setzte es so schnell wieder ein, daß mir schien, die Geräusche fielen ineinander, und mal währte die Pause so lange, daß ich schon glauben mochte, alle Marter habe ein Ende. Umso größer die Bestürzung, wenn sie abermals begann. Die Hilflosigkeit! Ich entkam jenem Modus nicht. Ich richtete meine Gedanken zwanghaft auf das, was ich zu überhören versuchte, und hörte bald auch wieder, was nicht existierte, jenes seltsame, unentwirrbare Stimmengemurmel. Es ist nicht wahr, wiederholte ich mir, es ist nicht wahr – und lauschte gleichzeitig angestrengt, um vielleicht doch eine Stimme herauszufiltern, ihrer habhaft zu werden; wie lange ging das so? Wieviel Zeit verstrich, bis ich in meiner Überreiztheit und meiner Erschöpfung das Licht wieder anknipste und noch einmal zum Stift griff?

Weiß ich nicht zu sagen, ich lebe ja ohne Uhr. Ich pflege mich an den feinen Abstufungen der natürlichen Helligkeit zu orientieren. Selbst in meiner Zelle war das immer gut möglich gewesen. In der totalen Schwärze des Bunkers aber und in dessen geballter Grelle versinkt und verglüht die Zeit. Ich bin außerstande zu bestimmen, ob es schon morgen ist oder noch heute. Es erscheint auch niemand, den ich fragen könnte. Niemand zeigte sich, seit ich hier hereingezwungen worden bin, niemand brachte Essen oder Nachricht. Wann wird das geschehen? Und wann werde ich einschlafen? Wann aufhören dürfen zu schreiben? Ich schreibe und schreibe, schreibe wie ein Idiot, nur um endlich schlafen zu können; das wird sein, wenn mir der Stift aus der Hand fällt, das Heft auf den Boden rutscht, der Kopf auf die Knie sinkt.

Ich schreibe mich in den neuen Tag hinein, in meiner Lage kann und muß ich selber entscheiden, wann er beginnt, daher verfüge ich: gleich und sofort, in dieser Sekunde!

7. November

Ein Inserat bei Marsell, und gut zwanzig Männer und Frauen fanden sich zur ersten Stunde in der *Coolen Wampe* ein. Ich kann mich nicht mehr an jeden und jede erinnern, aber einige sehe ich noch deutlich vor mir, zum Beispiel eine vielleicht Vierzigjährige mit Bubikopf und ebenmäßigem Gesicht, das von zwei schmalen, immer leicht schwingenden goldenen Ohrringen eingefaßt war. Oder einen Mann ähnlichen Jahrgangs mit einer Schiebermütze, die er des öfteren hochschob, und dann wieder runter, und immer mit einer schnellen, fast ruckartigen Bewegung. Oder ein Mann schwer bestimmbaren Alters ohne Kopf- und Barthaar und auch ohne Brauen, er war die Kahlheit in Person. Und er blieb es. Immer dieselbe vollständige Glätte, ich ahnte, daß kein noch so akribisches Rasieren sie hervorbringen konnte und die Haare bei ihm einfach nicht sprossen. Nach Wochen erfuhr ich auch, warum. Weil sie ihm in seiner Jugend ausgefallen waren, über Nacht, nachdem man ihn einer an die Lehrerzimmertür genagelten Sputnik-Zeitschrift wegen von der EOS geworfen hatte, seine Mitschüler hätten es verhindern können. Sie, perfider Schachzug des Direktors, sollten über seinen Ausschluß abstimmen, und sie taten es, zwei votierten für ihn. Nur zwei von achtundzwanzig. Das also war am Tag vor dem Tag geschehen, an dessen Morgen er plötzlich keine Haare mehr hatte; ich möchte, während ich mich daran erinnere, wie er es mir erzählte, am liebsten die Seite aus dem Heft reißen, in der ich von einem Fädchen in die Zukunft schrieb. Aber ich reiße nichts raus. Ich tilge keinen früheren Gedanken, denn jeder ist echt gewesen.

Des weiteren ein Mann mit porigem, zerfurchtem Gesicht und schütterem Haar, das er gleichwohl zu einem Pferdeschwanz gebunden hatte, zu einem zwischen Gelb und Grau changierenden dünnen Schweif. Und dann ein viel, viel Jüngerer, das war in jener ersten Stunde sein einziges Merkmal, das unterschied ihn von allen anderen, seine buchstäblich zarte Jugend. Und eine auch noch junge, gleichwohl reife Frau mit schwarzen Haaren, die so lang waren, daß sie ihr über die Stuhllehne fielen. Manchmal warf sie sanft ihren Kopf zur Seite und verwrang leicht ihren Oberkörper, um das Schwarz in ihrem Rücken zu ordnen, es wirkte wie eine Tanzszene, von der sie nichts wußte. Ich nahm aus den Augenwinkeln wahr, wenn sie wieder so schwang, und ich nannte jene Frau bei mir die Tänzerin. Die mit den Ohrringen die Goldene. Den Alten nannte ich Pferdeschwanz. Den Haarlosen Gorbi. Den Mann mit der Mütze den Hastigen. Den Jungen schlicht den Jungen.

In Hast bin ich selber, in nervösem Schwung, der mich aus der Müdigkeit trägt, ich werde heute, oder falls in Wahrheit noch nicht heute ist, dann eben gestern wohl noch lange schreiben, ich muß mich nur bezähmen. Darf mich nicht den abstrusen Einfällen hingeben, die mein übernächtigtes Hirn hervorbringt; kaum daß ich die Namen aufgereiht habe, finde ich mich im Theater wieder, und Gorbi, Pferdeschwanz und die anderen treten als Spieler auf. Bevölkern die Bühne, wo ich mit ihnen ein Stück probe, das ich selber nicht kenne, weswegen ich wilde Zusammenhänge knüpfe: Den Jungen lasse ich um die Tänzerin kreisen und dabei nach ihren Haaren langen, aber mir fehlt etwas, erröten, rufe ich ihm zu, viel! mehr! erröten! Da hält die Tänzerin inne, ergreift die Hand des Jungen und bedeckt sie mit Küssen. Wovon jemand sichtlich gebannt ist, die Goldene. Sie strebt zu den zweien. Ich verfolge, wie sich ihr Körper mehr und mehr in deren Richtung biegt und wie sie aber am Kopf zurückgehalten wird, vom Hastigen, der vergeblich versucht, ihr seine Mütze durch einen der Ohrringe zu ziehen. Welche Schmerzen er ihr bereitet! Sie schreit in meinem überhitzten Kopf, schreit gellend inmitten dieses fauchenden, raschelnden Dschungels hier, in dieser fiebrigen Nacht, in der es über mir immer von Neuem schleift und es an mir ständig knistert, raus mit der Schreienden, mit all den Spielern, fort wenigstens damit, Konzentration!

Und ich wiederhole, mir so heftig an die papierumhüllte Brust schlagend, daß es knallt wie ein Pistolenschuß, Konzentration, Mensch!

Kurz erläuterte ich den Teilnehmern, wie ich mir den Unterricht gedacht hatte, ich sagte: Am Anfang jeder Stunde soll ein einzelnes, in der Öffentlichkeit stark verbreitetes und gar nicht mehr hinterfragtes Wort behandelt werden, Entstehung, Klang, Variation, Wirkung. Anschließend Diskussion über die Absichten derer, die es streuten. Das wäre gewissermaßen unsere Aufwärmung. Dann der Hautpkomplex. Vom kleinen Wort zum großen sprachlich-politischen Vorgang. Hier, ich nahm ein Papier zur Hand und hielt es kurz in die Höhe, ist eine von mir erstellte Liste mit solchen Vorgängen, aber ich werde sie Ihnen jetzt nicht verlesen, denn Sie sollen ja ein bißchen gespannt bleiben, in diesem Zusammenhang: Ich bin selber gespannt. Ich mache so etwas wie das hier zum ersten Mal. Vielleicht fragen Sie, wodurch ich mich legitimiert fühle, dann antworte ich: Einerseits dadurch, daß ich lange in der Werbung gearbeitet habe, wo man ja Worte gezielt einsetzt. Einsetzt oder unter allen Umständen vermeidet. Es ist wie in der Propaganda, bei der es sich um Reklame zum Verkauf einer bestimmten Politik handelt. Nachrichtensendungen zum Beispiel haben deswegen nicht selten etwas von Werbeblöcken, wir erkennen es nur nicht so leicht, damit zur zweiten Legitimation: Ich bin aus dem Osten, und ich bin nicht mehr der

Jüngste, das bedeutet, ich bin geschult im Erkennen. Ich rieche jede Propaganda drei Meilen gegen den Wind. Und das ist nicht nur ein Spruch. Der Geruchssinn ist uns angeboren. Ich wurde in Propaganda hineingeboren. Sie reichte von der Erdkruste bis zum Himmel, ich kannte kein Leben ohne sie, wie sollte ich nicht erspüren, wenn sie mich wieder umweht? Letztlich bin ich der Nutznießer einer seltenen historischen Konstellation – aber das führt vielleicht zu weit jetzt, legen wir los?

Was ich damals in dieser neuen Runde nicht näher darlegen, was ich noch gar nicht denken konnte, kann ich heute formulieren, aus meinen einstigen Erfahrungen erwächst mir Überlegenheit. Denen gegenüber, die mir und vielen anderen so lange so erfolgreich Unterlegenheit eingeredet haben, betone ich es gern. Aber das Betonen ist mehr als eine Retourkutsche. Es ist eine Feier der eigenen Sinne. Ein Fest der *untrüglichen Witterung*. Nie zuvor habe ich so sehr meiner Nase vertraut, nie so sehr meinen Erfahrungen.

Die jene Einreder nicht interessieren. Darüber beschwere ich mich nicht. Sich beschweren hieße, in die Unterlegenheit zurückfallen. Die Beschwerde ist ein Vorgang im Rahmen der Gehorsamkeit. Nein, ich sage, sei's drum, haben sie Pech, sind sie selber schuld, wenn sie meine Erfahrungen weiträumig umkurvt, wenn sie mich nicht als Spürnase genommen, wenn sie mich nicht als einzigartige Chance begriffen haben.

Heute beobachte ich sie, beobachte ich euch nur noch, und ich beobachte euch nicht ohne Mitleid. Milde lächle ich, wenn ihr allen Ernstes erklärt, ihr wolltet meine Lebensleistung anerkennen, denn was steht am Ende des Geleisteten, was steht unterm Strich? Eben die Summe an Erfahrungen. Meine Vergleichsbasis, die euch mittlerweile verstört, weil von ihr aus zu deutliche Angriffe auf die Art eures Daseins und die Beschaffenheit eures Gemeinwesens, kurz, auf eure Grundfesten erfolgen. Darum könnt ihr meine Erfahrungen nicht würdigen. Es liegt einfach nicht im Bereich des Möglichen. Wir wollen uns nichts vormachen, ihr könnt sie nur ablehnen, zumal es sich um die Erfahrungen eines nominellen Verlierers beziehungsweise einer Gruppe solcher Verlierer handelt. Allerdings ist *das* wirklich einfältig von euch: daß ihr euch ans Nominelle klammert und immer noch nicht ahnt, was auf euch zukommt; ich werde es kalten Blutes verfolgen. Ich habe keine Aktien bei euch. Ich habe meine Maske, an deren sprunghafter Wertsteigerung ich mich erfreue, ohne daß sie mich noch sonderlich erstaunen würde. Je länger ich schreibe, umso besser begreife ich sie.

Was auf euch zukommt? Was ich ahne? Nichts Genaues. Manche Gruppe ist unterwegs, mehr kann ich nicht sagen, denn ich bin nicht draußen. Mir ist nicht einmal klar, ob es dort schon wieder hell wird oder noch lange nicht hell werden kann; Freiheit ist die Möglichkeit zur Isolation, schrieb, schrieb wer gleich, Pessoa. Ja, gewiß. Zwangsweise Isolation aber ist die größte Unfreiheit. Das Grün hier drinnen ist grau, und der Gummi ist Beton; farbig und fein, von lebendigem Rosa sind einzig die Blättchen, die aus dem Bleistiftspitzer quellen und auf den Boden fallen, den Spitzer hatte Ochsenfahrt mir mit den Stiften in die Hand gedrückt – von wegen Suizidvorsorge! Aus Plaste das Gehäuse, doch aus Stahl die Klinge. Ochsenfahrt weiß genau, wie leicht ich sie freistampfen und mir die Ader aufschlitzen könnte, und ebenso weiß er, daß ich es nicht tun würde. Ich kann es mir nicht einmal vorstellen. Ich muß auch voran. Ich bin in der andauernden Überwachheit, die etwas sich selbst Erhaltendes und fast mechanisch Vorwärtstreibendes hat und auf die aller Erfahrung nach schlagartig der Stumpfsinn folgt, wieder und wieder spitze ich den Bleistift, fortwährend werfe ich Buchstaben in mein Heft, kaum noch lesbare Wörter und Sätze in der bedrückenden Farbe der Wände, in der widrigen Farbe des Lebens hier unten ...

Mein erstes Wort war zunächst nur ein Teilwort, *extra*. Was, fragte ich in die Runde, verbinden Sie damit? Was kommt Ihnen in den Sinn? Kurzes Nachdenken, dann die erste Wortmeldung: Extra Belohnung. Extra Dank. Und die zweite: Hosen und Hemden in XL, also in Extralarge. Und die dritte: XXL-Burger, solche riesengroßen, von denen man pappesatt wird. Weiter, bat ich, was noch? Mir, antwortete der, den ich später Pferdeschwanz nennen sollte, kommt in den Sinn, daß man gern sagt, extra deswegen, oder auch, extra für dich. Oder umgedreht, warf die Goldene ein, das hab ich extra nicht gemacht, das hab ich mir extra verkniffen. Gut, versuchen wir es einzuordnen. Im Grunde haben wir zwei Bedeutungen. Zum einen die, daß etwas besonders groß oder stark oder lang oder hoch, also besonders vorteilhaft ist. Zum anderen die, daß eine Kausalität oder eine Zielgerichtetheit nachdrücklich betont wird. Es handelt sich demnach, landläufig gesprochen, um ein Verstärkungswort, einverstanden? Dann machen wir jetzt mal einen Schnitt, und ich füge ein Teilwort hinzu, *legal*. Ergibt *extralegal*, woran denken Sie nun? Noch einmal Stille, in den Hirnen arbeitete es. Gibt's eigentlich nur eins, antwortete schließlich der Burger-Mann, extralegale Tötung. Etwas anderes nicht? Alle überlegten. In der Tat, sagte ich, so lange Sie auch nachdenken, Sie werden keine zweite Bedeutung finden. Was aber schlußfolgern wir daraus? Ich stützte mich, unbewußt die typische Geste manch früheren Lehrers wiederholend, auf die Lehne des vor mir stehenden Stuhls, und schaute in die Runde: Wir schlußfolgern daraus, daß es sich um ein Wort handelt, das zu einem einzigen Zweck geschaffen wurde – und zwar dem, Tötungen per Drohne, die nicht selten Morde sind, Morde an Zivilisten, vom Illegalen ins Legale zu verkehren. Und sogar ins besonders Wertzuschätzende. Ergo haben wir es mit einem Verdrehungswort zu tun. Und doch, das gehört zum Trick, ist es kein lügnerisches Wort, sehen wir uns die Herkunft an: Extra stammt aus dem Lateinischen und bedeutet soviel wie außerhalb, im vorliegenden Fall also: außerhalb des Legalen. Es weiß nur kaum jemand. Wer übersetzt es sich schon wörtlich. Fast jeder ist von der extra warmen Decke und dem extra starken Kaffee geprägt. Somit verhüllt die übliche positive Konnotation den diesmal schäbigen Kern. Das Gefühl schlägt die Bereitschaft zum logischen, auf Wissen basierenden Denken. Darauf bauen die Urheber – ich sage bewußt nicht Schöpfer, denn *Schöpfer* ist ja auch positiv konnotiert –, bauen die Hervorbringer der Wortverbindung. Sie kennen unsere Vorliebe fürs Gefühl, die nichts anderes als Bequemlichkeit ist, an der Stelle erstmal Punkt.

Ich staunte darüber, daß ich, wenn es darauf ankam, nicht nur die Körperhaltung eines Lehrers einnehmen, sondern auch wie ein Lehrer fragen und erklären konnte und die Runde damit zu erreichen und sogar zu bannen schien. Es war mucksmäuschenstill im Hinterzimmer. Aus dem Schankraum drang Stimmgewirr und Gläsergeklirr.

Gibt es Fragen? Jemand hob den Finger. Sie sprachen von den Urhebern der einzigartigen Wortverbindung. Wo sitzen die Ihrer Meinung nach? Wer denkt sich so etwas aus? Das weiß ich nicht, antwortete ich. Wir können es nur vermuten. Darauf der Mann: Ich frage, weil durchaus bekannt ist, wer ein anderes Wort, das auch groß in Mode ist, Verschwörungstheorie, in die Welt gesetzt hat – die CIA. Nach dem Mord an Kennedy wurde die offizielle Version von den verschiedensten Seiten aus angezweifelt, und da erarbeitete sie einen Plan, wie man diese Zweifler in die Ecke stellen könnte, und kreierte dieses Wort. Zum Plan gehörte vor allem die persönliche Diffamierung der Ungläubigen – und damit die Beschmutzung ihrer berechtigten Fragen und Argumente. Das ist nachweisbar. Darüber gibt es Dokumente, die von niemandem in Zweifel gezogen werden. Aber trotzdem nützen sie nichts. Wenn heute Autoren, ernstzunehmende Autoren, auf sie verweisen, als was werden die Autoren nämlich sofort beschimpft? Als Verschwörungstheoretiker! So schizophren ist das! Überhaupt, Kennedy, schaltete sich der Hastige ein. Es ahnt ja keiner, daß der sich, bevor er Kuba boykottiert hat, schnell noch Tausende Zigarren von dort rangeschafft hat. Und der tönt dann, frag nicht, was dein –

Moment, unterbrach ich ihn, stop, stop, stop. Ich hob auch beschwichtigend die Hände. Drehte mich, um Zeit zum Überlegen zu gewinnen, einmal langsam um die eigene Achse. Als ich den Hastigen wieder vor mir hatte, sagte ich zu ihm, die Zigarrengeschichte ist mir auch bekannt. Soweit ich weiß, sind die Zigarren zwar fürs Weiße Haus gewesen, nicht für Kennedy allein, aber einerlei. Es tut nichts zur Sache. Stop habe ich gesagt, weil ich um eines bitten möchte: Ereifern wir uns nicht. Eiferei ist ungesund, für den Eiferer und alle in seiner Umgebung, ich weiß, wovon ich rede. Ich weiß es wirklich. Ein bißchen Kühle, ich beschwöre Sie! Und bitte kein Verzetteln. Stürzen wir uns nicht von einem ins andere. Ich lerne das auch erst wieder. Ich bin Ihnen, wenn überhaupt, nur einen Schritt voraus. Darum, weg mit Kennedy. Weg mit der Verschwörungstheorie. Jedenfalls für heute. Es sind schlicht verschiedene Baustellen. Sie haben es doch selber angedeutet: Verschwörungstheoretiker ist ein Ächtungswort, es wird gern denen an die Stirn geheftet, die vom öffentlichen Diskurs ausgeschlossen werden sollen. Extralegal dagegen ist, wie wir festgestellt haben, ein Verklärungswort. Es soll Schurken entlasten, verstehen Sie, worum es mir geht? Um den jeweiligen Wirkmechanismus. Den wollen wir uns vor Augen führen. In einem Mechanismus bleiben, um ihn zu begreifen, ja? Erlauben Sie mir also, daß ich einschreite, wenn wir anfangen, gedanklich wie wild herumzuspringen. Anderenfalls könnten wir nämlich auch gleich rübergehen, ich wies mit dem Daumen hinter mich, zum Schankraum mit dem Bierprojektor hin.

Wobei das ungerecht gegen Frieder und die gesamte *Coole Wampe* war. Aber ich war einfach in Schwung. Ich fühlte mich wie befreit von meinen Verknotungen. Ich lief, unerwartet für mich selber, zu ihm und schickte ihn in den Keller, so begann das mit dem Aqvavit für alle.

Im übrigen mußte ich, als wir tranken und dabei über das Beredete redeten und ein paar noch Eifernde bezüglich des erwähnten Geheimdienstes sagten, dann würde ja in unserem Lande reineweg nach dessen Plan gehandelt, und andere ihnen entgegenhielten, es sei doch längst ein reflexartiges, ohne jede Kenntnis vom Ausgangspunkt erfolgendes Handeln, also ich musste an meine Halbschwester denken. Eine nachhaltige Verankerung ist die, deren Anker man nicht mehr sieht, ich erinnerte mich, wie sie es gesagt hatte, die Zynischste aller Zynischen, die Fremdeste aller mir Fremden; und einen Moment überlegte ich, ihren makellosen abgebrühten Satz in die Runde zu streuen, doch die war schon ich weiß nicht mehr wo.

Ach, ich verdamme noch immer das Unehrliche, und ich akzeptiere das Brutale, wenn es nur ehrlich ist und wenn es einem Feuer entspringt. Das glühend gewalttätige Herz, laß es schlagen, das eisig Intelligente aber, es soll sterben!

Unsere zweite Stunde eine Woche später begann ich mit einer vorbereiteten Schwärmerei. Neulich, sagte ich, fiel mir der vorige Präsident der Vereinigten Staaten von Amerika ein, der schwarze. Wie er in Südkorea zu Besuch war, erinnern Sie sich? Nicht? Er hat doch plötzlich erklärt, wenn er schonmal da sei, dann könne er gleich auch den nordkoreanischen Präsidenten treffen, ob der nicht einfach an die Grenze kommen wolle? Unsere Zeitungen waren voll des Lobes. Das sei der neue Politikstil, genau das sei er, schrieben sie, der unkonventionelle Stil, von dem die ganze Welt profitiere. Wenngleich der Nordkoreaner, der Verknöcherte, wohl kaum auf das Angebot eingehen werde. Trotzdem müsse man es versuchen, trotzdem, erinnern Sie sich jetzt vielleicht? Mancher nickte, mancher tat es sogar zunehmend inbrünstig. Moment, sagte aber Gorbi. Das war nicht der vorige. Das war der jetzige Präsident, der von einem Tag zum anderen an die Grenze gefahren ist. Und die Zeitungen haben auch was ganz anderes geschrieben. Erst haben sie den Präsidenten als Clown bezeichnet und als Irrsinigen. Und als der Nordkoreaner tatsächlich kam, waren sie ganz still. Gerade mal, daß sie es erwähnten, so war es doch? Oder irre ich mich?

So war es. Verzeihen Sie bitte alle die kleine Täuschung. Sie sollte nur eines zeigen: Wie der jetzige, verfemte Präsident für etwas des Wahnwitzes bezichtigt wird, für das der vorige, als fortschrittlich geltende, ohne Zweifel bejubelt worden wäre. Wie gesagt, eine kleine Täuschung – die uns aber zu einer wichtigen und sogar unentbehrlichen Methode führt, sie lautet: Man bleibe bei den Vorgängen, denke sich aber andere Personen, die sie in Gang setzen. Und schon erscheinen auch die Vorgänge in einem anderen Licht. Sind sie erstmal aus der Propagada geschält und liegen blank vor einem, verkehren sich oft Wert und Unwert. Was nach allgemeiner Meinung zu verurteilen ist, wird begrüßenswert, was die allgemeine Meinung begrüßt, wird unannehmbar; wollen wir uns noch ein Beispiel vornehmen?

Stellen Sie sich bitte eine unübersehbare Menschenmenge, darunter haufenweise Rechtsextreme, auf dem Platz vor dem Parlament vor, und zwar vor unserem Parlament. Die Menge drängt, unsere demokratisch gewählte Kanzlerin zu stürzen, was wäre das? Welches Wort würde in unseren Medien dafür verwendet werden? Putsch, sagte einer aus der Runde, und ein zweiter, Staatsstreich, ganz klar. Gut, schwenken wir nun auf den Maidan, denn dort geschah ebendas. Der Präsident wurde gestürzt. Nachdem Scharfschützen, die von Rechtsextremen gedungen worden waren, ein Blutbad angerichtet und ein Chaos provoziert hatten, mußte er flüchten. Und er war demokratisch gewählt. Sämtliche unabhängige Beobachter hatten es ihm attestiert. Dennoch wird das Geschehen hier nicht als Putsch bezeichnet, warum nicht? Warum ist, was hier glasklar ein Putsch wäre, dort ein Aufbruch, eine Erhebung, eine Revolution? Warum wird das hier von Politikern und Journalisten ohne Unterlaß behauptet? Wir könnten an dieser Stelle Schluß machen, nicht? Die Bigotterie ist greifbar. Wir könnten aber auch noch ein wenig fortsetzen. Warum, könnten wir fragen, hat unsere fern von uns und dem Maidan gelegene *Führungsmacht* nach Aussage ihrer obersten Europa-Administratorin bis zu jenen Geschehnissen fünf Milliarden Dollar in die Ukraine gesteckt? Wohin genau sind ihre Milliarden geflossen? An wen? Hat das hierzulande irgendeinen Journalisten oder Politiker interessiert? Hat jemand recherchiert? Verlagern wir in Gedanken alles noch einmal hierher, fragte hier jemand nach den Hintermännnern des Putsches, der das ohne Zweifel gewesen wäre? Nach den Hinterfrauen? Alle fragten? Ein gewaltiger, nach Aufklärung rufender Chor? Warum findet sich dann hier unter den Etablierten nicht *eine* solche Stimme, wenn es um den

Maidan geht? Warum haben sich einige unserer Politiker sogar recht schnell dort eingefunden, um den Geschehnissen beizuwohnen und diese durch ihre Anwesenheit zu befeuern? Wenn es doch bei ihnen daheim, bei uns, ein Putsch wäre? Darf man sie als Putschisten bezeichnen? Wenn sie doch einen Beitrag geleistet haben zum Sturz des demokratisch gewählten Präsidenten? Gibt es im Strafgesetzbuch einen Paragraphen, der regelt, was mit solchen Beteiligten geschieht? Gibt es, abgesehen davon, einen Grund dafür, daß sie selber sich nach wie vor und mehr denn je Demokraten nennen? Daß sie sich geradezu in die Brust werfen und es als Sternstunde ihres Lebens betrachten, dort mitgemischt zu haben? Dürfte ich öffentlich erklären, in unserem Parlament säßen Leute, die da nicht mehr sitzen sollten, weil sie auf fremder demokratischer Erde einen am Ende gewaltsamen und blutigen Umsturz befördert haben, dürfte ich es, ohne als abgedreht, von Sinnen, verrückt erklärt zu werden?

Stille, anhaltende. Dann sagte Gorbi, man muß die Fragen erstmal verarbeiten. Alles klingt logisch, aber zugleich klingt es happig. Ja, pflichtete die Tänzerin ihm bei, man hat zu tun, sich auszureden, daß man *so* nicht fragen kann. Es liegt ja auf der Hand, daß es nötig ist, aber man ist's nicht gewohnt. Vor allem das Einfache nicht. Das Einfache, wiederholte sie, und schüttelte den Kopf, und der Junge rief, genau, überall wird einem erklärt, wie kompliziert alles ist, alles ist mit allem verwoben, und das steckt einem so im Hirn.

Es verstört Sie? Verstören ..., sinnierte die Tänzerin, es wirkt wie etwas ... nicht Zulässiges. Es ist, als denke man auf der falschen Ebene ... auf einer irgendwie zu niedrigen. Aber sie ist nicht niedrig, sagte ich leise zu ihr. Wie der junge Mann sagte, es wird uns nur immer suggeriert. Vergessen wir das also, ja? Nicht dem Einfachen mißtrauen, denn es ist etwas anderes als das Triviale: In der Einfachheit liegen Strenge und Konzentration. In der Einfachheit schneidet man – und man schneidet achtsam – Stück für Stück die Rinde von einem Sachverhalt, bis er blank liegt. Nein, es gibt keinen Grund, ihr zu mißtrauen oder sich gar ihrer zu schämen. Mißtrauen wir lieber denen, die immer und überall das Komplizierte betonen. Manches ist kompliziert, ja, aber oft weichen sie auch nur aus. Oft sind es Leute, die auf die einfachen, strengen Fragen keine Antwort wissen oder nicht wagen, sie sich einzugestehen; ich habe natürlich gut reden. Ich hatte einen Vater, der, zumindest eine Zeitlang, so klar gefragt hat, und ich habe meine Mutmacher für die Momente, in denen auch mir die allernatürlichste Herleitung allzu einfach und allzu verwegen erscheint – beides hängt ja zusammen. Ich glaube, in Wahrheit fürchten wir uns weniger vor dem Einfachen als vor dem Verwegenen, das dem Einfachen entspringt, soll ich Ihnen sagen, wie ich meiner Furcht begegne? Ich spreche mir etwas vor, nämlich: mit dem Stempel des gesunden Menschenverstandes. Fast singe ich es, wie eine Liedzeile, wie einen Refrain, mit dem Stempel des gesunden Menschenverstandes, mit dem Stempel des gesunden Menschenverstandes. Vom Dichter Semprun stammt das. Die Dichter sind meine Mutmacher! Denken Sie nur – denk nur, sagte ich speziell zu dem Jungen –, einer hat schon vor siebzig oder mehr Jahren notiert: Heute dreht sich Alles um Alles, und wo sich Alles um Alles dreht, dreht es sich nur noch um sich selber. Und noch ein anderer hat vor auch schon langer Zeit gesagt: Sobald etwas präzise formuliert ist, wird es nicht mehr verstanden, weil keiner glaubt, daß es auch gemeint ist. So einfach kann es ja nicht sein! Es muß etwas dahinterstecken! Daraus entsteht die Legende von der Schwierigkeit. Nochmal, alles schon vor Jahrzehnten gedacht und geschrieben – und eben deswegen wichtig für mich. Es nimmt mir die letzte Hysterie und den Schrecken, den Restschrecken über die eigenen unbotmäßigen Gedanken. Wovor fürchte ich mich denn? Worin soll das Besondere liegen? Was ich erfahre, haben schon unendlich viele erfahren ...

Und wie lautete das Schlußwort? In der Frage liegt die Kraft! Der Junge sprach es unvermittelt, als alle schon aufgestanden waren, er schmetterte es geradezu, und die Tänzerin schaute, als wolle sie ihn wirklich küssen, das bilde ich mir nicht ein, das habe ich gesehen.

Zusatz, den Dichter mit den präzisen Formulierungen betreffend: Willy hat mit ihm zu tun gehabt. Der Dichter war bei ihm in der Druckerei aufgetaucht, um mehr Papier für eine Auflage zu fordern. Unentwegt paffte er in Willys Büro, und Willy hatte zu dem Zeitpunkt schon einen Herzinfarkt gehabt, er konnte weder Streß noch Qualm gebrauchen. Aber sein Gast machte trotz Willys Bitten die Zigarre nicht aus. Rauchte, wie es schien, sogar besonders genüßlich. Willy erzählte es uns am Abendbrottisch mit mühsam zurückgehaltener Erregung und Enttäuschung, und ich trat eine halbe Ewigkeit für ihn ein, indem ich den Mann nicht las, vertane Jahre? Ach was, Jahre, die schlicht zu akzeptieren sind, Jahre, von denen, wie von allem Vergangenen, jeder nachträgliche Wunsch zurückprallt wie ein Gummiball von der Mauer, etwas Ähnliches hatte ich vielleicht schon vor Tagen notiert, oder vor Stunden, ich weiß nicht mehr. Ich kann mich nicht erinnern, was ich in der letzten Zeit alles geschrieben habe. Was ich schreibe in dieser nicht enden wollenden grellen Nacht, schreibe ich zwar mit noch klarem, mit wie gedehntem Verstand, aber kaum ist es geschrieben, entzieht es sich dem Blick meiner brennenden Augen, meiner Kenntnis, meinem Interesse ...

Der Kurs – es war Frühsommer, als er lief, die Zeit des hellen scharfen Lichts, das die Konturen der Umgebung herausarbeitet. Zuweilen lag ich abends noch am See im Gras und las, und einmal stand die Sonne so, daß mir die Halme leicht schwingende Schattenspeere auf die Buchseiten warfen. Minutenlang verfolgte ich, wie die Spitzen da und dort die Wörter kitzelten und stachen, und beim darauffolgenden Unterricht im Hinterzimmer sagte ich, nächstes Mal treffen wir uns draußen bei mir am See. Jeder bringt bitte einen Roman mit, den er mag, sowie Stift und Papier. Und da saßen wir dann. Die Sonne stand knapp über den Baumwipfeln. Die Grashalme wiegten sich leicht im Wind. Ohne es mir vorher überlegt zu haben, sagte ich, eigentlich könnten wir uns auch duzen, wollen wir? Einhelliges erfreutes Nicken, beinahe so, als hätten sie alle schon darauf gewartet, als wäre ihnen das Siezen längst zu anstrengend geworden. Gut, dann schlagen wir jetzt die Bücher auf, egal wo, irgendeine Seite. Seht ihr die Halmschatten? Die Minilanzen? Plaziert euer Buch so, daß ihr viele draufhabt. Und nun guckt, auf welche Wörter sie zeigen, schreibt die Wörter auf und versucht, einen Satz draus zu machen. Was auch immer für einen: absurd, verquer, kitschig, Hauptsache ein Satz! Da sei er aber gespannt, wo das hinführen solle, sprach der Hastige. Schon beugten sich alle über ihr Buch, auch ich beugte mich über meines. Wörter wurden notiert und in Gedanken und auf Papier hin- und herverschoben. Seufzer ertönten. Währenddessen sank die Sonne. Der Wind frischte auf und blätterte diese und jene Seite um. Die Goldene war dann die erste, die ihren Satz zusammenhatte, freudig schlug sie die Hände aneinander. Es folgten alle bis auf Pferdeschwanz. Der hatte sichtlich zu knabbern, darum sagte ich zu ihm, denk dir zu den Wörtern, die du hast, einfach noch welche aus. Aber das sei ja falsches Spiel, entgegnete er, das wolle er eigentlich nicht. Du darfst, sagte ich, es ist erlaubt. Die Runde wartete nun auf ihn, wartete, ohne unruhig zu werden. Die Goldene wand Grashalme um ihre Finger. Der Hastige zog sich auf seine typische ruckige Art einen Pullover über. Die Tänzerin schaute, die Arme nach hinten gestützt, in den Himmel, wo ein wenig Rot zwischen das Blau floß.

Einige Sätze habe ich vergessen, aber einige weiß ich noch. Gorbis lautete: Mein Dummkopf blitzte zur Hälfte. Jener der Tänzerin: Erregung ergänzte Gewitterstürme im Gesang von Sinaida Michailowna, aber Oblomow sagte schlicht: Banales! Der vom Jungen: Die Seeschlange erahnt Kapitän Bouyer und sein unermeßliches Seemansgarn. Und die Goldene: Aomame brauchte Mäßigung, wenn eine Portion Liebhaber zum Tisch getragen wurde. Der Pferdeschwanz schließlich: Feldkurat, gesteh Läuse in Unterhosen! Na siehst du, lachte ich. Und ohne ein Zusatzwort, gab er stolz zurück, und bat um meinen Satz. Nikodem, las ich, passiert alles, Kirche, Gela, Heiratsantrag, Gänsefleisch, Friedhofsmauer; damit waren wir sämtlichst durch. So, sagte der Hastige erwartungsvoll in die Stille hinein – und jetzt? Nichts, antwortete ich, mehr ist heute nicht. Du warst vorhin schon auf dem richtigen Dampfer, als du sagtest, du wolltest kein falsches Spiel, es war nur ein Spiel. Ein bißchen was Nutzloses. Einfach mal ein bißchen mit dem Finger schnipsen. Bloß nicht immer dieser Ernst, ist euch aufgefallen, daß wir uns nur als sachliche Menschen kennen?

Ja, sagte die Tänzerin, und ein bißchen Anmut, Anmut ist auch wichtig, mein Gott, was für ein leuchtender Abend! Aber es war dann die Goldene, die sich plötzlich erhob und begann, die Hüften zu wiegen. Der Junge gab aus seinem Smartphone geschwind einen Bossa Nova hinzu. Auch der Hastige sprang auf. Ich zog, ehe jemand anderes es tat, die Tänzerin hoch und sagte, ich kann das eigentlich nicht, so tanzen, und sie sagte, aber das weiß

An mir wird gerüttelt. Mit einer ungeheuren Kraftanstrengung öffne ich die Augen, Munera ist das, Munera. Besorgt blickt sie auf mich herab. Ich begreife, daß ich halb auf der Matratze liege und halb an der Wand lehne, ich bewege unter Schmerzen meinen steifen Leib und rappele mich hoch, vor mir auf dem Boden steht das Tablett mit dem Frühstück. Wie spät haben wir es? Wie immer, antwortet Munera, und ich brauche ein wenig, um zu verstehen, daß sie meint, so spät wie jeden Tag, wenn sie das Essen bringt, sieben Uhr. Sieben, murmele ich. Gegen zwölf ist Ihr Anwalt hier, sagt daraufhin Munera, und sie sagt es, als wäre es nichts. Was, er kommt her? Aber er hat noch Urlaub! Worauf Munera schweigt. Danke, sage ich zu ihr, ich kann mich wirklich nur bedanken. Ein kurzes Nicken ihrerseits, und sie geht, und dann, im letzten Moment, als ich mit einer gewissen Traurigkeit schon denke, nun ist sie wieder fort, hebt sie durch den Spalt der fast schon geschlossenen Tür den Daumen und drückt ihn mir entgegen, ich bin wach. Bin fähig zu schlußfolgern, daß sie mit ihrer sensationellen Geste gewartet hat, bis sie nicht mehr von der Kamera erfaßt werden konnte, oh, ich möchte lachen zu der Kamera hin, zu den kläglichen Gestalten vor den Monitoren. Aber ich lasse es bleiben. Ich zwinge mich zu einem gleichmütigen Gesichtsausdruck, ziehe mir das Tablett zwischen die Füße und fange an, mir das Essen, den üblichen Fraß in den Mund zu stopfen.

8. November

Schon wieder Munera mit dem Frühstück. Aber diesmal bin ich eher wach, schon als sie die Tür öffnet und vom Gang fahles Licht in die Schwärze meines Bunkers fällt. Habe ich demnach zwölf Stunden geschlafen! Lange hatten Dreisinger und ich gestern gesprochen, von drei, seine Maschine hatte Verspätung, bis sieben, und danach bin ich, übermüdet, wie ich war, einem mir unbekannten Schließer hinterhergetaumelt und bin auf meine Matratze gesunken, das letzte, was ich hörte, war das Knistern meiner papiernen Kleidung, das letzte, was ich spürte, die Reibung der knittrigen Kanten an Schienbeinen und Hals.

Dreisinger, wie braungebrannt er ist. Wie er sich abhebt von den ausschließlich bleichen Gesichtern in der Anstalt. Dazu trägt er eine sommerhelle Hose und ein Leinenjackett; lieber Herr Dreisinger, sage ich, Sie sind direkt vom Flughafen gekommen? Das hätte wirklich nicht sein müssen. Sie hätten ruhig erst nach Hause fahren und sich ein paar dickere Klamotten anziehen können. Und überhaupt ... Was, überhaupt? Daß Sie Ihren Urlaub abgebrochen haben. Ach, rechnen Sie's sich an, nicht mir – und der Bedeutung Ihres Falles natürlich. Sie ist nochmal größer geworden. Die Dinge haben sich nochmal zugespitzt. Gestern abend nämlich hat es eine spontane Erhebung gegeben, und zwar in mehreren Städten, und überall wurde Ihre Maske getragen, ich werde Ihnen gleich davon erzählen – aber vorher erzählen bitte Sie, wie geht es Ihnen? Kommen Sie zurecht in dem Keller? Ich frage auch deswegen, weil ein Kanzleikollege vor geraumer Zeit einen Mandanten dort unten hatte, der nach ein paar Tagen anfing, den Kopf gegen die Wand zu stoßen, und nicht mehr damit aufhörte, bis er bewußtlos war. Dann erst erschien ein Wärter. Dann erst? Da unten ist doch eine Kamera! Die Schließer können alles verfolgen! Haben sie sicher auch, sagt Dreisinger, aber zurück zur Frage, kommen Sie zurecht?

Ich bestätige es ihm und berichte von meiner Schreiborgie, die mir half, die Nacht zu überstehen. In Ordnung, sagt er, in Ordnung, dann zu gestern abend: Tausende Menschen versammelten sich vor dem Gebäude der *Objektiven*. Sie trugen, das sagte ich schon, alle Ihre Maske. Und denken Sie nur, alle schwiegen. Die berühmte gespenstische Stille! Auf Mitschnitten ist es zu sehen und zu hören, wirklich keiner sagt ein Wort. Alle stehen nur vor dem Gebäude, eine riesige, sich nicht vom Fleck rührende Menschenmenge. Im Gebäude wiederum ist es genauso still. Kein Fenster öffnet, kein Redakteur zeigt sich. Ein Licht nach dem anderen geht aus. Und immer noch rühren sich die Menschen nicht, und immer noch haben sie Ihre Maske auf. Nun fällt vor den Fenstern ein Rollo nach dem anderen, Sie wissen, diese extrastarken Rollos, die in den vergangenen zwei Jahren im Regierungs- und Medienviertel draußen zusätzlich zu den Rollos drinnen angebracht wurden, die Regierung und ihre Propagandisten begründeten es mit der intensiven Sonneneinstrahlung infolge des Klimawandels. Die also gingen alle runter. Es flogen die ersten Steine, an den Rollos schepperte es. Rufe ertönten aus der Menge heraus in die Menge hinein, Rufe wie: Laßt das! Aufhören! Das wollen die doch nur! Schließlich formierte sich eine Art Chor: Kei-ne-Stei-ne, kei-ne-Stei-ne! Immer mehr schlossen sich ihm an. Dazu stampften die Menschen auf, sie traten auf der Stelle auf das Pflaster, daß es nur so knallte und hallte. Ohne Zweifel wärmten sie sich damit auch, es war ja sehr kalt schon, es ging auf 22 Uhr. Da rasselte die Polizei mit Wasserwerfern heran. Sie warnte nicht, und sie forderte nichts, diese Zeiten sind vorbei, sie schoß sofort mit ihrem Wasser. Alle wurden erwischt, Tausende. Tausende drängten zu den nahen U-Bahn-Eingängen. Aber sie kamen nichtmal an die heran, denn Dutzende Drohnen flogen dort in Kopfhöhe, sensten durch die Luft, trieben die Demonstranten zurück. Die waren jetzt eingekesselt. Und bedenken Sie, Herr Werchow, es war wirklich arschkalt. Und die Leute waren durch und durch naß. Was machte aber die Polizei? Sie öffnete zwei schmale Durchgänge. Und auch über denen standen Drohnen in der Luft, höher nur, und diese Drohnen waren auch nur mangogroß, die waren nicht zum Sensen da, sondern zum Filmen. Zum sofortigen Gesichtserkennen! Woran die Demonstranten es merkten? Daran, daß nicht wenige von ihnen aus den filmenden Kugeln heraus von einer metallenen Stimme gerufen wurden. Sie hörten ihren Namen, und mehr folgte nicht. Immer nur der Name – und gerade darin lag das Furchteinflößende, für die Identifizierten ebenso wie für die anderen. Viele von denen drängten, obwohl sie ja nun schon gescannt waren, instinktiv von den Durchgängen weg. Andere, Unwissende, versuchten dagegen noch, sich dorthin zu wühlen, mit anderen Worten, Chaos. In das plötzlich von Neuem Wasser geschossen wurde, von oben, aus wieder anderen, größeren Drohnen, halbe Helikopter waren das. Währenddessen rückten auch die herkömmlichen Wasserwerfer weiter vor, verengten Meter um Meter den Bewegungsraum, der den Demonstranten geblieben war. Diese ergriff Panik. Viele gingen zu Boden, Verletzte über Verletzte. Ich will das nicht bis ins kleinste Detail ausführen, nur soviel: Noch im Morgengrauen kauerten Demonstranten zitternd auf dem Platz. Bürger, die mit Decken, trockener Kleidung und Tee zu ihnen wollten, wurden von der Polizei nicht durchgelassen. Erst als es langsam hell wurde, zogen die Beamten ab. Überall lagen Masken, durchweicht, zertrampelt, entstellt, ein Friedhof der fürchterlichsten Grimassen. Ja, Herr Werchow, nun wissen Sie das Wesentliche.

Ich stelle mir die zermantschten Masken und die durchnäßten Gestalten vor, ich sehe sie geradezu plastisch, und doch bleiben sie unwirklich, in dem Sinne, daß ich sie nicht der Wirklichkeit zuordnen kann, der Wirklichkeit von vor vier Wochen, der ich entstamme, was ist nur geschehen seitdem? Was vollzieht sich da draußen in abartigem Tempo?

Auch in vielen anderen Städten, so Dreisinger, hätten sich die Leute, maskiert als Werchow, vor den Redaktionsgebäuden der Zeitungen versammelt, aber die regionalen Zeitungen hätten keine Extrarollos, nicht eine Demo sei eskaliert. Nur bedrohlich geschwiegen hätten die Bürger. Was heißt nur, dachte ich – aber weswegen die geballten Aktionen? Weswegen meine Maske jetzt vor all diesen Zeitungshäusern? Ich frage es Dreisinger, und er nickt, als habe er die Frage erwartet, und sagt: Damit komme ich zum für Sie unangenehmen Teil des Ganzen: Die *Objektive* hat etwas über Sie geschrieben, einen langen Artikel. Die Nachrichtenagentur hat ihn zusammengefaßt. Die Redaktionen im Lande wiederum haben die Zusammenfassung auf ihren Portalen online gestellt. Lieber Herr Werchow, nur um vorzubauen: Der betreffende Artikel, den ich Ihnen gleich zum Lesen gebe, wird Sie sicher in Zorn versetzen. Vielleicht springen Sie sogar im Karree! Ehe Sie das aber tun, denken Sie bitte an die vielen Demonstranten von gestern abend. Stellen Sie sich bitte, bitte die vielen Menschen vor, denn sie alle haben schon ausgedrückt, was sie von dem Artikel halten, vergessen Sie das nicht! Nur wegen dieser Rückendeckung, die das ist, habe ich ja überhaupt die Reihenfolge verkehrt und Ihnen von der Wirkung berichtet und noch nicht von der Ursache. Nun also endlich zur Ursache, hier, lesen Sie! Und er schiebt mir sein Smartphone über den Tisch.

Durchfuhr mich eine Hitzewelle während seiner Ankündigung? Eine kleine. Zitterte ich? Ein wenig. Ich kenne die *Objektive*, ich weiß um ihre Methoden, denn ich habe, wenn es auch schon lange her ist, oft genug gelesen, wie sie Menschen, die anders dachten und sprachen als sie, auf hintergründige Weise zu diffamieren versuchte, aber genau das ist der Punkt – lange her! Schon viele Jahre lese ich das Blatt nicht mehr. Wenn ich heute in der Kaufhalle an dem Regal vorübergehe, in dem es, wie die anderen noch als groß geltenden Blätter, von morgens bis abends in kümmerlicher Stückzahl liegt, verharre ich ebensowenig wie am Regal mit Tiernahrung, ich halte keine Tiere. Ich springe bestimmt nicht im Karree. Ich muß mich nur ein wenig selbst ermahnen: Wenn es für mich bedeutungslos ist, was die *Objektive* über andere in die Welt setzt, soll es auch bedeutungslos sein, was sie über mich fabriziert, es gibt keinen Unterschied. Es gibt für mich nur ihre Irrelevanz – und seit ein paar Minuten meine Verbündeten, all die Menschen, die vor dem Zeitungshaus eingekesselt waren.

Überschrift: Was die Maske verhüllt, Unterzeile: Spurensuche im Leben Erik Werchows, dessen Gesicht zum Symbol einer brandgefährlichen Bewegung geworden ist. In der Autorenleiste vier Namen, sind also vier Mann auf mich angesetzt worden. Sie schreiben, ich bin durch die Vermittlung eines mir außerordentlich gewogenen, philanthropisch handelnden Westdeutschen an einen in jeder Hinsicht lukrativen Job bei *Generosis* gekommen, war aber, nachdem ich meinte, der Förderer habe seine Schuldigkeit getan, an einem Kontakt mit ihm nicht mehr interessiert; man kennt ja das Sprichwort von der Welt, dem Undank und dem Lohn. Gudemark selber ist nicht zitiert. Gudemark, darauf wette ich, hat das nicht gesagt. Später habe ich hinter geschlossener Tür demokratiefeindliche Kurse mit größtenteils naiven Bürgern durchgeführt. Das berichtet einer der Bürger. Er war die ersten zwei Stunden dabei, dann nicht mehr, denn er hat schnell begriffen, daß unter dem Vorwand, es fänden Sprachschulungen statt, ein staatszersetzender Zirkel gebildet werden sollte. Noch etwas gibt er zu Protokoll: Der Unterrricht mündete übergangslos im Trinkgelage. Es war so gut wie unmöglich, sich dem Alkohol zu entziehen, denn der muskulöse Wirt ging nicht aus dem

Raum, ehe alle ihr Glas geleert hatten. Der Wirt tauschte überdies Blicke mit mir, zweifelsohne war ich, mit ihm als Gehilfen, um eine schnelle Homogenisierung der ihrer Bestimmung nach kriminellen Gruppe bemüht. Hingegen liegt mir Rädelsführer, die Objektive kommt auf *Generosis* zurück, an einem gedeihlichen Miteinander in normalen friedliebenden Gruppen offenkundig nichts, denn ich bin bei der Firma, nachdem ich dort jede Protektion genossen habe, plötzlich und ohne jede Erklärung ausgestiegen. Geradezu rabiat habe ich meine dortige Anstellung gekündigt. Meine Zeit als Trauerredner endete ähnlich, das heißt, mit mir ist nicht zu planen. Zu spaßen ohnehin nicht. Es tritt klar zutage, denn es ist an all meinen Handlungen ablesbar, daß ich, typischer Egomane, einzig und allein der Selbstsucht folge und weder auf private noch auf gesellschaftliche Bindungen wert lege, an der Stelle höre ich auf zu lesen.

Schon durch? fragt Dreisinger. Noch nicht, antworte ich, aber wozu soll ich mir das noch länger antun. Vielleicht, um zu erfahren, was für verquere Interpretationen noch folgen? Herr Dreisinger, Sie sagen es doch selbst, verquer, wir sollten uns damit nicht weiter abgeben. Er aber: Lesen Sie den Artikel trotzdem weiter, im eigenen Interesse. In dem steht noch etwas, das Ihnen hoffentlich auch nichts ausmacht – über das Sie aber durchaus Bescheid wissen sollten, allein schon, falls Sie später mal darauf angesprochen werden.

Und ich lese, ich bin im Gefängnis, wo ich ja nun nicht zufällig sitze, von einer großen Häftlingsschar windelweich geprügelt worden, weil all diese Häftlinge bei mir deutliche Anzeichen für eine abscheuliche Tat gesehen haben, für eine Tat, mit der man im Knast auf der niedrigsten Hierarchiestufe steht, der Verdacht fand dann wohl keine Bestätigung.

Wohl? Die Methode der Zeitung ist wirklich zu infam. Bin ich blaß geworden? Rot angelaufen? Leider, sagt Dreisinger, ist die Passage nicht justiziabel, nichts an dem ganzen Ding ist es. Ich winke ab, und wir schweigen, und vor meinem inneren Auge erscheint Ochsenfahrt. Nur er kann der reporternden Viererbande von dem Verprügeln berichtet haben; sie selber ist für mich gesichts- und gestaltlos, ein unförmiger Klumpen aus Haut, Knochen und bösem Blut, ich kenne ja die einzelnen Autoren nicht, und ich lege auch keinen Wert darauf, sie kennenzulernen, aber Ochsenfahrt hat ein Gesicht. Darunter einen Hals. Zwei Hände umgreifen ihn. Zwei Daumen pressen die Gurgel; nur zwei oder drei Wimpernschläge währt das, dann sind meine Hände, ist Ochsenfahrt wieder verschwunden.

Wenn man mich fragt, worin sich die Menschen unterscheiden: in der Dauer ihrer Mordgelüste, in der Dauer.

Und da wir gerade dabei sind, also bei den unangenehmen Dingen, sagt Dreisinger, noch etwas: Ich habe zwar schon gestern, noch von der Finca aus, Einspruch gegen Ihre Isolationshaft eingelegt, versteht sich von selbst. Aber es wird, das sage ich Ihnen offen und ehrlich, so schnell nichts nützen. Es ist ungewiß, wann wir eine Reaktion erhalten, denn da das, wogegen wir unseren Einspruch richten, auf Willkür beruht, wird auch der Einspruch willkürlich behandelt werden. Warten Sie noch, lieber Herr Werchow, ich weiß, was Sie sagen wollen, Sie wollen sagen, das klingt ja genau nach dem Gegenteil von dem, was mir mein toller Anwalt das letzte Mal erzählt hat, nicht? Da hat er doch noch so euphorisch gesprochen, als wäre ich fast schon raus hier, und was ist in Wirklichkeit geschehen? Ich sitze in diesem Verlies da unten, ich hab nichtmal die Aussicht, wieder hoch in meine Zelle zu dürfen, ich hab zwar einen Haufen Leute mit meiner

Maske vorm Gesicht, die wütend mit dem Fuß aufstampfen, aber das nützt mir gar nichts, denn ich muß jetzt gleich wieder da runter, wo ich auf unabsehbare Zeit bleiben muß, ich bin so richtig am Arsch – das denken Sie jetzt, korrekt? Und das verstehe ich. In der Tat läuft es gerade nicht ideal. Also nicht meiner Idealvorstellung entsprechend. Dummerweise habe ich sie Ihnen beim vorigen Mal auf die Nase gebunden, das war der Fehler. Aber erinnern Sie sich? Sie waren dermaßen pessimistisch bei unserem letzten Gespräch! Und da sind sozusagen die Pferde mit mir durchgegangen, und ich habe überoptimistisch gesprochen und Ihnen ausgemalt, die Gegenseite werde einknicken, um diese Maskenfront, die sich da gebildet hat und die sie überhaupt nicht einordnen kann, zu befrieden und von der Straße zu bekommen. Stattdessen behandelt die Gegenseite Sie als Urheber des Ganzen mit noch größerer Härte. Was bedeutet das jedoch ausdrücklich nicht, lieber Herr Werchow? Was dürfen wir keineswegs schlußfolgern? Daß sie nicht zu einem späteren Zeitpunkt kleinbei gibt. Die gesteigerte Härte ist doch vor allem eines, Ausdruck gestiegener Not! Wie ja auch der Polizeieinsatz heute nacht! Je größer die Not, umso größer die Härte – bis eine Seite zurückzieht, das bedeutet, wir brauchen Durchhaltevermögen. *Sie* brauchen Durchhaltevermögen! Und Sie haben es, Herr Werchow, warum lautete vorhin meine erste Frage, ob sie klarkommen da unten? Weil ich erkunden wollte, ob Sie noch widerstandsfähig sind. Wären Sie es nämlich nicht mehr – was ich vollkommen verstünde –, hätte ich Ihnen jetzt auch nicht schonungslos erklärt, wir sollten auf den Erfolg unseres Einspruchs nicht hoffen. Vielmehr hätte ich gesagt, Einspruch ist eingelegt, nun schaun wir mal. Bedeutet, ich hätte Sie im Unklaren gelassen. Aber das brauchte ich nicht, quod erat demonstrandum.

Dreisingers Lob rauscht an mir vorbei, denn was hat er zuvor auszudrücken versucht? Doch wohl, daß er einzig und allein noch auf den Druck der Straße setzt. Und daß es, wenn der noch mehr zunimmt, für mich noch härter werden könnte, als es schon ist. Mit anderen Worten, ich laufe Gefahr, hier drinnen zerrieben zu werden, die Überlegung gebe ich ihm wieder. Im Grunde bin ich machtlos, sage ich zu ihm, genau das haben Sie mir eben gesagt. Dreisinger indes schüttelt den Kopf. Nicht ganz, denn wo sitzen Sie? Herr Dreisinger, Entschuldigung, aber was soll die Frage? Werden Sie gleich sehen, antworten Sie mir einfach, auch wenn Sie sich komisch vorkommen, ich verspreche Ihnen, das ändert sich in wenigen Sekunden. Dreisinger tippt demonstrativ auf seine Uhr und guckt mich aufmunternd, fast begeistert an. Ich sitze im Bunker. Richtig, benutzen Sie nur bitte das Fachwort, wie nennt sich die Haft im Bunker? Isolationshaft. Weswegen wurde diese angeordnet? Wegen angeblicher Suizidgefahr. Hat man demzufolge einen Vorwand gesucht? Hat man. Und von der Isolation und dem Vorwand weiß draußen wer? Niemand. Auch keiner von den vielen Leuten, die sich letzte Nacht Ihretwegen versammelt haben? Nein, natürlich nicht. Aber was heißt natürlich? Dreisinger war aufgesprungen. Es ist die natürlichste, selbstverständlichste, einfachste, es ist, verdammt nochmal, die stinknormalste *Information* – und die Leute haben sie noch nicht! Er setzt sich wieder. Was geschähe, wenn sie sie bekämen? Was geschähe? Ich starre ihn an. Sehen Sie, sagt Dreisinger, nun begreifen Sie endlich! Folgender auch selbstverständlicher und einfacher Vorschlag, er liegt ja wirklich auf der Hand: Sobald wir uns verabschiedet haben, telefoniere ich mit Marsell und gebe ihm die Information. Sie erzählen mir vorher vielleicht noch ein paar Details aus dem Bunker, die reiche ich ihm auch weiter – nur damit die Leute einen Einblick bekommen, was Isolationshaft hier und heute bedeutet. Wir wissen natürlich nicht, welche Reaktionen sich daraus ergeben. Aber zur Beruhigung der Lage wird es wohl kaum beitragen, soviel dürfte klar sein.

Kleist! Kleist an seine Verlobte, die egalwie hieß, es war jedenfalls nicht Henriette vom Kleinen Wannsee, sondern seine Verlobte, und er schrieb ihr von einer Merkwürdigkeit: dem gewaltsamen Fortziehen der Verhältnisse zu einer Handlung, mit deren Gedanken man sich bloß zu spielen erlaubt hatte. Das stand in seinem ansonsten schwülstigen Brief. Auf einmal dieser Satz von purer Eleganz, dieser durchscheinende Satz, ich habe ihn mir gemerkt, wie man sich den Diamanten inmitten tauben Gesteins merkt, viel mehr war es nicht. Fast nur die Schönheit der Formulierung. Und jetzt ist es ausschließlich der Inhalt. Was in dem Brief steht, geschieht gerade! Ein fast unernster Gedanke ist in Handlung überführt; ich gebe zu, mir von dem Moment an, in dem die ersten Leute sich meine Maske überzogen, zuweilen ausgemalt zu haben, es könnten viele werden, und die Vielen könnten für Unruhen sorgen, für große, gewaltige Unruhen, es war ein Spiel im Kopf. Und jetzt ist es Realität. Ist andauernder Schwung. Ist ständig sich verschärfende Lage; wenn Marsell informiert wird, könnte sie eskalieren.

Soll sie! Daß ich davon träumte, besagt nichts über eine eventuelle Verantwortung meinerseits. Daß ich mir die Maske anfertigen ließ, Menschen es mir nachtaten und eine Art Bewegung entstand, besagt ebenso nichts – besagt alles! Wenn schon ich genügte! Dann wählte die Zeit den Erstbesten. Vielleicht ging es ganz am Anfang, wegen der aufsehenerregenden Identität von Maske und Gesicht, noch um meine Person, aber dann nicht mehr. Schon gar nicht mehr gestern abend. Da war meine Maske nur noch das Abzeichen, das man trug. Genausogut hätte es ein anderes sein können, immer braucht es Abzeichen, Erkennungsmerkmale, wenn im Herzen der Menschen die schwarze Fahne weht, das Hochzeitsband an der Autoantenne von Ausreisewilligen am Ende meines Landes. Die Nelken in Portugal. Die rosa Druckfarbe an den Fingerkuppen der Käufer der gegen Napoleon III. anschreibenden *Lanterne*.

Ja, soll es eskalieren, ich habe kein schlechtes Gewissen. Ich bin eingebunkert. Dreisinger wüßte noch heute, und noch morgen und übermorgen, nichts von meiner Isolation, hätte nicht meine stille Helferin Munera eingegriffen. Ich wiederum wüßte nichts von draußen, ich wäre aus der Welt, warum also sollte ich die bedauern oder gar verteidigen, die mich verbannten?

Gudemark – weil ich ihn vorhin erwähnte – verteidige ich. Er hat es gut gemeint mit mir. Allein der Tag meines Vorstellungsgesprächs bei *Generosis*! Meines Zauderns und seines fürsorglichen Hinweises auf die Politiker ohne Fachwissen, die in den Ministerien weitreichende Entscheidungen treffen, an jenen Selbstsicheren möge ich mich orientieren. Und ich folgte ihm. Ich entdeckte darin Vorbildhaftes. Was für ein langer Weg seither! Heute erkenne ich an seinem Beispiel nur Zerstörerisches. Selbstverständlich leidet das Gemeinwesen, wenn an der Spitze der Fachgebiete ein Parteibuch steht und mit dem Parteibuch die entsprechende Ideologie herrscht und nicht im Ansatz Kompetenz; wurde vor Jahren von der Entourage eines Ministers, der noch weniger als wenig Ahnung vom Gegenstand seines Tuns hatte, nicht der Verfassungsschutz auf einige seiner Beamten angesetzt, weil sie gewagt hatten, seiner ausufernden Ideologie mit Wissen und Erfahrung zu begegnen, mit einem ihm nicht genehmen Arbeitspapier? Vermutete er, Gipfel der Verblendetheit, in ihnen nicht sogleich Agenten einer fremden Macht?

Kein Fehler im Parteiendemokratiesystem. Nichts, was sich *mal so eingeschlichen* hätte. Das System wurde nur besonders kenntlich. Andere vielsagende Momente fanden bei der Mehrzahl der längst an sie gewöhnten Bürger wenig Beachtung. Kaum einer zuckte zusammen, wenn es vor einer parlamentarischen Abstimmung hieß, heutige Entscheidung frei nach Gewissen – dabei ist jene Gewissensfreiheit im Grundgesetz verankert. Der Abgeordnete, heißt es darin, sei an keine Aufträge und Weisungen gebunden. Ausdrücklich freigeben, was also schon frei ist, wozu? Rhetorische Frage. Weil in den Parteien Fraktionszwang herrscht, nur folgt aus dieser Binse im Allgemeinen nichts. Gehört nunmal zu den Parteien. Weisungen und Aufträge bündeln sie unter Parteidisziplin. Und bei Strafe ihres Untergangs, sie müssen die Disziplin durchsetzen, müssen ihre Leute einnorden, müssen hin zu einer Einstimmigkeit, die Diktaturen kennzeichnet, sonst gingen sie ihrer Macht verlustig oder erlangten sie erst gar nicht, das bedeutet: Die Blöcke, die demokratische Herrschaft ausüben, tragen ihrem Wesen nach strikt antidemokratische und sogar totalitäre Züge. Wenn aber das Antidemokratische in ihrem Inneren angelegt ist, warum sollten sie, sobald sich die Möglichkeit ergibt beziehungsweise sie sich die Möglichkeit geschaffen haben, nicht auch nach außen, dem Bürger gegenüber, antidemokratisch und totalitär auftreten? Reine Charaktersache, weshalb die Demokratie, solange es eine der Parteien ist, immer ins Totalitäre suppen wird und bei der Frage, wie das Totalitäre zu vermeiden sei, sich unweigerlich eine Antwort eröffnet: indem als erstes mal die Parteien vermieden werden.

Sich als Person der Menschengeschichte sehen: Dann ist man jemand, der in der jahrhundertekurzen Periode lebt, in der die Existenz von Parteien als so natürlich angesehen wird wie die der Sonne und des Mondes, ein Mensch lange – lange? – nach Attika und ungewiß wie lange vor Attika, einem Namen, einem Klang, einem Ort, von dem man weiß, ohne eine Sehnsucht damit zu verbinden, denn die Entfernung von hier nach dort ist zu groß, ist nicht zu durchmessen.

Seit wann versuche ich, mich bei Wahlen entsprechend zu verhalten? Seit anderthalb Jahrzehnten? So ungefähr. Brav nehme ich jedesmal teil, unbrav ziehe ich auf dem Zettel jedesmal einen dicken diagonalen Strich. Freilich bin ich mir des Wirkungslosen meines Handelns bewußt, das somit reine Routine ist. Ich weiß, meine Stimme, auf die es angeblich ankommt, langt in den Parteiresultatslisten nicht an. Gleich einer unliebsamen Botschaft wird sie jedesmal abgefangen, wird als ungültig aussortiert. Man könnte auch sagen, sie wird verbrannt. Sehenden Auges werfe ich sie dahin, wo sie zu Asche wird; es gibt auf den Wahlzetteln keine Spalte für Kontrastimmen. Die Parteien triumphieren immer absolut. Immer erhalten sie zusammengenommen 100 Prozent. Obwohl ich dem Maximum entgegenstehe, versinke ich darin. Mein verbrieftes Recht ist eines der Einflußlosigkeit. Ich bin ein zum Stimmtod Verurteilter im parteidemokratischen System, über dem ich, wenn es beerdigt würde, eher aus Erleichterung denn aus Schmerz meine Krume fallenließe – ich bin noch bei Gudemark, bin ich schon noch. Nur vor ihm fühle ich mich schmutzig, wenn ich so etwas notiere. Er ist der einzige, vor dem ich mich wie ein Abtrünniger fühle. Wie ein Verräter! Meine in meinen Heften dokumentierte Zurückweisung gilt nicht ihm, und trotzdem: Was er mir in seiner Freundlichkeit nahezubringen versuchte, mied ich, was er mir zu Füßen legte, überstieg ich, das tut man nicht. Aber anders war es nicht möglich. Ich möchte ihm sagen, daß es mir, wenn mir auch jegliche Achtung vor dem Ganzen verlorengegangen ist, mit dem er eins gewesen war, nicht an Achtung vor ihm mangelt, und ich ihn gern wiedersehen würde. Aber er wird nicht mehr leben. Ich denke nicht, daß er noch lebt.

—

Notiere ich um 23 Uhr 12. Jetzt 23 Uhr 13, der Zeiger ist gerade vorgerückt auf Dreisingers Uhr. Ich erbat sie mir, nachdem er mit dem Finger daraufgetippt hatte. Um halbwegs im Bunker klarzukommen, erklärte ich ihm, sei ich darauf angewiesen zu wissen, wann die Nacht hereinbreche und wie weit der Tag vorangeschritten sei, ich könne ja nicht immer schreiben, bis ich nicht mehr könne. Umstandslos band er sie ab. Nun ist sie also an meinem Handgelenk, die erste Uhr seit meinen Jahren als Schüler. Damals war die Zeit gekrochen, welch herrliches, welch luxuriöses Problem im Rückblick! Hier in diesem Dschungel kommt's drauf an, sie sich erstmal zurückzuerobern und endlich aufzutauchen aus dem undurchdringlichen, unentwirrbaren Blattwerk der Stunden, nie hätte ich geahnt, welche Erleichterung und welcher Genuß darin liegen kann, dem Sekundenzeiger zuzusehen, wie er mit lautloser Verläßlichkeit seine Runden dreht. Schon 23 Uhr 17. Schon wieder zu viel geschrieben, zu lange, Stift weg! Schlafenszeit – notierte ich eigentlich schon, daß ich, der ich sämtliche Kleidung oben in der Zelle habe lassen müssen, hier auch ohne Decke bin? Mir demzufolge auch nichts über die Ohren ziehen kann, um die schwallartig auf mich stürzenden Geräusche abzuwehren? Nun, auch dazu ist die Uhr gut. Hoffe ich jedenfalls. Bevor ich das Licht ausknipse, werde ich das Armband lockern und sie mir auf die Pulsaderseite schieben, und liege ich dann auf einem Ohr, werde ich das andere mit ihr bedecken; noch besser wäre natürlich, wenn sie tickte. Wenn es eine mechanische Uhr wäre und sie mir die Gehörgänge fortwährend mit ihren nahen, leisen, streichelnden Tönen füllte.

9. November

Kein Wort über die Nacht, ich habe nicht zu klagen. *Ich habe nicht zu klagen!*

In den langen Wachphasen stellte ich mir Erfreuliches vor, Sachen zum Brustheben und Aufatmen, einmal sah ich Carla, wie sie mich sah. Aber ja, in ihrem Gesicht konnte ich ablesen, was ich gewonnen hatte durch meine Lehrertätigkeit; wir unternahmen einen unserer Ausflüge. Wir gingen auf einem Bürgersteig und gelangten an einen großen dreieckigen Aufsteller, der buchstäblich im Wege stand. Er informierte über die frühere Indoktrination der Bürger im Osten und enthielt auch ein Bild vom Sandmännchen – das Sandmännchen bei diesem Thema? Wir traten näher und erfuhren im dazugehörigen Text, die Lehrer hätten die kleinen Schüler immer mal wieder gefragt, was am Abend beim Sandmännchen Schönes passiert sei, denn auf die Art hätten sie herausbekommen wollen, in welchen Familien Westfernsehen geguckt werde. Habe das Kind nichts antworten können, sei das schon ein Hinweis gewesen. Carla schrie fast auf: Das war also unser Sandmännchen, ja? Das wird mir heute erzählt! Als einziges! Vom Sandmännchen! Und überhaupt, hat dich mal ein Lehrer gefragt? Bist du *einmal von irgendeinem Lehrer* so gefragt worden? Sie trat mit dem Fuß gegen den Aufsteller, und ich sagte, Carla, laß. Oder schmeiß um, is wurscht. Lohnt nicht die Aufregung. Und da blickte sie mich erstaunt und, wenn ich mich nicht irre, gar ein wenig wie frisch verliebt an, so gingen wir weiter.

In einer anderen Wachheit brachte ich unwillkürlich zwei Namen zusammen und horchte auf ihren Klang, Munera und Marsell, könnte so nicht ein Filmtitel lauten? Ein Ballettduo heißen? Ein junges Paar aus einem unbekannten Land seine Kinder nennen? Und wenn man die Reihenfolge vertauschte, Marsell und Munera? Dann klang es nicht ganz so. Nein, erst das Drei-, dann das Zweisilbige!

Und in derselben Wachphase Genja, er schaut ja immer noch als Hinzugekommener auf die einst in altertümlicher Form ihm überlieferte deutsche Sprache, und so entdeckt er fortwährend ihre Feinheiten, Feinheiten, über die ich ohne ihn hinwegsähe, kam er doch einmal voller Begeisterung an und fragte: Kennst die Bedeutungen von gleichgültig? Hab ich gerade erblickt. Gleichgültig ist wie egal. Aber in der Mitte durchgeschnitten, fällt's in zwei andere Varianten. Etwas ist sofort gültig, oder mindest zwei Etwasse sind im selben Maß gültig, aber Junge, weißt, was mir noch aufgefallen ist? Daß am Anfang des Lebens das Laichen steht und am Ende die Leichen liegen! Ist das nicht wundersvoll? Ein einziges Buchstäbel zwischen Geburt und Tod ...

Und auch in derselben, oder der vorherigen, schlug ich in Gedanken ein Buch auf, ein sonderliches, von mir und den Kursteilnehmern verfaßtes und im Handel erhältliches. Es basierte auf der Idee der Graswörter, wir hatten sie nur weiterentwickelt, wir? Der Junge war's. Eines Tages erklärte er, wir könnten uns doch fünfzig oder fünfundsiebzig oder hundert großartige Werke nehmen, aus jedem drei oder fünf oder zehn neue Sätze gewinnen und jeden der Sätze dann auch entsprechend zuordnen, beispielsweise: *Moby Dick*, Ausgabe soundso, Seite einszweidrei, dann wär's nämlich immer noch eine Spielerei, aber irgendwie eine fast schon gediegene, nicht? Nun, wir einigten uns auf je fünf aus fünfzig. Und welche fünfzig? Jeder machte Vorschläge. Die Tänzerin zum Beispiel wollte Sirakuses *Dunst* auf der Liste haben, Percys *Idiot des Südens* und Esterhazys *Harmonia Caelestis*, da stöhnte Pferdeschwanz und sagte, davon kenne er ja nichts, das letzte könne er ja nichtmal aussprechen. Ich dachte, wie schön, daß er das sagt, wie wunderbar für uns alle, daß er es sich traut, und die Tänzerin sagte leise und bestimmt, es ist alles so gut, das glaubst du gar nicht, paß auf, ich geb dir als erstes Percy, du mußt Percy lesen, aber dafür gibst du mir, was gibst du mir? *Das Dämmern der Welt* vom Regisseur Herzog, antwortete Pferdeschwanz nicht ohne Stolz, auf die Art ging es damals. Ich rief dann Verlage an, bei denen ich von meiner Literaturförderungszeit her noch Leute kannte, und stellte ihnen, freilich ohne große Hoffnungen zu hegen, unser Projekt vor, ich nannte es selber ein schon sehr außenseiterliches und liebhabermäßiges. Doch siehe, eine Zusage kam, von *Komma*. Und es war gerade wieder Frühling, und so saßen wir denn wenig später unter der steigenden Sonne im Gras und fügten aneinander, was uns die Halme in bewährter Manier auf den Seiten markiert hatten ...

—

Als die Pandemie begann, war ich längst immunisiert. Die Raserei des Staates erstaunte mich kaum. Ich sah in ihr keine Entgleisung, sondern eine Offenlegung, folglich blieb ich ruhig. Eines Morgens, ich erinnere mich, als wäre es heute gewesen, bat ich Carla, sie möge sich abends in Schale werfen, ich würde das auch tun, wir würden wohin gehen. Wohin denn? Das werde sie zu gegebener Zeit sehen, Abmarsch sei Punkt 19 Uhr. Jene geheimnisvolle Mitteilung führte dazu, daß jeder von uns sich ankleidete, während der andere sich nicht im Raum befand, wie bei einer Hochzeit fast, so trafen wir uns, geschniegelt und gebügelt, erst im Flur. Carla wollte in ihren Mantel schlüpfen. Ich nahm ihn ihr ab, sie dachte, um ihr hineinzuhelfen, doch hängte ich ihn wieder auf den Bügel. Wollten wir nicht wohin fahren? Nein, erinnre dich, Abmarsch, hatte ich gesagt, nicht Abfahrt, kommst du? Ich streckte ihr die Hand entgegen und führte sie ins Wohnzimmer. Wo ich zwei Stühle etwa drei, vier Meter vor der Hifi-Anlage plaziert hatte. Nicht die Sessel, nichts zum Fläzen. Ich wies Carla den rechten Stuhl zu, und sie ließ sich in stummer Erwartung, mit vielleicht schon einer Ahnung nieder. Wir wohnen heute einem Konzert bei, Carla, der alte Furtwängler dirigiert für uns Bruckners Fünfte. Lächelnd nahm sie es zur Kenntnis. Ich setzte mich neben sie, und wir hörten die Sinfonie, hörten sie wie noch nie eine, sie war nur für uns und doch wie öffentlich, wir waren allein und waren es nicht, wir schauten auch die ganze Zeit nach vorn, wo musiziert wurde, und schauten uns nicht an. Erst recht nicht berührten wir einander, so berührten wir uns andauernd. Reglos blieben wir sitzen, als die Musik aus war. Schließlich sagte ich mit wohl brüchiger Stimme, es stünde noch Sekt bereit, alles war ja zuvor von mir auch ein wenig ironisch gedacht, als kleine Persiflage. Carla indes zeigte sich auf eine dem Ereignis angemessene zurückhaltende Weise erfreut und bewegt. Sie nickte mir zu, und wir stießen wortlos an, auf den Abend, auf uns.

Und ich war *gar* nicht überrascht? Doch, als alter Pharma-Werbemann war ich es schon. All die Marketingleute der Impfstoffhersteller, und all die Lobbyisten, sie konnten ja von einem bestimmten Zeitpunkt an freimachen! Die Hände in den Schoß legen! Welch ein Traum, ihre Arbeit übernahm komplett der Staat. Er trat als Werber und Lobbyist auf. Er jubelte dem Volk Stoffe unter, die nur eine bedingte Zulassung erhalten hatten, also nicht ausreichend getestet worden waren, und behauptete gegen alles pharmazeutische Wissen und gegen jede Logik, sie seien sicher. Und seine Chuzpe dabei! Sein treuer Augenaufschlag! Seine salbungsvollen Wiederholungen! Wie bekannt mir das vorkam. Wie die Mechanismen, aus denen ich mich mühevoll verabschiedet hatte, machtvoll wieder um mich waren, schützen, sagte ich mir, davor sich schützen.

Aus dem Schutz heraus sich dem stillen Staunen überlassen; einmal gab die Ethikratsvorsitzende, allein in ihrem Büro sitzend, über Skype ein Fernsehinterview und trug dabei eine *Mund-Nasen-Bedeckung* – ich sah es und konnte sie nicht im mindesten mehr ernst nehmen, wie auch? Eine Maske bei einem elektronischen Gespräch, ich erblickte diese Wahnhafte in dieser hervorgehobenen Funktion und dachte mir, wenn das der Stand der Dinge ist, rechne mit allem.

Nebenbei bemerkt hatte ich bis dahin nichts von der Existenz eines Ethikrates gewußt. Ich schaute nach, wer ihn berief, je zur Hälfte Bundesregierung und Bundestag, folglich in Gänze die Parteien, aber lassen wir das.

Rechne mit allem, wenn Millionen Bürger ihre Maske allzeit bereit am Ellbogen tragen. Wie verkümmerte Flügel, schoß es mir durch den Kopf. Und die Leute, die Versehrten, merken's nicht. Die finden's recht, so gestutzt. Dabei verengte einem diese Maske, egal, ob man sie für notwendig erachtete oder nicht, *in jedem Fall* das Dasein und war *per se* ein Zwang, und wenn man sich schon einem Zwang zu beugen hatte, dann zeigte man doch in den freien Minuten, die einem zugestanden waren, nicht noch das Symbol des Zwanges her. Wirft sich vielleicht der Häftling Handschellen um den Hals? Bewahrt einen nicht allein der Instinkt vor so etwas? Deutlicher gesagt, die Selbstachtung? Nun ja, Fehlanzeige: Aus der Maske wurde ein Accessoire, mit dem die Massen durch die Gassen schoben, so ging Unterwerfung in den Schmuckbereich über.

Rechne mit allem – und plappere das nicht nur dahin! Erwarte es wirklich, dann wirst du, falls *alles* geschieht, nicht auf dem falschen Fuß erwischt. Dann schreist du nicht auf, wenn du vor einem Restaurant lesen mußt, 2 G ODER GEH, nein, dann gehst du umstandslos. Gemessenen Schrittes entfernst du dich, vorm inneren Auge ein anderes Schild, ICH MUSS DRAUSSEN BLEIBEN. Du erkennst die annähernde Gleichsetzung, aber sie dringt dir nicht ans Herz. Jede der täglichen Aufforderungen, Verunglimpfungen, Beschimpfungen vernimmst du im Wissen, sie gilt dir, ja, genau dir, aber dies Wissen ruft keinerlei Gefühl hervor. Fremd erscheinen dir all die in deine Richtung zielenden Worte von Politikern, Bürgermeistern, Moderatoren, Kabarettistinnen, aha, ein Bekloppter bist du. Ein gefährlicher Sozialschädling. Du bist rechts unten, bist wie der Blinddarm nicht essentiell fürs Überleben des Gesamtkomplexes. Du nimmst die Gesellschaft in Geiselhaft, dein Alltag muß unangenehmer werden. Die gesamte Republik soll mit dem Finger auf dich zeigen. Busse und Bahnen sollen dir verschlossen bleiben. Du sollst nicht mehr arbeiten und kein Geld mehr verdienen dürfen. Du sollst Strafzahlungen leisten. Notfalls mußt du in Beugehaft genommen werden. Nach Madagaskar kann man dich ja nicht verschicken.

Das ist dir, ist mir, ist allen Ungeimpftem über Monate von staatlicher und staatstragender Seite an den Kopf geworfen worden. Doch wie gesagt, es betraf mich, ohne mich zu treffen. Ich hörte Sinfonien, nach jener ersten jede Woche eine, mal rückte Carla die Stühle in Position, mal ich, und nach einer gewissen Zeit begann ich, mit Gleichmut und Interessiertheit – fast möchte ich sagen, mit der Neutralität eines Insektenforschers – die Unmenge der mir entgegengeschlagenen Schmähungen zusammenzufassen und zu rubrizieren, was drückte sich in ihnen aus? Niedertracht. Haß. Menschenverachtung. Lust an Unterwerfung, übergehend in den Wunsch nach Vernichtung, mit einem Wort – faschistoides Denken.

Eben stockte mein Stift. Kurz pulste es in der totgeglaubten Ader der Anpassung. Es geht doch nicht, Personal, das noch immer ein weithin angesehenes ist, faschistoid zu nennen! Aber vorbei schon wieder. Es gelten die Tatsachen. Das Personal denkt in grausamer Tradition, wenn es sagt, nach Madagaskar kann man sie ja nicht schicken, denn es weiß genau, das war der erste Plan der Nazis für die Juden. Er wurde verworfen, und die Gaskammer wurde erfunden. Der Sozialschädling entstammt ebenso jener Zeit. Der fürs Überleben des Geamtkomplexes unwesentliche Blinddarm hat sein Vorbild dort. Der gesamte Feindbildaufbau erinnerte ans *Gewesene*, die Schmarotzer waren jetzt die Ungeimpften. Wie einst die Juden wurden sie zu Minderwertigen erklärt, zu Abschaum.

Wie die Feindbildaufbauer japsen würden, wenn sie meine Aufzeichnungen zu lesen bekämen! Er stellt sich mit den Juden gleich, mit den Juden! Im Gegenteil: Mit Widerwillen verfolgte ich, wie Demonstranten die Binde mit dem Davidstern um den Arm trugen. Sofort sah ich die Lager vor mir, von denen ich keine Ahnung habe, keine, obwohl ich mehrmals in welchen als Besucher war – Besucher, wie das klingt in diesem Zusammenhang –, und obwohl ich Kertesz gelesen habe, Levi, natürlich Apitz, der war ja Schulstoff. Wie vermessen, die Bürger jetzt auf der Straße. Sie setzten sich und die Vergasten in eins, ich setze in eins die früheren und die heutigen Denkmuster und Methoden der Ausgrenzung von Menschen. *Diese* unterscheiden sich nicht. Als die Ethikratsvorsitzende, ja, die, vom erforderlichen *Hocheskalieren* der Lage der Ungeimpften sprach, sah ich die Liste der Verbote für Juden in Klemperers Tagebüchern vor mir, irgendwann im Jahre 1942 hatte er sie einmal alle in der Reihenfolge ihres Inkrafttretens aufgeschrieben. 1) war das Verbot, abends nach acht noch auf der Straße zu sein; es war eine lange Liste, aber ein paar Dinge prägten sich mir ein, 9) oder 10) das Verbot, Blumen zu kaufen. 15) das Verbot, Sonntagsausflüge mit dem Rad zu unternehmen. Ich glaube 20) das Verbot, den Bahnhof zu betreten. 31) das Verbot, außerhalb der Stunde von drei bis vier einkaufen zu gehen, genau so hatte es ausgesehen, das *Hocheskalieren*. Genau das war die Methode. Ich begriff, wie derartige Muster innerhalb kurzer Zeit über die gesamte Gesellschaft gelegt werden können, nein, präziser: Ich bekam ein Gefühl dafür. Wie *das mit den Juden* einst hatte geschehen können. Wie gleitend. Wie widerstandslos. Unter welch eifernder Zustimmung der Mehrheit. Insofern danke, Staat, danke für die Sensibilisierung. Danke fürs flotte Transportieren der Mechanismen und Denkmuster aus den Geschichtsbüchern in die Wirklichkeit, nun ist verinnerlicht, daß jederzeit mit jeder Steigerung und jedem Ausmaß gerechnet werden muß.

Der Schoß ist furchtbar noch? Aber heute handelt sich's um den Schoß der Demokratie. Das Fürchterliche kam von Zeitgenossen, die sich als Demokraten, Anständige, Vernünftige in die Brust warfen; man nehme, wenn man Probleme beim Erkennen und Benennen des Offensichtlichen hat, den Blinddarm-Satz oder irgendeinen der manifest gewordenen Drangsalierungs- und Aussortierungswünsche und ordne ihn und sie Menschen zu, die man, der allgemeinen Meinung folgend, für Neonazis hält und die vielleicht wirklich welche sind – und siehe, es ergibt sich Deckungsgleichheit. Und weil sie sich ergibt, folgt peinliche Stille; mir kommt ein Satz eines italienischen Schriftstellers in den Sinn, dessen Name mir freilich nicht einfällt. Auch später nicht einfallen wird. Da ist kein Anfangsbuchstabe, von dem aus ich ihn mir entrollen, keine Melodie, die ihn mir zutragen könnte. Nur Gramsci fällt mir ein. Mit dem hat er nämlich zusammengearbeitet, einerlei, der Mann, der italienische Sozialist, prophezeite, wenn der Faschismus wiederkehrt, wird er nicht sagen, ich bin der Faschismus. Er wird sagen, ich bin der Antifaschismus.

Nichts hat sich mir aus jener Zeit stärker eingeprägt als ein Foto, das der Junge im Kurs herumzeigte, ja, ich hielt den Kurs noch ab, auf einer Waldlichtung unweit des Sees, fernab aller Kontrolleursrouten, doch zum Foto: ein Mann in einem auf Rädern montierten Plexiglasverhau. Auf drei Seiten ist er umschlossen, eine Seite bleibt ihm zum Betreten und Verlassen des Verhaus. Welchen er selber schiebt, zur nächsten Unterrichtsstunde. Die ihm, dem einzigen ungeimpften Lehrer seiner Schule, nur noch auf die Art zu geben gestattet ist, nur noch aus seinem Käfig heraus. Wir redeten damals nicht viel darüber. Wir nahmen es weitgehend stumm zur Kenntnis. Wir brauchten eine Weile, um im Stoff fortzufahren. Abends dann tauchte das Foto wieder auf in meinem Kopf, und dazu eine Assoziation: der Dichter Pound, der von den Amerikanern im Mai '45 in Pisa drei Wochen lang in einem Metallkäfig gehalten und ausgestellt worden war, tags in sengender Hitze, nachts unter gleißendem Scheinwerferlicht. Was mich an die Käfige von Guantanamo denken ließ. Dies alles sind unterschiedliche Fälle, Pound war Antisemit und Faschismusverherrlicher, ähnlich jedoch ist die Erniedrigung und Entwürdigung. Mal um mal wiederholt sie sich. In oder unmittelbar nach einer Extremlage – Krieg, Terroranschlag, Pandemie – setzt sie ein. Ob besiegter Gegner, ob vermuteter Feind, ob unbequemer Abweichler, von den Demokraten bekommt er *Tierisches* aufgezwungen. Was nicht jeder verkraftet. Pound brach nach eben jenen drei Wochen, aus denen sonst wer weiß wie viele geworden wären, körperlich und seelisch zusammen, der Lehrer in seiner Verzweiflung schaffte es nicht mehr in den Dienst.

In der Niederlage zeigt sich die Größe eines Menschen, gewiß. Die eines Systems zeigt sich im Sieg.

Wie auch in der Art, in der zu Notzeiten die Regierungsgeschäfte geführt werden; römische Imperatoren ließen, obwohl nicht dazu verpflichtet, über Gesetze abstimmen, die hiesige Regierung umging wieder und wieder das Parlament, das hätte abstimmen müssen, und entmachtete es.

Leitete somit ihre eigene Entmachtung ein, denn wer fällt eher, diejenigen, die es wagen, sich ihrer Macht zu versichern, oder diejenigen, die es vermeiden?

Aber Schluß damit. Das sind alles Schlaumeiereien. Überhaupt Schluß für heute, Licht aus, mein Gott, wie ich stinke. Oder es ist das Papier auf meiner Haut. Innen hat es die Ausdünstungen meines Körpers aufgesogen, außen die dem Rohr entströmende modrige Luft. Es ist auch klebrig geworden, schmierig wie der Wandgummi, an dem ich wiederholt mein fettiges Haar reibe, ich würde gern duschen. Ich hätte gern frisches Papier um den fauligen Körper. Ich hätte gern Dreisinger bei mir, wieso ist er heute nicht gekommen? Und Genja möchte ich sehen, von Carla ganz zu schweigen, wie sah gleich Carlas Gesicht aus? Es verschwimmt, kaum daß ich geschafft habe, es mir heranzudenken. Dasselbe mit Brittas. Mit Mattis. Mit dem der Tänzerin. Ich liege inmitten meiner Schlaumeiereien und meines Gestanks, und die Gesichter derer, die ich liebe, verdunsten in der feuchtwarmen Luft, in der teerigen Schwärze meines Hirns, das den Bunker füllt, aus dem alles Schwarz kommt, alles, was nichts ist ...

10. November

Vier Uhr morgens. Ich schrecke hoch. Im Rohr ertönt ein Pfeifen und Fauchen wie von einem Sturm in einer Häuserflucht. Und aus dem Rohr strömt auch verstärkt Luft, ich spüre es, als ich die Hand hebe. Sofort beginnt der Papierärmel zu flattern, und der Arm selber wird weggedrückt. Ich versuche, ihn aufrecht zu halten, und plötzlich streift ihn etwas, das keine Luft ist, und fällt hörbar auf den Boden. In der Schwärze des Bunkers danach gefingert, vergeblich. Derweil ist der Strahl erstorben, und mit ihm jeder Laut. Ich richte mich langsam auf und setze vorsichtig den Fuß voran, denn vielleicht ist, was da nun irgendwo liegt, scharfkantig oder spitz oder von eklig labbriger Konsistenz. Meine Sohle jedoch fühlt nur das ihr vertraute, mir verhaßte Linoleum. Und so tastend weiter, in Richtung Schalter, der kein Dimmschalter ist, das Flutlicht springt an. Nie hatte ich, bevor ich in den Bunker kam, darüber nachgedacht, warum es Flutlicht heißt, aber seitdem ich hier bin, weiß ich es. Weil es sich über einen ergießt wie die Flut. Es ist weiß wie der Tod. Man darf nicht direkt hineinblicken, sonst stirbt das Auge. Was im reißenden Wasser die verzweifelten Armschläge sind, sind hier im blendenden Weiß die hastigen Wimpernschläge, man schlägt und schlägt, schlägt sich in kleinsten Schüben zum stumpfen Grün der Gummiwände vor, zum fleckigen Grau der Matratze.

Zur Papierrolle, die auf dem Boden liegt. Zunächst erkenne ich nur den roten Gummi, von dem sie zusammengehalten wird, dann erst die Rolle selber. Enthält sie eine Nachricht? Einen Brief? Ist es eine Drohung? Ich lese die Anrede, Junge, steht da, also ist es von Genja! Und da es von Genja ist, kann es schonmal keine Drohung sein, was dann? Eine Antwort. Während unseres letzten Hofgangs, erinnert er mich, hätte ich ihn gefragt, wie es eigentlich am Nordpol zugehe, er sei doch mal dort gewesen, aber wir hätten wieder in unsere Zellen gemußt, drum wolle er jetzt die Erzählung nachholen. Auf dem Nordpol, teilt er mir mit, liegt Schnee. Krumme – Genja schreibt: krümmliche – Eisblöcke stehen herum. Dann ist da noch eine große frostweiße Stange, die emporragende Erdachse. In ordentlicher Höhe darangeknüpft sind die Längengrade des Globus, die bekanntlich hier zusammenlaufen. Hat man in der Schule leider nicht gehabt, daß sie am Pol durch die Luft schneiden und dann im Schnee verschwinden. Entweder man stolpert darüber, oder man schlägt sich die Stirn auf, oder man verrenkt sich was. Er für seinen Teil, erzählt Genja, habe beim Fallen über einen der Meridiane einen Fußbruch erlitten und nicht mehr laufen können. Was er nun aber auch nicht dramatisieren wolle: Auf dem Hintern rutschend, vom Pol ein Stück die Erdkugel runter, sei er trotzdem zügig wieder nach Hause gelangt. Ich stelle es mir vor und muß lachen. Die ganze Zeit muß ich es schon. Was für herrlicher Unfug, als nächstes erfahre ich, daß an die Erdachse eine Leiter gelehnt ist. Die Besucher können hochklettern und den edlen Schopf der zusammengeflochtenen Meridiane berühren, es heißt, wer das tue, sei von nun an bei jeder Reise entlang eines jeden Meridians von jedem erdenklichen Glück umfangen. Deswegen versäumt es natürlich keiner. Jeder klettert hoch und tätschelt den Schopf. Doch auch hierbei lauern Gefahren. Oft wütet der Sturm, logisch, damit rechnet der Besucher. Er rechnet freilich nicht damit, daß es auf der Leiter in einem fort ächzt und dröhnt und schleift, und zwar in ohrenbetäubender Lautstärke. Direkt von der schlecht geschmierten Achse unseres Planeten kommt das. Am Nordpol ist es lauter als irgendwo sonst auf Erden, außer wahrscheinlich am Südpol, man hat wirklich nie Ruhe. Man hat nichtmal, was man hat! Nichts bleibt einem zum Begießen, alles ist erstarrt – erfrostet, schreibt Genja. Lustlos lutschen die Besucher aller Herren Länder ihr mitgebrachtes Bier, kauen ihren Amaretto, knabbern an ihrem Cognac, nagen von ihrem Absinth. Dabei fallen gelbe, braune, grüne Späne zu Boden, und wen locken sie an? Eisbären. Aber nicht wegen der Buntheit, die Eisbären haben anderes im Sinn. Ausgiebig tapsen sie über die Splitter, und wenn sie genug in der Sohle haben, setzen sie sich an Ort und Stelle vor und gern auch auf die Füße der Besucher und lecken ihre Wunden. Pech, wenn man dann zu den Touristen gehört, die unter ihnen feststecken. Die Viecher werden ja immer besoffener. Rudern wie blöde mit ihren Pfoten in der Luft herum und zwingen einen ständig, mit dem Oberkörper auszuweichen, damit man keine gewischt bekommt – gut Junge, schließt Genja etwas abrupt, sowas und noch viel mehr geschieht also am Nordpol. Priwjet.

Wie er mein Herz erfreut! Setzt sich einfach hin und denkt sich was aus, um mich aufzumuntern! Und Munera, jemand anderes kommt ja nicht in Frage, hat es transportiert in aller Frühe, gleich nach Dienstantritt, wahrscheinlich stand sie in Genjas Tür und rief husch husch, oder rief gar nichts, und Genja, der noch schrieb, mußte schnell Schluß machen, wer weiß. Jedenfalls hat sie mir dann seine Glosse mit einem erstaunlichen Luftschub zugestellt, im Grunde war das die gute alte Rohrpost, ich erinnere mich noch an ihr Zischen und an das Rumpeln der Behälter beim Eintreffen an einer Station. Aus der Zeit jener innerbetrieblichen Nachrichtenübermittlung bin ich. Aus der Zeit der mechanischen Uhren. Aus der Zeit, in der es noch kein Dimmlicht gab und in der viele Schalter, jedenfalls in Gerberstedt, noch aus Bakelit waren. Schon Wiktor kannte dann das Material nicht mehr. Ich habe ihm erklären müssen, was Bakelit ist und wie man eine mechanische Uhr aufzieht, mit gegenläufigen Bewegungen von Daumen und Zeigefinger, so Wiktor, guck, so. Dinge verschwinden, weil neue Dinge erfunden werden, und während man von ihnen umgeben ist, halten auch neue Maximen Einzug. Die alten und uralten verschwinden nicht wie die Dinge, das nicht. Aber sie werden märchenhaft, vor allem, wenn es brachial negative und letztlich grausame Grundsätze sind, solche wie *Teile und herrsche*, ursprünglich *Divide et impera*. Wie altertümlich, schon wegen des Lateinischen! Das Prinzip von Fürsten, Kaisern, Königen, so hat man es im Hirn. Ist aber ein Prinzip derart eng mit antiken und feudalen Zeiten verwoben, bekommt es selber antiquarischen Hauch, und das Bewußtsein für seine tieferen Strukturen und seine mögliche Aktualität geht verloren; ich war lange nicht aufmerksam genug. Erst während der Pandemie wurde ich es. An einem jener Tage, an dem die Regierenden, scheinbar ohne Sinn und Verstand, eine große Gruppe von Bürgern per Verordnung noch ein Stück deutlicher von der noch größeren Gruppe trennte, begriff ich auf einen Schlag, es hat Sinn! Für sie, und nur für sie, hat es welchen, es ist lupenreines Divide et impera! Es ist das alte, obszöne Herrschaftsprinzip, alles andere ist dem untergeordnet. Mein einziges Staunen, nein, Erschrecken: wie gut es funktionierte. Und im nächsten Moment: so gut wie immer, was erbleichst du?

Selbstermahnung seitdem: Miß nicht den Tagesbefehlen Bedeutung bei, und schon gar nicht der verläßlich um sie entstehenden Aufregung, laß dich nicht von taktischen Finessen ablenken. Richte den Blick aufs Strategische. Nimm die Überlieferungen ernst.

So herrlich, jenes Lesen und Lachen, jenes Frohgemute noch vor ein paar Minuten, und so ernüchternd, was ich nun schon wieder notierte – ich kam ja nicht umhin, eines ergab das andere.

Und dennoch, ich bin dessen müde. Ich spüre, wie es an den Kräften zehrt. Dabei wollte ich, auf Dreisingers Rat hin, eigentlich nur der Langenweile vorbeugen. Nur darum habe ich angefangen mit meinen Notizen. Mittlerweile aber ist daraus etwas geworden, das sich wie ein Schatten auf mich legt, es soll enden. Ich will endlich aufhören dürfen mit dem Schreiben. Lachen will ich, leben, ja, wenn ich hier raus bin, werde ich keinen Stift mehr anrühren, nur noch leben!

—

Es war Schemen, der die Pressebengels mit Futter versorgt hat, nicht Ochsenfahrt. Eds Leute steckten es mir, kaum daß ich die Station wieder betreten hatte. Sie boten auch an, Schemen vorzuführen, sie drängten es mir geradezu auf. Aber der Reihe nach. Viel ist in den letzten Stunden passiert, Atemberaubendes draußen wie drinnen, genauer gesagt, drinnen, weil draußen, womit begann es? Für mich mit der Nachricht, Dreisinger warte auf mich im Besucherzimmer. Ein mir unbekannter Beamter erschien, um mich dorthin zu führen. Zwischen zwei Schleusen jedoch stürzte ein anderer Beamter, den ich ebenfalls noch nie gesehen hatte, auf uns zu und rief schon aus einigen Metern Entfernung, Herr Werchow soll sofort in seine Zelle hoch, ich soll ihn bringen. Der andere, der an meiner Seite, widersprach: Herr Werchow soll sofort zu seinem Anwalt. Ratlos und beinahe ein wenig angriffslustig standen sie sich gegenüber. Ich fragte den hinzugekommenen Beamten, ob das bedeute, meine Isolationshaft sei zu Ende. Er nickte. Das sei ihm aber neu, warf mein ursprünglicher Bewacher ein. Der Beschluß, so der andere, sei auch gerade erst reingekommen. Und jetzt geschah etwas absolut Ungewöhnliches, ich wurde gefragt, wohin ich zuerst wolle, in meine Zelle, mich umkleiden, und dann zu meinem Anwalt, oder gleich zu ihm. Vor lauter Überraschung, daß man mir Häftling die Entscheidung überließ, konnte ich erst gar nicht antworten. Anwalt, sagte ich dann. Es kam fast wie ein Befehl aus meinem Mund. Daraufhin nahmen mich die beiden wortlos in ihre Mitte, so schritten wir den Gang entlang, ich beschwingt wie lange nicht. Kein Bunker mehr! Keine Gummiwände! Keine Papierkleidung! Außerdem erheiterte es mich, daß die beiden sich fast um mich gestritten hatten; wie bei einer Frau, die von zwei Verehrern umschwirrt wird, dachte ich belustigt – aber im Bunker, wo ich nun nicht mehr hinmußte, lagen da nicht noch meine Notizen? Ich blieb stehen. Meine Bewacher stoppten irritiert. Mir ist was eingefallen, sagte ich, unten liegt noch ein Heft von mir. Eigentlich könnte es einer von euch holen und schonmal in die Zelle hochbringen. Erstaunt, unschlüssig, widerwillig schauten sich die beiden an. Ich gab dem einen, dem Hinzugekommenen, einen Wortstups: am besten du. Ob dieser Verwegenheit, es war ja schon Unverfrorenheit, verfinsterten sich seine Gesichtszüge. Als jedoch mein ursprünglicher Bewacher zustimmend brummte, bequemte er sich, den Auftrag auszuführen.

Was für eine gute Nachricht, rief ich Dreisinger beim Betreten des Besucherraums zu. Er schaute mich fragend an. Daß ich rauskomme aus der Isolation! Und nun erwies sich, mein Anwalt wußte es genausowenig, wie es mein erster Bewacher gewußt hatte. Er brauchte freilich nur eine Sekunde, um seine Schlüsse zu ziehen. Nach gestern abend haben sie es eilig, murmelte er, und dann, sich zu mir beugend: Passen Sie auf, die ganze Geschichte begann am Morgen, denn da wurde etwas eingeführt, über das es in den Tagen zuvor schon einige Gerüchte gegeben hatte, das Ampelsystem für die Medien. Mit Grün wurden alle alten Zeitungen, bis auf eine aus dem Osten Berlins, bedacht, Grün bedeutet: Zum Lesen empfohlen. Gelb wurde einigen noch durchaus zahmen Blogs sowie jener Ostzeitung aufgepappt, Gelb bedeutet: Vorsicht, und zwar für Leser wie Macher. Rot kriegten die nicht mehr zahmen Blogs, unter Rot steht: Vom Lesen wird abgeraten. Wenn Sie jetzt fragen, wie das graphisch bewerkstelligt wurde – wirklich mit Ampelbildern. Auf den alten Blättern prangt die grüne Ampel über dem Zeitungsnamen. Nur nebenbei: Die *Objektive* hat ihren Namen äußerst stolz sogar vollständig mit grünen Ampeln umfaßt, sieht aus wie eine Girlande auf irgendeinem Stadtfest. Aber weiter. Auf den Blogs blinken die Ampeln, also die roten, wie die Warnkreuze vor Unfallstellen auf der Autobahn blinken. Marsell und die anderen können sich nicht dagegen wehren, sie haben keinen Zugriff darauf. Ihm, und damit nähere ich mich den Geschehnissen des Abends, hat man übrigens gleich zwei rote Ampeln verpaßt, und dazu die Warnung: Vom Lesen wird *dringend* abgeraten. Es kann auch eine dritte Ampel hinzukommen. In dem Fall sind aber nur noch die drei Ampeln zu sehen, alles übrige ist schwarz, denn der Blog selber ist aus dem Verkehr gezogen. Was bedeutet, mit zwei roten Ampeln stehst du unmittelbar vor dem Aus. Ein falsches – ein von den Herrschenden als falsch kategorisiertes Wort –, und du wirst gelöscht. Deaktiviert, wie es seit längerem heißt; Zensieren läuft ja nun schon eine Weile unter Depublizieren. Marsell rechnete also schon mit dem dritten Rot, als er meinen Hinweis über Ihre Isolation erhielt. Er wußte, er würde abgeschaltet werden, wenn er einen Text daraus machte. Davon ließ er sich aber nicht beeinflussen. Wäre es nicht dieser Text, wäre es morgen ein anderer, sagte er. Unmittelbar bevor er ihn herausbrachte, rief er mich noch einmal an. Spaßeshalber, sagte er grimmig, habe er sich eine alte Stoppuhr geschnappt, er wolle doch mal sehen, wie schnell die Zensur auf seine Veröffentlichung reagiere, ich solle dranbleiben und dann Ihnen berichten. Was ich hiermit tue: Zwei Minuten und sieben Sekunden, und Ampel drei ploppte auf. Und so war er kaltgestellt? Nun, er hatte vorgesorgt. Hatte andere, durchaus in Konkurrenz zu ihm stehende Blogs darüber informiert, was geschehen würde, nur informiert. Das heißt, er erbat oder forderte nichts von ihnen. Aber sie verstanden ihn schon richtig. Sie machten während der zwei Minuten und sieben Sekunden Screenshots und stellten diese auf ihre Seiten, im Wissen, auch bei ihnen würde es ohne Verzug dreifach rot blinken. Und so geschah es. Alle Blogs, die sich beteiligten, wurden in Windeseile gelöscht, keine Ahnung, wer da wo die Tasten drückte. Jedenfalls hatte es etwas Besinnungsloses, und das meine ich im wahrsten Sinne des Wortes, Herr Werchow: Niemand *von denen* besann sich.

Jetzt erinnere ich mich an Marsells Worte: Die ersten und die letzten Manipulierten, hatte er einmal gesagt, sind immer die Manipulierer selbst. Den Glauben, den sie sich eingehämmert haben, härten sie umso mehr, je weniger ihnen noch folgen, und irgendwann kippt die gefährliche Verschlagenheit, mit der sie lange Zeit Wirkung erzielt hatten, in eine närrische Irrationalität um. In eine Art Wahn, der von allen bemerkt wird, nur nicht von ihnen selber – fiel mir ein, weil Dreisinger von Besinnungslosigkeit sprach.

Im Grunde, so berichtete er weiter, legten die Blogs es darauf an: Jetzt oder nie, alles oder nichts. Und dann kam der Abend, und Millionen Menschen, ich übertreibe nicht, Herr Werchow, Millionen waren auf der Straße, in der Hauptstadt, in allen Landeshauptstädten, in überhaupt jeder größeren Stadt. Noch viele trugen Ihre Maske, aber die Mehrheit trug sie nicht mehr, Sie sind hoffentlich nicht traurig deswegen? Gut! Sehr gut, daß Sie lachen. Die Demonstranten zogen auch nicht mehr vor die Medienhäuser, sondern vor den jeweiligen Regierungssitz. Wie vorgestern bei der *Objektiven* rasselten die Rollos runter. Aber anders als vorgestern flogen keine Steine. Zuvor in den Aufrufen in den sozialen Netzwerken hatte es geheißen, Vorbild '89, keine Gewalt! Keine Gewalt! Was machten die Menschen also, nachdem die Rollos runtergegangen waren? Erinnern Sie sich meines vorgestrigen Berichts? Da traten sie, um nicht zu sehr zu frieren, von einem Fuß auf den anderen, und es ergab sich für geraume Zeit ein gemeinsames Stampfen. Und dies nun von Anbeginn! Keine Aufwärmphase, sondern gezielt rhythmisches Auf-der-Stelle-Treten. Es war fürchterlich laut. Wie bei einer paradierenden Armee, nur daß unsere Formationen sich eben nicht vorwärtsbewegten. Aber wenn sie es täten! Stumm drohten sie damit, soll ich Ihnen sagen, wie ich es empfand? Während es auf dem Pflaster so knallte und hallte? Daß in diesem harten Klang und in dieser truppenartigen Bewegung schon Gewalt lag. Manche Demonstranten, viele, müssen es ähnlich empfunden haben, sie hörten auf zu stampfen. Jedenfalls die in Berlin. Nur war es schon zu spät. Am Himmel wieder die Drohnen, von überall wieder das Wasser, ein einziges Gepeitsche. Dazu diesmal Warnschüsse von den Dächern rundum. Die Besinnungslosen zogen ihre Aggression durch. Und heute morgen, heute morgen heben sie Ihre Isolation auf! Das freut mich natürlich! Für uns, für Sie, kommt es nun wirklich recht! Aber zugleich ist's, wie am Abend zuvor, eine völlige Verkennung der Tatsachen auf der Gegenseite. Dort hechelt man nur wieder der Zeit hinterher. Ein Erik Werchow mag für die Massen auf der Straße gestern noch ein Faktor gewesen sein, heute ist er es schon nicht mehr, weshalb man ihn genausogut weiter im Bunker hätte schmoren lassen können – Sie nehmen es mir nicht übel, wenn ich das so sage?

Ich winkte ab, und Dreisinger sagte, Sie können natürlich auch gelassen sein. Sie haben das alles ja schonmal erlebt. Herr Dreisinger, vor vierzig Jahren war ich weit entfernt vom Knast. Und wenn schon, entgegnete er, wo auch immer Sie waren, Sie haben es erlebt! Dazu sagte ich nichts, denn seine Worte schienen mir gleichermaßen richtig und falsch zu sein. Der vorige Umsturz lief ja ohne mich ab, ich verfolgte ihn im Fernsehen. *Erlebt* habe ich ihn nur insofern, als er sich in meinem Land vollzog. Und dennoch ist der jetzige Umsturz – sofern es tatsächlich einer wird – nur eine Wiederholung, und wie bei jeder Wiederholung sind die Gefühle schwächer und die Gelenke lockerer. Das Volk ist der Souverän? Das Ostvolk. Es ist souverän, weil es weiß, was einmal geschehen ist, kann jederzeit wieder geschehen. Die Furcht davor hält sich in Grenzen. Der Staat wird ohne Panik gescannt. Für euch, sagt das Ostvolk zu dem des Westens, ist es jetzt die erste Diktatur, und wenn Angehörige des Westvolks die Ironie nicht verstehen, und nicht den Ernst, lächelt es still.

Dann kam ich zurück auf Station. Dort empfing mich Ochsenfahrt. Der Herr Werchow, rief er in seiner typisch jovialen Art – der berühmte Herr Werchow! Ich kniff die Lippen und die Augen zusammen, da sagte er mit treuherzigem Gesichtsausdruck, gucken Sie doch bitte nicht so. Als ob unsereins Einfluß darauf hätte, wer in Isolation kommt und wer nicht. Ich dachte mir schon, daß die Obrigkeit, Ihre Person betreffend, ein wenig übervorsichtig gewesen ist, der Herr Werchow, dachte ich mir, ist zwar kein Hallodri, aber ein Selbstmörder ist er auch nicht – wollen Sie vielleicht duschen? Meine Nase sagt mir, Sie sollten! Also gehen Sie, gehen Sie ruhig, Ihre Anziehsachen und Ihr Handtuch bringe ich Ihnen nach. Und schon huschte er zu meiner Zelle. Vor der Tür drehte er sich nochmal um und erklärte freudestrahlend: Ihre Hefte sind übrigens alle auch wieder da. Ihr Ochsenfahrt hat sie Ihnen fein säuberlich auf den Tisch gelegt. Und nun hören Sie bitte wirklich auf, so eine Schnute zu ziehen, schauen Sie, andere haben einen Fehler gemacht, aber Ihr braver Wärter regelt nun alles für Sie. Alles soll zu Ihrer Zufriedenheit ablaufen. Gucken Sie, Herr Werchow, gucken Sie auf die Uhr, die ich da jetzt an Ihrem Handgelenk sehe, eigentlich wäre schon Aufschluß, nicht? Aber Sie sollen in Ruhe wieder hier ankommen, darum habe ich kraft meiner Wassersuppe entschieden, Aufschluß wird verschoben. Und weiß ich, was ich mir damit einhandle? Damit Sie sich ungestört frisch machen können? Ihretwegen nimmt Ihr Wärter in Kauf, daß ihm die anderen, Ochsenfahrt vollführte eine ausholende Armbewegung, vielleicht die Hölle heißmachen ...

Ich ließ ihn stehen, duschte ausgiebig und kleidete mich an – es war wirklich ein Ankleiden und kein Anziehen, so genoß ich es, in die gewöhnlichen, mir nun aber gediegen erscheinenden Stoffe zu steigen. Dann trat ich auf den Gang. Er war voller als sonst. Einige beäugten mich verstohlen, einige auch ungeniert, und selbst die, die mit dem Rücken zu mir standen, nahmen mich aufgrund jener Reaktionen ihrer Kollegen wahr. Aus der Küche wiederum kamen Eds Leute, vier oder fünf an der Zahl. Sie postierten sich vor mir und erklärten, sie hätten was erledigt, ob ich es sehen wolle. Was solle ich sehen? Könnten sie es nicht sagen? Und da berichteten sie mir, daß sie Schemen wegen der Zeitungssache zur Verantwortung gezogen hätten. Mir entfuhr ein Überraschungslaut. Wie habt ihr herausgefunden, daß er es war, fragte ich, darauf antworteten sie mit einem Hochziehen der Augenbrauen, einem Reiben der Hände. Und was heißt das genau, zur Verantwortung gezogen? Was habt ihr mit ihm gemacht? Das wollten sie mir ja vorführen. Drei von ihnen eilten dahin, woher sie gekommen waren, und kehrten mit Schemen zurück. Sie schubsten ihn direkt vor mich, im ersten Moment bemerkte ich nichts Ungewöhnliches an ihm. Dann, daß seine Schläfen dunkel schimmerten. Kopf drehen, wurde Schemen befohlen.

Und ich sah den tätowierten Maulwurf an seiner Schläfe. Andere Seite! Noch ein Maulwurf, Schemen war eingefaßt von Schande, lebenslang. Haßerfüllt starrte er mich an. O ja, das Dreckwasser, von dem Genja gesprochen hatte, kochte in ihm hoch, dabei wußte er, wie es hier zuging: Denunziationen werden bestraft. Seine Peiniger, Eds Domestiken, gaben ihn wieder frei, wo war eigentlich Ed? Ich vermutete ihn in der Küche und ging dorthin, und tatsächlich, er saß da auf einem Schemel. Rauchte und verfolgte genüßlich, wie die bläulichen Schwaden zur Decke zogen, nur damit war er beschäftigt, und keine Sekunde mit mir, dem er unverwandt sein Profil bot, sein hartes.

Ich verließ die Küche und sah Genja an seiner Tür lehnen. Danke für deine Spinnerei, sagte ich, und er, hat sie dir gefallen? Sehr. Er schaute mich warmherzig an und sagte unvermittelt, sind dir eben schön vor den Füßen rumgekrochen, die Burschen. Wieso rumgekrochen? Die haben mir Schemen vorgeführt. Genja schüttelte milde den Kopf. Junge, wenn sie rächen, führen sie das Ergebnis nie extra vor. Kriegt ja sowieso jeder zu sehen. Aber Schemen wurde dir vor die Nase gestellt, was glaubst, warum? Ich zuckte mit den Schultern: Was denkst du denn? Ich denk, es hat damit zu tun, daß sie gerade eine Revolution erwittern und damit eine Amnestie. Jeder Verbrecher begrüßt erstmal jede Revolution, weil auf jede Revolution eine Amnestie erfolgt – wird bloß nicht jeder amnestiert. So kommst du ihnen in die Gedanken, firmst ja als Oberrevolutionär. Könntest mal Einfluß haben, nicht? Und sie haben schon was Gutes und Ehrvolles für dich erledigt, das präsentieren sie dir wie auf einem samtnen Kissen, damit du es dir merkst, Geben und Nehmen, verstehst? Aber wie absurd, Genja! Für dich vielleicht, nicht für sie. Manche müssen noch zwanzig Jahre durchsitzen. Die wollen raus. Die sehen endlich eine kleine Chance. Greifen das Zipfelchen Hoffnung und wärmen sich dran, darfst ihnen keinfalls zeigen, daß es absurd ist, hörst? Nicht niedrigstellen, die Burschen, sie haben sich selber schon niedrig genug gestellt, als sie dir Schemen aufgedrängelt haben – hast es bloß nicht gemerkt!

Es leuchtete mir ein. Ich begriff, daß nur einer bei sich geblieben und voll und ganz dem eigentlichen Ritual gefolgt war, und dachte, Respekt, Ed.

Und dachte einen Moment später, wie gönnerhaft! Er könnte dich zerdrücken, wenn er wollte.

–

Notiere das übrigens bei halb geöffnetem Fenster, obwohl es ein naßkalter, grauer Tag ist. Immerhin einer, dem ich ins Gesicht schauen kann! Ein Tag mit natürlicher Farbe und frischem Atem; nachdem die Türe hinter mir geschlossen worden war, stand ich bestimmt eine halbe Stunde unmittelbar vorm Gitter, holte immer wieder tief Luft und schaute zur leicht geschwungenen Landstraße, auf der im dämmrigen Licht die Autos etwas Zerlaufenes hatten, etwas Fleckenhaftes, ein trostloser Anblick, doch einer der milderen Sorte.

11. November

Die Demokratie in ihrer hier eingerichteten Spielart, verlor sie mich während der Pandemie endgültig? Es war noch nicht ausgemacht. Manches lag danach noch in ihrer Hand. Alles lag auf der Hand! Wäre sie ein Mensch, hätte man ihr zurufen können, komm schon, beweg deinen Arsch, ist wohl nicht so schwer;

wer Milliarden-Euro-Verträge mit Impfherstellern per Handy verhandelt und danach vorgibt, keine Daten mehr zu besitzen, wohin gehört der? Hierher, in U-Haft, wegen dringenden Korruptionsverdachts. Wer Ungeimpfte mit tiefbraunen Worten beschmiert? Soll vor Gericht, wegen Volksverhetzung. Und nicht länger in Talkshows sitzen soll er, und in seinem Amt nicht noch befördert werden, und nicht noch Auszeichnungen empfangen und nicht noch eigene Sendungen bekommen; und wer Staubsaugerbeutel als Masken empfiehlt? Soll als Staubsaugervertreter arbeiten und nicht mehr als Minister für Gesundheit; und wer auf Parkbänken sitzenden Bürgern Bußgelder auferlegt? Soll die Gelder zurückzahlen und vielleicht um Entschuldigung bitten, dies alles, dies so Gebotene wie Naheliegende, geschah nur nicht. Im Gegenteil, die Nachschärfungen begannen. Jetzt erst verlor *der Westen* mich vollständig. Jede Zeit läuft einmal ab, auch die von Instandsetzungen. Der letzte Weg des Autos, das mit ignoranter Geste an der lange überfälligen Reparatur vorbeigelenkt wird, führt notwendigerweise zum Schrottplatz, anders ausgedrückt: Jeder Untergang, der nicht von außen herbeigeführt wurde, ist ein verdienter, insofern wär's angenehm, wenn er hier wenigstens ohne Gejammer abliefe.

Da ich gestern mit Dreisinger über Wiederholungen sprach: In jener Ignoranz, in jener Verdrängung des tatsächlichen Zustandes, in jenem überhaupt nicht mehr gedeckten Stolz liegt auch eine Wiederholung, ja, Prahlen war schon einmal das Zeichen von Sinken gewesen, wer es erlebte, ist bei der Deutung im Vorteil.

Aus der Ferne winkend, schaute ich von nun an dem Westen bei seinen üblichen Verrichtungen zu. Immer dieselben Worte wehten herüber, pausenlos wurde von dort gerufen: genau, tatsächlich, definitiv. Fragte eine junge Frau eine andere am Abend eher beiläufig, was sie so getan habe den Tag über, antwortete diese, tatsächlich war ich am Morgen beim Bäcker. Dann, genau, habe ich tatsächlich ein Buch gelesen. Genau, ich hätte mir aber definitiv auch vorstellen können zu überlegen, einen Spaziergang zu machen. Die lapidarsten Vorgänge wurden mit den stärksten Behauptungswörtern beschrieben, die trivialsten Situationen gerieten zu Festivals der Selbstbestätigung, der Impuls des stolzen Beharrens hatte Eingang in die Alltagssprache gefunden, in die Plappereien Gleichgesinnter, die nichts davon merkten. Besonders schön aber: Interviews, bei denen der Befragte seinen Antworten jenes *genau* voranstellte. Jede an ihn gerichtete Frage also schon Antwort war, die nur noch bestätigt werden mußte, das floß so zusammen, das unterschied sich nicht, und die beiden nur zum Schein – als Kinder hätten wir gesagt, in unecht – sich gegenüberstehenden Gesellen merkten schon gar nichts, durchschauten nicht ihre eigene Clownerie, ihre infantile Selbstbestätigung, das war der Westen – Westen war, was im tiefsten Innern Angst hatte, alles könne sich ganz anders verhalten als immer behauptet, darum tönte es fortwährend auf den Straßen, genau, tatsächlich, definitiv.

Westen war, was sich überhaupt kindisch ausdrückte und gebärdete. Das Gute-Pipapo-Gesetz und der Wie-für-Dich-oder-mich-gemacht-Kredit wurde geschaffen. Eine Außenministerin mit dem Wissen einer Schülerin wurde installiert, und zwar einer Schülerin, die auswendig lernte, sich aber nur die Hälfte merken konnte und bei der steifen und zugleich ungenierten Wiedergabe auch noch alles durcheinander brachte. Bekanntlich hat jeder Anfang ein Zauber inne, rezitierte sie, Weiteres möchte ich nicht wiederholen. Ich möchte nur sagen, sie weckte in mir Gefühle, die ich so deutlich nie verspürt hatte, patriotische Gefühle. Still bei mir sprach ich von *meinem Land.* Es sollte nicht so vertreten werden! So dumm waren wir Bewohner doch wirklich nicht! Bitte, liebe Welt, glaube nicht, wir hier wären so doof wie die Göre, die in unserm Namen spricht! Aber sie war keine Ausnahme. Sie war der Phänotyp. So wie der Kanzler, der in Warschau auf die Knie fiel, für all die Lebenserfahrenen der früheren Generation stand, stand sie für all die Lebensunerfahrenen der jetzigen Generation, bei so offensichtlicher Massierung sind Zufälle ausgeschlossen. Die parlamentarische Demokratie im Stadium der Saturiertheit erfordert vom Führungspersonal keine *Weisheit* mehr. Diese ist sogar hinderlich. Hat jemand sie erlangt, kann er in einer Partei nur noch schwerlich aufsteigen, weil die Plätze schon besetzt sind von den Unverfrorenen, von denen, die, immer öfter ohne Abschluß, direkt von der Lerntafel kamen. Die *noch nie* etwas *gebacken gekriegt haben*, sie lassen sich ihren Vorsprung nicht mehr nehmen. Ihre Kernkompetenzen sind gespenstischer Eifer und intime Kenntnis des verwinkelten Baus, in dem sie sich voranwühlen, ihre größte Schwachstelle ist das Fehlen jeglicher Autorität; ich möchte mich vor keinem bücken, nur weil er regiert, aber ich möchte auch nicht zu ihm hinabschauen, schon gar nicht seinetwegen mich schämen müssen. Eine bestimmte Größe sollte erkennbar sein, und der Westen war so klein geworden, so kläglich.

Dabei war Westen, was strahlen sollte, ja, wenn der Westen nun schon gewonnen hatte, sollte er glänzen, und damit ist zuallerletzt die Fassade gemeint. Seines Sieges würdig sollte er sich erweisen, eine gewisse Seriösität beziehungsweise eine seriöse Gewißheit sollte er ausstrahlen, wozu hatte man sonst verloren? Wenn der Sieger in Wahrheit peinlich schwächlich war – wie *schwach* war dann erst die Niederlage?

Westen war, wo zu Zeiten des Krieges im europäischen Osten die Außenministerin fröhlich in einem Atombunker herumhopste, so etwas hatte, vom Grundsatz her, Platon schon im demokratischen Dorf vor zweitausendfünfhundert Jahren beobachtet: Der Vater gewöhnt sich, dem Knaben ähnlich zu werden, steht bei ihm geschrieben, nur war es jetzt so, daß die Mutter sich nicht um Ähnlichkeit zum Mädchen bemühen mußte, sondern erkennbar noch das Mädchen selber war. Und es bestimmte über die Geschicke des demokratischen Dorfes, nun denn. Wenn das Dorf es so wollte. Wenn es das als Weiterentwicklung empfand.

Westen war, was in seiner tiefsitzenden Unsicherheit *Meldestellen* und *Register* zur Denunzierung des Bürgers durch den Bürger schuf, unverfängliche Bezeichnungen, gar nicht nach Stasi klingend. Solche Anlaufpunkte entstanden zunächst in den Metropolen. Bald in jeder Kleinstadt. Sicherheitshalber in jedem Landkreisamt. In jeder Behörde ab zweihundertfünfzig Mitarbeitern. Und im digitalen Raum sowieso, der Bürger, ob alt oder jung, sollte nicht herumirren müssen, wenn er in seiner Nachbarschaft etwas vernommen oder gesehen hatte, das nicht statthaft war. Als nicht – nicht mehr – statthaft galt zum Beispiel, von traditionellen Familienwerten zu sprechen. Im Meldesystem leuchtete dann das Feld *Haßrede* auf. Der angeschwärzte Bürger wurde wegen *Verunglimpfung der Vielfalt der Lebensmodelle* zu einer fixen Geldstrafe von hundertsiebenundfünfzig Euro verurteilt, warum hundertsiebenundfünfzig, wußte keiner. Aber es war auch egal. Hauptsache, jeder wußte, Vielfaltsverunglimpfung – macht hundertsiebenundfünfzig.

Einschub: Einmal, auf dem Parkplatz vorm Palast der Republik, stieg ich in einen Lada. Darin saß ein Hauptamtlicher der *Firma*. Er war semmelblond wie Lütt Matten und wollte mich werben, er gab mir zu verstehen, daß er außerordentlich schätze, wie ich meiner Arbeit bei der *Weltwerbung* nachginge, und er auch genau wahrgenommen habe, wie gut ich überall gelitten sei, das mißfiel mir. Daß er scheinbar alles über mich wußte und es für völlig selbstverständlich hielt; Einschub im Einschub: Einmal, nicht lange nach der Wende, ertönte im Wohnzimmer plötzlich ein Surren, das Carla und ich noch nie gehört hatten. So ähnlich wie von einer Nähmaschine, nur noch schneller. Dann begriffen wir, es kam von der kurz zuvor angeschafften Funkuhr, denn deren Zeiger drehten sich wie wild. Was hatte das zu bedeuten? Wir belasen uns, präzise Einstellung der Zeit, Nachjustierung, alles in Ordnung. Dennoch blieb ein Unwohlsein. Der irritierende Gedanke, eine unsichtbare fremde Hand schalte und walte, wie sie wolle, hier in unseren vier Wänden. Bloß nicht selber diese Hand sein! Nicht in fremde Leben eindringen! Keinesfalls sich solche Macht nehmen! Vor allem jene ewige Scheu war es, die mich einst Nein sagen ließ zu dem Blonden; ich brüste mich dessen nicht. Dazu besteht kein Anlaß, schon deshalb nicht, weil es sich ja um die allernatürlichste Regung handelte, nichts mußte erkämpft werden. Es passierte einem auch nichts nach so einer Verweigerung. Du durftest, wenn du deiner renitenten Schwester wegen nicht in den Westen durftest, nun aus noch einem Grund nicht dahin, das war alles. Nein, der Punkt ist, aus Unbescholtenheit erwächst Freiheit – oder wärst du als inwendig Belasteter, als ständig die Enttarnung Fürchtender imstande, dem Westen leichterhand zu winken und dann und wann nahe an ihn heranzutreten und ihm ohne nervöses Zucken ein paar offensichtliche Dinge zu flüstern?

Westen war, was sich, als es dort fast so viele Stellen zum Denunzieren von Bürgern wie zum Betanken von Autos gab und die Sache denn doch Bündelung erforderte, den RM anschaffte, den

Register Minister, eine Person in mielkescher Tradition, nur daß sie noch nicht gestammelt hat, ich liebe doch alle, alle Menschen; und Westen war, wo Bürger sich mit ihrem Gesicht und dem Slogan *Ich habe nichts zu verbergen* auf Plakaten des Register-Ministeriums zeigten, nur daß die Bürger alle keine Bürger waren, sondern Geschöpfe der KI.

Westen war, was eine App einführte, mit deren Hilfe jeder vom Ministerium Gelistete am Einlaß vor Restaurants erkannt und abgewiesen werden konnte; die Institutionalisierung der 2-G-Regel. Freilich mußte der Besucher nach alter Art seinen Ausweis vorzeigen. Dann wurden Name und gespeicherte Meldungen abgeglichen. Er selber, es liegt in der Natur der Denunziation, kannte seinen aktuellen Status ja nicht. Er wurde über ihn betreffende Meldungen nicht informiert und vermochte sich demzufolge auch nicht gegen deren Inhalt zu wehren. Und so bildeten sich vor den Restaurants, die mit der App arbeiteten, ähnlich lange Schlangen wie zu Pandemiezeiten vor den Teststationen, denn viele Bürger nutzten die Möglichkeit zu erfahren, ob etwas gegen sie vorlag oder nicht. Entsprechend unterschiedlich die Reaktionen nach dem Test. Eine gehörige Anzahl von Menschen zog mit erschrockenem, oder grimmigem, oder empörtem Gesicht von dannen. Eine weitere Anzahl verließ ebenfalls recht schnell den Ort, tat es aber mit leuchtender Miene und Ausrufen wie: *Wollte nur mal sehen* oder *Na bitte, wer sagt's denn.* Wiederum eine Anzahl marschierte stolz in den jeweiligen Laden hinein; die Läden, nebenbei bemerkt, kamen aufgrund des Mehraufwandes in den Genuß einer Mehrwertsteuersenkung auf historisch einzigartige fünf Prozent, weshalb immer mehr Restaurants sich die App anschafften. Indes mußten ihre Besitzer auch jeden Morgen damit rechnen, eingeschlagene Scheiben und Graffiti wie *Kotzküche* vorzufinden, darum engagierten sie für die Nächte bald einen Wachschutz. Wie schon gesagt, alles das geschah in jüngster Zeit. Das letzte, was ich in dieser Hinsicht vor meiner Verhaftung hörte, war eine Forderung jener willigen Wirte, die Regierung solle bittschön auch sämtliche Kosten für die Security sowie für die Säuberung der schon beschmierten Fassaden übernehmen, immerhin ginge es um nicht weniger als um den Fortbestand der Demokratie, so war der Westen: Man wußte nie genau, ob seine beflissensten Bewohner den Phrasen glaubten, die sie von sich gaben, oder ob sie sie von sich gaben, um ihre üblichen Geschäfte zu befördern, oder ob beides zugleich zutraf, aber es war mittlerweile auch unwichtig. Es war nicht mehr die Zeit des Psychologisierens.

–

Beim Aufschluß telefoniere ich endlich mit Carla. War ja gestern nicht möglich gewesen, denn alle auf Station hätten zugehört. Und auch jetzt drängen sich einige sehr nahe heran, so flüstere ich nur, berichte ihr ein wenig von der Isolation, auf eher gleichmütige, fast leiernde Art, das eherne Prinzip in diesem Gemäuer, zeig dich nicht schwach. Und Carla? Meine Carla unterbricht mich nach einer kurzen Weile, indem sie sagt, na, ist ja sowieso vorbei, nicht. Womit sie natürlich recht hat. Gleichwohl muß ich schlucken. Ich wünsche mir jetzt von ihr das Mitgefühl, das ich selber abgeblockt habe, und schweige, aber Carla schweigt nicht, Carla sagt umstandslos, falls du wissen willst, was hier draußen los ist – jede Menge. Nichts ist mehr normal. Die Menschen versammeln sich den ganzen Tag über. Keine Riesenaufläufe, die sind abends. Spontane Gruppenbildungen, man stampft und zerstreut sich wieder. Und das aber über die ganze Stadt verteilt, an immer wechselnden Orten. Überall herrscht gespannte Erwartung. Floskel, würdest du sagen, aber es ist keine. Du siehst allen die Gespanntheit an, und zwar am oftmaligen Gähnen. Weißt du, daß der Mensch dann am meisten gähnt, wenn er besonders aufgeregt ist? Hab ich mal gelesen. Immer wieder werden Menschen der Arroganz bezichtigt, weil sie in wichtigen Situationen gähnen, dabei ist das Gegenteil der Fall, das Herz schlägt bis zum Hals. Aber noch zu den Gruppen, Erik. Die Migranten, also die arabischen, sind weiter für sich. Deren Barrikaden brennen mittlerweile am hellichten Tag. Sie haben auch bewaffnete Posten vor ihren Vierteln. Die Polizei versucht gar nicht mehr, da reinzukommen. Verlorene Kieze, einer der letzten noch nicht gelöschten Blogs hat heute morgen einen Stadtplan gebracht, auf dem die besetzten Gegenden schraffiert sind, etwa ein Drittel der Weststadt, würde ich mal schätzen. Im Osten nichts. Vom Osten geht dafür das allgegenwärtige Stampfen aus. Für den Staat zwei Fronten, weißt du, was heute morgen fürs ganze Land verfügt worden ist? Daß ab sofort alle Kinos schließen müssen und keine Fußballspiele der zwei obersten Ligen mehr stattfinden dürfen. Der Innenminister sagte im Interview gereizt, daß er für sowas jetzt wahrlich keine Einsatzkräfte mehr frei habe – ja, das ist, mal kurz für dich zusammengefaßt, die Lage.

—

Westen war, was längst unablässig jammerte. Die Welt sei aus den Fugen, stieß er immer wieder hervor, alles sei im Niedergang, das kam mir bekannt vor, daß er Seines für Alles nahm. Nur daß jenes Größenwahnsinnige nun ins Wehleidige kippte, wie sämig die Vorträge der *Singer/Songwriter* im Radio. Wie weinerlich gehaucht. Wie selbstmitleidig. Nur die Musik mußte man hören, dann brauchte man keine Nachrichten mehr.

Westen war auch der Obdachlosenzeitungsverkäufer in der S-Bahn, der es nicht mehr durch den Waggon schaffte, sondern nur noch vor der Tür hin- und hertrottete, wo er mit schwerer Zunge die immerselben Brocken fallen ließ, einen wunderschönen Guten Morgen, einen wunderschönen Guten Morgen. Er wirkte wie ein müdes Tier hinterm Zoogitter, sterbend schon, aber noch immer dem eingefleischten Ablauf folgend. Und Westen war die Verkäuferin am Kaufhallenbackstand, die, wenn sie gebeten wurde, eine Zwei-Euro-Münze zu wechseln, antwortete, das dürfe sie nicht. Und wurde sie gefragt, wieso denn nicht, sagte sie, es stehe in der Anordnung. Und wurde ungläubig nachgefragt, in welcher Anordnung denn, flüsterte sie, sie dürfe einfach nicht, sie verliere sonst ihren Job. Und sie flehte, man solle jetzt bitte, bitte weitergehen, und blickte sich gehetzt um, als hätte sie schon zuviel gesagt, diese Verkäuferin im Westen, für die sich Freiheit zum Recht auf Jahresurlaub verengt hatte.

Westen war, wo Hunderttausende Obdachlose lebten und Millionen Angestellte und Zeitarbeiter ohne jedes Mitspracherecht, Westen war ein systemischer Anachronismus, wie es, auf andere Art, auch der Osten gewesen war. Sozialistische Demokratie, hatte es geheißen, aber wie sollte es Demokratie geben, wenn es eine Diktatur – offiziell der Arbeiterklasse – gab? Wie Demokratie, wenn sie *embedded* in Despotie – die des Kapitalismus – war? Simulationen nur, die eine grotesk, die andere trügerisch …

Westen war, wo die Registerministeriums-KI sämtliche Anschwärzungen in Warnhinweise an Firmen, Sportvereine und Chöre umwandelte. Und so erhielten Menschen, die von Unbekannt des Rassismus, der Verunglimpfung der Diversität oder irgendeiner der vielen Phobien bezichtigt worden waren, keinen Job mehr, durften nicht weiter im Verein Fußball spielen, nicht länger im Chor singen – und die Firmen, Vereine, Chöre, die es wagten, jene Warnungen zu ignorieren? Wurden bei der Vergabe von Fördergeldern und Räumlichkeiten durch Länder und Kommunen nicht mehr berücksichtigt, stets lautete die Begründung: wegen erwiesener Nichtbeachtung der Richtlinien unserer freiheitlich-demokratischen Ordnung, das war der Westen.

Westen war, was die Restaurant-App zum Aussortieren unliebsamer Personen allen Ernstes *Appetizer* nannte; Westen war, wo ich dem Ausweis nach hingehörte und sonst nicht mehr. Jedes ihm geltende Streben war eingestellt, jede Etappe durchlaufen. Die des Anschmiegens und die des Niederkniens. Die der ausbrechenden Scham. Die des Aufbegehrens und die der manischen Gegnerschaft. Die des Verachtens und die des Empfindens purer Lächerlichkeit. Und am Ende? Gefaßtsein. Hatte man diesen Zustand erstmal erreicht, begab man sich ruhigen Schrittes zum See, beobachtete die Wellen beim Schaukeln und die Wildgänse beim Graszupfen und war dabei nicht ohne Würde.

Man winkte, winkte weiter dem fernen Westen, wo es allerorten *Democratiny Houses* gab, die Wortschöpfung stammte von derselben Werbeagentur wie die *Appetizer*. Die Büdchen waren so identisch eingerichtet wie die Filialen von Drogeriemarktketten, nur karger natürlich. Ein Tisch mit Mikrofon frontal zur Tür. Ein paar Stühle. Ein Regal mit Broschüren. Ein Kleiderständer. Auch trugen die Mitarbeiter einheitlich Democratiny Shirts. Auch hielten sie dieselben, zentral gefertigen Vorträge. Das Interesse der Bevölkerung an den Vorträgen wiederum war ein so verhaltenes wie früher das der Schülerschaft am Staatsbürgerkundeunterricht; da müssen wir durch, sagte der Westen, und lockte die Bürger mit Bockwürsten zu seinen Veranstaltungen, und die gingen bis auf wenige auch schnell weg, die Bürger mit den Würsten.

Westen war, was nach der Explosion seines Energieversorgungsstranges auf dem Meeresgrund aus Feigheit vor dem terroristischen *Freund* sich einfallen ließ, erst die Russen der Tat zu bezichtigen und später ein paar segelnde Ukrainer aus der Requisite zu holen; Westen war, was ein untergründiges Gesetz nicht verstand: das vom Umschlagen einer teilweisen in prinzipielle Unglaubwürdigkeit. Es wirkte. In einem jahrelangen Prozeß, und dann ganz plötzlich, trat das Prinzipielle hervor. Wer einmal zu oft lügt, oder zu dümmlich, wird grundsätzlich nicht mehr ernst genommen; ich jedenfalls murmelte, wenn der Westen mit seinen Erklärungen zu diesem und jenem um die Ecke kam, laß es doch. Gib einfach Ruhe. Troll dich.

Westen war, wo man meinte, noch einmal in der historischen Offensive zu sein, als man die zwei Menschheitsgeschlechter zum bloßen Konstrukt erklärte; als man ein Gesetz schuf, das es jedem Bürger ermöglichte, einmal pro Jahr seinen Geschlechtseintrag zu ändern; als Frauen, die sich während ihrer Schwangerschaft zu Männern erklärten, Kinder zur Welt bringen konnten, deren Väter sie dann waren; als man die Zahl der sexuellen Identitäten auf über sechzig – oder siebzig, oder achtzig? – schraubte und überhaupt begann, jede verschwindend kleine Randgruppe mit übersprudelnder Aufmerksamkeit zu bedenken, mit einem glühenden Interesse, das, sagen wir, der großen Gruppe der Verkäuferinnen nicht zuteil wurde; mit alldem setzte sich der Westen erheblich vom Rest der Welt ab. Er fühlte sich wie gehabt als deren Avantgarde. Als strahlendes Vorbild nun im Bereich der Sensibilität. Indes entsprach sein Gefühl nicht im mindesten der Sachlage – weil die Welt ihn in seinem uferlosen Verfeinerungsmodus nur noch als bizarr und dekadent empfand? Gewiß. Aber das spielte an der Oberfläche. Wichtiger: In den Modus versetzte er sich zu einer Zeit, in der er schon lange nicht mehr das Glück der Ausdehnung hatte empfinden dürfen. Wann war er das letzte Mal von dieser befriedigenden Regung durchströmt gewesen? '89. Ein gehöriger Schwung neuer Länder hatte sich ihm angeschlossen. Und das war es im Grunde mit der horizontalen Erweiterung. Entsprechende Vorhaben, die noch folgten, gestalteten sich beschwerlich. Um das Kosovo aus dem Osten zu lösen, mußten Bomben auf Serbien fallen, vom Versuch mit der Ukraine zu schweigen. Was blieb, war das Vertikale. Das Zergliedern und Zerzupfen des Vorhandenen. Das ständige Aufsplitten. Hier, und nur hier, war Erweiterung, oder wenigstens der Schein davon, noch möglich, ein Vortäuschen gewaltigen Fortschritts, ein grandioser Selbstbetrug. Die verschwindend Wenigen in den Rang der unerhört Vielen zu erheben, vor allem aber das Buch der zwei Geschlechter umzuschreiben, brachte den Westen nur näher ans Ende. Er griff einfach zu sehr ins Abstruse. Ihm gingen sichtlich die Möglichkeiten aus. Die übrige Welt begann, ihm entsprechend zu begegnen.

Westen war, was unangemeldete Hausdurchsuchungen bei den Denunzierten veranstaltete, in der Regel verließen die braven Beamten die Wohnungen mit einem Stoß legaler und dennoch konfiszierter Bücher. Diese kamen – zur Lagerung, wie es hieß – in ein stillgelegtes großes Krematorium. Es wurden dort nur immer mehr Bücher, und einer der einst drei Öfen war, Auflage vom Denkmalschutz, erhalten geblieben; zum Maskenbildner gehen, eines Tages, ohne speziellen Anlaß. Sich den Abguß machen lassen. Das Ergebnis spazieren tragen. Immer noch fällt mir schwer zu formulieren, warum, vielleicht so: Akt der persönlichen Hygiene. Maskieren als Offenlegen, Tarnen als Gegenteil vom allgegenwärtigen Täuschen, ja, so vielleicht ...

–

Hell scheint der Mond. Auf meiner Bettdecke liegt ein Parallelogramm aus den Schatten der Gitterstäbe, die aber schmal wie Harfensaiten sind. Ich schlage sacht auf sie, und die geometrische Figur wellt sich. Ich ziehe die Bettdecke wieder straff, und die Figur tritt wieder klar hervor. Mir wird bewußt, daß es der erste Mondschein meiner Haftzeit ist, jedenfalls der erste, den ich wahrnehme. Oder der erste, der zu mir dringt. Und ich spiele weiter mit ihm, wische über die Schatten inmitten des elfenbeinfarbenen Lichts, zupfe an den Saiten, bis sie auf ihrer steten Wanderung von einer Seite der Zelle hinüber zur anderen sich meinen Fingern entziehen, an der Bettkante knicken, auf den Boden gleiten, in meiner Vorstellung, im langsamen, langsamen Wegdämmern ...

12. November

Geräusche wecken mich. Im ersten Moment denke ich, im Bunker unter dem Rohr zu liegen, aber dann begreife ich, sie kommen durchs Fenster, das ich, wie in den Nächten zuvor, einen Spaltbreit geöffnet habe, und sie kommen aus der Ferne. Ein Rasseln und Dröhnen, nicht laut, und doch beängstigend; ich ahne, was das sein könnte. Ich schäle mich aus der Decke, tapse zum Fenster und sehe, was ich vermutet habe: Hinter der vom Mond geweißelten Gefängnismauer, hinter den weiten mattsilbrigen Feldern fahren Panzer. In langer Reihe drängen sie auf der Landstraße in Richtung Stadt, das will gar kein Ende nehmen. Das ist so klein wie Spielzeug. Aber es dröhnt und rasselt, und es walzt in die Stadt, ich stehe am Fenster, das ich aufgerissen habe, umgreife die kalten Gitterstäbe und drücke die Stirn gegen sie.

Woher rührte die Ahnung? Aus der Kindheit. Nahe bei Gerberstedt befand sich eine Kaserne der Sowjets. Wollten sie mit ihren Panzern zu ihrem Truppenübungsplatz, fuhren sie tagsüber um die Stadt herum, aber nachts, wenn kein Verkehr herrschte, fuhren sie mittendurch, die Geräusche weckten mich in meiner Kammer. Das ganze kleine werchowsche Haus erzitterte, wenn vielleicht fünfhundert Meter entfernt auf der Hauptstraße die Panzer rollten. Und ich stehe immer noch so und erinnere mich der langen Bänder weißer Riffel, die sie auf dem Asphalt hinterließen, wenn Winter war, und erinnere mich der gequollenen Teerrillen im Sommer, da war die Straße jedesmal hin. Kein Auto konnte mehr auf ihr fahren, kein Fußgänger mehr sie überqueren. Wir Schulkinder, die wir auf dem Bürgersteig an ihr entlangstreiften, fanden das interessant. Welch Gefalte und Gemantsche! Und wie ungewöhnlich es roch, beißend und süßlich; draußen endet der Zug der Panzer. Das Rasseln verebbt. Nicht lange, und es wird die Bewohner der Hauptstadt wecken. Ich schließe das Fenster und meine, den Geruch von damals in der Nase zu haben, den vom hitzegeladenen, panzerkettenzerfurchten Teer, dazu sehe ich Matti. In den ersten Jahren gingen wir gemeinsam zur Schule, wir gehen also, und plötzlich schert er aus und drückt seinen Fuß auf so eine Wulst. Nur so ganz leicht. Nur um zu sehen, ob sie nachgibt. Und schon klebt er fest. Er versucht, den Fuß wieder zu lösen, gerät aus dem Gleichgewicht und muß sich, um nicht zu fallen, erst recht auf diesen Fuß stützen, ich kann ihm auch nicht helfen. Alles geschieht viel zu schnell. Und er versinkt noch tiefer, und ich rufe, raus aus der Sandale, Matti, die ist sowieso futsch, und ausnahmsweise hört er und drückt schnell den Fersenriemen runter und schafft es, den von der Sohle bis zum Spann geteerten Fuß hochzuziehen und zu mir zu hüpfen. Nur ist es über einen Kilometer nach Hause. Er kann nicht die ganze Strecke hüpfen. Irgendwann muß er auftreten mit seinem klebrigen schwarzen Fuß. Mit dem er, logisch, Abdrücke macht, die Abdrücke eines Einbeinigen. Je länger er freilich geht, oder hinkt, den einen Fuß bloß, den anderen in der Sandale, umso mehr verlieren sie sich, und am Ende hinterläßt er gar keinen Teer mehr auf dem Bürgersteig, weshalb es dann dort ausieht, als hätte sich irgendein seltsames, von der Wissenschaft erst noch zu untersuchendes Wesen in die Luft erhoben.

Lenke ich mich ab mit der Geschichte? Was kann ich anderes tun. Glücklicherweise geht sie noch weiter. Der hartgewordene Teer mußte ja runter von Mattis Fußsohle. Erst versuchte Ruth es mit Bürste und Kernseife, dann mit Bimsstein. Notgedrungen raspelte sie Matti die ganze Haut weg. Wie verschütteter Kümmel lag die auf dem Boden. Und nun konnte Matti erst recht nicht auftreten, Tage dauerte es, ehe sie nachgewachsen war; aber noch was: Die Straße, die war ganz schnell wieder heile! Zwei, drei Tage, dann hatten Baubrigaden sie neu geteert. Damals, als kleine Schniepel, hielten wir das für normal. Wir kannten es ja nicht anders. Erst kamen Sowjetpanzer, die sie ramponierten, dann Baubrigaden, die sie ratzbatz wieder in Ordnung brachten. Ein paar Jahre später klärte Willy uns Halbwüchsige auf: Es sollte kein Gemurre geben wegen der Sowjets, deswegen wurden *diese* Straßen immer so schnell gemacht. Nun, Gemurre gab's trotzdem, weil ja jetzt andere nicht gemacht wurden, das war die Geschichte, die ich aufgeschrieben habe, damit die Zeit vergeht; was wird der Tag, der noch nichtmal richtig angefangen hat, noch bringen? Was werde ich in der verfluchten Anstalt über ihn erfahren?

In der sicheren, der vergleichsweise sicheren Anstalt; wer hätte gedacht, daß ich sowas mal denke?

–

Eben hat Ochsenfahrt das Frühstück gebracht, und mit dem Frühstück eine sensationelle Nachricht: Sie werden entlassen. In einer halben Stunde kommen Sie raus. Also essen Sie, und packen Sie Ihre paar Sachen. Und vergessen Sie Ihre Notizbücher nicht. Das konnte dieser Schließer sich nicht enthalten zu sagen, das fand er witzig, ich aber war perplex. Nein, falsches Wort, ich war in einer Art Stumpfheit. Kein Glück stellte sich ein, nichtmal Zufriedenheit. Tonloser Fanfarenstoß, wieso wird man in genau dem Augenblick unempfänglich für eine Nachricht, auf die man lange gewartet hatte, wenn man sie plötzlich empfängt?

Keine Ahnung, wie lange ich schwieg. Weshalb, fragte ich schließlich Ochsenfahrt, werd ich von jetzt auf gleich entlassen? Aber Herr Werchow, erwiderte er, das braucht Sie doch gar nicht mehr zu interessieren. Seien Sie froh und gehen Sie einfach. Es interessiert mich aber. Also sag's mir schon. Oder darfst du wieder nicht? Ochsenfahrt schüttelte den Kopf, aber nicht verneinend, wie sich herausstellte, denn er antwortete übertrieben enttäuscht, was heißt *wieder* nicht? Hat der Herr Werchow schon vergessen, daß er in Ruhe hat duschen können? Hat er das vergessen? Aber ich seh's Ihnen nach. Das ist meine sentimentale Seite, soll ich Ihnen was gestehen? Ich mag es, wenn meine Häftlinge mich in guter Erinnerung behalten, weil sie von mir gut behandelt worden sind, natürlich behandle ich immer jeden gut. Genau so, wie das Gesetz es vorschreibt. Aber gegen Ende gehe ich gern noch übers Gesetz hinaus. Deutlicher gesagt, breche ich es zugunsten meiner Häftlinge, und zwar, ich wiederhole, aus sentimentalen

Gründen. Was ja wohl heißt, aus Schwäche. Gewiß, Herr Werchow, Ihr Ochsenfahrt ist schwach! Schon als er Ihnen exklusiv die Dusche öffnete, war er es, was dürfen Sie daraus schließen? In aller Bescheidenheit, Sie dürfen daraus schließen, daß Ihr Wärter, als Sie wieder aus dem Bunker auftauchten, schon so ein Gespür hatte, mit Ihnen würde bald noch Positiveres geschehen. Ja, ich dachte mir schon, der Herr Werchow, der wird nun bald ganz freikommen. Und sehen Sie, mein Gefühl hat mich nicht getrogen! Keine drei Tage sind vergangen, und schon dürfen Sie, wie ich es zu nennen pflege, Ihren Lebensmittelpunkt dorthin zurückverlagern, wo er gewesen ist. Was nun aber Ihre Frage betrifft, kann ich Ihnen folgendes sagen: Höheren Ortes wünscht man, daß hier schnellstmöglich Platz geschaffen wird. Darum wurde dort Ihre Entlassung verfügt. Es ist bei weitem nicht die einzige. Sie werden im Pulk rausgehen. Und nun essen Sie nochmal anständig, sind ja nur noch zwanzig Minuten. Empfehle mich bis dahin, wenn's recht ist.

So war das also. Ich kam hier raus, damit andere reingeschafft werden konnten. Für einige Momente fühlte ich mich elend, dieser anderen wegen? Gewiß. Aber auch, weil man mich wie eine Nummer behandelte, die man kurzerhand austauschen konnte, war ich nicht eben noch der gefeierte Maskenmann gewesen? Das Vorbild für so viele auf der Straße? Und jetzt war ich nur noch Verfügungsmasse, es mißfiel mir. Es mißfiel mir auch, daß es mir mißfiel. Du hast dir doch nie große Bedeutung beigemessen, sagte ich mir. Dann ist dir erzählt worden, du hättest welche, und das genügte schon, sich an sie zu gewöhnen? Offenbar. Also gewöhn sie dir wieder ab. Reg dich ab! Du gehst hier, wie du gekommen bist, ohne jedes Aufsehen, ohne jede Dramatik, das ist das Übliche, und das ist in Ordnung – aber Moment, hattest du, bevor du hier hereingekommen warst, nicht ...

Ich sprang auf und wummerte an die Tür, die Ochsenfahrt just hinter sich zugeworfen hatte, sein Schlüssel knirschte noch im Schloß. Er öffnete erstaunt, und ich sagte, bevor ich gehe, möchte ich meinen Gummiknüppel zurück. Aber wie stellen Sie sich das vor, antwortete er nach einer Sekunde der Überraschung. Denken Sie, Ihr Wärter hat heute für sowas Zeit? Dann mach hinne. Ich mußte lächeln, denn es war ein typischer Spruch Rudis, der mir da gerade entfahren war, nur daß es bei ihm immer geheißen hatte, nu mach hinne. Ochsenfahrt wiederum deutete das Lächeln falsch. Ich sah an seinen zusammengepreßten Lippen und seiner plötzlich geröteten Stirn, daß er dachte, jetzt, meiner Entlassung gewiß, wolle ich ihn herumscheuchen und ihm etwas heimzahlen, darum sagte ich, ist kein Triezen, Ochsenfahrt. Ich möchte wirklich meinen Knüppel zurück. Er gehört mir, also bitte ich dich, ihn mir auch zu bringen. Der Schließer atmete hörbar. Ihre Maske könnten Sie kriegen, sagte er endlich, ist ja jetzt wohl eine Art Souvenir. Aber nicht den Knüppel. Der ist Waffe und muß verschlossen bleiben. Umgekehrt, gab ich zurück. Wie bitte? Läßt sich schwer erklären, also komm, Ochsenfahrt, sorg dafür, daß er hergelangt. Solange ich ihn nicht wiederhabe – muß ich nämlich in meiner Zelle bleiben. Das war mir erst während des Sprechens eingefallen. Warum nicht den Subalternen damit unter Druck setzen, anstatt noch weiter bei ihm zu betteln? Das ist Erpressung, rief er. Das ist Durchsetzung eines berechtigten Interesses, gab ich zurück, ich war fast vergnügt. Ich wußte, er würde spuren.

Abwesend übrigens ist Munera, nie ist sie da, wenn man sie nicht braucht.

Schreibe ich in rasender Geschwindigkeit. Alles ist ja erst vor zwanzig Minuten geschehen, und alles sollte bis zum Ende aufgeschrieben werden, das Ende ist jetzt. Ich muß Schluß machen, sofort, denn der Knüppel liegt vor meinen Augen. Eben hat Ochsenfahrt ihn mir gebracht. Auf den Tisch geknallt hat er ihn mir, und meine Zelle hat er gar nicht erst wieder verschlossen. Andere Zellen hat er geöffnet. In der Tür steht, in Mantel und mit Tasche, Genja; hinter den elektronischen Schleusen und den stählernen Toren, die wir noch passieren müssen, wartet die Freiheit, was immer das ist.

Ende